L'EXORCISTE

WILLIAM P. BLATTY

L'exorciste *J'ai lu* 630/**4**
L'esprit du mal
Exorciste 3

WILLIAM P. BLATTY

L'EXORCISTE

TRADUIT DE L'AMÉRICAIN
PAR JACQUELINE REMILLET

ÉDITIONS J'AI LU

«A mes frères et à ma sœur
Maurice, Edward et Alyce
Et en souvenir affectueux de mes parents.»

... Jésus mettait pied à terre, quand vint à sa rencontre un homme de la ville, possédé de démons... A maintes reprises, l'esprit s'était emparé de lui; on le liait alors, pour le garder, avec des chaînes et des entraves, mais il brisait ses liens. Jésus lui demanda : «Quel est ton nom ?» «Légion», répondit-il...

Évangile de saint Luc, VIII 27-30

Titre original :

THE EXORCIST

PROLOGUE

IRAK DU NORD

Le soleil flamboyant faisait perler des gouttelettes de sueur sur le front de l'homme, mais il serrait pourtant son verre de thé chaud et sucré entre ses mains comme s'il voulait les réchauffer. Il ne parvenait pas à chasser le pressentiment qui lui collait au dos comme des feuilles mouillées et froides.

Les fouilles étaient terminées. Le *tell* avait été tamisé, couche par couche, ses entrailles examinées, étiquetées et expédiées : colliers et pendentifs, phallus, mortiers de pierre dure tachés d'ocre, pots brunis au feu. Rien d'exceptionnel. Un coffret de toilette assyrien en ivoire. Et puis l'homme. Les os d'un homme. Fragiles vestiges de tourmente cosmique qui l'avaient conduit un jour à se demander si la matière ne serait pas tout simplement la remontée à tâtons de Lucifer vers son Dieu. Mais il en savait plus long là-dessus maintenant. Le parfum des réglisses et des tamaris attira son regard sur les collines couvertes de coquelicots, sur les plaines de roseaux, sur le tronçon de route caillouteuse qui se jetait abruptement dans la peur. Mossoul était au nord-ouest; Erbil à l'est; Bagdad, Kirkuk, et la fournaise ardente de Nebuchadnezzar au sud. Il bougea les jambes sous la table placée devant le *chaykhana* isolé qui se dressait sur le bord de la route et regarda fixement les taches d'herbe qui maculaient ses bottes et son pantalon kaki. Il se mit à boire lentement son thé, par petites gorgées. Les fouilles étaient terminées. Qu'allait-il se passer maintenant? Il dégagea cette pensée de sa gangue comme s'il s'agissait d'une poterie fraîchement découverte, mais ne réussit pas à l'identifier.

Le propriétaire, un homme hâve et décharné qui avait un souffle d'asthmatique, sortit du chaykhana et s'avança vers lui en traînant les pieds dans ses chaussures de fabrication russe qu'il portait comme des babouches, le contrefort écrasé sous le talon, et en soulevant la poussière sur son chemin. Son ombre glissa sur la table.

— *Kaman chay, chawaga?*

L'homme en kaki secoua la tête en regardant fixement les chaussures avachies, sans lacets, crottées des débris de cette souffrance qu'est la vie. La substance même du cosmos, pensa-t-il sans amertume : la matière; mais finalement l'esprit aussi, en quelque sorte. L'esprit et les chaussures n'étaient pour lui que les aspects d'une substance plus fondamentale, une substance première totalement différente.

L'ombre se déplaça. Le Kurde attendait, debout, comme une dette ancienne. L'homme en kaki releva la tête et vit des yeux larmoyants et blanchis comme si la membrane d'une coquille d'œuf avait été plaquée sur l'iris. Glaucome. Jadis il n'aurait pas aimé cette homme.

Il tira son portefeuille de sa poche et en fouilla le contenu à la recherche d'une pièce de monnaie : quelques billets, un permis de conduire irakien, un calendrier de poche en plastique qui datait de douze ans au moins et qui proclamait au verso : « Ce que nous avons donné aux pauvres nous l'emportons avec nous quand nous mourons. » Le petit calendrier avait été imprimé par les missions jésuites. Il paya son thé et laissa un pourboire de cinquante *fils* sur la table au bois éclaté couleur de tristesse.

Il se dirigea vers sa jeep. Le léger cliquetis de la clé de contact glissant en place résonna dans le silence. Il attendit un instant, s'imprégnant de l'immobilité ambiante. Groupés sur le sommet d'une colline élevée, les toits lézardés d'Erbil semblaient flotter dans les nuages, là-bas, comme une bénédiction de pierres brutes souillées de boue. Les feuilles mouillées et froides lui collèrent plus étroitement à la peau du dos. Quelque chose allait se passer.

— *Allah ma'ak, chawaga.*

Le Kurde grimaçait un sourire sur ses dents cariées, lui faisant un geste d'adieu. L'homme en kaki s'efforça de trouver un peu de chaleur dans le fond de son cœur et parvint à en ramener un geste de la main et un sourire forcé qui s'effaça aussitôt qu'il eut reporté son regard à l'horizon. Il démarra, fit un demi-tour acrobatique et se dirigea vers Mossoul. Le Kurde resta sur place à le regarder, désemparé, éprouvant un sentiment d'abandon déchirant tandis que la jeep prenait de la vitesse. Il venait de perdre quelque chose. Quoi? Qu'avait-il ressenti en présence de l'étranger? Une espèce de sécurité, se souvint-il, oui, une sensation de bien-être, de protection, qui s'estompait maintenant à mesure que la jeep rapide s'éloignait. Il se sentit étrangement seul.

L'inventaire laborieux fut terminé à 6 h 10. Le Conservateur des Antiquités de Mossoul, un Arabe aux joues flasques, calligraphiait soigneusement la description du dernier objet dans le grand registre placé sur son bureau. Il s'arrêta un moment, regardant son ami tandis qu'il trempait le bec de la plume dans l'encrier. L'homme en kaki semblait perdu dans ses pensées. Il se tenait debout près de la table, les mains dans les poches, la tête penchée, attentif, semblait-il, à quelque murmure assourdi du passé qui montait vers lui. Le conservateur l'observa avec curiosité, sans bouger, puis se remit à la description de l'ultime acquisition, d'une écriture menue mais ferme. Au bout d'un moment il soupira, reposa son porte-plume tout en regardant l'heure. Le train pour Bagdad partait à 8 heures. Il pressa soigneusement un buvard sur la page et proposa une tasse de thé.

L'homme en kaki refusa d'un signe de tête; les yeux toujours fixés sur quelque chose qui se trouvait sur la table. L'Arabe l'observa, vaguement troublé. Qu'y avait-il dans l'air? Il y avait quelque chose dans l'air. Il se leva et s'approcha. Il sentit alors un léger picotement à la base de son cou au moment où son ami, rompant enfin son immobilité, se penchait pour atteindre une amulette qu'il posa pensivement dans le creux de sa main. C'était une pierre verte qui représentait la tête du démon Pazuzu, personnification du vent du sud-ouest. Son empire c'était la maladie, les infirmités. La tête était percée. Le propriétaire de l'amulette l'avait portée comme talisman.

— Le mal par le mal, soupira le conservateur en s'éventant mollement avec une revue scientifique française dont la couverture était maculée par l'empreinte huileuse d'un pouce.

Son ami ne bougea pas, ne fit aucun commentaire.

— Quelque chose qui ne va pas?

Pas de réponse.

— Mon père?

L'homme en kaki ne semblait toujours pas avoir entendu, absorbé qu'il était par l'amulette, la dernière de ses trouvailles. Au bout d'un moment il la posa puis leva un regard interrogateur vers l'Arabe. Avait-il dit quelque chose?

— Non, rien.

Ils prirent congé l'un de l'autre, murmurant des adieux.

A la porte, le conservateur saisit la main de l'homme en kaki et la serra avec une force inaccoutumée.

— Mon cœur forme un vœu en ce moment, mon père : celui que vous ne partiez pas.

Son ami lui répondit avec douceur, le remerciant pour le thé, arguant du peu de temps qu'il lui restait, de tout ce qu'il avait encore à faire.

— Non, non, je voulais dire chez vous, dans votre pays...

L'homme en kaki regardait fixement un morceau de pois chiche bouilli qui était collé à la commissure des lèvres de l'Arabe; mais il voyait bien au-delà : « Mon pays! » répéta-t-il. Le mot résonna comme une conclusion.

— Les Etats-Unis, ajouta le conservateur arabe, en se demandant aussitôt pourquoi il disait cela.

L'autre sentit l'obscur malaise de son ami. Cela ne lui avait pas été difficile d'aimer cet homme.

— Au revoir, murmura-t-il.

Et puis il se détourna brusquement et s'enfonça à grands pas dans la lumière déclinante des rues et d'un voyage de retour dont la durée semblait indéterminée.

— Nous nous reverrons dans un an! lui cria le conservateur depuis la porte.

Mais l'homme en kaki ne se retourna pas une seule fois. L'Arabe suivit des yeux sa silhouette qui rapetissait tandis qu'il traversait à l'angle d'une rue étroite, heurtant presque un *droshki* rapide où était affalée une vieille Arabe corpulente dont le visage disparaissait sous un voile de dentelle noire mollement drapé sur elle comme un linceul. Il devina qu'elle se hâtait vers quelque rendez-vous. Il perdit bientôt de vue son ami qui pressait le pas.

L'homme en kaki marchait, comme poussé par une force irrésistible. Secouant l'emprise de la ville, il traversa les faubourgs, franchit le Tigre. En approchant des ruines il ralentit son allure, car à chaque pas le pressentiment qui s'ébauchait prenait une forme plus précise et plus horrible. Et pourtant il lui fallait savoir. Il lui fallait se préparer.

La planche de bois qui enjambait le Khorr, un ruisseau boueux, craqua sous son poids. Il était arrivé. Il se trouvait sur la colline où autrefois étincelait la fabuleuse cité de Ninive aux quinze portes, le repaire formidable des hordes assyriennes. Maintenant la ville gisait dans la poussière sanglante de sa prédestination. Mais lui il était là, l'air était encore imprégné de *sa* présence, de l'existence de cet *Autre* qui hantait ses rêves.

Une sentinelle kurde que sa ronde avait amenée à un tournant aperçut la silhouette de l'homme en kaki, empoigna son fusil et se mit à courir vers lui, puis s'arrêta brusquement en le reconnaissant, lui sourit, et reprit sa ronde.

L'homme en kaki se mit à errer au milieu des ruines. Le temple de Nabu. Le temple d'Ishtar. Il guettait les vibrations. Devant le palais d'Assurbanipal, il s'arrêta; puis lança un regard oblique à une massive statue en pierre calcaire : ailes déployées, pieds en forme de serres, pénis bulbeux en érection, bouche étirée par un rictus sauvage. Le démon Pazuzu.

Brusquement, il s'affaissa.

Il savait.

Cela venait.

Il fixa la poussière. Des ombres s'y pressaient. Il entendit les jappements assourdis des hordes de chiens sauvages qui rôdaient aux alentours de la ville. Le globe du soleil disparaissait à l'horizon. Il baissa les manches roulées de sa chemise et les boutonna en frissonnant car un vent froid se levait. Un vent du sud-ouest. Il se hâta vers Mossoul, vers son train, le cœur étreint par la conviction glaçante que l'instant était proche où il lui faudrait de nouveau affronter un ancien ennemi.

LE COMMENCEMENT

1

De même que le bref et funeste flamboiement des explosions solaires n'est guère perceptible aux pupilles des aveugles, les prémices de l'horreur passèrent presque inaperçues; en fait, on les publia dans le tumulte qui s'ensuivit, peut-être même ne lui furent-elles pas rattachées, peut-être n'y vit-on aucun rapport. Il était difficile de juger.

La maison, une construction solide et agréable, en briques, de style colonial, envahie par le lierre, était située dans le quartier Georgetown à Washington. De l'autre côté de la rue s'étendait le terrain du campus de l'université Georgetown; derrière la maison, un quai abrupt surplombait à pic la rue M très animée et, au-delà, le Potomac limoneux. La maison était silencieuse. Chris MacNeil, adossée à ses oreillers, relisait son rôle pour le tournage du lendemain; Regan, sa fille, dormait de l'autre côté du vestibule; et les deux domestiques, Willie et Karl, dormaient eux aussi dans une chambre du rez-de-chaussée qui faisait suite à l'office. Il était presque la demie de minuit quand Chris leva les yeux du *script* avec un froncement de sourcils intrigué. Elle entendait des coups sourds. Etranges. Profonds. Rythmés. Une sorte de code inconnu frappé par un mort.

Bizarre.

Elle prêta l'oreille un moment puis se remit à sa lecture, mais les coups persistants l'empêchaient de se concentrer. Elle posa le *script* sur son lit.

Seigneur, que c'est énervant.

Elle se leva pour mieux se rendre compte.

Elle alla jusqu'au vestibule et regarda autour d'elle. Le bruit semblait provenir de la chambre de Regan.

Qu'est-ce qu'elle fabrique?

Elle traversa le vestibule à pas feutrés et les coups se firent aussitôt plus forts, plus rapides, mais comme elle poussait la porte et entrait dans la chambre, ils cessèrent brusquement.

Que diable se passe-t-il?

Une mignonne fillette de onze ans dormait en serrant étroitement contre elle un gros ours panda en peluche aux yeux ronds. « Pookey ». Défraîchi par des années de caresses, des années de baisers sonores et mouillés.

Chris s'avança doucement jusqu'au bord du lit et se pencha pour murmurer :

— Rags? Tu es réveillée?

Une respiration régulière. Lourde. Profonde.

Chris promena son regard autour de la chambre. La faible lumière du vestibule tombait pâle et diffuse sur les peintures de Regan, sur les sculptures de Regan, sur d'autres animaux en peluche.

D'accord, Rags. Tu as bien fait marcher ta vieille maman. Dis-le. Poisson d'avril!

Mais Chris savait que cela ne lui ressemblait pas. L'enfant était d'une nature timide et très craintive. Alors qui était l'espiègle qui lui jouait ce tour? Un esprit somnolent qui imposait un rythme aux vibrations de la tuyauterie du chauffage central ou des canalisations d'eau? Une fois, dans les montagnes du Bhoutan, elle avait regardé attentivement pendant des heures un moine bouddhiste qui méditait, accroupi par terre. A la fin il lui avait bien semblé le voir se soulever par lévitation. Peut-être. Lorsqu'elle racontait cette histoire à quelqu'un, elle ajoutait invariablement « peut-être ». Et peut-être aussi ce soir son esprit, cet infatigable raconteur d'histoires, avait-il dramatisé les coups.

Enfin quoi, zut! Je les ai pourtant bien entendus!

Brusquement elle jeta un bref coup d'œil au plafond. Là! Des grattements légers.

Des rats dans le grenier, parbleu! Des rats!

Elle soupira. *Mais oui, c'était ça. Avec leurs grosses queues. Pan, pan, pan.* Elle se sentit étrangement soulagée. Et remarqua soudain le froid. La chambre était glaciale.

Elle alla doucement vers la fenêtre, vérifia sa fermeture. Hermétique. Elle toucha le radiateur. Chaud.

Mais alors?

Déconcertée, elle revint vers le lit et posa la main sur la joue de Regan. Elle était douce, moite d'une légère transpiration.

Je dois être malade.

Elle regarda sa fille, son petit nez retroussé et sa frimousse couverte de taches de rousseur, et dans une soudaine impulsion de tendresse se pencha et l'embrassa sur la joue.

— Je t'aime, tu sais, chuchota-t-elle tendrement, puis elle retourna à sa chambre, à son lit et à son script.

Pendant un bon moment elle y travailla. Le film était une comédie musicale inspirée de « M. Smith à Washington ». On y avait ajouté une intrigue secondaire qui avait trait aux contestations estudiantines dans les universités. Chris en était la vedette. Elle jouait le rôle d'un professeur de psychologie qui prenait fait et cause pour les rebelles. Et elle détestait cela. *C'était idiot. Cette scène était absolument idiote!* Son esprit, quoique non formé, n'avait jamais accepté les slogans comme parole d'Evangile, et, tel un geai curieux, picorait sans relâche dans tout ce qui était verbiage pour y trouver le fait concret, caché et brillant. Et la cause des contestataires était idiote à ses yeux. Leurs revendications n'avaient pas le sens commun. *Mais comment ça se fait?* se demanda-t-elle. *Est-ce parce que j'appartiens à une autre génération? Non, impossible, je n'ai que trente et un ans. Non, c'est tout simplement idiot, il n'y a pas d'autre explication.*

Du calme. Dans une semaine tout sera fini.

Ils avaient achevé les scènes d'intérieur à Hollywood. Il ne restait plus que quelques scènes d'extérieur qui devaient commencer le lendemain, sur le campus de l'université Georgetown. C'était les vacances de Pâques et tous les étudiants étaient partis.

Le sommeil la gagnait. Elle avait les paupières lourdes. Elle tourna une page bizarrement déchirée et sourit. Ça, c'était son metteur en scène anglais. Quand il était particulièrement nerveux, il déchirait fébrilement de ses mains tremblantes une étroite bande verticale sur le bord de la page qui se trouvait à sa portée, puis la mâchonnait, centimètre par centimètre, jusqu'à ce qu'elle ne fût plus qu'une boulette de papier dans sa bouche.

Cher Burke.

Elle bâilla. Et puis elle regarda avec tendresse le coin déchiré de son script. Les pages avaient l'air grignotées. Cela lui rappela les rats. *Ces sales bêtes avaient le sens du rythme, quand même!* Elle prit mentalement note de dire à Karl qu'il faudrait poser des pièges dès le lendemain.

Ses doigts étaient engourdis. La brochure lui glissa des mains. Elle la laissa tomber sur ses draps. *Idiot. C'est idiot.* Elle chercha à tâtons le commutateur et éteignit. Elle soupira, resta un moment immobile, presque endormie; et puis elle repoussa les couvertures d'une jambe molle. Il faisait trop chaud.

La buée de la rosée s'accrocha, douce et légère, aux vitres de la fenêtre.

Chris s'endormit et rêva de la mort avec des détails saisissants, de la mort comme d'une chose dont on n'aurait jamais entendu parler, tandis que quelque chose sonnait, qu'elle haletait, se dissolvait, s'anéantissait en pensant sans arrêt : *Je ne vais plus être, je vais mourir, je ne serai plus, et cela pour toujours. Oh! papa, ne les laisse pas, oh! ne les laisse pas faire, ne me laisse pas réduire à néant pour jamais...* et elle glissait toujours dans le vide, fondait, s'effilochait, sonnait... une sonnerie...

Le téléphone!

Elle bondit, le cœur cognant à grands coups, la main sur le téléphone et une sensation de vide au creux de l'estomac; un noyau sans poids, et son téléphone qui sonnait.

Elle répondit. C'était l'assistant du metteur en scène.

— On t'attend pour le maquillage à 6 heures, mon chou.

— Bon.

— Comment ça va?

— Si j'arrive à me traîner jusqu'à la salle de bains, et s'il n'y a pas le feu, je pense que je serai d'attaque.

— A tout à l'heure alors, fit-il avec un petit rire.

— Entendu. Et merci.

Elle raccrocha. Et pendant quelques minutes elle resta immobile, pensant à son rêve. Un rêve?

Plutôt une songerie, presque une pensée, qui lui était venue à l'esprit alors qu'elle commençait à s'éveiller. Cette terrible clarté. La luminosité de cette tête de mort... Le non-être. Irréversible. Elle ne parvenait pas à imaginer cela. *Mon Dieu! cela ne peut pas être.*

Elle réfléchit. Et finit par courber la tête. *Mais cela est, pourtant.*

Elle alla dans la salle de bains, enfila un peignoir et descendit sur la pointe des pieds dans la cuisine, dans la vie grésillante de bacon.

— Ah, bonjour, madame MacNeil.

Willie, voûtée et grisonnante, des cernes bleus sous les yeux, pressait des oranges. Une trace d'accent. Suisse. Comme celui de Karl. Elle s'essuya les mains à une serviette en papier et se dirigea vers son fourneau.

— Laissez, je vais le faire, Willie.

Chris, toujours pleine de sollicitude, avait remarqué le regard fatigué de la vieille femme, et comme Willie avec un grognement retournait à son évier, l'actrice versa le café et se dirigea vers le coin réservé au petit déjeuner. Elle s'assit. Et elle sourit tendrement en regardant son assiette. Une rose d'un rouge vif. Regan. *Cet ange.* Souvent le matin, lorsque Chris travaillait, Regan se glissait silencieusement hors de son lit, descendait dans la cuisine et y déposait une fleur, puis revenait se coucher à tâtons, les yeux collés de sommeil. Chris secoua la tête; tristement, en se souvenant : Elle avait failli l'appeler Goneril. *Oui. Rien de moins que cela. De quoi s'attendre au pire, hein?* Chris rit tout bas à ce souvenir. Elle but son café à petites gorgées. Comme son regard se posait de nouveau sur la rose, son expression s'attrista soudain, de grands yeux verts éplorés dans un visage de petit enfant abandonné. Elle se souvenait d'une autre fleur. Un fils. Jamie. Il était mort depuis longtemps déjà, alors qu'il n'avait que trois ans et que Chris était une jeune chorus-girl inconnue de Broadway. Elle s'était alors juré de ne plus jamais se donner à personne comme elle s'était donnée à Jamie et à son père, Howard MacNeil. Elle détourna vivement son regard de la rose et comme son rêve de mort montait telle une vapeur de son café, elle alluma vite une cigarette. Willie lui apporta son jus d'orange et Chris se rappela les rats.

— Où est Karl? demanda-t-elle à la domestique.

— Je suis ici, madame!

Souple comme un chat il était apparu sur le pas de la porte qui ouvrait sur l'office. Imposant. Déférent. Dynamique. Prêt à bondir. Un petit morceau de kleenex collé sur la coupure qu'il s'était faite au menton en se rasant. « Oui? » Puissamment musclé, il respirait bruyamment près de la table. Des yeux brillants, un nez en bec d'aigle. Le crâne chauve.

— Dites, Karl, nous avons des rats dans le grenier. Il faudrait mettre quelques pièges là-haut.

— Des rats?

— Je viens de vous le dire.

— Mais le grenier est bien propre.

— Eh bien, mettons que ce soit des rats *qui aiment la propreté.*

— Il n'y a pas de rats ici.

— Karl, je les ai entendus cette nuit, répondit patiemment Chris en se dominant.

— C'était peut-être la tuyauterie? suggéra Karl; peut-être le bois?

— Peut-être les rats! Vous allez acheter ces pièges et cesser de discuter.

— Bien, madame! (Il sortit avec empressement.) J'y vais tout de suite!

— Non, pas maintenant, Karl! Tous les magasins sont encore fermés.

— Ils sont tous fermés, marmonna Willie.

— Je vais voir.

Il était parti.

Chris et Willie échangèrent un regard, et puis Willie hocha la tête et retourna à son bacon. Chris but lentement son café. *Etrange. Cet homme était étrange.* Très travailleur, très loyal, discret, comme Willie. Et pourtant quelque chose en lui la mettait vaguement mal à l'aise. Qu'était-ce donc? Ce petit air arrogant qu'il avait? insolent? Non. Quelque chose d'autre. Quelque chose de difficile à préciser. Le ménage était à son service depuis bientôt six ans et pourtant Karl était toujours un inconnu, un masque — un hiéroglyphe qui parlait, qui respirait, qui faisait ses courses avec un empressement cérémonieux, mais tout extérieur. Et pourtant, derrière le masque, quelque chose remuait; elle pouvait entendre comme le cliquetis d'un mécanisme, comme une conscience. Elle écrasa sa cigarette, entendit la porte d'entrée s'ouvrir en claquant, puis se refermer.

— Ils sont tous fermés, marmonna Willie.

Chris grignota son bacon, puis remonta dans sa chambre pour s'habiller : un sweater et une jupe, ce qu'elle portait dans le film. Elle se jeta un coup d'œil dans le miroir et regarda longuement ses cheveux roux coupés court qui avaient toujours l'air ébourriffés, la profusion des taches de rousseur sur son petit visage net, puis elle loucha et se sourit en prenant un air idiot. *Bonjour, toi, l'adorable fille d'en face! Est-ce que je peux parler à ton mari? à ton amant? à ton Jules? Oh! ton Jules est à l'hospice? C'est Avon à l'appareil!* Elle se tira la langue. Et puis ses épaules s'affaissèrent. *Ah, Seigneur, quelle vie!* Elle prit sa boîte à perruque, descendit l'escalier d'un pas traînant et sortit dans la rue pittoresque bordée d'arbres.

Elle s'arrêta un moment devant la maison, respirant le matin à pleins poumons. Elle regarda sur sa droite. A côté de la maison, un escalier de vieilles pierres descendait presque à pic dans la rue « M » située en contrebas. Un peu plus loin se trouvait l'entrée de la remise qui servait jadis de garage commun aux voitures de la rue : un toit en tuiles, méditerranéen; des tourelles rococo; des briques anciennes. Elle la regarda pensivement. *C'était drôle. Une rue marrante. Pourquoi, diable, ne pas y rester? Acheter la maison? Commencer à vivre?* Quelque part une cloche sonna le glas. Elle regarda en direction du son. La tour de l'horloge du campus de Georgetown. La résonance mélancolique se répercuta sur le fleuve, frissonna, s'insinua dans son cœur las. Elle se mit en marche vers son travail; vers l'abominable charade, vers cette imitation poussiéreuse de la vie.

Elle franchit la grille de l'entrée principale du campus et son abattement se dissipa quelque peu. Il s'allégea encore tandis qu'elle contemplait la rangée de roulottes-vestiaires alignées le long de l'allée carrossable près du mur d'enceinte du côté sud; et vers 8 heures, lorsque commença la première prise de vues de la matinée, elle était presque redevenue elle-même. Elle se lança dans une discussion sur le scénario.

— Dis, Burke? Voudrais-tu jeter un coup d'œil à ce truc-là?

— Oh ! Mais je vois que tu as un *script!* Comme c'est gentil!

Le metteur en scène Burke Dennings, tiré à quatre épingles, pétulant, l'œil gauche clignotant mais pétillant de malice, déchira avec une précision toute chirurgicale, une bande étroite à une page de sa brochure avec des doigts tremblants.

— Je vais mâchonner un peu, dit-il avec un petit rire sec.

Ils se trouvaient sur l'esplanade face au bâtiment de l'administration, au milieu des acteurs, des projecteurs, des techniciens, des figurants, des machinistes. Çà et là quelques spectateurs flânaient sur la pelouse, la plupart d'entre eux appartenant à la faculté des jésuites. Quelques enfants. L'opérateur, qui s'ennuyait, ramassa un *Daily Variety* tandis que Dennings fourrait la languette de papier dans sa bouche tout en gloussant. Son haleine exhalait une faible odeur de gin matinal.

— Oui, je suis *rudement* content qu'on t'aie donné un *script*.

Lutin frêle et malicieux d'une cinquantaine d'années, il s'exprimait avec un accent anglais très prononcé et charmant, si châtié et si pur qu'il élevait l'obscénité la plus crue au niveau du raffinement verbal. Quand il buvait, il avait toujours l'air d'être sur le point de pouffer de rire; il semblait constamment lutter pour garder un maintien sérieux.

— Maintenant, raconte-moi, bébé. Qu'y a-t-il? Qu'est-ce qui te tracasse?

Dans la scène en question, le doyen de l'université imaginaire haranguait la foule des étudiants pour tenter de les dissuader d'occuper les lieux. Chris devait alors grimper en courant les marches conduisant à l'esplanade, arracher le haut-parleur des mains du doyen et montrer ensuite du doigt le bâtiment principal de l'administration en s'écriant : « Il faut le démolir! »

— C'est complètement idiot, dit Chris. Ça n'a aucun sens.

— Mais voyons, c'est pourtant parfaitement clair, mentit Dennings.

— Pourquoi diable devraient-ils démolir le bâtiment de l'administration, Burke? Pour quelle raison?

— Est-ce que tu me fais marcher?

— Non, je te demande seulement pourquoi.

— Mais parce que c'est *là*, mon chou!

— Dans le scénario?

— Non, *sur le terrain!*

— Enfin, Burke, ça n'a pas de sens! Elle ne ferait pas ça du tout.
— Si, elle le ferait.
— Non, elle ne le ferait pas!
— Devons-nous convoquer l'auteur? Je crois qu'il est à Paris.
— Pour s'y planquer?
— Non, pour *baiser*.
Il avait articulé sa réponse d'un ton sec avec une diction impeccable, ses yeux rusés pétillant dans son visage impassible tandis que le mot s'élevait jusqu'aux flèches gothiques.
Chris se laissa aller contre son épaule, en riant.
— Sacré Burke, va! Tu es impossible.
— Oui, dit-il avec l'air de César confirmant modestement la nouvelle de son triple refus de la couronne. Et maintenant, on y va?
Chris n'entendit pas. Elle avait lancé un coup d'œil furtif et embarrassé à un jésuite qui se trouvait près d'eux, essayant de se rendre compte s'il avait entendu l'obscénité. Un visage sombre, raviné. Comme celui d'un boxeur. Buriné. La quarantaine. Quelque chose de triste dans le regard; quelque chose de douloureux et pourtant de chaud et de rassurant tandis qu'il croisait le sien. Il avait entendu. Il souriait. Il lança un coup d'œil à sa montre et s'éloigna.
— Alors, on y va, oui ou non?
Elle se retourna, interloquée.
— Oui, bien sûr, Burke; allons-y.
— Enfin! C'est pas trop tôt!
— Non, *attends!*
— Oh! Bon Dieu! quoi encore?
Elle se plaignit de la banalité de la scène. Elle estimait que le paroxysme était atteint au moment de la réplique et n'était pas d'accord pour se mettre à courir vers la porte du bâtiment tout de suite après.
— Ça n'ajoute rien, dit-elle. C'est idiot.

— Oui, mon chou, en effet, approuva Burke sincèrement. Mais le monteur insiste pour que nous tournions cette scène, continua-t-il, c'est là le *hic*. Tu vois?

— Non, je ne vois pas.

— Bien sûr que tu ne vois pas. C'est stupide. Tu comprends, étant donné que la scène suivante commence avec Jed qui entre par une porte, le monteur est certain d'avoir de l'avancement si la scène précédente se termine sur toi *sortant* par une porte.

— C'est complètement idiot.

— Oh *ça* oui! C'est à *dégueuler!* C'est tout ce qu'il y a de con! Et maintenant, pourquoi ne pas balancer ta brochure et me faire confiance pour la déchiqueter jusqu'à la dernière réplique. Ça me semble assez appétissant à mâcher.

Chris éclata de rire. Et l'approuva. Burke lança un coup d'œil au monteur qui était connu pour son caractère égoïste enclin aux discussions stériles. Il était aux prises avec l'opérateur. Le metteur en scène poussa un soupir de soulagement.

Tout en attendant sur la pelouse au bas des marches tandis que les projecteurs chauffaient, Chris regarda Dennings qui, ayant lancé une obscénité à un malheureux machiniste, rayonnait visiblement. Il semblait se complaire dans son excentricité. Toutefois à un certain degré d'ivresse, Chris le savait, il se mettait soudainement en colère, et si cela arrivait vers les 3, 4 heures du matin, il était capable de téléphoner à des gens importants et de les injurier rageusement à propos de piques insignifiantes. Chris se souvenait encore d'un chef de studio dont l'offense avait consisté à remarquer sans malice que les poignets de la chemise de Dennings semblaient légèrement effrangés, ce qui avait poussé Dennings à le réveiller à 3 heures du matin pour le traiter de « cul-terreux engendré par un abruti plus que complètement dégénéré! ». Le lendemain, il simulait l'amnésie et rayonnait secrètement quand ceux qu'il avait offensés lui décrivaient en détail son comportement. Mais quand cela l'arrangeait, il savait se souvenir. Chris repensa en souriant à la nuit où, dans un accès de rage aveugle, alors qu'il était bourré de gin, il avait tout cassé dans les bureaux des studios et comment, plus tard, quand on lui avait présenté une note détaillée des dégâts ainsi que des photos polaroïd témoignant des dommages causés, il les avait malicieusement repoussées en prétendant que c'était « un trucage évident; les dégâts étaient bien plus considérables! ».

Bah! pensa Chris, *je suppose que c'est une espèce d'immortalité.*

Elle se retourna, regardant par-dessus son épaule le jésuite qui avait souri. Il était déjà loin et marchait la tête penchée, l'air mélancolique, nuage noir solitaire en quête de la pluie.

Elle n'avait jamais aimé les prêtres. Si imbus d'eux-mêmes, si assurés. Et pourtant celui-ci...

— Fin prête, Chris? demanda Dennings.

— Oui, quand tu voudras.

— Bien. Silence! Silence! lança l'assistant metteur en scène.

— Envoyez les projecteurs! ordonna Burke.

— Moteur!

— On tourne!

Chris monta les marches en courant tandis que les figurants l'acclamaient et que Dennings l'observait, en se demandant ce qu'elle pouvait bien avoir en tête. Elle avait abandonné trop rapidement la discussion. Il lança un regard significatif au répétiteur qui s'approchait de lui à pas feutrés, plein de déférence, et lui tendait le *script* ouvert à la page, comme un vieil enfant de chœur présentant le missel à l'officiant lors d'une messe solennelle.

Ils travaillèrent sous un soleil qui se montrait

par intermittence. Mais vers 4 heures de l'après-midi le ciel se couvrit de lourds nuages sombres et l'assistant du metteur en scène renvoya toute la troupe jusqu'au lendemain.

Chris rentra chez elle à pied. Elle était fatiguée. A l'angle de la 36e avenue et de la « O » elle donna un autographe à un vieux commis d'épicerie italien qui l'avait saluée du seuil de sa boutique. Elle écrivit son nom en ajoutant « Avec mes vœux les plus affectueux » sur un sac en papier brun. Tandis qu'elle attendait pour traverser, elle lança un coup d'œil oblique à une église catholique située de l'autre côté de la rue. Saint-Machin ou Saint-Chose... appartenant aux jésuites. Elle avait entendu dire que c'était là que John F. Kennedy avait épousé Jackie et qu'il s'y rendait pour prier. Elle essaya de se l'imaginer : John F. Kennedy au milieu des cierges, des vieilles femmes pieuses et ridées; John F. Kennedy la tête penchée pour prier; *Je crois...* une détente avec les Russes... *Je crois, je crois...* Apollo IV au milieu du cliquetis des chapelets; *je crois... à la résurrection et à la vie éter...*

Voilà. C'est ça. C'est ça le truc!

Elle regarda tandis qu'un camion de bière passait lourdement chargé dans un bringuebalement de promesses frissonnantes, tièdes et glougloutantes.

Elle traversa. Comme elle descendait la rue « O » et passait devant l'auditorium de l'école primaire, un prêtre la dépassa rapidement, les mains enfoncées dans les poches d'un imperméable en nylon. Jeune, tendu, mal rasé. Il tourna sur sa droite, s'enfonçant dans un passage qui menait à une cour derrière l'église.

Chris s'arrêta près du passage et l'observa avec curiosité. Il semblait se diriger vers un petit cottage blanc en bois. Une vieille contre-porte s'ouvrit en craquant et un autre prêtre en sortit. Il avait l'air sombre, très nerveux. Il salua le jeune homme d'un bref signe de tête, et, les yeux fixés au sol, se dirigea rapidement vers une porte de l'église. Et puis la porte de la maisonnette fut une fois encore ouverte de l'intérieur. Un autre prêtre. Il ressemblait... Mais oui, *c'était lui! Celui qui avait souri quand Burke avait dit « Pour baiser »*. Seulement maintenant il avait l'air grave tandis qu'il accueillait en silence le nouvel arrivant et passait son bras autour de ses épaules d'un geste affectueux, presque paternel. Il le fit entrer et la contre-porte se referma lentement avec un léger grincement.

Chris fixa pensivement ses chaussures. Elle était intriguée. *Qu'est-ce que ça voulait dire?* Elle se demanda si les jésuites se confessaient entre eux.

Un grondement de tonnerre dans le lointain. Elle regarda le ciel. Est-ce qu'il allait pleuvoir?... *La résurrection et la...*

Oui, oui, bien sûr. Mardi prochain. Des éclairs déchirèrent le ciel. *Ne nous appelle pas, mon petit, c'est nous qui t'appellerons!*

Elle releva le col de son manteau et se remit lentement en marche. Elle souhaita que la pluie tombât enfin.

Un instant plus tard elle était chez elle et se précipitait dans la salle de bains. Après cela elle descendit dans la cuisine.

— Bonsoir, Chris, comment ça va?

Une jolie blonde d'une vingtaine d'années était assise devant la table. Sharon Spencer. Fraîche. Native de l'Oregon. Depuis trois ans elle était la gouvernante de Regan et la secrétaire de Chris.

— Oh, fourbue, comme d'habitude. (Chris s'avança nonchalamment vers la table et commença à examiner le courrier.) Il y a quelque chose d'intéressant?

— Voulez-vous dîner à la Maison-Blanche la semaine prochaine?

— Oh, je n'en sais rien, Marty. Qu'auriez-vous envie de faire?

— Manger des bonbons à en tomber malade.

Chris eut un petit rire.

— A propos, où est Rags?

— En bas, dans la salle de jeux.

— Qu'est-ce qu'elle fait?

— De la sculpture. Elle est en train de faire un oiseau, je pense. Pour vous.

— Oui, j'en ai bien besoin, murmura Chris. (Elle alla jusqu'au fourneau et se versa une tasse de café chaud.) Dites! ce dîner, c'est une blague? demanda-t-elle.

— Non, pas du tout, répondit Sharon. C'est pour jeudi.

— Une grande réception?

— Non, juste cinq ou six personnes à ce que j'ai cru comprendre.

— Sans blague?

Elle était heureuse mais pas vraiment surprise. Tout le monde recherchait sa compagnie : que ce soit les chauffeurs de taxi, les poètes, les professeurs, les rois... Qu'est-ce qu'ils aimaient en elle? La Vie? Chris s'assit devant la table.

— La leçon a bien marché?

Sharon alluma une cigarette en fronçant les sourcils.

— J'ai encore passé un fichu quart d'heure avec les maths.

— Ha, ha!

— Je sais, c'est sa matière préférée, dit Sharon.

— Bah! ces nouvelles mathématiques! Oh mon Dieu! je ne vais pas avoir de monnaie pour l'autobus si...

— B'jour, m'man!

Elle entra dans la pièce en bondissant, tendant ses bras minces. Une queue de cheval rousse. Une petite figure douce et rayonnante couverte de taches de rousseur.

— Bonjour, petite horreur! (Radieuse, Chris la saisit à pleins bras, la pressa contre elle, puis embrassa la joue de la fillette avec ardeur. De gros baisers sonores. Elle ne pouvait réprimer l'élan de son amour.) Mmum-mmum-mmum! (Encore d'autres baisers. Enfin elle écarta Regan en la tenant à bout de bras et sonda son visage d'un regard passionné.) Qu'est-ce que tu as fait aujourd'hui? Quoi de neuf?

— Oh, des choses...

— Quel *genre* de choses?

— Boh, laisse-moi réfléchir. (Les genoux contre ceux de sa mère, elle se balançait doucement d'avant en arrière.) D'abord, bien sûr, j'ai travaillé.

— Oui et puis?

— Et puis j'ai fait de la peinture.

— Qu'est-ce que tu as peint?

— Oh! des fleurs, tu sais. Des marguerites, mais de celles qui sont roses. Et puis... oh oui! Le *cheval!* (Elle s'anima soudain, les yeux grand ouverts.) Un monsieur avec un *cheval* est venu se promener près du fleuve. On se promenait et puis ce *cheval* est passé, oh! qu'il était *beau*! Oh! m'man, j'aurais voulu que tu le *voies* et le monsieur m'a laissé *m'asseoir* dessus! oui, c'est *vrai!* Enfin une *minute!*

Chris secrètement amusée lança un clin d'œil à Sharon.

— C'était lui? demanda-t-elle d'un sourcil levé.

Lorsqu'elles étaient venues à Washington pour les prises de vues, la blonde secrétaire, qui faisait désormais virtuellement partie de la famille, avait occupé une des chambres du premier étage. Jusqu'au jour où elle avait rencontré le « cavalier » à un manège voisin. Chris avait alors décidé qu'il fallait à Sharon un endroit tranquille où elle puisse être libre et lui avait retenu un appartement dans un hôtel luxueux, insistant pour payer la note.

— Lui-même, sourit Sharon en réponse à Chris.

— C'était un cheval gris! ajouta Regan. Maman, est-ce que je pourrais avoir un cheval? Je veux dire est-ce que ça serait possible?

— On verra, bébé.

— Quand est-ce que je pourrai en avoir un, dis?

— On verra, j'ai dit. Où est l'oiseau que tu as fait?

Regan resta un instant bouché bée; puis elle se tourna vers Sharon et lui fit timidement une moue de reproche.

— Il fallait pas lui dire. (Puis :) C'était une surprise, annonça-t-elle avec un petit rire.

— Tu veux dire...?

— Oui, avec un grand nez drôle, comme tu voulais.

— Oh, Rags, comme c'est gentil! Est-ce que je peux le voir?

— Non, j'ai encore à le peindre. Quand est-ce qu'on dîne, m'man?

— Tu as faim?

— Je meurs de faim.

— Mais voyons! Il n'est même pas 5 heures. A quelle heure avez-vous déjeuné? demanda Chris à Sharon.

— Oh! vers midi, répondit Sharon.

— A quelle heure doivent rentrer Willie et Karl?

Elle leur avait donné leur après-midi.

— Vers 7 heures, je pense, dit Sharon.

— M'man, est-ce qu'on ne pourrait pas aller au Hot Shoppe, supplia Regan. Dis? On ne pourrait pas?

Chris attira vers elle la main de sa fille; sourit tendrement et y posa un baiser.

— Grimpe vite t'habiller et on y va.

— Oh, je t'adore!
Regan sortit de la pièce en courant.
— Mets ta robe neuve, trésor! lui cria Chris.
— Que diriez-vous d'être onze? murmura pensivement Sharon.
— C'est une proposition?
Chris prit son courrier et commença nonchalamment à trier les adulations griffonnées.
— Est-ce que vous accepteriez? demanda Sharon.
— Avec le cerveau que j'ai maintenant? Tous les souvenirs?
— Bien sûr.
— Je passe.
— Réfléchissez-y.
— J'ai réfléchi. (Chris prit un manuscrit sur la couverture duquel une lettre était attachée. Jarris. Son agent.) Je leur ai pourtant dit que je ne voulais plus lire de scénarios pour le moment!
— Vous devriez lire celui-ci, dit Sharon.
— Ah oui vraiment?
— Oui, je l'ai lu ce matin.
— Il est bon?
— Fantastique.
— Et j'y jouerais le rôle d'une religieuse qui découvre qu'elle est lesbienne, non?
— Non, vous n'avez rien à y jouer.
— Eh bien! décidément c'est de mieux en mieux. Qu'est-ce que vous me racontez, Sharon? Qu'est-ce qu'il y a de drôle?
— Ils veulent que vous fassiez la mise en scène, expliqua Sharon circonspecte tout en soufflant une bouffée de sa cigarette.
— *Hein?*
— Lisez la lettre.
— *Bon Dieu,* Shar, vous *plaisantez!*
Chris se jeta sur la lettre, le regard avide, dévorant les mots à grosses bouchées affamées :... *nouveau scénario... un triptyque... le studio a demandé*

à sir Stephen Moore... rôle accepté à condition que...

— *Je mette en scène sa séquence!*

Chris leva les bras au ciel et poussa un cri de joie rauque et strident. Et puis elle serra la lettre contre son cœur : « Oh! Steve, mon *ange*, tu t'es *rappelé!* » Ils tournaient en Afrique. Ivres, dans des fauteuils pliants. Contemplant le crépuscule enflammé. « *Ah, le métier est d'un vide! Qu'est-ce que ça peut être barbant, Steve! Oh, j'aime bien mon métier! Mais c'est fichtrement rasoir quand même! Tiens! Tu veux que je te dise ce qui est intéressant dans le cinéma? c'est la mise en scène! Ça oui! Là tu as vraiment quelque chose à faire, quelque chose de personnel; enfin je veux dire quelque chose de vivant!* » « *Eh bien, alors, qu'est-ce que tu attends pour en faire ?* » « *J'ai essayé; mais ils ne veulent pas de moi.* » « *Pourquoi?* » « *Oh! allons donc, comme si tu ne le savais pas! Ils ne pensent pas que je sois à la hauteur!* » Doux souvenir, chaud sourire. *Cher Steve...*

— M'man, je n'arrive pas à trouver ma robe! Regan appelait du palier.

— Dans le placard! répondit Chris.

— J'ai regardé!

— J'arrive tout de suite! lança Chris. (Elle examina un moment le scénario, puis s'assombrit peu à peu.) Alors c'est probablement qu'il ne vaut rien.

— Oh! allons donc. Moi je pense vraiment qu'il est bon.

— Mamy!

— J'arrive!

Chris se mit debout lentement.

— Vous avez un rendez-vous, ce soir, Sharon?

— Oui.

Chris eut un geste vers le courrier.

— Allez-y. Nous pourrons nous occuper de tout ça demain matin.

Sharon se leva.

— Oh, non! un instant... ajouta Chris en se souvenant de quelque chose. Il y a une lettre qui doit partir ce soir.

— Oh, d'accord.

La secrétaire prit son bloc à sténo.

— Maaaa-maaann!

Un gémissement d'impatience.

— Attendez-moi une minute, je redescends tout de suite, dit Chris à Sharon.

Elle allait sortir de la cuisine, mais s'arrêta en voyant Sharon regarder sa montre.

— Oh! c'est mon heure de méditation, Chris, dit Sharon.

Chris la regarda attentivement, avec une sourde exaspération. Au cours de ces six derniers mois elle avait remarqué que sa secrétaire s'était prise d'un soudain engouement pour la recherche de la « sérénité ». Cela avait commencé à Los Angeles avec l'auto-hypnose pour continuer par des psalmodies bouddhistes. Pendant les quelques semaines où Sharon avait habité la chambre d'en haut, la maison tout entière avait senti l'encens; et des bourdonnements monotones de « *Nam myoho renge kyo* » (« Voyez-vous, Chris, il vous suffit de psalmodier ces mots, et vous obtenez tout ce que vous souhaitez... ») se faisaient entendre à des heures invraisemblables, et généralement quand Chris était en train d'étudier son rôle. « Vous pouvez allumer la TV, vous savez », avait généreusement dit Sharon à sa patronne à l'une de ces occasions. « Ça ne me fait rien. Je peux psalmodier avec toutes sortes de bruits autour de moi. Ça ne me dérange pas du tout. » Maintenant c'était le stade de la méditation transcendantale.

— Pensez-vous vraiment que ces machins-là font du bien, Shar? demanda Chris d'une voix atone.

— Cela me procure la paix de l'esprit, répondit Sharon.

— Tant mieux, dit sèchement Chris.

Elle tourna sur ses talons et lui dit bonsoir. Elle ne dit plus un mot au sujet de la lettre, et en quittant la cuisine elle murmura :

— *Nam myoho renge kyo!*

— Répétez-le pendant un bon quart d'heure, conseilla Sharon. Peut-être que ça réussira aussi avec vous.

Chris s'arrêta et chercha vainement une réponse mesurée. N'en trouvant pas elle monta dans la chambre de Regan, allant droit à la penderie. Regan se tenait au milieu de la pièce, et regardait le plafond.

— Qu'est-ce que tu fais? lui demanda Chris en cherchant la robe.

Elle était en coton bleu pâle. Elle l'avait achetée la semaine précédente, et se souvenait l'avoir pendue dans le placard.

— Il y a de drôles de bruits là-haut, dit Regan.

— Je sais. Nous avons des visiteurs.

Regan la regarda.

— Hein?

— Des écureuils, mon chou; de petits écureuils dans le grenier.

Sa fille était craintive et elle était terrifiée par les rats. Même les souris lui faisaient peur.

La chasse à la robe se révéla vaine.

— Tu vois, m'man, quand je te disais qu'elle n'y était pas!

— Oui, oui, tu as raison. C'est peut-être Willie qui l'a prise avec le linge à laver.

— Elle a disparu.

— Eh bien, tant pis, mets ta robe bleu marine. Elle est très jolie aussi.

Elles allèrent au Hot Shoppe. Chris commanda pour elle une salade tandis que Regan mangeait un potage, quatre rolls, du poulet frit, un chocolat frappé et une énorme portion de tarte aux myrtilles avec une glace au café. *Où met-elle tout cela,* se demanda Chris avec tendresse; *dans ses poignets?* L'enfant était aussi mince qu'un espoir fugitif.

Chris alluma une cigarette après avoir bu son café et regarda par la fenêtre qui se trouvait à sa droite. Le fleuve était sombre et on n'y décelait aucun courant.

— C'était très bon tu sais, m'man.

Chris se retourna vers sa fille et, comme cela lui arrivait souvent, retint son souffle et sentit que cela lui faisait encore mal de retrouver l'image d'Howard sur le visage de Regan. C'était l'angle de la lumière. Elle abaissa son regard sur l'assiette de Regan.

— *Nam myoho renge kyo,* murmura-t-elle avec ferveur.

— Qu'est-ce que tu dis, m'man?

Chris écrasa sa cigarette avec un petit rire.

Elles étaient de retour avant 7 heures. Willie et Karl étaient déjà rentrés. Regan courut dans la salle de jeux au sous-sol, pressée de finir la sculpture pour sa mère. Chris se dirigea vers la cuisine pour y reprendre son script. Elle trouva Willie en train de faire du café très ordinaire. Elle avait l'air irrité et boudeur.

— Eh bien, Willie, vous avez passé un bon après-midi?

— Ne m'en parlez pas! (Elle ajouta une coquille d'œuf et une pincée de sel au contenu bouillant de la cafetière. Ils étaient allés au cinéma, expliqua Willie. Elle voulait voir le dernier film des Beatles, mais Karl avait insisté pour aller voir un film sur Mozart.) Terrible, dit-elle encore frémissante tout en baissant la flamme. Cette espèce d'*imbécile!*

— Je suis désolée pour vous. (Chris glissa le script sous son bras.) Oh, Willie, avez-vous vu la robe que j'ai achetée pour Regan la semaine dernière? Celle en coton bleu?

— Oui, je l'ai vue dans le placard. Ce matin.
— Où l'avez-vous mise?
— Mais... elle y est toujours.
— Est-ce que vous ne l'auriez pas prise, par erreur, en même temps que le linge à laver?
— Elle est là.
— Avec le linge sale?
— Dans le placard.
— Non, elle n'y est pas. J'ai regardé.

Willie ouvrit la bouche comme pour dire quelque chose puis la referma et se renfrogna en regardant son café. Karl venait d'entrer.

— Bonsoir, madame.

Il alla prendre un verre d'eau à l'évier.

— Avez-vous installé les pièges? demanda Chris.
— Il n'y a pas de rats.
— Les avez-vous *installés*?
— Je les ai installés, bien sûr, mais le grenier est propre.
— Dites-moi, Karl, comment était le film?
— Passionnant, madame!

Son dos, comme son visage, était résolument inexpressif.

Chris sortit de la cuisine en fredonnant une chanson célèbre des Beatles. Mais elle revint sur ses pas. *Juste un dernier coup!*

— Avez-vous eu du mal pour trouver ces pièges, Karl?
— Non, madame, pas le moindre.
— A 6 heures du matin?
— Oui, madame; je suis allé au marché nocturne.

Seigneur!

Chris prit un long bain voluptueux et, en ouvrant le placard de sa chambre pour chercher un peignoir, elle découvrit la robe de Regan. Elle était par terre, en tas, au fond du placard, toute froissée.

Chris la ramassa. *Qu'est-ce qu'elle faisait ici?*

Les étiquettes y étaient encore. Chris réfléchit un moment. Puis elle se rappela que le jour où elle avait acheté cette robe elle avait également fait deux ou trois emplettes pour elle. *Elle avait dû fourrer le tout ensemble.*

Chris porta la robe dans la chambre de Regan, la mit sur un cintre et l'accrocha à la tringle. Elle jeta un coup d'œil à la garde-robe de Regan. *Charmant. Des vêtements charmants, oui, Rags, regarde ici, pas là-bas du côté de papa qui n'écrit jamais.*

En se détournant du placard elle se cogna l'orteil contre le pied du bureau. *Oh! Bon sang, qu'est-ce que j'ai pris!* Comme elle levait la jambe pour se masser le pouce, elle remarqua que le bureau n'était pas à sa place habituelle, il s'en fallait d'un mètre au moins. *Pas étonnant que je me sois cognée. Willie a dû le déplacer en passant l'aspirateur.*

Elle descendit dans son bureau, emportant le script que lui avait envoyé son agent.

Très différent du vaste living-room aux larges baies vitrées qui s'ouvraient sur le paysage, le bureau dégageait une tout autre atmosphère faite de silence épais, de chuchotements, de secrets murmurés entre oncles riches. Une haute cheminée en brique, des panneaux de chêne; un plafond aux poutres apparentes, entrecroisées, d'un bois qui faisait penser qu'il venait d'un ancien pont-levis. Les quelques allusions au temps présent étaient le bar, quelques coussins aux tons vifs et une peau de léopard appartenant à Chris et qu'elle avait placée sur le plancher en bois de pin, devant le feu, où elle s'allongeait maintenant, la tête et les épaules appuyées contre le siège d'un sofa moelleux. Elle jeta un nouveau regard à la lettre de son agent. *Foi, Espérance, Charité :* trois séquences bien distinctes ayant chacune une distribution et un metteur en scène différents. La sienne serait l'Espérance. L'idée lui plaisait. Le titre aussi. Un peu terne peut-être mais raffiné. *Ils allaient probablement le changer pour quelque chose de plus ronflant, comme « La Danse des Vertus »*.

La sonnette de la porte d'entrée retentit. Burke Dennings. Solitaire, il venait souvent à l'improviste chez elle. Chris sourit tristement et hocha la tête en l'entendant lancer une obscénité à Karl qu'il semblait détester et qu'il harcelait sans cesse.

— Eh! Bonsoir, où y a-t-il un verre? demanda-t-il avec humeur en entrant dans la pièce et en se dirigeant vers le bar les mains dans les poches de son imperméable fripé, tout en regardant d'un autre côté.

Il se jucha sur un tabouret. Irritable. Le regard fuyant. Vaguement déçu.

— Alors? On drague de nouveau? demanda Chris.

— Que diable veux-tu dire? grogna-t-il.

— Tu as ton air bizarre.

Elle l'avait remarqué auparavant alors qu'ils travaillaient ensemble à un film à Lausanne. La première nuit passée là-bas, dans un hôtel des plus respectables qui donnait sur le lac de Genève. Chris avait mal dormi. A 5 heures du matin elle avait sauté du lit, s'était habillée et avait décidé de descendre dans le vestibule en quête d'un café ou d'une quelconque compagnie. En attendant l'ascenseur elle avait jeté un coup d'œil par une fenêtre et aperçu le metteur en scène qui, les mains enfouies dans les poches de son manteau, avançait avec difficulté, luttant contre le vent glacial de l'hiver, le long du lac. Au moment où elle arrivait au rez-de-chaussée, il rentrait à l'hôtel. « Pas la moindre baille en vue », avait-il lancé aigrement en la croisant, les yeux baissés; et puis il était monté dans l'ascenseur et avait disparu dans sa chambre. Quand elle lui avait rappelé cet incident en riant, plus tard, le metteur en scène s'était mis en colère et l'avait accusée d'être sujette à des hallucinations et de répandre des propos grossièrement mensongers que les gens s'empresseraient de croire « uniquement parce que tu es une vedette ». Il était allé jusqu'à la taxer d'être « tout bonnement *folle à lier* », mais ensuite il avait suggéré d'un ton conciliant, et dans un effort d'apaisement, qu'elle *avait* « peut-être » après tout vu quelqu'un qu'elle avait pris pour lui Dennings. « Après tout, avait-il fait remarquer à l'époque, ma bisaïeule était suisse! »

Chris se dirigea derrière le bar et lui rappela cet incident.

— Oh, ne sois donc pas aussi idiote! jappa Dennings. Il se trouve que j'ai passé la soirée à un thé emmerdant au possible. Un *thé* de professeurs de faculté!

Chris se pencha sur le bar.

— C'était seulement un thé?

— Allez, vas-y; fais-moi de la morale.

— Toi tu as eu une algarade à ce thé, dit-elle sèchement, avec les jésuites.

— Non, les jésuites se sont tenus tranquilles.

— Ils ne boivent pas?

— Mais enfin! tu es complètement *idiote* ou quoi? cria-t-il. Ils boivent comme des trous, oui! Jamais vu pareilles éponges de toute ma *vie!*

— Allons, boucle-là, Burke, Regan!

— Oui, Regan. (Dennings baissa la voix dans un murmure :) Où diable est mon *verre*?

— Est-ce que tu vas m'expliquer ce que tu fichais à un thé de professeurs de faculté?

— Toujours ces foutues public relations. Ça ne te ferait pas de mal d'y sacrifier un peu, toi aussi.

Chris lui tendit un gin « on the rocks ».

— Bon Dieu, ce que nous avons pu crotter leur terrain, murmura pieusement le metteur en scène, en portant le verre à ses lèvres. Oh! vas-y, tu peux rire! C'est tout ce que tu es capable de faire, rire et montrer tes fesses.

— Je souris seulement.

— Hum. Il fallait bien que *quelqu'un* se mît en frais.

— Et combien de fois as-tu dit « pour baiser », Burke?

— Oh! chérie, comme tu es grossière, la réprimanda-t-il vertueusement. Maintenant, dis-moi, comment te sens-tu?

Elle lui répondit d'un haussement d'épaules.

— Tu as le cafard? Allons, dis-moi.

— Je ne sais pas.

— Raconte à ton vieil oncle.

— Zut là! je pense que je vais boire quelque chose, dit-elle, en prenant un verre.

— D'accord, c'est excellent pour l'estomac. Et maintenant, raconte. Qu'est-ce qu'il y a?

Elle se versait lentement de la vodka.

— Est-ce que tu as jamais pensé à la mort?

— Je te demande pard...

Elle l'interrompit :

— Oui, à la *mort*. Y as-tu jamais pensé, Burke? A ce que ça signifie? Je veux dire à ce que cela signifie vraiment.

Légèrement agacé, il répondit :

— Je ne sais pas. Non, je n'y ai jamais pensé. Je ne pense jamais, moi, j'agis. Pourquoi diantre poses-tu cette question?

Elle haussa les épaules.

— Je n'en sais rien, répondit-elle avec douceur. (Elle laissa tomber des cubes de glace dans son verre et le regarda pensivement.) Si... si, je sais, corrigea-t-elle. J'ai, en quelque sorte... oui, j'ai pensé à ça ce matin... comme un rêve... en m'éveillant. Je ne sais pas. Je veux dire cela m'a frappée. Enfin ce que le mot signifie. Je veux dire, la fin... la *fin!* Comme si je n'en avais jamais *entendu* parler avant! (Elle secoua la tête.) *Oh! mon Dieu*, ça m'a fait un coup! J'ai eu l'impression que je tombais de cette fichue planète à des milliers de kilomètres à l'heure.

— Bah! Je ne vois pas pourquoi. La mort est une consolation, grogna Dennings.

— Pas pour *moi,* Charlie.

— Mais si, on se prolonge à travers ses enfants.

— Oh! assez! Mes enfants ne sont pas moi.

— C'est vrai, Dieu merci. Une suffit largement.

— Mais enfin, penses-y un instant, Burke, pense à ce que signifie ne pas *exister*... plus *jamais*... C'est...

— *Oh!* pour l'amour du Ciel! Va montrer tes fesses au *thé* des professeurs de faculté la semaine prochaine et peut-être que ces *prêtres* se pencheront sur tes états d'âme.

Il posa bruyamment son verre.

— On remet ça?

— Tu sais, je ne pensais pas qu'ils buvaient.

— Ma parole, tu es complètement demeurée.

Ses yeux étaient devenus méchants. Avait-il atteint le point de non-retour, se demanda Chris. Elle eut le sentiment qu'elle avait touché un point sensible. L'avait-elle effectivement touché?

— Est-ce qu'ils vont se confesser? lui demanda-t-elle.

— Comment veux-tu que je sache! hurla-t-il soudain.

— Mais... Est-ce que tu n'as pas fait des études toi-même pour devenir...

— Alors, *ce gin,* tu me le verses, oui ou non?

— Veux-tu du café? Ne préfères-tu pas du café?

— Ne fais pas l'imbécile. Je veux un autre gin.

— Prends plutôt une tasse de café.

— Crotte. Un autre verre, pour la route. Allez. Qu'est-ce que tu attends pour me le verser?

Il poussa son verre sur le bar et elle lui versa encore un peu de gin.

— Je me demande si je ne devrais pas en inviter un ou deux, murmura Chris.

— Inviter *qui*?

— Oh! n'importe lesquels, répondit-elle en haussant les épaules; les gros bonnets, je veux dire les curés.

— Tu ne pourras jamais t'en débarrasser après, ce sont de foutus pillards, grinça-t-il, et il avala son gin.

Allons bon, le voilà qui commence à faire l'andouille, pensa Chris et elle changea rapidement de sujet : elle parla du scénario et de la chance qui lui était offerte de faire ses débuts dans la mise en scène.

— Oh, c'est bien ça, marmonna Dennings.

— Oui, mais j'ai la frousse.

— Boh! Il n'y a vraiment pas de quoi! Vois-tu, bébé, ce qui est difficile dans la mise en scène, c'est de faire en sorte que ça *ait l'air* difficile pour les autres. Je n'y connaissais absolument *rien* la première fois que je m'y suis mis, et puis je m'en suis sorti comme tu le sais. C'est un jeu d'enfant.

— Burke, à te parler sincèrement, maintenant qu'on m'a donné ma chance, j'en suis à me demander si je serais capable de faire traverser la rue à ma grand-mère. Je veux dire tout ce machin technique.

— Allons, laisse tout ça au monteur, à l'opérateur et à la script-girl, mon chou. Prends des types qui connaissent bien leur boulot, et ils te tireront d'affaire. L'important c'est de diriger la troupe et ça tu le feras *à merveille*, vraiment *à merveille*. Car non seulement tu pourras leur expliquer ce qu'ils doivent faire et dire, bébé, mais aussi le leur *montrer*. Souviens-toi seulement de Paul Newman et de *Rachel*, oui, *Rachel*, et ne sois pas si hystérique.

Elle n'avait pas encore l'air convaincu.

« Oui, n'empêche que pour *tous* ces trucs techniques..., s'inquiéta-t-elle.

Ivre ou non, Dennings était sans conteste le metteur en scène qui connaissait le mieux son métier. Elle voulait son avis.

— Par exemple? lui demanda-t-il.

Pendant presque une heure elle approfondit minutieusement la question jusqu'aux plus infimes détails. On trouvait facilement la réponse dans le texte, mais la lecture mettait vite sa patience à bout. Elle lisait plutôt les gens. De nature curieuse, elle les pressait jusqu'au bout, en exprimant tout le suc possible. Mais on ne pouvait pas presser les livres. Ils vous échappaient. Ils disaient « par conséquent » et « évidemment » alors que ce n'était ni clair ni évident, et que leurs circonlocutions ne pouvaient jamais être contestées. On ne pouvait pas les interrompre d'un habile et désarmant : « N'allez pas si vite, je ne vous suis pas. Pourriez-vous répéter? » On ne pouvait pas les épingler, les obliger à se débattre, les disséquer. Les livres étaient comme Karl.

— Mon chou, tout ce qu'il te faut, c'est un monteur qui soit un type brillant, caqueta le metteur en scène, en guise de péroraison. Je veux dire quelqu'un qui connaisse vraiment son métier.

Il était redevenu charmant et pétillant d'esprit, et semblait avoir passé le cap dangereux qu'elle redoutait.

— Je demande pardon à madame. Madame désire-t-elle quelque chose?

Karl se tenait, attentif, à la porte du bureau.

— Oh! salut, Thornike, ricana Dennings. A moins que ce ne soit Heinrich? Je n'arrive jamais à me rappeler...

— Karl, monsieur.

— Oui, bien sûr. Nom d'un chien, j'avais encore oublié. Dites-moi, Karl, est-ce que c'était des relations *publiques* de la Gestapo que vous vous occupiez ou des relations *intérieures*? Je ne me souviens plus exactement de ce que vous m'avez dit. Je pense qu'il y a une différence entre les deux.

Karl répondit avec politesse :

— D'aucune des deux, monsieur. Je suis suisse.

— Oui, oui, bien sûr! s'esclaffa le metteur en scène. Et vous n'avez jamais joué aux boules avec Goebbels non plus?

Karl impassible se tourna vers Chris.

— Ni fait un petit tour en avion avec Rudolph *Hess*?

— Madame désire?

— Oh! je ne sais pas. Burke? veux-tu du café?

— *Va te faire foutre.*

Le metteur en scène se leva brusquement et quitta à grands pas belliqueux la pièce et la maison.

Chris secoua la tête et se retourna vers Karl.

— Vous débrancherez le téléphone, lui ordonna-t-elle, d'une voix neutre.

— Bien, madame. Rien d'autre?

— Oh, peut-être une tasse de Sanka. Où est Rags?

— En bas, dans la salle de jeux, madame. Faut-il l'appeler?

— Oui, il est temps qu'elle aille se coucher. Oh! et puis non, Karl. Il vaut mieux que je descende moi-même pour voir son oiseau. Apportez-moi seulement le Sanka, s'il vous plaît.

— Oui, madame.

— Et pour la énième fois, encore toutes mes excuses pour Burke.

— Je n'y prête pas attention, madame.

— Je sais. Et c'est bien ce qui l'irrite.

Chris alla dans le hall, poussa la porte qui donnait sur l'escalier du sous-sol et se mit à descendre.

— Alors, petite horreur, qu'est-ce que tu fabriques? Tu as fini l'oiseau?

— Oh, oui, viens voir. Descends. Il est entièrement fini.

La salle de jeux était toute lambrissée et décorée gaiement. Des chevalets, des tableaux. Un électrophone. Des tables de jeu et une table réservée à la sculpture. Des guirlandes rouges et blanches, restes d'une party en l'honneur du jeune fils du précédent locataire pendaient encore du plafond.

— Oh, qu'il est *beau!* s'écria Chris comme sa fille lui tendait la statuette.

Elle n'était pas encore tout à fait sèche et évoquait plutôt un volatile malgracieux, piteusement malmené par un orage. Regan l'avait peint en orange, à l'exception du bec rayé de vert et de blanc sur les côtés. Une houppe de plumes était collée sur son crâne.

— Il te plaît? demanda Regan.

— Oh oui! ma chérie, il me plaît énormément. Tu lui as donné un nom?

— Heu... heu...

— Qu'est-ce qui lui irait bien?

— J'en sais rien, dit Regan en haussant les épaules.

— Attends un peu. Laisse-moi réfléchir. (Chris se tapota les dents du bout des doigts.) Voyons... Qu'est-ce que tu dirais de... de « Dumbbird »? Hein? rien que « Dumbbird »?

Regan gloussa, la main sur la bouche pour dissimuler un sourire. Elle approuva d'un signe de tête.

— « Dumbbird » à une majorité écrasante. Je vais le laisser sécher ici et après je le mettrai dans ma chambre.

En reposant l'oiseau sur la table, Chris remarqua le oui-ja qui se trouvait à côté. Elle l'avait oublié. Presque aussi curieuse à son sujet qu'à celui des autres, elle l'avait acheté parce qu'elle y voyait un moyen possible de fournir des indices à son subconscient. Ça n'avait pas marché. Elle l'avait utilisé une fois ou deux avec Sharon et une fois avec Dennings, qui avait habilement manœuvré la planchette en plastique (« Est-ce que c'est *toi* qui la fais bouger, mon canard? ») en sorte que tous les messages avaient été obscènes et qu'il en avait rejeté la faute, par la suite, sur les « *foutus esprits* »!

— Tu étais en train de jouer avec le oui-ja?

— Ou-oui.

— Tu sais comment ça marche?

— Oh, oui, bien sûr! Tiens, je vais te montrer.

Elle alla s'asseoir devant la table.

— Mais, il faut être *deux*, mon chou, je crois.

— Non, c'est pas la peine m'man. Je le fais toujours toute seule. (Chris avança une chaise.) Eh bien, jouons toutes les deux, tu veux?

Hésitation.

— Bon, d'accord.

L'extrémité des doigts de Regan était placée sur la planchette blanche et lorsque Chris tendit la main pour poser également ses doigts dessus, la planchette dévia soudain vers la position marquée NON.

Chris sourit malicieusement à sa fille.

— Maman, je préférerais le faire toute seule, parodia-t-elle. J'ai raison? C'est bien ça? Tu ne veux pas que je joue avec toi?

— Non, moi je veux bien! c'est le capitaine *Howdy* qui dit « non »

— Le capitaine qui?

— Le capitaine Howdy.

— Mais, ma chérie, qui est ce capitaine Howdy?

— Oh, tu sais. Je pose des questions et il me donne les réponses.

— Oh!

— Oui hein? il est gentil.

Chris essaya de ne pas froncer les sourcils tandis qu'elle ressentait une inquiétude aussi vague que soudaine. L'enfant avait aimé profondément son père, et pourtant elle n'avait pas réagi de façon visible au divorce de ses parents. Et Chris n'aimait pas cela. Peut-être pleurait-elle toute seule dans sa chambre; elle n'en savait rien. Mais Chris craignait qu'elle ne refoulât ses sentiments et que ceux-ci ne ressortissent brutalement un jour sous une forme dangereuse. Un compagnon de jeu imaginaire. Cela n'avait rien de sain. Pourquoi « Howdy »? Pour Howard? son père? C'était assez voisin.

— Dis-moi, comment se fait-il que tu n'aies pas été capable de trouver un nom pour l'oiseau et qu'après tu me sortes ce nom inventé de « capitaine Howdy »? Pourquoi l'appelles-tu « capitaine Howdy »?

— Mais parce que c'est son *nom*, tout simplement, expliqua Regan.

— Qui te l'a dit?

— Mais... *lui!*

— Bien sûr.

— Bien sûr.

— Et qu'est-ce qu'il te raconte d'autre?

— Oh! des *choses*...

— Quelles choses?

Regan haussa les épaules.

— Eh bien, des choses, quoi!

— Par exemple?

— Bon! Je vais te montrer. Je vais lui poser quelques questions.

— Oui, fais-le.

L'extrémité des doigts sur la planchette, Regan fixait le tableau, les yeux rétrécis par la concentration.

— Capitaine Howdy, ma maman est jolie, n'est-ce pas?

Une seconde... cinq... dix... vingt...

— Capitaine Howdy?

Quelques secondes encore. Chris était surprise. Elle s'était attendu à ce que sa fille fît glisser la planchette sous le signe *OUI. Oh! mon Dieu, qu'arrivait-il encore? Une hostilité inconsciente? Non, c'était idiot!*

— Capitaine Howdy, ce n'est *vraiment* pas *poli*, le morigéna Regan.

— Ma chérie, il dort peut-être.

— Tu crois?

— Et je pense que *tu* devrais dormir aussi.

— Déjà?

— Allons, mon grand bébé, au lit.

Elle se leva.

— C'est un nigaud, marmonna Regan en suivant sa mère.

Chris la borda puis s'assit sur le bord du lit.

— Trésor. Dimanche je ne travaille pas. As-tu envie de faire quelque chose?

— Quoi?

Lorsqu'elles étaient arrivées à Washington, Chris s'était efforcée de trouver des compagnes de jeu à Regan. Elle n'en avait trouvé qu'une, âgée de douze ans, qui s'appelait Judy. Mais la famille de Judy était partie pour Pâques et Chris craignait maintenant que Regan ne se sentît seule.

— Oh, je ne sais pas, moi, répondit Chris. Quelque chose. Veux-tu qu'on aille voir les curiosités du voisinage? Hein? le jardin des Cerisiers en Fleur, peut-être! C'est vrai qu'ils fleurissent tôt! Tu veux qu'on aille les voir?

— Oh, *oui*, m'man.

— Et demain soir un film? Ça te va?

— Oh! je *t'adore!*

Regan l'embrassa à l'étouffer et Chris lui rendit son étreinte avec un surcroît de ferveur, en murmurant :

— Oh, Rags, ma chérie, je t'aime.

— Tu peux amener M. Dennings si tu veux.

Chris l'écarta à bout de bras pour mieux la regarder.

— M. Dennings?

— Eh bien oui, quoi, je pense que ça serait bien.

Chris se mit à rire.

— Non, ce ne serait pas bien. Ma chérie, pourquoi voudrais-tu que j'amène M. Dennings avec nous?

— Parce que tu l'aimes bien, non?

— Oh! bien sûr, bien sûr, trésor, pas toi?

Elle ne répondit pas.

— Bébé, qu'est-ce qui se passe?

Chris encourageait sa fille à parler.

— Tu vas l'épouser, n'est-ce pas, maman?

Ce n'était pas une question, mais une constatation maussade.

Chris éclata de rire.

— Oh mon bébé, *absolument* pas! Qu'est-ce que tu vas *chercher* là! *M. Dennings!* Qui t'a mis cette idée en tête?

— Mais tu l'aimes.

— J'aime aussi les pizzas, ce n'est pas pour cela que j'en *épouserais* une! Ma chérie, M. Dennings est un *ami*, juste un vieil *ami*, un peu excentrique!

— Tu ne l'aimes pas comme papa?

— Non, ma chérie, et *j'aimerai toujours* ton papa. M. Dennings vient souvent ici parce qu'il est tout seul, voilà; c'est juste un ami.

— Ah! bon... j'avais entendu dire.

— Tu avais entendu *quoi*? Par *qui*?

Des lueurs de doute tourbillonnaient dans ses yeux; une hésitation, et puis un haussement d'épaules de renoncement au sujet.

— Je ne sais pas. J'avais seulement pensé.

— Eh bien, c'est stupide et tu dois l'oublier.

— D'accord.

— Et maintenant dors.
— Je peux lire? Je n'ai pas sommeil.
— Bien sûr. Lis ton nouveau livre, ma chérie, jusqu'à ce que tu sentes venir le sommeil.
— Merci, m'man.
— Bonne nuit, ma chérie.
— Bonne nuit, m'man.

Chris lui lança un baiser depuis la porte avant de la refermer puis descendit l'escalier. *Ces gosses! Où allaient-ils prendre leurs idées!* Elle se demanda si Regan faisait un rapprochement entre Dennings et sa propre procédure de divorce. *Allons donc! c'était idiot.* Regan savait seulement que sa mère avait introduit une instance en divorce. C'était Howard qui l'avait voulu. Une longue séparation, l'érosion de son Moi due au fait qu'il était le mari d'une actrice célèbre. Il avait trouvé quelqu'un d'autre. Regan ne savait pas cela. *Oh! laisse tomber toute cette psychanalyse d'amateur et essaie de passer davantage de temps auprès d'elle!*

Retour dans le bureau. Le scénario. Chris se mit à lire. Elle en était à la moitié quand elle vit Regan entrer.

— Salut, trésor. Qu'est-ce qui ne va pas?
— Il y a de drôles de bruits, m'man.
— Dans ta chambre?
— Comme si on cognait. Je n'arrive pas à dormir.

Où diable étaient les pièges à rats?

— Chérie, va dormir dans ma chambre et je vais voir ce que c'est.

Chris la conduisit dans sa chambre et la borda dans son lit.

— Est-ce que je peux regarder un peu la télévision?
— Où est ton livre?
— Je n'arrive pas à le trouver. Est-ce que je peux regarder la TV?

— Bien sûr, ma chérie. (Chris régla le poste portatif de sa chambre sur l'une des chaînes.) C'est assez fort comme ça?

— Oui, m'man.

— Essaie de t'endormir.

Chris éteignit la lumière et descendit dans le hall. Elle grimpa l'escalier étroit, recouvert d'un tapis, qui menait au grenier, ouvrit la porte, tâtonna à la recherche du commutateur; l'ayant enfin trouvé, elle le tourna et baissa la tête pour entrer.

Elle jeta un coup d'œil circulaire. Des cartons pleins de coupures de presse et de correspondance empilés sur le plancher en bois de pin. Rien d'autre, si ce n'est les pièges. Il y en avait six. Amorcés. La pièce était d'une extrême propreté. Même l'air y était frais et ne sentait pas le renfermé. Le grenier n'était pas chauffé. Pas de tuyaux. Pas de fuites dans la toiture.

— Il n'y a rien.

Chris sursauta d'effroi.

— *Oh! doux Jésus!* haleta-t-elle, en se retournant vivement, une main sur son cœur palpitant. *Oh! mon Dieu!* Karl! ne refaites jamais plus cela!

Karl se tenait sur le pas de la porte.

— Je suis désolé, madame. Mais vous voyez? tout est propre.

— Oui, je vois, tout est propre. Merci.

— Un chat serait peut-être préférable.

— Hein?

— Pour attraper les rats.

Sans attendre une réponse, il se retira en faisant un léger salut de la tête.

Pendant un moment, Chris regarda fixement la porte. Ou bien Karl n'avait absolument aucun sens de l'humour, ou bien il en avait un si fin qu'il lui échappait. Elle ne put en décider.

Elle réfléchit de nouveau aux coups et jeta un coup d'œil au toit mansardé. La rue était ombragée de nombreux arbres de haute taille dont les troncs et les branches noueuses étaient entrelacés de vignes; et le feuillage d'un tilleul d'Amérique, trapu et moussu, se déployait en ombrelle au-dessus d'un bon tiers de la façade. Etait-ce des écureuils après tout? *Ça devait être ça. Ou des branches. Il avait fait du vent ces dernières nuits.*

— *Un chat serait peut-être préférable.*

Chris regarda de nouveau la porte. Il avait la répartie prompte. Elle sourit tout à coup à une idée qui lui venait et son visage prit une expression mutine et effrontée.

Elle descendit dans la chambre de Regan, prit quelque chose, qu'elle apporta dans le grenier puis, une minute après, revint dans sa chambre à coucher. Regan était endormie. Elle la reporta dans son petit lit, la borda puis revint chez elle, éteignit la télévision et se coucha.

La maison fut calme jusqu'au matin.

En prenant son petit déjeuner, Chris dit à Karl d'un air dégagé, qu'elle croyait avoir entendu un piège se refermer pendant la nuit.

— Il faudrait aller y jeter un coup d'œil, suggéra-t-elle en buvant son café à petites gorgées et en feignant d'être absorbée par la lecture du journal du matin. Sans aucun commentaire, il monta au grenier.

Chris le croisa dans le vestibule du deuxième étage tandis qu'il redescendait, fixant d'un air inexpressif la grosse souris en peluche qu'il tenait du bout des doigts. Il l'avait trouvée le museau pris dans le piège.

Tout en se dirigeant vers sa chambre, Chris haussa les sourcils avec une mimique d'étonnement, en jetant un coup d'œil à la souris.

— Quelqu'un qui a voulu faire une farce, murmura Karl en la croisant.

Il alla remettre l'animal en peluche dans la chambre de Regan.

— Il se passe vraiment des choses bizarres! murmura Chris, en secouant la tête au moment d'entrer dans sa chambre.

Elle enleva son peignoir et se prépara pour aller travailler. *Oui, peut-être un chat est-il préférable, mon vieux, et comment!* Et tout son visage se plissait tandis qu'elle souriait à ses pensées.

Le tournage se passa tranquillement ce jour-là. Vers la fin de la matinée, Sharon vint près du plateau et, pendant les pauses entre les scènes, dans la roulotte-vestiaire, Chris et elle s'occupèrent de quelques affaires urgentes : une lettre à son agent (elle allait réfléchir pour le scénario); « d'accord » pour la Maison-Blanche; un télégramme à Howard pour lui rappeler de téléphoner à Regan le jour de son anniversaire; un coup de fil à son manager pour lui demander si elle pourrait se permettre de ne pas tourner pendant un an; des plans pour un dîner le 23 avril.

Tôt dans la soirée, Chris emmena Regan au cinéma, et le lendemain elles allèrent visiter les curiosités des environs dans la Jaguar de Chris immatriculée X-KE. Le Mémorial de Lincoln. Le Capitole. Le jardin japonais des Cerisiers en Fleur. Elles déjeunèrent rapidement puis traversèrent le fleuve pour visiter le cimetière d'Arlington et la tombe du Soldat inconnu. Regan prit un air solennel; et plus tard, devant la tombe de John F. Kennedy, elle sembla devenir distante et un peu triste. Elle regarda la « flamme éternelle » pendant un bon moment; puis prit silencieusement la main de Chris.

— Maman, pourquoi les gens doivent-ils mourir?

La question transperça le cœur de sa mère. *Oh, Rags, toi aussi? Toi aussi? Oh, non !* Et pourtant, que pouvait-elle lui dire? Des mensonges? Non, c'était impossible. Elle regarda le visage bouleversé que sa fille levait vers elle, ses yeux mouillés de larmes. Avait-elle eu l'intuition de ce que sa mère pensait? Cela s'était produit si souvent... si souvent avant.

— Ma chérie, c'est parce que les gens finissent par être fatigués, répondit-elle tendrement.

— Pourquoi Dieu le *permet-il?*

Pendant un instant Chris dévisagea sa fille. Elle était intriguée. Troublée. Etant athée, elle s'était refusée à enseigner la religion à Regan. Elle pensait que ce n'était pas honnête.

— Qui est-ce qui t'a parlé de Dieu? demanda-t-elle.

— Sharon.

— Oh!

Elle allait lui en toucher un mot immédiatement.

— Maman, pourquoi Dieu permet-il que nous finissions par être fatigués?

A la vue de ces yeux sensibles et de cette souffrance Chris capitula; elle ne pouvait pas faire ça; elle ne pouvait pas lui dire ce qu'elle pensait être la vérité.

— Eh bien, vois-tu, c'est parce que au bout d'un certain temps Dieu se languit de nous, Rags. Il veut que nous revenions auprès de lui.

Cela ne servit à rien. Regan se renferma dans son mutisme et persista dans cette humeur tout le reste de la journée et tout le lundi.

Le mardi, jour de l'anniversaire de Regan, ce nuage sembla se dissiper. Chris l'emmena avec elle au tournage et, lorsque les prises de vues de la journée furent terminées, la troupe et toute l'équipe technique entonnèrent « Happy Birthday » et on apporta un gâteau. Dennings, toujours gentil et aimable quand il était sobre, fit rallumer les projecteurs et filma Regan pendant qu'elle découpait son gâteau. Il appela cela « un bout d'essai » et promit de faire d'elle par la suite une vedette. Elle semblait très gaie.

Mais après le dîner, lorsqu'elle eut déballé tous ses cadeaux, sa bonne humeur sembla s'évaporer. Pas un mot d'Howard. Chris chercha à le joindre à Rome où un employé de l'hôtel lui répondit qu'il était absent depuis plusieurs jours et qu'on ne pouvait pas le joindre : il était en mer, sur un yacht.

Chris l'excusa auprès de Regan qui baissa la tête, vaincue, et déclina l'offre de sa mère d'aller prendre un chocolat fouetté au Hot Shoppe. Elle descendit sans un mot dans la salle de jeux du sous-sol où elle resta jusqu'à l'heure du coucher.

Le lendemain matin, en s'éveillant, Chris trouva Regan dans son lit à moitié réveillée.

— Eh bien, mais... que fais-tu *ici?* lui dit-elle en riant.

— Mon lit bougeait.

— Ma petite sotte! (Chris l'embrassa et ramena les couvertures sur elle.) Rendors-toi. Il est encore très tôt.

Mais ce qui ressemblait aux premières lueurs de l'aube était le commencement d'une nuit sans fin.

2

Il se tenait à l'extrémité du quai désert du métro, tendant l'oreille au grondement d'un train qui étoufferait momentanément la douleur qui ne cessait pas. Comme son pouls. Perceptible seulement dans le silence. Il changea son sac de main et fixa le tunnel. Des points lumineux jalonnaient l'obscurité comme pour indiquer le chemin du désespoir.

Un toussotement. Il jeta un coup d'œil sur sa gauche. Le clochard à la barbe grise qui sommeillait par terre dans une flaque d'urine se relevait. De ses yeux jaunis il dévisagea le prêtre au visage triste et buriné.

Le prêtre détourna les yeux. L'autre allait venir. Il allait geindre. « *Pourriez-vous aider un vieil enfant d'chœur, mon père ? dites? V'voudriez pas?* » La main souillée de vomissures se posant sur son épaule. La fouille maladroite pour retrouver sa médaille. L'haleine de milliers de confessions empestée de vin, d'ail et de péchés mortels rebattus, tout ça éructé en même temps, et la suffocation... l'étouffement...

Le prêtre entendit le clochard se lever.

N'approchez pas!

Oh, mon Dieu, laissez-moi! Laissez-moi être!

— Hé là! mon père.

Il tressaillit. Puis ses épaules s'affaissèrent. Il

ne pouvait pas se retourner. Il se sentait incapable de chercher le Christ de nouveau dans la puanteur et les yeux vides; le Christ du pus et des excréments sanglants; le Christ qui pourrait ne pas être. D'un geste absent il passa la main sur sa manche comme pour y chercher un invisible brassard de deuil. Il se souvenait vaguement d'un autre Christ.

— Hé, mon *père!*

Le grondement d'un train qui allait entrer en gare. Le bruit de pas titubants. Il regarda le clochard qui perdait l'équilibre, trébuchait, comme s'il allait s'évanouir. D'un bond spontané, aveugle, le prêtre fut sur lui, le rattrapa et le traîna jusqu'au banc le long du mur.

— J'suis catholique, marmotta le clochard en se laissant tomber.

Le prêtre l'aida à s'étendre; vit son train qui s'arrêtait. Il tira rapidement un dollar de son portefeuille et le fourra dans la poche de l'homme. Puis il se dit qu'il allait le perdre. Il retira le dollar et l'enfouit dans une des poches du pantalon trempé d'urine, puis il ramassa son sac et se hâta de monter dans le train.

Il s'assit dans un coin et fit mine de dormir. Arrivé au terminus, il se rendit à pied à l'université Fordham. Le dollar était pour son taxi.

Dans le hall, il signa le registre. *Damien Karras*, écrivit-il. Et puis il l'examina. Quelque chose manquait. Il se souvint péniblement et ajouta *S.J.*

Il prit une chambre à Wiegel Hall et, une heure plus tard, put s'endormir.

Le lendemain il se rendit à une séance de l' « Association des Psychiatres américains ». En tant que principal orateur, il présenta un exposé intitulé « Les Aspects psychologiques du développement spirituel ». A la fin de la journée il but avec plaisir quelques verres et mangea un morceau en compagnie d'autres psychiatres. Ils réglèrent l'addition. Il les quitta tôt. Il fallait qu'il aille voir sa mère.

Il alla à pied jusqu'à l'immeuble délabré en pierre brune, de la vingt et unième rue à l'est de Manhattan. S'arrêtant un instant près du perron, il regarda les gosses sur la terrasse. Dépenaillés. N'ayant pas d'autre place où aller. Des souvenirs d'expulsion, d'humiliations lui revinrent : comme il rentrait un jour avec sa petite copine du septième, il avait rencontré sa mère en train de fourrager avec espoir dans la poubelle du coin. Il grimpa les marches et poussa la porte comme s'il rouvrait une blessure. Une vague odeur de cuisine. Une espèce de pourriture douceâtre. Il se rappela ses visites à Mme Choirelli et son minuscule appartement avec ses dix-huit chats. C'était une odeur comme celle-là. Il empoigna la rampe et monta, alourdi par une soudaine lassitude qu'il savait provoquée par le remords. Il n'aurait jamais dû la laisser. Pas toute seule.

Elle l'accueillit avec joie. Un cri. Un baiser. Elle se précipita pour lui faire du café. Une immigrée. Au teint sombre. Des jambes courtes et musculeuses. Il s'assit dans la cuisine et écouta son bavardage, et les murs crasseux et le plancher souillé le pénétraient jusqu'aux os. L'appartement était un taudis. La Sécurité sociale. Chaque mois, quelques dollars d'un de ses frères.

Elle s'assit devant la table. Mme Une Telle. L'oncle Un Tel. Toujours avec son accent d'immigrée. Il évitait ces yeux qui étaient des puits de chagrin, ces yeux qui passaient des jours à regarder par la fenêtre, ces yeux qu'il n'osait pas rencontrer en rêve.

Il n'aurait jamais dû la quitter.

Il écrivit quelques lettres pour elle. Elle ne savait ni lire ni écrire l'anglais. Et puis il passa un moment à réparer un poste de radio en plastique qui crachotait. Son univers. Les informations. Le major Lindsay.

Il alla dans la salle de bains. Un journal jauni étalé sur le carrelage. Des taches de rouille dans la baignoire et dans le lavabo. Par terre, un vieux corset. Racines de sa vocation. C'est de là qu'il s'était envolé pour l'amour, mais cet amour avait maintenant disparu.

A 11 heures moins le quart il lui dit au revoir et l'embrassa. Il promit de revenir aussitôt qu'il pourrait. Il la quitta sa radio réglée sur les informations.

De retour dans sa chambre du Wiegel Hall, il réfléchit quelques instants à la lettre qu'il avait l'intention d'écrire au père directeur de la province de Maryland. Il avait déjà tâté le terrain avec lui précédemment, concernant cette demande de mutation dans l'Etat de New York afin d'être plus près de sa mère; et puis son désir de postuler une chaire et d'être relevé de ses fonctions. En sollicitant cette dernière faveur, il avait donné comme raison son « inaptitude » à cette tâche.

Le père provincial du Maryland s'était lié d'amitié avec lui au cours de son inspection annuelle à l'université Georgetown, fonction qui s'apparentait étroitement à celle d'un inspecteur général de l'armée, en raison des entretiens confidentiels qu'il accordait à ceux qui avaient des griefs ou des plaintes à formuler. Pour ce qui était de la mère de Damien Karras, le père provincial avait approuvé de la tête et exprimé sa sympathie; mais la question de l' « inaptitude » du prêtre lui avait paru, à première vue, contradictoire. Karras avait quand même poursuivi :

— *Enfin, voyons, c'est plus que de la psychiatrie, cela, Tom. Vous le savez bien. Quelques-uns de leurs problèmes sont liés à leur vocation, à la signification de leur vie. Mon Dieu! ce n'est pas toujours le sexe qui est en cause, c'est leur foi, et je ne me sens vraiment pas à la hauteur, Tom, c'est trop fort pour moi. J'ai besoin de changer d'air. J'ai moi aussi mes problèmes. Enfin, je veux dire, des doutes.*

— Quel être pensant n'en a pas, Damien?

Harcelé par ses nombreux rendez-vous, le Provincial n'avait pas insisté sur les raisons de son doute. Ce dont Karras lui avait été reconnaissant. Il savait que ses réponses auraient paru insensées : *Le besoin de déchirer la nourriture avec mes dents et de la déféquer ensuite. Les neuf premiers vendredis de ma mère. Des chaussettes sales. Les bébés thalidomidiens. Un article dans le journal au sujet d'un jeune enfant de chœur qui attendait à un arrêt d'autobus; attaqué par des étrangers : arrosé de pétrole : brûlé vif.* Non. C'était trop pathétique. Vague. Existentialiste. Le silence de Dieu était plus enraciné dans la logique. Le mal était dans le monde. Et une grande partie du mal venait du doute; d'une confusion honnête éprouvée par les hommes de bonne volonté. Un Dieu raisonnable refuserait-il d'y mettre fin? Ne se révélerait-il pas? Ne parlerait-il pas?

— Seigneur, donne-nous un signe!

La résurrection de Lazare s'estompait dans un passé lointain. Aucun homme actuellement vivant n'avait entendu son rire.

Pourquoi ne nous envoies-tu pas un signe?

Il lui arrivait parfois de désirer ardemment avoir vécu aux côtés du Christ; de l'avoir vu, de l'avoir touché, d'avoir sondé son regard. *Oh! mon Dieu, laissez-moi vous voir! Je voudrais vous connaître! Venez dans mes rêves!*

Ce désir le consumait.

Il s'assit devant son bureau, le stylo en l'air au-dessus de la feuille de papier. Peut-être n'était-ce pas le manque de temps qui avait motivé le silence du père provincial. Peut-être avait-il compris que la Foi, en fin de compte, est une question d'amour.

Le père provincial lui avait promis de réfléchir à sa demande, mais jusqu'à ce jour il n'avait encore rien fait. Karras écrivit sa lettre et se mit au lit.

Il s'éveilla péniblement à 5 heures du matin et se rendit à la chapelle de Wiegel Hall. Il préleva une hostie dans le ciboire, puis retourna dans sa chambre pour y dire la messe.

— *Et clamor meus ad te veniat*, pria-t-il dans un murmure angoissé... *Et que mon cri parvienne jusqu'à toi!*

Il éleva l'hostie pour la consécration, se rappela douloureusement la joie qu'il ressentait autrefois à ce geste, et éprouva de nouveau, comme chaque matin désormais, la douleur poignante de la vision fugitive et lointaine d'un amour perdu depuis longtemps.

Il rompit l'hostie au-dessus du calice.

— *Je vous laisse ma paix. Je vous donne ma paix.*

Il posa l'hostie sur sa langue et déglutit le désespoir à goût de papier.

La messe dite, il essuya le calice et le replaça soigneusement dans son sac. Il se hâta pour attraper à temps le train de 7 h 10 qui devait le ramener à Washington, transportant la douleur dans sa valise noire.

3

Tôt dans la matinée du 11 avril, Chris téléphona à son médecin de Los Angeles pour lui demander l'adresse d'un psychiatre de Washington pour Regan.

— Oh! Qu'est-ce qui ne va pas?

Chris le lui expliqua. Dès le lendemain de l'anniversaire de Regan — et du silence persistant d'Howard — elle avait remarqué un changement dramatique et soudain dans le comportement et le caractère de sa fille. Insomnie, mauvaise humeur, accès de colère. Elle donnait des coups de pied dans les meubles, jetait des objets par terre, hurlait pour un rien, refusait de manger, et par ailleurs déployait une énergie anormale. Elle était constamment en train de bouger, de toucher à tout, de virevolter, de taper, de courir et de sauter partout. Son travail scolaire était désastreux. Elle avait un compagnon de jeux imaginaire... recourait à des ruses excentriques pour attirer l'attention sur elle...

— Quoi par exemple? demanda le médecin.

Chris se mit à lui parler des fameux coups. Depuis son inspection du grenier, elle les avait de nouveau entendus à deux reprises. Elle avait remarqué que les deux fois Regan se trouvait seule dans sa chambre et que les bruits avaient cessé dès qu'elle était entrée dans la pièce. De plus, dit-elle, Regan « égarait » des choses : une robe, sa brosse à dents, des livres, ses chaussures. Elle se plaignait de ce que « quelqu'un » déplaçât ses meubles. Enfin, le matin qui avait suivi le dîner à la Maison-Blanche, Chris avait vu Karl occupé à remettre en place dans la chambre de Regan le bureau qui se trouvait au beau milieu de la pièce. Chris lui ayant demandé ce qu'il faisait, il lui avait répété « quelqu'un qui s'amuse » et refusé d'en dire plus long, puis peu après, Chris avait trouvé Regan dans la cuisine en train de se plaindre que quelqu'un ait déplacé tous ses meubles pendant la nuit alors qu'elle était endormie.

C'était cet incident, expliqua Chris, qui avait finalement cristallisé ses soupçons. Il était évident que c'était l'œuvre de sa fille.

— Vous pensez à des crises de somnambulisme? Elle ferait cela pendant son sommeil, croyez-vous?

— Non, Marc, elle le fait bien éveillée. Pour attirer l'attention sur elle.

Chris mentionna l'histoire du lit qui bougeait, incident qui s'était reproduit deux autres fois et toujours suivi de l'insistance de Regan à venir dormir avec sa mère.

— Heu!... Cela pourrait avoir une cause physique, risqua le médecin.

— Mais Marc, je n'ai pas dit que le lit avait bougé. J'ai dit qu'*elle* avait prétendu qu'il bougeait.

— Etes-vous sûre qu'il ne bouge pas?

— Absolument!

— Bien! Ça pourrait être des... hum!... des... convulsions cloniques en ce cas, murmura-t-il.

— *Quoi*?

— Fait-elle de la température?

— Non. Dites-moi, qu'en pensez-vous? demanda-t-elle. Dois-je l'emmener voir un psychiatre ou quoi?

— Chris, vous avez parlé de son travail scolaire. Eprouve-t-elle des difficultés plus particulièrement en mathématiques?

— Pourquoi me demandez-vous cela?

— Comment ça va en math? insista-t-il.

— C'est piteux. Je veux dire *brusquement* piteux.

Il grogna.

— Pourquoi me posez-vous cette question?

— Parce que cela fait partie du syndrome.

— De quoi?

— Rien de sérieux. Je préfère ne pas établir mon diagnostic par téléphone. Avez-vous de quoi écrire?

Il voulait lui donner le nom d'un médecin de Washington.

— Oh, Marc! Est-ce que vous ne pourriez pas venir ici et l'examiner vous-même? (Jamie. Une infection chronique. Le médecin de Chris à l'époque avait prescrit un nouvel antibiotique à large spectre. Tandis qu'elle faisait renouveler l'ordonnance au drugstore local, le pharmacien, circonspect : « Je ne voudrais pas vous alarmer, madame, mais ce... cet... enfin... ce médicament est tout récent et on a découvert en Géorgie qu'il provoque dans certains cas une anémie aplasique... » Jamie. Jamie. Mort. Et depuis lors, Chris n'avait jamais plus eu confiance dans les médecins. Marc seulement. Et encore avait-il fallu des années.) Marc... ne *pouvez-vous* vraiment pas? supplia Chris.

— Non, je ne peux pas, mais ne vous inquiétez pas. Ce type est excellent. Le meilleur. Maintenant écrivez.

Hésitation. Et puis, « Bon ».

Elle inscrivit le nom.

— Demandez-lui de l'examiner et puis de m'appeler après, conseilla le médecin. Et oubliez le psychiatre pour le moment.

— Vous êtes sûr?

Il fit une remarque irritante sur la manie qu'ont les gens de vouloir déceler à tout prix des maladies psychosomatiques et leur incapacité à faire la supposition inverse : à savoir que la maladie physique est souvent la cause d'une apparente maladie mentale.

— Que diriez-vous, lui proposa-t-il en guise d'exemple, si vous étiez mon médecin — Dieu m'en préserve — et que je vous dise que j'ai des migraines, que je fais des cauchemars répétés, que je souffre de nausées, d'insomnie, de troubles de la vision, que je me sens comme détaché de tout et que je me fais un mauvais sang terrible pour mon travail. Diriez-vous que je suis un névrosé?

— Ce n'est pas à moi qu'il faut poser la question, Marc; je *sais* pertinemment que vous êtes cinglé.

— Eh bien, ces symptômes que je viens de vous citer peuvent être aussi ceux d'une tumeur au cerveau, Chris. Examinez le corps. C'est la première des choses à faire. Après nous verrons.

Chris téléphona au numéro qu'il avait donné et prit rendez-vous pour l'après-midi. Elle avait maintenant tout son temps. Le tournage était terminé, du moins en ce qui la concernait. Burke Dennings continuait de superviser mollement le travail de la « seconde équipe », généralement moins coûteuse, qui filmait les scènes de moindre importance, pour la plupart des extérieurs des environs de la ville filmés depuis des hélicoptères. Le travail des cascadeurs aussi; et les scènes dans lesquelles ne figuraient pas les vedettes. Mais il voulait que chaque mètre de pellicule fût parfait.

Le docteur avait son cabinet à Arlington. Samuel Klein. Pendant que Regan s'asseyait d'un air maussade dans le cabinet de consultation, Klein fit entrer sa mère dans son bureau et lui demanda de résumer brièvement le cas. Elle lui expliqua de quoi souffrait la fillette. Il écouta, approuva d'un signe de tête, prit de nombreuses notes. Quand elle mentionna le lit qui bougeait, il fronça les sourcils, mais Chris continua :

— Marc semble penser que le fait que Regan ait maintenant des difficultés en mathématiques soit significatif. Mais de quoi?

— Vous voulez dire dans son travail scolaire?

— Oui, mais en math plus particulièrement. Qu'est-ce que cela veut dire?

— Attendons que je l'aie examinée, madame MacNeil.

Puis il s'excusa de la laisser et soumit Regan à un examen complet avec prélèvement d'urine et de sang. L'urine pour tester le fonctionnement de son foie et de ses reins, le sang pour toute une série d'analyses : glycémie, numération globulaire pour déceler une anémie possible ou une maladie leucocytaire, vérification du fonctionnement thyroïdien.

Quand il en eut terminé, il s'assit et se mit à bavarder avec Regan en observant son comportement, puis il retourna dans son bureau et rédigea une ordonnance.

— Elle présente, semble-t-il, quelques troubles hyperkinésiques du comportement.

— C'est-à-dire?

— Des troubles nerveux. Du moins, je le pense. Nous n'en connaissons pas encore très bien le processus, mais c'est assez fréquent à l'époque de la formation. Elle en présente tous les symptômes : l'hyperactivité, l'humeur agressive, la faiblesse en mathématiques.

— Ça oui. Mais pourquoi les maths?

— Des troubles empêchent la concentration nécessaire.

Il arracha l'ordonnance du petit bloc bleu et la lui tendit.

— Qu'est-ce que c'est?

— Du méthylphenidate.

— Oh!

— 10 mmg, deux fois par jour. De préférence à 8 heures du matin et à 2 heures de l'après-midi.

Elle regardait l'ordonnance.

— Qu'est-ce que c'est? Un tranquillisant?

— Un stimulant.

— Un stimulant? Elle n'est déjà que trop remuante pour le moment!

— Son état n'est pas tout à fait ce qu'il paraît être, expliqua Klein. Elle présente une forme de compensation excessive. Une réaction démesurée à la dépression.

— Une dépression?

Klein hocha la tête affirmativement.

— Une dépression..., murmura Chris.

Elle était pensive.

— Oui, peut-être à cause de son père..., dit Klein.

Chris releva la tête.

— Pensez-vous que je devrai la faire examiner par un psychiatre?

— Non, oh non! J'attendrai de voir l'effet de ce stimulant. Je crois que c'est ce qu'il lui faut. Nous verrons d'ici deux à trois semaines.

— Ainsi vous pensez que c'est uniquement nerveux?

— C'est ce que je pense, oui.

— Et ces mensonges qu'elle raconte? Ce remède va aussi arrêter cette manie?

Sa réponse la déconcerta. Il lui demanda si elle s'était aperçue que Regan proférait des obscénités, ou jurait.

— Non, jamais, répondit Chris.

— Vous savez, cela entre dans la même catégorie de symptômes que ses mensonges — tout à fait étranger à son caractère d'après ce que vous me dites, mais dans certains troubles nerveux, cela peut...

— Une minute, l'interrompit Chris perplexe. Qu'est-ce qui a pu vous faire supposer un instant qu'elle disait des obscénités? Je veux dire, est-ce bien ce que vous m'avez dit ou ai-je mal compris?

Pendant un instant il la regarda d'un air étrange, réfléchit puis risqua prudemment.

— Oui, j'ai bien dit qu'elle proférait des obscénités. Vous ne vous en étiez pas aperçue?

— Je ne l'ai *jamais* entendue en dire. Que racontez-vous là?

— Eh bien, elle en a lâché toute une bordée pendant que je l'examinais, madame.

— Vous plaisantez! De quel genre?

Il prit un air évasif.

— Hum!... je dirais que son vocabulaire est plutôt étendu...

— Bien, mais *quoi* par exemple? Je veux dire, donnez-moi un exemple!

Il haussa les épaules sans répondre.

— Vous voulez dire « merde » ou « foutre »?

Il se détendit.

— Oui, elle a *aussi* employé ces mots, dit-il.

— Et qu'a-t-elle dit d'autre? plus particulièrement?

— Eh bien, plus particulièrement, madame, elle m'a conseillé de ne pas approcher « mes foutus doigts de son con ».

Chris eut un hoquet de surprise.

— Elle a employé ces mots-là?

— Oh! ce n'est pas tellement inhabituel, madame, et je ne m'en inquiéterais pas outre mesure. Cela fait partie du syndrome, voyez-vous.

Elle secouait la tête, les yeux fixés sur ses chaussures.

— J'ai simplement peine à le croire.

— Ecoutez, je ne pense même pas qu'elle ait compris ce qu'elle disait, dit-il, rassurant.

— Je me le demande, murmura Chris. Peut-être pas.

— Essayez un tranquillisant, lui conseilla-t-il, et puis nous verrons comment elle y réagit. J'aimerais la revoir d'ici deux semaines.

Il consulta le carnet de rendez-vous sur son bureau :

— Voyons, est-ce que le lundi 27 vous conviendrait? demanda-t-il en levant les yeux.

— Oui, bien sûr, murmura-t-elle, en se levant. (Elle fourra l'ordonnance dans une poche de son manteau.) Le 27, cela me va très bien.

— Je suis un de vos fervents admirateurs, vous savez, sourit Klein en lui ouvrant la porte qui donnait dans l'entrée.

Elle s'arrêta sur le seuil, préoccupée, un doigt pressé sur ses lèvres. Elle jeta un coup d'œil au docteur.

— Vous ne pensez vraiment pas qu'un psychiatre?

— Je ne sais pas. Mais la meilleure explication est toujours la plus simple. Attendons. Attendons et nous verrons bien. (Il lui sourit d'un air encourageant.) D'ici là essayez de ne pas vous faire trop de souci.

— Quant à cela!...

Elle le quitta.

Comme elles roulaient vers la maison, Regan lui demanda ce que le docteur avait dit.

— Que tu es nerveuse.

Chris avait décidé de ne pas parler de son langage. Burke. *Elle a emprunté ces mots à Burke.*

Mais elle s'en ouvrit à Sharon plus tard, lui demandant si elle avait jamais entendu Regan utiliser ce genre de mots.

— Ma foi non, répondit Sharon. Je veux dire, pas même ces derniers temps. Mais, je crois que son professeur de dessin lui a fait des reproches à ce sujet. Un professeur particulier qui venait à domicile.

— Vous voulez dire récemment? demanda Chris.

— Oui, c'était la semaine dernière justement. Mais vous la connaissez. Je me suis imaginé que Regan avait dû dire « zut » ou « la barbe ». Quelque chose dans ce goût-là.

— A propos, lui avez-vous beaucoup parlé de religion, Shar?

Sharon rougit.

— Heu, un peu, c'est tout. Je veux dire, c'est difficile de l'éviter. Vous savez, elle pose tellement de questions et... alors... (Elle eut un petit haussement d'épaules impuissant.) C'est vraiment difficile... Enfin, je veux dire... c'est difficile de lui donner une réponse sans dire que je pense que c'est là un énorme mensonge...

— Alors, donnez-lui au moins la possibilité d'un choix!

Les jours qui précédèrent la petite soirée qu'elle devait donner chez elle, Chris veilla scrupuleusement à ce que Regan prît son médicament. Malgré cela le soir même de la party, il n'y avait encore aucun changement notable. Elle remarqua en fait de légers signes d'aggravation : négligence accrue, désordre, l'enfant se plaignait même de nausées. Quant à ses manœuvres pour attirer l'attention, les anciennes furent abandonnées au profit d'une nouvelle : le signalement d'une « odeur » fétide dans la chambre à coucher de Regan. Comme sa fille insistait avec véhémence un jour, Chris alla humer l'air et ne remarqua rien.

— Tu ne sens pas? s'étonna la petite.

— Tu veux dire que tu sens cette odeur en ce moment même? lui avait demandé Chris.

— Mais oui!

— Qu'est-ce que ça sent au juste?

Regan avait plissé le nez.

— Heu... ça sent... ça sent comme le brûlé.

— Vraiment? (Chris avait reniflé.)

— Tu ne sens rien?

— Heu?... si, avait-elle menti. Juste un peu. Ouvrons la fenêtre un moment pour aérer.

En fait, elle n'avait rien senti mais elle avait résolu de temporiser, au moins jusqu'à la prochaine visite au docteur. Et puis elle avait aussi de nombreux autres sujets de préoccupations : les préparatifs de cette party et cette offre de mettre en scène une séquence d'un film. Bien qu'elle fût enthousiaste à cette perspective, sa prudence naturelle l'avait empêchée de prendre une décision immédiate. Son agent lui téléphonait quotidiennement. Elle gagnait du temps en lui disant qu'elle avait prêté le script à Dennings pour avoir son avis et qu'elle espérait qu'il était en train de le lire et non de le manger.

Mais la troisième, et la plus importante des préoccupations de Crhis, était l'échec de deux opérations financières : l'achat d'obligations convertibles moyennant un intérêt payé d'avance; et un placement dans une affaire de forage de pétrole au sud de la Libye. Ces deux opérations financières avaient été effectuées dans le but de réduire ses revenus qui, sans cela, auraient été lourdement taxés par le fisc. Mais quelque chose de pire était arrivé : les forages avaient été négatifs : il n'y avait pas la moindre goutte de pétrole dans le secteur et le taux de l'intérêt montant en flèche, elle avait dû liquider ses obligations.

C'était pour discuter de ces problèmes que son homme d'affaires, lugubre et compassé, avait pris le premier avion pour Washington. Il était arrivé le jeudi. Chris eut à subir ses diagrammes et ses explications pendant toute la journée du vendredi. Finalement elle se décida pour une ligne de conduite qu'il jugea sage. Il hocha la tête en guise d'approbation. Mais il fronça les sourcils quand elle aborda le sujet de l'achat d'une Ferrari.

— Vous voulez dire une voiture neuve?

— Pourquoi pas? Vous savez, j'en ai déjà conduit une dans un film il n'y a pas si longtemps. Si nous écrivions à l'usine pour le leur rappeler, peut-être qu'ils se montreraient accommodants? Vous ne pensez pas?

Non, il ne le pensait pas. Et il la mit même en garde contre ce qu'il estimait être une dépense inconsidérée.

— Mais Ben, j'ai gagné 800 000 livres l'année dernière et vous me dites que je ne peux pas me permettre d'acheter une nouvelle *voiture?* C'est ridicule! Où mon argent est-il *passé?*

Il lui rappela que la plus grande partie de son argent était placé. Puis il énuméra les différentes dépenses qui grevaient son capital brut : l'impôt fédéral sur le revenu; le projet d'impôt fédéral sur le revenu; l'impôt sur les biens immobiliers; la commission de 10 % versée à son agent; 5 % à lui; 5 % à son attaché de presse; 1,25 % pour la Caisse de secours du Cinéma; les frais entraînés par la nécessité d'une garde-robe au goût du jour; les salaires de Willie, de Karl, de Sharon et du gardien de la maison de Los Angeles; les frais de voyages et enfin le budget d'entretien mensuel de la maison.

— Ferez-vous un autre film cette année? lui demanda-t-il.

Elle haussa les épaules.

— Je ne sais pas. Est-ce qu'il le faut?

— Oui. Je pense que ça vaudrait mieux.

Elle posa son visage dans ses mains en coupe et le regarda d'un air maussade.

— Et que penseriez-vous d'une Honda?

Il ne répondit pas.

Un peu plus tard dans la soirée, Chris essaya de chasser tous ses soucis en s'absorbant dans les préparatifs de la *party* du lendemain.

— Nous allons préparer un buffet, dit-elle à Willie et à Karl. Nous pourrions tout disposer sur une table au bout du salon. D'accord?

— Très bien, madame, répondit vivement Karl.

— Alors que proposez-vous, Willie? un curry?

— Oui, ce serait une bonne idée, intervint Karl.

— Mais pas trop pimenté. Et puis une salade de fruits frais, je pense, comme dessert. Et maintenant, pour les hors-d'œuvre? Peut-être des artichauts farcis, Willie?

— Oh oui, excellent, dit Karl.

— Merci, Willie.

Ses invités formaient un mélange intéressant : en dehors de Burke « et tâche d'arriver sobre, nom d'un chien! » et du jeune metteur en scène de la seconde équipe, elle attendait un sénateur (et sa femme); un astronaute d'Apollo (et sa femme); deux pères jésuites de Georgetown, ses plus proches voisins; Mary-Jo Perrin et Ellen Cleary.

Mary-Jo Perrin était une voyante de Washington, grassouillette et grisonnante, que Chris avait rencontrée au dîner de la Maison-Blanche et pour laquelle elle s'était prise d'une vive sympathie. Elle s'était attendue à trouver une femme austère et impressionnante mais « Vous n'êtes pas du tout comme cela! » avait-elle fini par lui dire. Pétillante de vie, chaleureuse st sans prétention.

Ellen Cleary était secrétaire au State Department et travaillait à l'ambassade U.S. à Moscou au moment où Chris avait fait une tournée en U.R.S.S. Au prix de peines et d'efforts considérables, elle était parvenue à sortir Chris des situations fâcheuses où elle s'était empêtrée au cours de son voyage et des difficultés auxquelles elle s'était heurtée, et dont la plupart — et non des moindres — avaient été causées par le franc-parler de l'actrice aux cheveux roux. Chris avait gardé d'elle un souvenir affectueux au cours de ces années et était allée la voir dès son arrivée à Washington.

— Dites, Shar, demanda-t-elle, quels sont les prêtres qui vont venir?

— Je ne sais pas encore très bien. J'ai invité le président et le doyen du collège, mais le président va déléguer quelqu'un à sa place. Son secrétaire m'a téléphoné ce matin pour me dire qu'il craignait fort d'être empêché demain soir.

— Qui envoie-t-il à sa place? demanda Chris avec un intérêt modéré.

— Voyons... attendez que je retrouve le papier. (Sharon fourrageait dans les paperasses qui encombraient la table.) Ah! ça y est... je l'ai retrouvé. Il pense envoyer son assistant... heu... le père Joseph Dyer.

— Vous voulez dire du campus?

— Oui, très certainement.

— Bien.

Elle paraissait déçue.

— Gardez un œil sur Burke demain soir, lui recommanda-t-elle.

— Comptez sur moi.

— Où est Rags?

— En bas.

— Vous savez, vous pourriez peut-être y laisser votre machine à écrire; vous ne pensez pas? Je veux dire que de cette façon vous pourriez l'observer pendant que vous tapez. Ça ne vous ennuie pas? Je n'aime pas tellement la savoir toute seule.

— C'est une bonne idée.

— Alors c'est parfait. A plus tard. Méditez bien. Jouez avec les chevaux.

Les préparatifs de la soirée terminés, Chris se retrouva en train de ruminer de sombres pensées au sujet de Regan. Elle essaya de regarder la télévision. Mais elle ne parvenait pas à se concentrer. Elle se sentit mal à l'aise. Il régnait une atmosphère étrange dans la maison. Comme une immobilité qui s'installait. Une poussière lourde.

A minuit tout dormait dans la maison.

Rien ne vint troubler cette nuit-là.

4

Elle choisit, pour recevoir ses hôtes, un ensemble-pantalon vert tilleul avec de longues manches bouffantes, des chaussures confortables qui reflétaient son espoir dans cette soirée.

La première à arriver fut Mary-Jo Perrin, avec son fils Robert, un adolescent. Le dernier fut le père Dyer qui avait un visage frais et rose. Il était jeune et de petite taille, avec ses yeux de visionnaire derrière ses lunettes à monture d'acier. En entrant il s'excusa de son retard : « Je n'arrivais pas à trouver une cravate adéquate », dit-il à Chris d'un ton inexpressif. Elle le regarda fixement, décontenancée, puis éclata de rire. La dépression qu'elle avait ressentie tout au long de la journée commença à se dissiper.

Les boissons firent leur œuvre. Vers 10 heures moins le quart ils étaient tous dispersés dans le salon, devisant avec animation par petits groupes pleins d'entrain.

Chris remplit son assiette au buffet fumant et jeta un coup d'œil circulaire dans la pièce à la recherche de Mary-Jo Perrin. Elle était là, sur le canapé, avec le père Wagner, le doyen. Chris ne lui avait dit que quelques mots de bienvenue. Il avait un crâne chauve parsemé de taches de rousseur, des manières sèches et douces. Chris s'avança nonchalamment vers le canapé et s'assit par terre à la turque devant la table à café tandis que la voyante s'esclaffait gaiement.

— Oh, allons donc, Mary-Jo! dit le doyen en souriant, tandis qu'il portait sa fourchette couverte de curry à sa bouche.

— Oh! Allons donc, Mary-Jo, fit Chris en écho.

— Tiens! Vous êtes là? Fameux ce curry! dit le doyen.

— Pas trop pimenté?

— Pas du tout, juste à point. Mary-Jo était en train de me dire qu'il y avait eu jadis un jésuite qui était aussi médium.

— Et il ne me croit pas! pouffa la voyante.

— Ah! *Distinguo!* corrigea le doyen. J'ai seulement dit que j'avais *peine* à le croire!

— Vous voulez dire un *vrai* médium? interrogea Chris.

— Mais bien sûr, dit Mary-Jo. Et il pratiquait même la lévitation!

— Peuh! Ça je le fais tous les matins, dit le jésuite tranquillement.

— Vous voulez dire qu'il tenait des séances de spiritisme? demanda Chris à Mary-Jo.

— Exactement, répondit-elle. Il était très célèbre au XIXe siècle. En fait il était le seul spirite de son temps à ne pas avoir été convaincu d'imposture.

— C'est bien ce que je disais! Ce n'était pas un jésuite, commenta le doyen.

— Oh, mon Dieu! mais je vous assure qu'il l'a été pourtant, dit-elle en riant. Quand il eut vingt-deux ans il entra chez les jésuites et promit de ne jamais plus faire le médium. Et c'est alors qu'il a mal tourné et finit par être expulsé de France, expliqua-t-elle en riant encore plus fort, juste après une séance qu'il avait tenue aux Tuileries. Savez-vous ce qu'il avait *fait?* Au beau milieu de la séance il avait dit à l'impératrice qu'elle allait être effleurée par la main d'un tout jeune esprit qui était sur le point de se matérialiser complètement, et quand brusquement toutes les lampes se rallumèrent, s'esclaffa-t-elle, on le surprit assis, son *pied* nu posé sur le *bras* de l'impératrice! Vous vous *imaginez* la scène!

Le jésuite sourit tout en reposant son assiette.

— N'espérez plus jamais obtenir des indulgences au rabais, Mary-Jo.

— Allons donc, chaque famille a *sa* brebis galeuse.

— Nous avions déjà un troupeau suffisamment considérable avec les papes Médicis.

— Vous savez, une fois j'ai fait une expérience, commença Chris.

Mais le doyen l'interrompit.

— En faites-vous une matière de confession?

Chris sourit et dit :

— Non, je ne suis pas catholique.

— Ça ne fait rien, les jésuistes non plus, gloussa Mme Perrin.

— Pure calomnie de dominicain, rétorqua le doyen (puis se tournant vers Chris :) Excusez-moi, ma chère. Que disiez-vous?

— Oh! seulement que je pensais avoir vu quelqu'un en état de lévitation, une fois, au Bhoutan.

Elle raconta l'histoire.

— Pensez-vous que ce soit possible? dit-elle en terminant. Je veux dire, réellement, sans trucage.

— Qui sait! (Il haussa les épaules.) Qui peut dire ce qu'est la gravité? Ou la matière, quand on en arrive là.

— Voulez-vous que je vous donne mon opinion? s'écria Mme Perrin.

— Non, Mary-Jo; j'ai fait vœu de pauvreté, dit le doyen.

— Moi aussi, murmura Chris.

— Pardon? fit le doyen en se penchant en avant.

— Oh, rien. Dites, je voulais vous demander

quelque chose. Connaissez-vous ce petit cottage qui est derrière l'église là-bas?

Elle indiqua en gros la direction.

— La Sainte-Trinité?

— Oui. C'est cela même. Qu'est-ce qui s'y passe au juste?

— Mais voyons, c'est là qu'ils disent leur messe noire, expliqua Mme Perrin.

— Messes noires? Qu'est-ce que c'est?

— Oh, elle vous fait marcher, dit le doyen.

— Je sais, dit Chris, mais je suis bouchée. Je veux dire, qu'est-ce que c'est qu'une messe noire?

— Oh, fondamentalement c'est une parodie de la messe catholique, expliqua le doyen. Et cela se rattache à la sorcellerie. Le culte du diable.

— Vraiment? Enfin, je veux dire, cela existe vraiment?

— Ma foi, je ne saurais l'affirmer. Bien que j'aie lu dans une statistique qu'il y aurait quelque cinquante mille messes noires célébrées chaque année à Paris.

— Vous voulez dire *maintenant?* de nos jours?

— C'est ce que j'ai entendu dire.

— ... par le service secret des jésuites, susurra Mme Perrin.

— Pas du tout, riposta le doyen. J'entends des voix.

— Vous savez, là-bas, à Los Angeles, dit Chris, on raconte des tas d'histoires au sujet de pratiques de sorcellerie. Je me suis souvent demandé ce qu'il y avait de vrai là-dedans.

— Personnellement je ne saurais vous répondre, mais il y a ici quelqu'un qui pourrait le faire. Joe Dyer. Où est Joe?

Le doyen regarda autour de lui.

— Oh! il est là-bas, fit-il, avec un signe du menton en direction de l'autre prêtre qui se tenait près du buffet, le dos tourné, et remplissait son assiette pour la deuxième fois. Hé, Joe!

Le jeune prêtre se retourna vers eux, le visage impassible.

— Vous m'avez appelé, monsieur le doyen?

L'autre jésuite lui fit signe de venir.

— J'arrive, juste une seconde, répondit Dyer, en finissant de remplir calmement son assiette de curry et de salade.

— C'est le seul farfadet de tout le clergé, dit le doyen avec une pointe de tendresse. (Il sirota son vin.) La semaine dernière il y a eu deux cas de profanation à la Sainte-Trinité et Joe a dit qu'il y avait quelque chose là-dedans qui lui rappelait le rituel des messes noires, je pense donc qu'il s'y connaît en la matière.

— Qu'est-il arrivé à l'église? demanda Mary-Jo.

— Oh! c'est vraiment trop abject, dit le doyen.

— Racontez! nous avons tous fini de dîner.

— Non, je vous en prie. C'est trop... trop...

— Oh, voyons!

— Serait-ce que vous ne pouvez pas lire dans ma pensée, Mary-Jo? lui demanda-t-il.

— Oh, je le pourrais, répondit-elle, mais je ne me sens pas digne de pénétrer dans ce Saint des Saints, gloussa-t-elle.

— Eh bien, c'était vraiment écœurant, commença le doyen.

Il décrivit la profanation. Lors du premier incident le vieux sacristain de l'église avait découvert un tas d'excréments humains sur le linge d'autel, juste devant le tabernacle.

— Oh, ça c'est vraiment dégoûtant, oui, grimaça Mme Perrin.

— Eh bien, l'autre est pire encore, remarqua le doyen; et, usant de circonlocutions et d'un ou deux euphémismes, il expliqua comment on avait trouvé un phallus massif modelé en argile et solidement collé à une statue du Christ sur l'autel de gauche.

— Plutôt écœurant, non? conclut-il.

Chris remarqua que Mary-Jo semblait sincèrement troublée lorsqu'elle dit :

— Oh! cela suffit maintenant. Je regrette de vous avoir demandé des détails. Changeons de sujet s'il vous plaît.

— Oh non! moi je suis fascinée, dit Chris.

— Oui, bien sûr, c'est normal, je suis un être fas-ci-nant.

C'était le père Dyer. Il se penchait au-dessus d'elle avec son assiette.

— Ecoutez. Je vous demande juste une minute et je reviens. Je suis en train de traiter une affaire là-bas avec l'astronaute.

— Quel genre d'affaire? s'étonna le doyen.

Le père Dyer haussa les sourcils avec une mimique de confidence théâtrale.

— Me croiriez-vous si je vous le disais? demanda-t-il... l'envoi du premier missionnaire sur la Lune!

Ils éclatèrent tous de rire.

— C'est vrai que vous avez juste la taille requise, dit Mme Perrin. Ils pourraient vous trouver une petite place dans la tête de la fusée.

— Non, non, pas moi, corrigea-t-il avec solennité, et se tournant vers le doyen il expliqua : j'essaie d'obtenir la place pour Emory.

— C'est le surveillant général du campus, expliqua Dyer aux dames, en aparté. Il n'y a personne là-haut et c'est ce qui lui plairait, voyez-vous; il aime tellement le calme, ce cher homme!

— Mais alors qui convertirait-il? demanda Mme Perrin.

— Que voulez-vous dire? (Dyer fronça les sourcils en la regardant d'un air pénétré.) Il convertirait les *astronautes*, voyons! Je veux dire, c'est ça qui lui *plairait :* Vous savez, juste une ou deux personnes quoi!

Dyer lança un regard inexpressif à l'astronaute.

— Excusez-moi, dit-il, et il s'éloigna.
— Il me plaît beaucoup, dit la Perrin.
— A moi aussi, renchérit Chris. (Et puis elle se tourna vers le doyen.) Vous ne m'avez toujours pas dit ce qui se passait dans le cottage, lui rappela-t-elle. Est-ce un grand secret? Qui est le prêtre que j'ai vu là? Vous le connaissez? Un homme plutôt sombre? Voyez-vous qui je veux dire?
— C'est le père Karras, dit le doyen en baissant la voix avec une nuance de regret.
— Qu'est-ce qu'il fait?
— Il est... conseiller. (Il reposa son verre de vin et fit tourner le pied entre ses doigts.) Il a reçu un choc pénible hier soir, le pauvre.
— Oh, quoi donc? demanda Chris avec une inquiétude soudaine.
— Sa mère est décédée.
Chris éprouva une sensation de tristesse inexplicable.
— Oh, je suis navrée, dit-elle.
— Il semble prendre la chose assez mal, continua le jésuite. Elle vivait seule et il semble qu'elle était morte depuis deux ou trois jours quand on l'a trouvée.
— Oh, comme c'est affreux! murmura la Perrin.
— Qui l'a trouvée? demanda Chris avec gravité.
— Le gardien de l'immeuble. Je crois qu'on ne l'aurait pas encore découverte à l'heure qu'il est si... si les voisins ne s'étaient pas plaints que sa radio marchait sans arrêt.
— Que c'est triste, murmura Chris.
— Que madame m'excuse...
Elle leva les yeux vers Karl. Il tenait un plateau rempli de verres et de liqueurs.
— Oui, merci, Karl. Posez ça là simplement.
Chris aimait à servir elle-même les liqueurs à ses invités. Elle trouvait que cela ajoutait à l'intimité.

— Eh bien, laissez-moi commencer par vous, dit-elle au doyen et à Mme Perrin; et elle les servit.

Et puis elle alla de l'un à l'autre dans le salon, demandant à chacun ce qu'il préférait et servant tout le monde. Lorsqu'elle eut terminé, les différents groupes s'étaient reformés en de nouvelles combinaisons, à l'exception de Dyer et de l'astronaute qui semblaient s'entendre de mieux en mieux. Chris entendit Dyer proférer solennellement, le bras autour des épaules de l'astronaute secoué par le rire : « A vrai dire je ne suis pas réellement un prêtre, mais un rabbin terriblement avant-garde. » Peu après elle avait surpris Dyer en train de demander à l'astronaute : « Qu'est-ce que l'espace? » et comme l'astronaute haussant les épaules répondait qu'il n'en savait rien, le père Dyer l'avait regardé fixement en fronçant les sourcils et lui avait dit d'un air pénétré : « Vous devriez le savoir. »

Chris était debout près d'Ellen Cleary, et évoquait avec elle des souvenirs de Moscou quand elle entendit en provenance de la cuisine des éclats de voix rageurs, une voix familière, stridente, qui tempêtait.

Oh, Seigneur! Burke!

Il braillait des obscénités à quelqu'un.

Chris s'excusa et alla rapidement dans la cuisine où elle trouva Dennings en train d'invectiver haineusement Karl, tandis que Sharon faisait d'inutiles efforts pour lui imposer le silence.

— Burke! s'écria Chris. Assez! Boucle-la maintenant!

Le metteur en scène l'ignora et continua de vociférer, de la bave aux commissures des lèvres, tandis que Karl nonchalamment appuyé à l'évier, les bras croisés, impassible, le regardait froidement.

— Karl! jeta Chris d'un ton sec. Voulez-vous

sortir d'ici immédiatement! *sortez!* Vous ne voyez pas dans quel état il *est*?

Mais le Suisse ne bougeait pas et elle dut le pousser vers la porte.

— *Cochon* de naa-zi! hurla Dennings derrière son dos. (Et puis, se tournant avec un sourire charmant vers Chris, il se frotta les mains et demanda gentiment :) Qu'est-ce que tu nous as préparé de bon comme dessert?

— Dessert?

Chris se frappa le front du plat de la main.

— Eh bien oui, quoi, j'ai faim moi! gémit-il.

Chris se tourna vers Sharon.

— Donnez-lui à manger. Il faut que j'envoie Regan se coucher. Et toi, Burke, pour *l'amour du Ciel*, dit-elle au metteur en scène, tâche de te *tenir* correctement. Il y a des prêtres là-bas!

Il plissa le front tandis que ses yeux montraient un intérêt soudain et apparemment sincère :

— Oh! Tu as remarqué ça *aussi?* demanda-t-il sans perfidie.

Chris quitta la cuisine et descendit dans la salle de jeux du sous-sol où Regan avait passé toute la journée. Elle la trouva en train de jouer avec le oui-ja. Elle paraissait boudeuse, distraite, lointaine. Bon, au moins elle ne va pas faire de colère, se dit Chris, et espérant la distraire, elle l'amena au salon et la présenta à ses invités.

— Oh, qu'elle est mignonne! dit la femme du sénateur.

Regan se montra étrangement bien élevée, si ce n'est avec Mme Perrin à qui elle ne voulut ni parler ni tendre la main. Mais la voyante tourna cela en plaisanterie.

— Elle sait que je raconte des blagues, dit-elle à Chris avec un clin d'œil.

Mais ensuite, avec un air scrutateur étrange,

elle tendit la main et saisit celle de Regan qu'elle pressa doucement, comme si elle lui prenait le pouls. Regan retira vivement sa main et lui lança un regard hostile.

— Tss... Tss..., elle doit être fatiguée, dit négligemment Mme Perrin; cependant elle continua d'observer Regan avec une acuité pénétrante, une anxiété incompréhensible.

— Elle a été légèrement souffrante, murmura Chris, en guise d'excuse. (Elle se pencha vers Regan). N'est-ce pas, ma chérie?

Regan ne répondit pas, les yeux baissés.

Il ne lui restait plus maintenant qu'à être présentée au sénateur, à Robert, le fils de Mme Perrin, et Chris se dit qu'il valait mieux ne pas insister. Elle emmena Regan dans sa chambre, la mit au lit et la borda.

— Crois-tu que tu pourras dormir? demanda Chris.

— Je ne sais pas, répondit-elle rêveusement.

Elle s'était tournée sur le côté et fixait le mur d'un air lointain.

— Veux-tu que je te fasse un peu la lecture?

Elle secoua la tête.

— Bon. Alors essaie de dormir. (Elle se pencha sur elle et l'embrassa puis elle s'approcha de la porte et tourna le commutateur.) Bonne nuit, mon bébé.

Chris allait refermer la porte quand Regan l'appela très doucement.

— Maman! Qu'est-ce que j'ai donc?

Le ton était si effrayé, si désespéré, si disproportionné à son état, que pendant un instant Chris se sentit bouleversée. Mais elle se reprit très vite.

— Mais tout simplement ce que je t'ai dit, ma chérie : c'est nerveux. Tout ce qu'il faut c'est bien prendre régulièrement ces pilules pendant une ou deux semaines et tu verras que tu te sentiras tout à fait bien après. Maintenant, essaie de dormir, trésor.

Pas de réponse. Chris attendit.

— N'est-ce pas? tu vas essayer de dormir? répéta-t-elle.

— Oui, murmura Regan.

Chris remarqua soudain que ses avant-bras se couvraient de chair de poule. Elle les frotta. *Bon sang ce qu'il pouvait faire froid dans cette pièce! D'où venait ce courant d'air?*

Elle s'approcha de la fenêtre, vérifia le chambranle, ne trouva rien. Revint près de Regan.

— Tu as assez chaud, bébé?

Pas de réponse.

Chris s'approcha du lit.

— Regan? Tu dors déjà? murmura-t-elle.

Yeux fermés. Souffle régulier, profond.

Chris quitta la chambre sur la pointe des pieds.

Du palier, elle entendit que l'on chantait dans le salon et tout en descendant l'escalier, elle vit avec plaisir que le jeune père Dyer s'était mis au piano et dirigeait un groupe qui s'était formé autour de lui, près de la baie vitrée, et chantait gaiement en chœur. Au moment où elle entrait ils lançaient la dernière note de « Jusqu'à la prochaine fois ».

Chris s'avança pour se joindre au groupe mais fut arrêtée soudain au passage par le sénateur et sa femme, leur manteau sur le bras. Ils paraissaient légèrement énervés.

— Oh! vous nous quittez si tôt? demanda Chris.

— Oui, je suis vraiment désolé, chère amie, nous avons passé une merveilleuse soirée, dit le sénateur avec effusion, mais la pauvre Martha a la migraine.

— Oh, je suis navrée, mais j'ai une migraine terrible, gémit la femme du sénateur. Excusez-nous, Chris. C'était une *charmante party.*

— Je regrette vraiment que vous deviez partir, dit Chris.

Elle les accompagna jusqu'à la porte et elle put entendre le père Dyer qui demandait à l'autre bout du salon : « Est-ce que quelqu'un connaît les paroles de « Je parie que tu le regrettes maintenant, rose de Tokyo? »

Elle leur souhaita une bonne nuit. Tandis qu'elle regagnait le salon elle vit Sharon qui sortait avec précaution du bureau.

— Où est Burke? lui demanda Chris.

— Ici, répondit Sharon en indiquant le bureau d'un signe de la tête. En train de cuver. A propos, que vous a dit le sénateur? Rien?

— Que voulez-vous qu'il m'ait dit? Ils viennent juste de partir.

— Bon. Je pense que c'est aussi bien ainsi.

— Sharon, expliquez-vous.

— Oh, c'est Burke, soupira Sharon.

Elle décrivit alors en termes mesurés la rencontre entre le sénateur et le metteur en scène. Dennings avait fait remarquer, incidemment, dit Sharon, qu'il lui semblait voir flotter dans son gin « un poil pubien étranger ». Puis il s'était tourné vers le sénateur et avait ajouté sur un ton vaguement accusateur : « L'ai encore jamais vu de ma vie! et vous? »

Chris riait tandis que Sharon continuait d'expliquer que la réaction embarrassée du sénateur avait déclenché chez Dennings une de ces rages à la Don Quichotte au cours de laquelle il avait exprimé sa « gratitude sans borne » pour l'existence des politiciens, car sans eux, « personne ne pourrait distinguer les hommes d'Etat des autres, si vous voyez ce que je veux dire! »

Une fois le sénateur offusqué parti, le metteur en scène s'était tourné vers Sharon et lui avait dit avec fierté : « Hein! Vous avez vu? Je n'ai pas dit de gros mots! Vous n'allez pas raconter maintenant que je ne sais pas me comporter en gentleman! »

Chris ne put s'empêcher de rire.

— Oh, bon! laissez-le dormir. Mais vous feriez mieux de rester là au cas où il se réveillerait. Ça ne vous ennuie pas?

— Pas du tout.

Sharon retourna dans le bureau.

Mary-Jo Perrin était assise dans un coin du salon, seule et l'air pensif. Elle paraissait soucieuse, troublée. Chris était sur le point d'aller lui tenir compagnie quand elle vit l'un des invités s'avancer nonchalamment vers la voyante.

Chris bifurqua alors vers le piano. Dyer s'arrêta de jouer et leva les yeux pour l'accueillir.

— Oui, jeune dame, qu'est-ce que ça sera pour vous? Nous consentons un rabais sur les neuvaines.

Chris s'esclaffa avec les autres.

— Je pensais avoir la primeur des dernières informations concernant les messes noires. Le père Wagner m'a dit que vous étiez expert en la matière.

Le groupe qui entourait le piano se tut, intéressé.

— Non, pas vraiment, dit Dyer en effleurant du doigt quelques touches. Pourquoi avez-vous parlé de messes noires? demanda-t-il l'air sérieux.

— Eh bien, nous parlions tout à l'heure de ce... de ces choses que l'on a trouvées à la Sainte-Trinité, et...

— Oh, vous voulez parler des profanations? l'interrompit Dyer.

— Eh! Ça ne vous ferait rien de me mettre à la page? demanda l'astronaute.

— Moi aussi! dit Ellen Cleary. Je n'y comprends strictement rien.

— Bon, eh bien, l'église qui se trouve là, en bas de la rue, a été profanée à deux reprises, expliqua Dyer.

— Des profanations de quel genre? demanda l'astronaute.

— Laissez tomber, conseilla le père Dyer. Disons seulement que c'était des obscénités. Vu?

— Le père Wagner a dit que cela vous avait fait penser à des messes noires, dit Chris pour l'inciter à parler, et c'est pour cela que je me demandais ce qui s'y passait à ces fameuses messes noires.

— Oh, je n'en sais pas grand-chose, protesta-t-il. En fait, tout ce que je sais m'a été raconté par un autre Jeb.

— Qu'est-ce qu'un Jeb?

— C'est l'abréviation pour jésuite. A vrai dire c'est le père Karras l'expert pour ces machins-là.

Chris devint soudain attentive.

— Oh! le prêtre très brun de la Sainte-Trinité?

— Vous le connaissez? demanda Dyer.

— Non, j'ai entendu parler de lui, c'est tout.

— Eh bien, je crois qu'il a écrit quelque chose là-dessus. Uniquement du point de vue psychiatrique, vous savez.

— Que voulez-vous dire? demanda Chris.

— Que voulez-vous dire? Que voulez-vous dire?

— Voulez-vous dire qu'il est psychiatre?

— Mais bien sûr. Oh, je suis désolé. J'étais persuadé que vous le saviez.

— Ecoutez, s'impatienta l'astronaute, quelqu'un voudrait-il m'expliquer ce qui se passe à ces messes noires?

— Bah! simplement des perversions, fit Dyer en haussant les épaules. Des obscénités. Des blasphèmes. C'est une parodie licencieuse de la messe catholique où l'on adore Satan au lieu de Dieu et où l'on offrait parfois des sacrifices humains.

Ellen Cleary secoua la tête et s'éloigna du groupe.

— Vous me donnez la chair de poule. C'est

vraiment trop « noir » pour moi, dit-elle avec un faible sourire.

Chris ne lui prêta aucune attention. Le doyen se joignit au groupe, discrètement.

— Mais comment pouvez-vous *savoir* tout cela? demanda-t-elle au jeune jésuite. Même si ces messes noires existent vraiment, qui peut dire ce qui s'y passe?

— Je pense qu'on a obtenu la plupart des renseignements de la bouche des gens qui ont été arrêtés et qui ont avoué par la suite, répondit Dyer.

— Allons donc, dit le doyen, ces confessions n'avaient aucune valeur, Joe. On les leur avait arrachées par la torture.

— Non, pas toujours, dit doucement Dyer.

Le doyen regarda sa montre.

— Il va falloir que je m'en aille, dit-il à Chris. Je dis la messe demain à 6 heures à la chapelle de Dahlgren.

— Moi je vais dire la messe accompagnée au banjo, annonça Dyer d'un air rayonnant. (Puis ses yeux furent attirés par quelque chose derrière Chris et il redevint brusquement sérieux.) Eh bien, maintenant, je crois que nous avons une visite, madame MacNeil, risqua-t-il, avec un mouvement du menton.

Chris se retourna et sursauta en voyant Regan en chemise de nuit, en train d'uriner sur le tapis. Tout en regardant fixement l'astronaute, la fillette se mit à psalmodier d'une voix détimbrée :

— Vous, vous allez mourir là-haut.

— Oh! mon Dieu! s'écria Chris douloureusement en s'élançant vers sa fille. Mon Dieu! oh! mon bébé! oh! viens vite, viens vite avec moi!

Elle prit Regan par les bras et l'emmena rapidement en jetant par-dessus son épaule d'une voix tremblante des excuses timides à l'astronaute blanc comme un linge.

— Oh, je suis navrée! Elle a été malade; elle

doit faire des crises de somnambulisme. Elle ne sait pas ce qu'elle raconte!

— Dites donc! Il serait peut-être temps que nous partions, dit le jeune jésuite à quelqu'un.

— Oh non! restez! protesta Chris, en se retournant juste un moment. S'il vous plaît, restez. Tout va bien. Je serai de retour dans une minute!

Chris s'arrêta dans la cuisine, donna des instructions à Willie pour qu'elle nettoie le tapis avant que la tache ne devînt indélébile puis aida Regan à monter l'escalier, la baigna et changea sa chemise de nuit.

— Chérie, pourquoi as-tu *dit* cela? lui demanda Chris à plusieurs reprises.

Mais Regan semblait ne pas entendre et marmonna des mots incohérents. Ses yeux étaient vides et voilés.

Chris la mit au lit et presque aussitôt Regan sembla s'endormir. Chris attendit un moment, écoutant sa respiration, puis elle quitta la pièce.

En bas de l'escalier, elle rencontra Sharon et le jeune metteur en scène de la seconde équipe qui aidaient Dennings à sortir du bureau. Ils avaient appelé un taxi et allaient l'accompagner jusqu'à son appartement du Sheraton Park.

— Bon vent! leur lança Chris comme ils sortaient de la maison avec Dennings entre eux.

A demi conscient, le metteur en scène lui rétorqua :

— Va te faire foutre! et s'enfonça dans le brouillard et dans le taxi qui les attendait.

Chris regagna le salon où les invités qui étaient restés lui exprimèrent leur sympathie tandis qu'elle leur donnait un bref aperçu de la maladie de Regan. Lorsqu'elle mentionna les coups et les autres phénomènes « pour attirer l'attention sur elle », Mme Perrin la fixa intensément. Chris la regarda, s'attendant à quelque commentaire, mais elle ne souffla mot et Chris continua.

— A-t-elle souvent des crises de somnambulisme? demanda Dyer.

— Non, c'est la première fois ce soir. Ou du moins, c'est la première fois que je le constate, et je pense qu'il s'agit là d'un phénomène de ce... de cette hyperactivité. Vous ne pensez pas?

— Hé... je ne sais pas... répondit le prêtre. J'ai entendu dire que le somnambulisme était assez courant à l'époque de la puberté, mais... (Il s'interrompit sur un haussement d'épaules.) Vraiment je ne sais pas. Je pense que vous feriez mieux de demander à votre médecin.

Pendant la discussion qui s'ensuivit, Mme Perrin resta assise, contemplant silencieusement les flammes qui dansaient dans la cheminée du salon. Chris remarqua que l'astronaute, qui avait été sélectionné pour aller sur la Lune cette année, semblait presque aussi déprimé. Il contemplait son verre et faisait entendre de temps en temps de petits grognements destinés à exprimer son intérêt ou son attention. Par une sorte d'entendement tacite, personne ne fit allusion à ce que Regan lui avait dit.

— Allons, j'ai cette messe demain matin, dit enfin le doyen en se levant pour prendre congé.

Ce fut le signal du départ général. Tout le monde se leva, remerciant l'hôtesse pour le dîner et la soirée.

Sur le pas de la porte le père Dyer prit la main de Chris et la regarda dans les yeux avec le plus grand sérieux :

— Y aurait-il un rôle dans l'un de vos films pour un tout petit prêtre sachant jouer du piano?

— S'il n'y en a pas, répondit Chris en riant, j'en ferai écrire un spécialement pour vous.

— C'est à mon frère que je pensais, corrigea-t-il d'un air comiquement digne et offusqué.

— Oh! vous...

Elle rit encore et lui souhaita bonne nuit dans une impulsion de chaude amitié.

Les derniers à partir furent Mary-Jo Perrin et son fils. Chris les retint à la porte en bavardant distraitement. Elle avait l'impression que Mary-Jo était préoccupée par quelque chose, mais le gardait pour elle. Pour retarder son départ Chris lui demanda son opinion sur l'usage fréquent que Regan faisait du oui-ja et sur sa fixation concernant le capitaine Howdy.

— Pensez-vous que cela puisse présenter quelque danger pour elle? demanda-t-elle.

S'attendant à une dénégation désinvolte, elle fut surprise de voir Mary-Jo froncer les sourcils et baisser le regard sur les marches du perron. Elle semblait réfléchir. Les yeux toujours baissés, elle fit quelques pas pour rejoindre son fils qui l'attendait sur la terrasse.

Lorsqu'elle releva enfin la tête, ses yeux se trouvaient dans l'ombre.

— Je lui enlèverais ce oui-ja, dit-elle tranquillement.

Elle tendit la clé de contact à son fils.

— Bobby, fais tourner un peu le moteur, lui ordonna-t-elle, la nuit est froide.

Il prit les clés, dit à Chris combien il avait aimé tous ses films, puis s'éloigna timidement en direction d'une vieille Mustang qui avait connu des jours meilleurs, et qui était parquée au bas de la rue.

Les yeux de Mme Perrin étaient toujours dans l'ombre.

— Je ne sais pas ce que vous pensez de moi, dit-elle d'une voix lente. Beaucoup de gens associent ce que je fais au spiritisme. Mais c'est faux. Certes, je crois sincèrement que j'ai un don, mais il n'est pas occulte. Il n'a rien à voir avec le spiritisme. En fait, il me paraît, à moi, parfaitement naturel, spontané... Etant catholique, je crois fermement en l'existence de deux mondes et je crois aussi, par conséquent, que nous avons tous un pied dans chacun de ces deux mondes. Celui dont nous sommes conscients, c'est le monde temporel. Mais de temps en temps un drôle de phénomène dans mon genre perçoit un signe qui lui est transmis par l'*autre* pied; et celui-là, je pense... se trouve dans l'éternité. L'éternité est en dehors du temps; le futur et le présent n'y sont qu'une seule et même chose. C'est la raison pour laquelle, quand je sens quelque chose dans cet autre pied, je crois que je parviens à voir le futur. Qui peut savoir? Peut-être que je me trompe? Peut-être tout cela n'est que coïncidence? dit-elle en haussant les épaules. Mais je pense que je le vois. Et si c'est le cas, eh bien, je persiste à dire que c'est naturel. L'occultisme, voyez-vous... (elle s'arrêta pour choisir ses mots :) L'occultisme est quelque chose de complètement différent. Je m'en suis toujours tenue éloignée. Je trouve qu'il est dangereux de fourrer son nez là-dedans et par la même occasion de s'amuser avec un oui-ja.

Jusqu'à présent Chris l'avait considérée comme une femme pleine de bon sens. Or, maintenant, quelque chose dans ses manières étaient extrêmement déconcertant. Elle éprouva un pressentiment sinistre qu'elle essaya de chasser.

— Voyons, Mary-Jo, dit-elle en souriant, ignorez-vous donc comment fonctionnent ces planchettes oui-ja? Ce n'est rien d'autre que le subconscient de la personne qui s'extériorise.

— Hum! C'est possible, répondit tranquillement Mme Perrin. C'est bien possible. Cela pourrait relever tout simplement de l'autosuggestion. Mais d'après tout ce que j'ai entendu dire au sujet des séances avec les oui-ja et tout le reste, il semble qu'elles tendent toujours à ouvrir une porte quelconque. Oh, peut-être pas sur le monde des esprits; vous n'y croyez pas. Mais peut-être une porte sur ce que vous appelez le subconscient. Je ne sais pas. Tout ce que je sais c'est qu'il semble se passer des choses. Et, ma chère, il y a dans le monde entier des asiles d'aliénés remplis de gens qui ont voulu se mêler d'occultisme.

— Vous plaisantez?

Il y eut un silence. Et puis la voix douce se remit à murmurer dans l'obscurité.

— Il y avait une famille en Bavière, en 1921, je ne me rappelle plus le nom, mais c'était une belle famille. Ils étaient onze, Chris. Je pense que vous pourrez vérifier l'histoire dans les journaux. Peu de temps après une séance d'amateurs ils perdirent l'esprit. Tous les onze. Ils commencèrent par un feu de joie dans leur maison, brûlant tout ce qui leur tombait sous la main. Et, quand il n'y eut plus un meuble, ils s'en prirent au bébé de 3 mois, de l'une des filles. C'est alors que les voisins firent irruption et les maîtrisèrent. Toute la famille, termina-t-elle, fut enfermée dans un asile d'aliénés.

— Oh! mon Dieu! exhala Chris en pensant au capitaine Howdy. (Il avait pris maintenant un aspect menaçant. Maladie mentale. Etait-ce cela? Quelque chose du même genre.) Je *savais* bien que j'aurais dû la conduire chez un psychiatre!

— Mais, pour l'amour du Ciel! dit Mme Perrin en s'avançant dans la lumière, ne vous laissez pas impressionner par ce que je viens de vous raconter; écoutez simplement ce que vous dira votre médecin. (On sentait qu'elle s'efforçait de prendre un ton rassurant mais il n'était pas convaincant.) Je suis assez douée pour ce qui est du futur, dit-elle, mais je ne vaux rien pour le présent. (Elle fouillait dans son sac.) Bon! Et maintenant, qu'est-ce que j'ai fait de mes lunettes! Vous voyez! Je ne sais pas où j'ai pu les mettre. Oh! les voici! (Elle les avait retrouvées dans une poche de son manteau.) Une bien jolie maison, apprécia-t-elle en chaussant ses lunettes et en levant les yeux sur la façade. Elle vous donne une sensation de bien-être, de confort intime.

— Ce que vous me dites là me fait bien plaisir. Pendant un moment, j'ai cru que vous alliez m'annoncer qu'elle était *hantée!*

Mme Perrin abaissa son regard sur Chris.

— Pourquoi vous dirais-je une chose pareille? Chris était en train de penser à l'une de ses amies, une actrice célèbre de Beverly Hill qui avait vendu sa maison parce qu'elle était persuadée qu'elle était hantée par un esprit frappeur.

— Je ne sais pas, sourit-elle faiblement. A cause de votre don, peut-être. Je plaisantais...

— Oui, c'est une jolie maison, répéta Mme Perrin d'un ton égal et rassurant. J'y suis déjà venue bien souvent, vous savez.

— Ah oui?

— Oui. Du temps qu'elle était habitée par un de mes vieux amis, un amiral. De temps à autre je reçois de ses nouvelles. Il est de nouveau en mer, le pauvre! Je ne sais pas si c'est lui qui me manque, finalement, ou cette maison, dit-elle en souriant. Mais peut-être m'inviterez-vous de nouveau?

— Mary-Jo! Bien sûr que *j'aimerais* que vous reveniez et je suis sincère. Vous êtes une personne si fascinante.

— Du moins suis-je la personne la plus *effrontée* que vous connaissiez.

— Oh, allons donc! Ecoutez. Téléphonez-moi. Je vous en prie. Voulez-vous me téléphoner, voyons, la semaine prochaine?

— Oui, c'est entendu. J'aimerais avoir des nouvelles de votre fille.

— Avez-vous mon numéro?

— Oui, à la maison, sur mon carnet d'adresses.

Qu'est-ce qui n'allait pas? se demanda Chris.

Quelque chose dans le ton de Mary-Jo sonnait légèrement faux.

— Allons, bonsoir, dit Mme Perrin, et merci encore de cette merveilleuse soirée.

Avant que Chris ait pu lui répondre, elle était déjà descendue rapidement dans la rue. Chris la suivit des yeux un moment puis ferma la porte d'entrée. Une pesante lassitude s'abattit sur elle. *Quelle soirée*, pensa-t-elle; *quelle soirée... quelle soirée...*

Elle alla dans le salon et se pencha au-dessus de Willie qui, agenouillée devant la tache d'urine, frottait le tapis à rebrousse-poil pour qu'il séchât plus vite.

— J'ai mis du vinaigre blanc dessus, marmonna Willie. Deux fois.

— Vous pensez que ça va partir?

— Peut-être, répondit Willie. J'en sais rien. On verra.

— Non, on ne peut vraiment rien dire tant que cette maudite tache ne sera pas sèche.

Ah! c'est brillant, vraiment, espèce d'imbécile. C'est vraiment une remarque pertinente. Nom d'un chien, ma fille, va dormir!

— Allons, laissez cela, maintenant, Willie. Allez vite vous coucher.

— Non, je termine.

— Bon, d'accord. Et merci. Bonne nuit.

— Bonne nuit, madame.

Chris monta péniblement l'escalier.

— Le curry était fameux, Willie. Tout le monde l'a aimé.

— Tant mieux. Merci, madame.

Chris jeta un coup d'œil à Regan et la trouva toujours endormie. Et puis elle se rappela le oui-ja. Devait-elle le cacher? Le jeter? *Mon Dieu, cette pauvre Perrin devient complètement dingue quand il s'agit de ces trucs-là.* Chris était cependant convaincue que ce compagnon de jeux imaginaire était morbide et malsain.

Oui, il vaudrait peut-être mieux le balancer.

Pourtant elle hésitait encore. Debout au bord du lit et contemplant Regan, elle se souvint d'un incident alors que sa fille n'avait que 3 ans : la nuit où Howard avait décrété qu'elle était beaucoup trop grande désormais pour continuer de dormir avec son biberon auquel elle s'était attachée. Il le lui avait enlevé cette nuit-là et Regan avait hurlé jusqu'à 4 heures du matin, et puis elle s'était comportée de façon hystérique plusieurs jours durant. Et maintenant Chris craignait une réaction de ce genre. *Il vaut mieux attendre que j'aie parlé de tout ça à un psychiatre.* D'autant, se dit-elle, que la Ritaline n'a pas encore eu le temps de faire son effet.

En fin de compte elle décida d'attendre pour voir comment tourneraient les choses.

Chris se retira dans sa chambre, elle se déshabilla, se mit péniblement au lit et s'endormit presque aussitôt. Puis elle s'éveilla à demi consciente d'avoir entendu des cris terrifiés et hystériques.

— Maman! *Viens* vite! j'ai *peur.*

— Je *viens,* je *viens,* ma chérie.

Chris traversa le vestibule en courant jusqu'à la chambre de Regan. Des gémissements s'en échappaient, des pleurs, des bruits comme ceux des ressorts d'un lit.

— Oh, mon bébé, qu'y a-t-il? s'écria Chris en ouvrant la porte et en tournant le commutateur. *Mon Dieu!*

Regan était allongée sur le dos, crispée, le visage barbouillé de larmes, convulsé de terreur, tandis qu'elle s'agrippait aux côtés de son lit étroit.

— Maman, pourquoi est-ce qu'il bouge? cria-t-elle. Fais-le s'arrêter! Oh, j'ai peur! Fais-le s'arrêter! Maman, s'il te plaît, fais-le s'arrêter!

Le matelas du lit tanguait violemment.

« ... Dans notre sommeil, la souffrance, qui ne peut oublier, tombe goutte à goutte sur notre cœur jusqu'à ce que, dans notre désespoir, contre notre volonté, vienne la sagesse par la terrible grâce de Dieu... »

II. ESCHYLE

1

On l'enterra dans un cimetière bondé où les tombes étaient tassées les unes contre les autres.

La messe avait été aussi solitaire que sa vie. Ses frères de Brooklyn. L'épicier du coin qui lui avait fait crédit. Tandis qu'on la descendait dans les ténèbres d'un monde sans fenêtres, Damien Karras se mit à sangloter avec un chagrin sur lequel il s'était longtemps mépris.

— Allons, Dimmy!... Dimmy!...

Un oncle lui posa le bras sur les épaules.

— Allons, voyons, elle est au ciel maintenant, Dimmy, elle est heureuse.

Oh! mon Dieu, faites que cela soit! O mon Dieu! Oh! je vous en supplie! O mon Dieu, s'il vous plaît, soyez!

Ils l'attendirent dans la voiture tandis qu'il s'attardait près de la tombe. Il ne pouvait supporter l'idée qu'elle soit seule.

Tout en conduisant la voiture à Pennsylvania Station, il écoutait ses oncles parler de leurs maladies avec leur accent rocailleux d'immigrés.

— ...emphysème... je dois m'arrêter de fumer... j'ai failli y passer l'an dernier, tu l'avais su?

Des spasmes de rage lui montaient aux lèvres,

mais il les repoussa et se sentit honteux. Il lança un coup d'œil par la vitre de la portière : le Home Relief Station de la 23e rue Est où, le samedi matin, au cœur de l'hiver, elle allait chercher son lait et ses pommes de terre pendant qu'il restait au lit; le zoo de Central Park où elle le laissait l'été pendant qu'elle mendiait près des fontaines en face du Plaza. En passant devant l'hôtel, Karras éclata en sanglots puis refoula ses souvenirs et essuya les larmes de regrets cuisants. Il se demanda pourquoi son amour pour sa mère avait attendu cette séparation, attendu le moment où il ne pouvait plus la voir, la toucher, où les limites du contact et de l'abandon humain s'étaient réduites aux dimensions d'un faire-part imprimé fourré dans son portefeuille; *In Memoriam...*

Il sut pourquoi. Le chagrin était ancien.

Il arriva à Georgetown juste à temps pour le dîner mais il n'avait pas faim. Il marcha de long en large dans son cottage. Des jésuites amis vinrent lui présenter leurs condoléances. Ils restèrent un court instant, promirent des prières.

Peu après 10 heures, Joe Dyer fit son apparition avec une bouteille de scotch. Il la brandit fièrement :

— Chivas Regal!

— Où avez-vous trouvé l'argent pour l'acheter? Vous avez vidé le tronc des pauvres?

— Ne faites pas l'âne. Ce serait aller contre mon vœu de pauvreté.

— Où l'avez-vous eue, alors?

— Je l'ai tout simplement volée.

Karras sourit et secoua la tête tout en cherchant un verre et un quart en étain. Il les rinça dans le lavabo de la minuscule salle d'eau et dit :

— Je serais assez disposé à vous croire.

— J'ai rarement vu foi plus sincère.

Karras sentit la morsure d'une souffrance familière. Il la chassa et retourna près de Dyer qui s'était assis sur le bord du lit et débouchait la bouteille. Il s'assit près de lui.

— Voulez-vous me donner l'absolution maintenant ou plus tard?

— Versez d'abord, dit Karras, et nous nous la donnerons mutuellement ensuite.

Dyer remplit généreusement le verre et le quart.

— J'ai toujours pensé que les directeurs d'université ne devraient pas boire. C'est d'un exemple déplorable. J'estime que j'ai fait une bonne action en le délivrant d'une terrible tentation.

Karras avala le scotch mais pas l'histoire. Il ne connaissait que trop bien les manières du directeur. Un homme plein de tact et de sensibilité qui s'arrangeait toujours pour donner de façon indirecte. Dyer était venu le voir, ce soir, il le savait, en tant qu'ami, mais aussi en tant qu'envoyé personnel du directeur. Aussi, quand Dyer fit allusion, en passant, au fait que Karras aurait peut-être besoin « d'un repos », le psychiatre le prit pour un heureux présage et sentit une onde soudaine de soulagement le parcourir.

Dyer fut bon pour lui; il le fit rire, lui parla de la *party* et de Chris MacNeil; lui rapporta les dernières anecdotes sur le père jésuite chargé de la discipline. Il but à peine mais remplit continuellement le verre de Karras et quand enfin il pensa que son ami était assez anesthésié pour dormir, il se leva et l'aida à s'étendre sur son lit, puis il alla s'asseoir devant la table et continua de parler jusqu'à ce que Karras eût fermé les yeux et que ses commentaires fussent devenus des grognements inarticulés.

Dyer lui défit alors ses chaussures.

— Voilà que vous volez aussi mes chaussures, maintenant, marmotta Karras d'une voix pâteuse.

— Non, je lis l'avenir dans les craquelures. Maintenant, taisez-vous et dormez.

— Vous êtes un jésuite-monte-en-l'air.

Dyer rit doucement et le recouvrit d'un manteau qu'il prit dans le placard.

— Ecoutez, il faut bien quelqu'un pour régler les factures dans cette maison. Vous autres, tout ce que vous savez faire, c'est égrener vos chapelets et prier pour les hippies de la rue.

Karras ne répondit pas. Son souffle était profond et régulier. Dyer s'avança en silence vers la porte et éteignit la lumière.

— Voler est un péché, grogna Karras dans l'obscurité.

— *Mea culpa,* dit doucement Dyer.

Il attendit un instant puis, estimant que Karras était enfin complètement endormi, il quitta le cottage.

Au milieu de la nuit Karras s'éveilla en larmes. Il avait rêvé de sa mère. Il regardait par une fenêtre élevée de Manhattan et il la voyait émerger d'une bouche de métro de l'autre côté de la rue. Elle était au bord du trottoir, un sac à provisions en papier brun à la main, et cherchait Karras. Il agita la main, mais elle ne le voyait pas. Elle allait et venait dans la rue. Autobus. Laminoirs. Foule hostile. Elle commençait à être effrayée. Elle retourna vers la bouche de métro et se mit à descendre lentement les escaliers. Karras courut à en perdre le souffle jusqu'à la rue et se mit à pleurer en criant son nom, parce qu'il ne parvenait pas à la retrouver et qu'il se l'imaginait désemparée et abasourdie dans le labyrinthe des tunnels souterrains.

Il attendit que ses sanglots se fussent apaisés puis il tâtonna pour trouver la bouteille de scotch. Il s'assit sur son lit de camp et but au goulot, dans l'obscurité. Les larmes roulaient toujours sur ses joues; elles ne voulaient pas s'arrêter. C'était une partie de son enfance, ce chagrin.

Il se souvint d'un appel téléphonique de son oncle :

« *Le cerveau de ta mère est touché par l'œdème. Elle veut pas voir le docteur près d'elle. Elle crie seulement le nom des choses. Elle parle même à sa maudite radio comme si c'était quelqu'un. J'crois qu'y faudrait qu'elle aille à Bellevue, Dimmy. Un hôpital ordinaire voudra pas s'occuper d'elle. J'crois qu'au bout d'un mois elle s'rait guérie et qu'on pourrait la faire sortir. Okay? Bon! Maintenant écoute, Dimmy, j'vais t'dire une chose : c'est déjà fait. Y lui ont fait une piqûre pour la calmer et puis y l'ont emmenée en ambulance c'matin. On voulait pas t'embêter avec ça, seulement y a une signature à donner et on a besoin de toi. Maintenant... Quoi?... Une clinique privée?... Mais où qu'on trouvera l'argent? T'en as, toi?...*

Il ne se souvenait pas s'être rendormi après cela mais il se réveilla pourtant bel et bien, dans un état de torpeur, avec la sensation d'un creux douloureux à l'estomac. Il se traîna en chancelant jusqu'à la salle d'eau, prit une douche, se rasa et enfila sa soutane. Il était 6 heures moins 5. Il ouvrit la porte de la Sainte-Trinité, revêtit ses ornements sacerdotaux, dit la messe à l'autel du bas-côté gauche.

— *Memento etiam...* pria-t-il avec un morne désespoir : « *Souviens-toi de ta servante, Mary Karras...* »

Dans la porte du tabernacle il vit le visage de l'infirmière de la réception du Bellevue Hospital; entendit de nouveau les hurlements provenant de la cellule d'isolement.

— *Vous êtes son fils?*

— *Oui, je suis Damien Karras.*

— *Bien, mais à votre place je n'entrerais pas. Elle est en pleine crise.*

Il avait regardé par le guichet dans la cellule sans fenêtre où une ampoule électrique nue pendait au plafond; les murs capitonnés, lisses, aucun meuble si ce n'est le lit scellé au sol sur lequel elle délirait.

« *Accorde-lui, je t'en prie, ô Seigneur, le séjour du bonheur, de la lumière et de la paix...* »

Au moment où elle avait rencontré son regard, elle était devenue soudain silencieuse; elle s'était levée du lit, puis s'était approchée du guichet en traînant les pieds, d'un air hébété.

— Pourquoi as-tu fait cela, Dimmy, pourquoi?

Les yeux étaient devenus plus doux que ceux d'un agneau.

« *Agnus Dei...* », murmura-t-il en faisant une génuflexion et en se frappant la poitrine. « *Agneau de Dieu, qui as libéré le monde de ses péchés, accorde-lui le repos...* »

Comme il fermait les yeux et élevait l'hostie, il vit sa mère dans la salle des visites, les mains sagement croisées sur son giron, l'air docile et confus tandis que le juge lui expliquait le rapport du psychiatre du Bellevue.

— *Comprenez-vous cela, Mary?*

Elle avait incliné la tête; elle n'ouvrirait pas la bouche; ils lui avaient enlevé son dentier.

— *Eh bien? Qu'en dites-vous, Mary?*

Elle lui avait lancé fièrement :

— Mon garçon, il parlera pour moi.

Un gémissement angoissé échappa à Karras tandis qu'il penchait la tête au-dessus de l'hostie. Il se frappa la poitrine comme si c'était le moment et murmura : « *Domine, non sum dignus... Je ne suis pas digne... mais dites seulement un mot et mon âme sera guérie.* »

A l'encontre de toute raison, de toute conviction, il pria pour qu'il y eût quelqu'un qui entendît sa prière.

Mais il n'y croyait pas.

Après la messe, il retourna au cottage et essaya de se rendormir sans succès.

Plus tard dans la matinée, un jeune prêtre, qu'il n'avait encore jamais vu, arriva à l'improviste. Il frappa, passa la tête par l'entrebâillement.

— Etes-vous occupé? Pourrais-je vous voir un instant?

Dans ses yeux le fardeau incessant; dans sa voix l'appel déchirant.

L'espace d'un instant, Karras le détesta.

— Entrez, dit-il avec douceur.

Mais intérieurement il fulminait contre cette partie de son être qui le laissait désemparé et faible; qu'il ne pouvait contrôler; lovée en lui comme une corde de secours toujours prête à se lancer d'elle-même, spontanément, au cri angoissé du premier venu, qui ne le laissait jamais en paix. Même pendant son sommeil. En marge de ses rêves il entendait souvent un bruit, comme le faible cri d'un être en détresse. C'était presque inaudible, tant il était lointain. Toujours le même appel. Et pendant quelques minutes, après son réveil, il éprouvait l'anxiété confuse d'avoir manqué à un devoir.

Le jeune prêtre hésitait, bredouillait, semblait intimidé. Karras commença par le mettre à l'aise. Il lui offrit des cigarettes, une tasse de café instantané, et puis il s'efforça de prendre un air attentif tandis que le jeune visiteur morose lui exposait avec difficulté un problème familier : la terrible solitude des prêtres.

De toutes les anxiétés que Karras avait rencontrées dans la communauté, celle-ci dernièrement était devenue prédominante. Coupés de leur famille, vivant à l'écart des femmes, de nombreux jésuites craignaient d'exprimer leur affection à leurs compagnons, redoutant de nouer des amitiés profondes, appréhendant obscurément qu'elles ne devinssent équivoques.

— Voyez-vous, j'aurais envie, des fois, de poser mon bras sur l'épaule d'un autre garçon, mais immédiatement j'ai peur qu'il ne pense que je suis un homosexuel... Enfin... je veux dire... on a tellement raconté que les types dont l'homosexualité est encore latente se sentent attirés par la prêtrise que... Alors je me retiens. Je n'ose pas aller, non plus, dans la chambre de quelqu'un rien que pour écouter des disques, bavarder ou fumer une cigarette. Non pas que j'aie peur de lui, non, ce n'est pas ça. Ce qui me tracasse c'est que lui puisse se faire des idées fausses sur mon compte.

Karras sentit le poids du fardeau glisser lentement des épaules de l'autre sur les siennes. Il le laissa venir; il laissa le jeune prêtre s'épancher. Il savait qu'il reviendrait encore et encore, qu'il trouverait auprès de lui un réconfort à sa solitude, qu'il ferait de Karras son ami et puis qu'un jour, lorsqu'il aurait pris conscience qu'il l'avait fait sans crainte ni suspicion, il continuerait peut-être sur sa lancée, se lierait d'amitié avec les autres aussi.

Le psychiatre se sentit las; il découvrit qu'il se laissait aller à son chagrin intime. Il regarda une petite plaquette gravée et enluminée que quelqu'un lui avait offerte pour Noël : *Mon frère souffre. Je partage sa peine. Je rencontre Dieu en lui*, lut-il. Une rencontre manquée. Il se blâma. Il avait dressé l'itinéraire du tourment de son frère, mais ne l'avait jamais emprunté lui-même; du moins le croyait-il. Il pensait que la souffrance qu'il éprouvait lui était particulière.

Finalement le visiteur regarda sa montre. C'était l'heure du déjeuner au réfectoire du campus. Il se leva pour partir. Puis s'arrêta pour jeter un coup d'œil à un roman en vogue posé sur le bureau de Karras.

— L'avez-vous lu? demanda Karras.

L'autre secoua négativement la tête :

— Non. Est-ce que je devrais?

— Je ne sais pas. Je viens juste de le finir et je ne suis pas du tout sûr de l'avoir compris. (Karras mentait. Il prit le livre et le tendit au jeune homme.) Voulez-vous l'emporter? J'aimerais bien avoir l'opinion de quelqu'un d'autre là-dessus.

— Mais certainement, dit le jésuite en regardant le texte de présentation au dos de la jaquette. J'essaierai de vous le rapporter d'ici deux ou trois jours.

Son humeur semblait moins sombre.

En entendant la porte se refermer sur lui, Karras éprouva une paix momentanée. Il prit son bréviaire et sortit dans la cour où il se mit à lire en faisant les cent pas.

Au cours de l'après-midi, il eut un autre visiteur, le vieux curé de la Sainte-Trinité qui prit une chaise près du bureau et lui présenta ses condoléances pour la mort de la mère de Karras.

— J'ai dit deux messes pour elle, Damien. Et une pour vous, murmura-t-il avec un léger accent irlandais.

— Je vous suis très reconnaissant de ces pieuses attentions, mon père, je vous en remercie vivement.

— Quel âge avait-elle?

— Soixante-dix ans.

— Un bien bel âge.

Karras regardait fixement, tout en l'écoutant, la carte d'autel protégée par une enveloppe de plastique que le curé avait apportée avec lui. C'était l'une des trois cartes utilisées par le prêtre au cours de la messe; certaines prières y étaient portées. Le psychiatre se demanda pourquoi le vieux curé l'avait apportée ici.

— Eh bien, Damien, je viens vous voir parce que nous avons encore eu une autre profanation à l'église aujourd'hui.

Une statue de la Vierge, dans l'abside, avait été peinturlurée comme une prostituée, lui avoua le vieil homme. Puis il lui tendit la carte d'autel.

— ... Et ceci, le matin de votre départ pour New York. Etait-ce samedi? Oui, samedi. Tenez, jetez-y un coup d'œil. Je viens d'avoir un entretien avec un inspecteur de police, et... hum... eh bien... regardez cette carte, voulez-vous, Damien?

Pendant que Karras l'examinait, le curé lui expliquait que quelqu'un avait glissé subrepticement une feuille tapée à la machine entre la couverture de plastique transparente et la carte. Le texte, bien que présentant quelques ratures et plusieurs fautes de frappe, était écrit en bon latin et décrivait avec des détails précis et érotiques d'imaginaires rapports lesbiens entre la Vierge Marie et Marie-Madeleine.

— Vous avez lu l'essentiel, ce n'est pas la peine d'aller jusqu'au bout, dit le vieux curé en lui arrachant la carte des mains comme s'il avait craint qu'elle pût être une occasion de péché. C'est écrit, comme vous l'avez remarqué, en excellent latin. Enfin, je veux dire, avec un style... un style de latin *d'église*. Eh bien, l'inspecteur que j'ai vu m'a dit qu'il en avait parlé à un de ses amis, un psychologue, et que celui-ci avait dit que la personne qui avait fait cela... hum, pourrait bien être un prêtre, un prêtre très malade, évidemment. Pensez-vous que cela soit possible?

Le psychiatre réfléchit un moment, puis il hocha la tête :

— Oui. Oui, ça se pourrait. Une espèce de défoulement, peut-être dans un état de somnambulisme complet. Je ne sais pas trop. Cela se pourrait. Oui.

— Pensez-vous à quelqu'un plus particulièrement, Damien?

— Je ne vous suis pas.

— Je veux dire que tôt ou tard il viendra vous voir, vous ne pensez pas? Enfin, le... heu... malade, s'il y en a un au campus. En voyez-vous un qui présenterait ces symptômes?

— Non, je n'en connais pas.

— Je pensais bien que vous ne me le diriez pas!

— Mais, mon père, réellement, je vous assure, je n'en connais pas. Le somnambulisme est un moyen, pour certains êtres, de résoudre toutes sortes de conflits. Et cette résolution prend habituellement une forme toute symbolique. Si ceci est l'œuvre d'un somnambule, il est probablement atteint, postérieurement à ses actes, d'une amnésie localisée et n'a pas le moindre souvenir de ce qu'il a fait. Il ne le soupçonne même pas.

— Mais... si vous lui en parliez? suggéra prudemment le curé tout en se triturant le lobe de l'oreille, geste qui lui était familier quand il s'imaginait avoir fait preuve d'astuce.

— Je ne vois vraiment pas qui cela pourrait être, répéta le psychiatre.

— Oui, oui, bien sûr, je ne me faisais guère d'illusion là-dessus, je pensais bien que vous refuseriez... (Il se leva et fit quelques pas vers la porte.) Vous voulez que je vous dise à qui vous ressemblez, vous autres psychiatres? eh bien à des prêtres! voilà à quoi vous ressemblez! se lamenta-t-il.

Comme Karras riait doucement à cette boutade, le vieux curé revint sur ses pas et déposa la carte d'autel sur le bureau.

— Je pense que vous devriez l'étudier de plus près, marmonna-t-il. Quelque chose pourrait vous venir à l'esprit.

Il gagna la porte.

— La police a-t-elle relevé des empreintes digitales? demanda Karras.

Le curé s'arrêta net et se tourna légèrement.

— Oh! je ne pense pas. Après tout, ce n'est pas un criminel que nous recherchons, n'est-ce pas? Il s'agit plus probablement d'un paroissien à l'esprit malade. Qu'en pensez-vous, Damien? Croyez-vous que cela soit le fait de quelqu'un de la paroisse? Moi, je crois que oui. Je ne pense pas que ce soit un prêtre mais une de mes ouailles. (Il tirailla de nouveau son oreille.) Ce n'est pas votre avis?

— Je ne saurais vraiment vous dire.

— Ah! Je pensais bien que vous resteriez bouche cousue.

Un peu plus tard, ce jour-là, le père Karras fut relevé de ses fonctions de conseiller et affecté à la faculté de médecine de Georgetown en tant que maître de conférences de psychiatrie. On lui prescrivait de « se reposer ».

2

Regan était allongée à plat dos sur la table d'examen du Dr Klein, bras et jambes pendants. Prenant le pied de la fillette entre ses deux mains, le docteur lui imprima des mouvements de flexion. Pendant quelques instants il le maintint en extension, puis brusquement le relâcha. Le pied reprit sa position normale.

Il répéta le processus plusieurs fois mais sans obtenir aucune variante dans le résultat. Il semblait insatisfait. Quand Regan s'assit tout à coup et lui cracha au visage, il appela une infirmière, lui donna l'ordre de rester dans le cabinet, puis retourna dans son bureau pour parler à Chris.

C'était le 19 avril. Il avait été absent de la ville le dimanche et le lundi et Chris n'avait pu le joindre que ce matin pour lui raconter l'incident de la soirée et du lit.

— Et il remuait réellement?

— Il remuait.

— Pendant combien de temps?

— Je ne saurais vous dire. Peut-être dix ou quinze secondes... Enfin, d'après ce que j'ai pu voir. Et puis elle s'est raidie et elle a mouillé son lit. A moins qu'elle ne l'ait mouillé avant. Je ne sais pas. Et puis elle est tombée dans un profond sommeil et ne s'est réveillée que le lendemain après-midi.

Le Dr Klein rentra pensivement dans son bureau.

— Alors? lui demanda Chris d'un ton anxieux. Quand elle était arrivée, il lui avait dit qu'il soupçonnait que le mouvement du lit avait été provoqué par une crise de convulsions cloniques. La forme chronique de ces accès indiquait habituellement une lésion du cerveau.

— Eh bien, lui dit-il, le test est négatif (et il lui décrivit le processus, lui expliquant que dans le clonus, qui est une exagération des réflexes, le fléchissement brusque du pied aurait déterminé une trépidation rapide du membre. Pourtant, en s'asseyant à son bureau il n'avait pas l'air satisfait.) Est-ce qu'elle n'est jamais tombée?

— Sur la tête, par exemple? demanda Chris.

— Heu... oui.

— Non, pas que je sache.

— Des maladies d'enfance?

— Oui bien sûr, mais les plus banales : rougeole, coqueluche et oreillons.

— Jamais eu d'accès de somnambulisme?

— Jusqu'à présent, non.

— Que voulez-vous dire? Elle était donc en état de somnambulisme quand elle est descendue au cours de votre soirée?

— Oui. Elle ne sait toujours pas ce qu'elle a fait cette nuit-là. Et puis il y a autre chose aussi, qu'elle ne se rappelle pas.

— Récemment?

Dimanche. Regan dormait encore. Un appel téléphonique intercontinental d'Howard.

— *Comment va Rags?*

— *Merci infiniment pour ton coup de téléphone le jour de son anniversaire.*

— *J'étais cloué sur un yacht en pleine mer. Fiche-moi la paix avec ça, maintenant, veux-tu! Je l'ai appelée dès mon retour à l'hôtel.*

— *Oh!*

— *Elle ne te l'a pas dit?*
— *Tu lui as parlé?*
— *Oui. Et c'est à ce sujet-là que j'ai pensé qu'il valait mieux t'appeler. Qu'est-ce qu'il lui arrive?*
— *Comment cela?*
— *Quand elle m'a reconnu au bout du fil elle m'a simplement traité de « suceur de bite » et elle a raccroché aussitôt.*

Racontant l'incident au Dr Klein, Chris expliqua que lorsque Regan s'était enfin réveillée, elle ne s'était souvenue ni de l'appel téléphonique ni de ce qui s'était passé le soir de la *party*.

— Dans ce cas, peut-être ne ment-elle pas au sujet des meubles qui changent de place? hasarda Klein.

— Je ne vous comprends pas.

— Eh bien, si elle les a déplacés elle-même pendant une de ses crises dont elle n'a pas conscience. Cela pourrait être de l'automatisme. Comme un état de transe, voyez-vous. Le malade ne sait pas ce qu'il fait et ne s'en souvient pas.

— Mais je viens de penser à quelque chose, docteur. Il y a un énorme bureau extrêmement lourd dans sa chambre. Il fait au moins 500 kg. Comment aurait-elle pu le déplacer?

— Une force extraordinaire n'est pas rare en pathologie.

— Oh! vraiment? Comment cela se peut-il?

Le médecin haussa les épaules.

— On ne sait pas. Mais, en dehors de tout ce que vous m'avez dit, continua-t-il, avez-vous remarqué d'autres bizarreries du comportement?

— Elle est devenue très sale.

— Bizarre.

— Pour elle, oui, c'est bizarre. Oh! mais attendez donc, je me souviens maintenant. Vous savez, cette planchette oui-ja avec laquelle elle jouait? Le capitaine Howdy?

— Le compagnon de jeux imaginaire? fit le médecin en hochant la tête.
— Maintenant elle peut l'entendre, révéla Chris.
Le médecin se pencha en avant, les bras croisés sur son bureau. Tandis que Chris parlait, ses yeux se firent attentifs et s'étrécirent jusqu'à n'être plus que deux points brûlants de concentration.
— Hier matin, dit Chris, je pouvais l'entendre parler avec Howdy dans sa chambre. Enfin, je veux dire qu'elle parlait et puis semblait attendre qu'on lui réponde, comme si elle jouait avec le oui-ja. Mais quand j'ai jeté un coup d'œil dans la pièce, il n'y avait pas le moindre oui-ja; Rags était toute seule; et elle hochait affirmativement la tête, docteur, juste comme si elle approuvait ce qu'il lui disait.
— Est-ce qu'elle le voit?
— Je ne pense pas. Elle avait la tête penchée de côté, comme elle fait quand elle écoute des disques.
Le docteur acquiesça pensivement.
— Oui, je vois. Y a-t-il d'autres phénomènes de ce genre? Est-ce qu'elle voit, est-ce qu'elle sent des choses?
— Oh! (brusquement Chris se souvint.) Elle sent toujours une mauvaise odeur dans sa chambre.
— Une odeur de brûlé?
— Comment le savez-vous? s'exclama Chris.
— C'est parfois le symptôme d'un trouble de l'activité électrochimique du cerveau. Dans le cas de votre fille, ce serait dans le lobe temporal, voyez-vous. (Il posa la main sur son front.) Ici, dans la partie antérieure du cerveau. C'est assez rare, mais il arrive que cela cause des hallucinations bizarres et la plupart du temps juste avant une convulsion. Je suppose que c'est pour cette raison qu'on le prend si souvent pour de la schizophrénie, mais cela n'en est pas : ce n'est pas du tout de la schizophrénie. Ces troubles sont provo-

qués par une lésion du lobe temporal. Maintenant, j'aimerais bien lui faire un électro-encéphalogramme. Cela nous permettrait de voir, d'examiner ses ondes cérébrales. C'est généralement une bonne indication.

— Ainsi vous pensez que c'est cela? heu... Le lobe temporal?

— C'est-à-dire qu'elle en présente tous les symptômes, madame MacNeil. Par exemple le fait de ne plus être propre, l'agressivité, un comportement social embarrassant, l'automatisme aussi. Et, évidemment, les convulsions qui font remuer son lit. Dans certains cas ces accès sont suivis d'énurésie ou de vomissements; ou même les deux, et puis le malade tombe dans un sommeil très profond.

— Vous voulez lui faire cet électro-encéphalogramme tout de suite? demanda Chris.

— Oui, je pense que nous devrions le faire immédiatement, mais elle aurait besoin d'un léger sédatif auparavant. Si elle bouge ou si elle remue trop, cela risquera de fausser les résultats, aussi vais-je lui donner un tranquillisant.

— Mon Dieu! faites tout ce qu'il faut, lui dit-elle bouleversée.

Elle l'accompagna dans la salle de consultation. Quand Regan le vit préparer la seringue, elle se mit à hurler et remplit la pièce d'un torrent d'obscénités.

— Oh, trésor, mais c'est pour ton bien! plaida Chris éperdue, tout en cherchant à la maîtriser pendant que le docteur faisait la piqûre.

Je reviens tout de suite, promit-il, et pendant qu'une infirmière apportait sur une table roulante l'appareillage de l'électro-encéphalogramme, il laissa Chris pour recevoir un autre patient.

Lorsqu'il revint, peu de temps après, le tranquillisant n'avait toujours pas fait d'effet. Klein sembla surpris.

— La dose était pourtant assez forte! fit-il remarquer à Chris.

— Que faites-vous? lui demanda Chris tandis que Klein appliquait sur le cuir chevelu de Regan des électrodes reliées à un oscillographe.

— Nous en plaçons quatre de chaque côté, expliqua-t-il. Cela nous permet d'obtenir un diagramme des ondes cérébrales de la partie gauche et de la partie droite du cerveau et de les comparer ensuite.

— Pourquoi les comparer?

— Eh bien, parce que les différences pourraient être significatives. J'avais un malade qui était sujet à des hallucinations. Il voyait des choses, entendait des bruits qui n'existaient pas... Eh bien, j'ai découvert, en comparant les diagrammes droit et gauche que cet homme n'avait d'hallucinations visuelles et auditives que d'un côté de la tête.

— C'est invraisemblable!

— L'œil gauche et l'oreille gauche étaient normaux; c'était seulement le côté droit qui avait des visions et des voix.

« Bon, maintenant, voyons ce qui se passe ici. (Il avait mis la machine en marche. Il montra d'un geste les ondes qui s'inscrivaient sur l'écran fluorescent.) Voici les deux côtés. Ils sont parfaitement similaires. Ce que je voudrais voir maintenant, c'est la nature, la fréquence et l'amplitude des ondes... (Il esquissa en l'air un graphique en dents de scie avec son index...) surtout les ondes de forte amplitude à la fréquence de 4 à 8 par seconde. Ceci est le lobe temporal, expliqua-t-il.

Il étudia attentivement la courbe des ondes cérébrales mais ne découvrit aucune anomalie. Pas de dents de scie, pas de vagues écrasées. Et quand il en arriva à la lecture comparée, les résultats furent aussi peu révélateurs que les précédents.

Klein fronça les sourcils. Il n'arrivait pas à comprendre. Il répéta le processus. Ne trouva aucun changement. Il fit venir une infirmière pour qu'elle s'occupât de Regan et retourna, suivi de Chris, dans son bureau.

— Alors? demanda Chris.

Le docteur s'assit pensivement sur le bord de son bureau.

— Eh bien, l'électro-encéphalogramme aurait pu nous donner la preuve, mais l'absence de dissymétrie n'en est pas une formelle. Cela pourrait être de l'hystérie, mais le tableau clinique qu'elle présente avant et après ses convulsions est beaucoup trop...

Chris plissa le front :

— Vous prononcez souvent le mot de convulsions, docteur. Quel est exactement le nom de cette maladie?

— Hum! Ce n'est pas une maladie, dit-il tranquillement.

— Bon, mais alors sous quel nom rangez-vous ces... crises?

— Sous le nom d'épilepsie, madame.

— Oh! mon Dieu!

Chris affolée se laissa tomber dans un fauteuil.

— Allons, calmez-vous, la consola-t-il. Je vois que, comme la plupart des gens, vous vous faites sur l'épilepsie des idées exagérées et probablement erronées.

— Est-ce que ce n'est pas héréditaire? s'enquit-elle en gémissant.

— Et voilà! c'est bien ce que je pensais, lui rétorqua calmement Klein. Et d'ailleurs la plupart des docteurs semblent le penser aussi, mais tout le monde, vous entendez, pratiquement tout le monde peut avoir des convulsions. La plupart d'entre nous naissent avec un seuil de résistance aux agressions extérieures relativement élevé, d'autres avec un seuil assez bas; c'est toute la différence entre vous et un épileptique : une simple question de degré. Ce n'est pas une maladie.

— Mais qu'est-ce que c'est alors? Un phénomène hallucinatoire?

— Un trouble : un simple trouble contrôlable. Il y en a de toutes sortes, madame. Par exemple, vous êtes assise là, maintenant, et l'espace d'une seconde vous semblez absente et vous perdez quelques mots de ce que je suis en train de vous dire. Eh bien, c'est un genre d'épilepsie. Parfaitement! Une véritable, authentique crise d'épilepsie.

— Oui, mais ça, ce n'est pas le cas de Regan, rétorqua-t-elle. Et comment se fait-il que cela se soit produit soudainement?

— Ecoutez, nous ne sommes pas encore absolument certains de ce qu'elle a, et je vous accorde que vous aviez peut-être raison au début; il est très possible que ce soit psychosomatique. Néanmoins, j'en doute, personnellement. Et quant à votre question, je répondrai que toute perturbation cérébrale peut déclencher une convulsion chez l'épileptique : les soucis, la fatigue, le choc émotionnel, une certaine note jouée sur un instrument de musique... que sais-je! J'ai eu jadis un malade qui n'avait jamais d'attaque, si ce n'est dans l'autobus et encore à un certain endroit, quand il arrivait devant un certain pâté de maisons près de chez lui. Bon, eh bien, nous avons fini par découvrir ce qui la déclenchait : un vif éclair de lumière dû à la réflexion d'une barrière blanche sur la vitre de l'autobus. A une autre heure de la journée ou si l'autobus avait roulé plus lentement, il n'aurait pas eu ces convulsions, voyez-vous. Il présentait une lésion du cerveau, une cicatrice, séquelle d'une quelconque maladie d'enfance. Dans le cas de votre fille, la cicatrice aurait son siège là, dans le lobe temporal, et lorsqu'elle serait frappée par un influx électrique d'une certaine amplitude et d'une certaine fréquence, cela déclencherait une réaction anormale soudaine dans la profondeur du lobe. Vous comprenez?

— Je crois comprendre, soupira Chris, abattue. Mais ce que je ne comprends pas c'est pourquoi toute sa personnalité en est changée.

— Quand le lobe temporal est en cause, c'est extrêmement fréquent, et cela peut durer quelques jours ou quelques semaines. Il n'est pas rare de se trouver devant un comportement destructeur, voire même criminel, parfois. Au point qu'il y a seulement deux à trois cents ans, les malades présentant des troubles dus à une lésion du lobe temporal étaient souvent considérés comme démoniaques.

— Comme quoi?

— Démoniaques; on pensait qu'ils étaient possédés du démon. Vous savez, quelque chose comme une version superstitieuse du dédoublement de la personnalité.

Chris ferma les yeux et posa son front dans le creux de sa main.

— Ecoutez, dites-moi enfin quelque chose d'un peu réconfortant, implora-t-elle.

— Mais je vous l'ai dit! Il n'y a pas de quoi vous alarmer. Si c'est une lésion, dans un sens, votre fille a de la chance. Il suffit, dans ce cas, d'enlever la cicatrice.

— Oh!

— Ou alors, peut-être n'est-ce seulement qu'une pression anormale exercée en un point quelconque du cerveau. J'aimerais bien faire une radio. Il y a un radiologue dans l'immeuble et peut-être pourrait-il vous prendre tout de suite. Voulez-vous que je lui téléphone?

— Oh, oui! Faites!

Klein téléphona et expliqua le cas. On lui répondit qu'il pouvait envoyer Regan, on allait la faire passer immédiatement.

Il raccrocha et se mit à rédiger une ordonnance.

— Pièce 21 au deuxième étage. Je vous rappellerai probablement demain ou jeudi. J'aimerais avoir l'avis d'un neurologue. En attendant, j'arrête les tranquillisants. Nous allons essayer autre chose pendant un certain temps.

Il détacha la feuille d'ordonnance du bloc et la tendit à Chris.

— Tâchez de rester près d'elle, madame. Pendant ces crises déambulatoires, si c'est bien ce dont il s'agit, il est toujours à craindre que le patient ne se blesse. Votre chambre est-elle près de la sienne?

— Oui.

— Parfait. Au rez-de-chaussée?

— Non, au second.

— Y a-t-il des fenêtres dans sa chambre?

— Oui, une. Pourquoi?

— A votre place je la laisserais fermée la nuit. Il serait peut-être bon même d'y mettre un cadenas. Au cours d'une crise de somnambulisme, elle pourrait se pencher et tomber. J'ai eu une fois...

— Un malade, termina Chris en ébauchant un sourire espiègle mais las.

Il sourit.

— J'en ai beaucoup, n'est-ce pas?

— Pas mal, oui.

Chris posa son menton sur son poing et se pencha en avant, pensive.

— Vous savez, je viens de penser à quelque chose, juste maintenant.

— A quoi donc?

— Eh bien, vous disiez qu'après une crise les malades tombaient aussitôt dans un profond sommeil. Comme elle samedi soir. N'est-ce pas ce que vous avez dit?

— Si, acquiesça Klein.

— Dans ce cas, comment se fait-il que les autres fois où elle prétendait que son lit bougeait, elle était parfaitement réveillée?

— Vous ne m'aviez pas dit cela!

— Eh bien, je vous le dis maintenant. Elle avait l'air parfaitement bien. Elle était seulement venue dans ma chambre me demander si elle pouvait dormir dans mon lit.

— Avait-elle mouillé le sien ou vomi?

Chris secoua la tête.

— Non. Elle était très bien.

Klein fronça les sourcils et se mordilla un instant les lèvres.

— Bon, en attendant, voyons ce que donne la radio, lui dit-il finalement.

Se sentant abrutie et comme vidée, Chris conduisit Regan chez le radiologue, resta à ses côtés pendant qu'il prenait la radio et la ramena à la maison. La fillette était restée étrangement silencieuse depuis la seconde piqûre et Chris fit un effort pour essayer de la sortir de son mutisme.

— Veux-tu jouer au Monopoly ou à autre chose?

Regan secoua la tête puis regarda fixement sa mère avec des yeux vagues qui paraissaient retranchés dans un éloignement infini.

— J'ai sommeil, répondit Regan avec une voix qui correspondait à l'expression de ses yeux. Et puis, tournant le dos à sa mère, elle monta l'escalier jusqu'à sa chambre.

Ça doit être le sédatif, pensa Chris en l'observant. Elle soupira et entra dans la cuisine. Elle se versa du café et s'assit à la table du petit déjeuner, devant Sharon.

— Alors? Comment ça c'est passé?

— Oh, Seigneur!

Chris lança l'ordonnance sur la table.

— Il faudrait mieux téléphoner et aller chercher ça tout de suite, dit-elle, et puis elle raconta ce que le docteur lui avait expliqué. Si je suis occupée ou sortie, surveillez-la de près, Shar. Il... (Sursautant, soudain.) Ça me fait penser...

Elle se leva et monta dans la chambre de Regan qu'elle trouva apparemment endormie sous ses couvertures.

Elle alla vers la fenêtre et vérifia sa fermeture. Jeta un coup d'œil en bas. La fenêtre s'ouvrait sur un des côtés de la maison, surplombait l'escalier abrupt qui plongeait dans la rue M.

— *Je ferais mieux d'appeler tout de suite un serrurier.*

Chris retourna dans la cuisine et ajouta cette commission à la liste de Sharon, puis elle dit à Willie ce qu'elle avait envie de manger au dîner et répondit à un coup de fil de son agent.

— Que pensez-vous du scénario? lui demanda-t-il.

— C'est très bon, Ed, je suis d'accord, lui dit-elle. C'est pour quand?

— Votre séquence est programmée pour le mois de juillet, vous feriez donc bien de vous y mettre.

— Maintenant?

— Oui, tout de suite! Ce n'est pas comme un simple rôle à apprendre, Chris. Vous êtes concernée par tout ce qui regarde la pré-mise en scène. Vous avez à travailler avec le décorateur, le dessinateur des costumes, le maquilleur, le producteur. Et puis il faut que vous choisissiez aussi un cameraman et un découpeur et que vous décidiez de vos prises de vues. Enfin quoi, Chris, vous connaissez le manège habituel. C'est tout autre chose que de jouer.

— Oh, Seigneur!

— Vous avez un problème?

— Oui, j'en ai un.
— Lequel?
— Regan est malade.
— Oh, je suis désolé. Qu'est-ce qu'elle a?
— On ne sait pas. J'attends le résultat de plusieurs analyses. Ecoutez, Ed, je ne peux pas la quitter en ce moment.
— Qui vous parle de la quitter?
— Non, vous ne me comprenez pas, Ed. Il faut que je reste à la maison près d'elle. Elle a besoin de moi. Ecoutez, je ne peux pas vous expliquer tout cela en détail, Ed, c'est trop compliqué. Est-ce qu'on ne pourrait pas attendre un peu?
— Impossible. Ils veulent le lancer au music-hall pour Noël, Chris, alors ils activent les choses maintenant.
— Oh, mon Dieu! Ne peuvent-ils pas repousser de deux semaines? Allons, voyons.
— Ecoutez, vous m'avez rebattu les oreilles que vous vouliez faire de la mise en scène et tout ça, et maintenant tout d'un coup vous...
— C'est vrai, Ed, je sais, l'interrompit-elle. Je le voulais vraiment, et je le veux toujours plus que jamais, mais vous n'avez qu'à leur dire que j'ai besoin de davantage de temps!
— Si je le fais, ça va tout flanquer par terre, je le sens. Vous savez qu'ils ne tiennent pas tellement à ce que vous vous lanciez dans la mise en scène, je ne vous apprends rien. S'ils ont fini par céder c'est à cause de Moore, mais si maintenant ils lui disent : « Vous savez, elle n'est plus tellement sûre de vouloir encore le faire », il laissera tomber aussi sec. Allons, Chris, un peu de jugeote, quoi! Enfin après tout, faites ce que vous voulez, moi je m'en balance. Cette affaire ne me rapporte pas un sou, sauf si elle réussit. Maintenant, si vous y tenez vraiment, moi je vais vous le dire, si je leur demande un délai, ça fera tout rater, c'est sûr. Alors, qu'est-ce qu'on décide?

— Oh la la! soupira Chris.
— Ce n'est pas facile, je sais.
— Non, ce n'est pas cela. Oh! écoutez...
Elle réfléchit puis secoua la tête.
— Non, il faudra vraiment qu'ils attendent, Ed, dit-elle d'un ton las.
— C'est votre dernier mot?
— Oui, Ed. Faites-moi savoir ce qu'ils auront décidé.
— D'accord. Je vais les appeler. Ne vous en faites pas.
— Merci, Ed. Au revoir.
Elle raccrocha le combiné et se sentit déprimée. Elle alluma une cigarette.
— J'ai parlé à Howard, à propos, est-ce que je vous l'avais dit? demanda-t-elle à Sharon.
— Oh? quand? L'avez-vous mis au courant pour Regan?
— Oui. Je lui ai dit qu'il devrait venir la voir.
— Et il va venir?
— Je n'en sais rien. Je ne pense pas.
— Vous pensiez qu'il ferait un effort?
— Oui, soupira Chris. Mais c'est compliqué... Enfin vous finirez par comprendre pourquoi il a coupé les ponts, Shar. C'est pour cette raison-là. Je sais que c'est à cause de ça.
— A cause de quoi?
— Oh, le fait d'être M. CHRIS MacNeil. Et Rags a toujours été une partie de Chris MacNeil. Elle était dans le coup et lui non. Sur les couvertures des magazines c'était toujours moi et Rags; moi et Rags sur les affiches; la mère et la fille, comme deux doigts de la main. (Elle secoua la cendre de sa cigarette d'un doigt distrait.) Ah! et puis merde, après tout. Tout cela est si embrouillé. Mais c'est dur d'être séparée de lui, Shar; c'est au-delà de mes forces.
Elle prit un livre posé près du coude de Sharon.

— Qu'est-ce que vous lisez là?
— Ce que je lis? Oh! ça? C'est pour vous. J'allais oublier. C'est Mme Perrin qui l'a déposé pour vous.
— Elle est venue?
— Oui, ce matin. Elle m'a dit qu'elle était désolée de vous avoir manquée, qu'elle devait aller en ville mais qu'elle rappellerait dès qu'elle serait de retour.
Chris acquiesça et jeta un coup d'œil au titre du livre : « Etude des Cultes du Démon et des Phénomènes occultes qui s'y rattachent. » Elle l'ouvrit et trouva un petit mot de la main de Mary-Jo :

« Chère Chris, Je suis passée à la bibliothèque de l'université Georgetown et j'y ai emprunté ce livre pour vous. Il y a quelques chapitres sur les messes noires. Mais il mérite d'être lu en entier; je pense que vous trouverez les autres chapitres particulièrement intéressants. A bientôt.

Mary-Jo »

— Elle est gentille, dit Chris.
— Ça oui, approuva Sharon.
Chris feuilleta le livre.
— Qu'est-ce qu'on y raconte sur les messes noires? C'est sinistre?
— Je n'en sais rien, répondit Sharon, je ne l'ai pas lu.
— Ce n'est pas recommandé pour la sérénité?
Sharon s'étira et bâilla.
— Oh, ce machin m'en détournerait.
Chris poussa le livre à travers la table vers Sharon.
— Tenez, lisez-le et dites-moi ensuite ce qu'il raconte.

— Ça va me donner des cauchemars.

— Pourquoi pensez-vous que je vous paie? (Elle repoussa le journal avec irritation.) Dites, voudriez-vous ouvrir la radio, Shar, je voudrais écouter les nouvelles du soir.

Sharon dîna avec Chris puis partit à un rendez-vous. Elle oublia le livre. Chris le vit sur la table et pensa le lire, mais elle se sentit trop fatiguée. Elle le laissa sur place et monta l'escalier.

Regan était sous ses couvertures et dormait apparemment. Chris vérifia encore la fenêtre. En quittant la pièce, elle prit soin de laisser la porte grande ouverte ainsi que celle de sa chambre avant de se mettre au lit. Elle regarda un film à la télévision puis s'endormit.

Le lendemain matin le livre n'était plus sur la table.

Personne ne le remarqua.

3

Le neurologue examina de nouveau les radios crâniennes, à la recherche d'indentations similaires à celles qu'aurait pu laisser un petit marteau d'orfèvre sur un plateau de cuivre. Le Dr Klein se tenait derrière lui, les bras croisés. Ils avaient cherché des lésions et des œdèmes; ils avaient envisagé même un déplacement de la glande pinéale. Maintenant, ils étaient à la recherche des éventuelles anomalies du fameux « Crâne de Lükenshad », ces sillons qui indiquent une pression chronique intra-crânienne.

Le consultant enleva ses lunettes et les enfonça soigneusement dans la poche intérieure gauche de son veston.

— Il n'y a vraiment rien, Sam. Rien que je puisse voir.

Klein fronça les sourcils et regarda le plancher en secouant la tête.

— C'est inimaginable.

— Veux-tu refaire une autre série d'examens?

— Non, je ne pense pas. Je vais essayer une P.L.

— C'est une bonne idée.

— En attendant, j'aimerais bien que tu la voies.

— Aujourd'hui?

— Eh bien, je... (Le téléphone sonna.) Excuse-moi. (Il décrocha.) Allô?

— C'est Mme MacNeil, annonça la réceptionniste. Elle dit que c'est urgent.

— Sur quelle ligne?
— Elle est sur la 12.
Il pressa le bouton.
— C'est le Dr Klein à l'appareil, madame MacNeil. Qu'y a-t-il?
Sa voix était affolée et elle semblait au bord de la crise de nerfs.
— Oh, mon Dieu, docteur, c'est Regan! Pourriez-vous venir tout de suite?
— Allons! Allons! Que se passe-t-il?
— Je ne sais pas, docteur. Je n'arrive pas à l'exprimer! Oh! pour l'amour de Dieu, venez! Venez immédiatement.
— J'arrive.
Il coupa la communication puis appela la réceptionniste.
— Susan, dites à Dresner de prendre mes rendez-vous. (Il raccrocha et se mit à déboutonner sa blouse.) C'était elle. Tu veux venir avec moi? C'est juste de l'autre côté du pont.
— Je n'ai qu'une heure devant moi.
— Allons-y.

Ils arrivèrent quelques minutes plus tard. Dès la porte, que Sharon leur ouvrit, ils purent entendre des gémissements et des hurlements de terreur qui provenaient de la chambre de Regan. Sharon semblait effrayée.
— Bonjour, dit-elle, je suis Sharon Spencer. Entrez s'il vous plaît. Elle est en haut.
Elle les conduisit jusqu'à la porte de la chambre de Regan, l'ouvrit et annonça :
— Les docteurs, Chris!
Chris vint immédiatement à leur rencontre, le visage convulsé de terreur.
— Oh, mon Dieu! balbutia-t-elle. Entrez et regardez ce qu'elle fait!
— Le doc...

Klein s'interrompit au milieu de sa phrase de présentation pour regarder Regan. Tout en poussant des hurlements hystériques, elle battait l'air de ses bras tandis que son torse semblait se lancer brutalement en avant puis s'abattait violemment sur le matelas en arrière. Ces mouvements de va-et-vient étaient rapides et répétés.

— Oh, maman, fais-le s'arrêter! hurlait-elle. Arrête-le! Il essaie de me tuer! Arrête-le! Arrêêêêêêêê-te-leeeee! maaaamaaaaaan!

— Oh, mon bébé! gémissait Chris tout en pressant son poing sur sa bouche et en le mordant. (Elle jeta un regard implorant à Klein.) Docteur? Qu'est-ce que c'est? Qu'est-ce qui se passe?

Il secoua la tête, le regard fixé sur Regan tandis que l'étrange phénomène continuait. Elle se soulevait d'environ trente centimètres et puis retombait sur le dos, comme si des mains invisibles l'avaient tirée en avant puis sauvagement repoussée en arrière.

Chris se voila les yeux d'une main tremblante.

— Oh! mon Dieu, mon Dieu! dit-elle d'une voix rauque. Docteur, qu'est-ce que c'est?

Le mouvement d'avant en arrière cessa brusquement et la fillette se tordit fiévreusement de gauche à droite, les yeux révulsés.

— Oh, il me brûle... il me brûle... gémissait Regan. Oh, je brûle, je brûle!

Elle se mit à croiser et à décroiser rapidement ses jambes.

Les deux médecins s'approchèrent, un de chaque côté du lit. Se tordant toujours sur elle-même et gigotant, Regan renversa la tête en arrière, découvrant une gorge enflée, saillante. Elle se mit à murmurer quelque chose d'incompréhensible sur un ton étrangement guttural :

— Enowonmaï!... enowonmaï!

Klein se pencha pour lui prendre le pouls.

— Allons, maintenant, voyons ce qui ne va pas, ma petite, dit-il gentiment.

Et brusquement il recula en chancelant, à travers la pièce, assommé, reprenant avec peine son équilibre après le coup de poing vicieux que Regan lui avait porté, tandis qu'elle s'asseyait sur le lit, le visage convulsé d'une rage hideuse.

— La truie est à moi! mugit-elle d'une voix rauque et puissante. Elle est à moi! Ne vous en approchez pas! Elle est à moi!

Un rire glapissant jaillit de sa gorge puis elle retomba sur le dos comme sous l'effet d'une poussée invisible. Elle releva sa chemise de nuit, exposant son sexe.

— Prenez-moi! prenez-moi, hurla-t-elle aux médecins, tout en se masturbant frénétiquement des deux mains.

Chris n'y tint plus et s'enfuit de la chambre avec un sanglot étouffé, tandis que Regan portait ses doigts à sa bouche et les léchait.

Comme Klein s'approchait du lit, Regan se mit à se bercer elle-même, caressant doucement ses bras.

— Ah, oui, ma perle..., croassa-t-elle de cette voix étrangement rauque. (Ses yeux étaient clos, comme si elle était en extase.) Mon enfant... ma fleur... ma perle... ma truie.

Puis, de nouveau, elle se roula d'un côté sur l'autre, marmottant des syllabes incompréhensibles. Soudain elle s'assit, les yeux remplis d'une terreur insurmontable.

Elle miaula comme un chat.

Elle aboya.

Elle hennit.

Et puis, elle se mit à décrire avec son torse des cercles de plus en plus rapides et exténuants. Elle haletait.

— Oh, arrêtez-le! S'il vous plaît, arrêtez-le! criait-elle au milieu de ses sanglots. Ça me fait mal! Faites-le s'arrêter! Faites-le s'arrêter! Je ne peux plus respirer!

Klein en avait vu assez. Il porta sa trousse près de la fenêtre et prépara rapidement une seringue.

Le neurologue resta près du lit et vit Regan tomber en arrière comme sous une poussée. Ses yeux se révulsèrent de nouveau et tout en les roulant dans tous les sens, elle se mit à monologuer d'une voix rapide, avec des accents gutturaux. Le neurologue se rapprocha et tenta de comprendre. Puis il vit Klein qui lui faisait signe de venir près de lui.

— Je vais lui donner un calmant, dit Klein avec circonspection en tenant la seringue à la lumière de la fenêtre. Mais j'aurai besoin que tu la maintiennes.

Le neurologue acquiesça d'un signe de tête. Il semblait préoccupé. Il pencha la tête de côté comme s'il écoutait les murmures qui venaient du lit.

— Qu'est-ce qu'elle dit? demanda Klein dans un souffle.

— Je ne sais pas. Des syllabes incohérentes. (Pourtant sa propre explication ne semblait pas le satisfaire.) Toutefois elle les prononce comme si elles voulaient dire quelque chose. Ça a une cadence, un rythme.

Klein d'un signe de tête montra le lit et ils s'approchèrent doucement, chacun d'un côté. Elle se raidit alors, comme si elle était prise d'un accès de tétanie et les médecins s'entre-regardèrent d'un air entendu. Puis ils reportèrent leur regard sur Regan qui arquait son corps de façon incroyable, sa tête touchant presque ses talons. Elle hurlait de douleur.

Les médecins échangèrent un nouveau regard, anxieux cette fois. Puis Klein fit un signe au neurologue. Mais avant que le consultant ait pu la saisir, Regan retomba toute molle et inconsciente sur son lit qu'elle mouilla.

Klein se pencha et lui souleva la paupière. Il lui tâta le pouls.

— Elle en a pour un bon moment, murmura-t-il. Je pense qu'elle a eu une crise. Et toi?

— Moi aussi.

— Dans ce cas, prenons quelques précautions, dit Klein.

Il fit adroitement la piqûre.

— Alors? Qu'est-ce que tu en penses? demanda Klein au consultant tandis qu'il appliquait une bande de gaze stérile sur la piqûre.

— Le lobe temporal. Certainement. Il y a évidemment une possibilité qu'on se trouve devant un cas de schizophrénie, Sam, mais la crise a été beaucoup trop rapide à mon avis, pour que ce soit ça. Elle n'a rien présenté de semblable dans le passé, m'as-tu dit?

— Non, rien.

— Neurasthénie?

Klein secoua la tête négativement.

— Alors, peut-être de l'hystérie, suggéra le consultant.

— J'y ai songé.

— Oui, mais il faudrait qu'elle soit un phénomène pour arriver à disloquer et à tordre son corps comme elle l'a fait tout à l'heure, d'elle-même. (Il secoua la tête.) Non, vois-tu, moi je pense que c'est pathologique, Sam... sa force... la paranoïa... les hallucinations. Dans la schizophrénie, d'accord, on trouve ces symptômes, mais le lobe temporal expliquerait du même coup les convulsions. Ah! il y a là quelque chose qui me tracasse pourtant, ajouta-t-il avec un froncement de sourcils intrigué.

— Quoi donc?

— Eh bien, je n'en suis pas absolument certain, mais j'ai cru entendre des signes de dissociation : « Ma perle... ma petite... ma fleur... ma truie... » J'ai eu l'impression qu'elle parlait d'elle-même. Est-ce que c'est aussi ton impression ou bien est-ce que j'interprète?

Klein fit aller et venir ses lèvres l'une contre l'autre comme s'il ruminait la question posée.

— Heu, franchement, sur le moment ça ne m'est pas venu à l'idée, mais maintenant que tu m'en parles... (Il grogna pensivement) Ça se pourrait. Oui. Oui. Ça serait bien possible. (Puis il chassa cette pensée.) En attendant je vais lui faire une P.L. tout de suite pendant qu'elle est inconsciente. Ça nous permettra peut-être d'y voir plus clair.

Le neurologue acquiesça.

Klein fouilla dans sa trousse, prit une pilule et la mit dans sa poche.

— Est-ce que tu peux encore rester un moment?

Le neurologue consulta sa montre :

— Environ une demi-heure.

— Allons parler à la mère.

Ils sortirent de la chambre.

Chris et Sharon étaient accoudées à la rampe du palier. En voyant approcher les deux médecins. Chris s'essuya le nez avec son mouchoir humide roulé en boule. Ses yeux étaient rouges d'avoir pleuré.

— Elle dort, lui dit Klein.

— Dieu merci! soupira Chris.

— Et je lui ai administré une forte dose de sédatif. Elle dormira probablement jusqu'à demain.

— C'est très bien! dit Chris faiblement. Docteur, je suis vraiment désolée de me conduire comme un bébé.

— Vous vous comportez très bien, la rassura-t-il. C'est une épreuve terrible. A propos, je vous présente le Dr David.

— Enchantée, dit Chris en esquissant un faible sourire.

— Le Dr David est neurologue.

— Qu'en pensez-vous? leur demanda-t-elle.

— Eh bien, nous pensons toujours qu'il s'agit du lobe temporal, répondit Klein, et...

— Mon Dieu! De quoi parlez-vous donc! explosa Chris. Elle se comporte comme une hystérique, comme si elle faisait un dédoublement de la personnalité! Qu'est-ce que vous...? (Elle se reprit brusquement et porta sa main à son front.) Je suppose que c'est parce que je suis bouleversée, soupira-t-elle accablée. Je suis désolée (Elle leva un regard hagard sur Klein.) Vous étiez en train de dire?

Ce fut David qui répondit.

— Les cas de dédoublement de la personnalité sont très rares, madame. On n'en a guère dénombré plus d'une centaine, vraiment authentiques. C'est un état extrêmement rare. Je sais qu'on est tout de suite tenté de recourir à la psychiatrie, mais tout psychiatre qui se respecte voudra d'abord faire le tour de toutes les possibilités somatiques. C'est le procédé le plus sûr.

— D'accord. Alors qu'allez-vous faire maintenant?

— Une ponction lombaire, répondit David. Ce qui nous a échappé à la radio et à l'électro-encéphalogramme pourra peut-être s'y révéler. Du moins, cela éliminerait quelques autres possibilités. J'aimerais la faire maintenant, ici, pendant qu'elle est endormie. Je lui ferai une anesthésie locale, bien entendu, mais ce sont ses mouvements que j'essaie d'éliminer.

— Comment a-t-elle pu se démener et vous bousculer de la sorte? demanda Chris, le visage ravagé par l'anxiété.

— Je crois que nous en avons déjà discuté auparavant, dit Klein. Des états pathologiques peuvent provoquer une force anormale et des mouvements qui seraient impossibles en temps normal.

— Mais vous ne savez pas pourquoi? dit Chris.

— Il semble que cela ait un rapport avec la motricité des neurones, intervint David. Mais c'est tout ce que nous savons.

— Alors, pour cette ponction lombaire, êtes-vous d'accord? demanda Klein à Chris. La faisons-nous?

Elle soupira, effondrée, fixant le plancher.

— Allez-y, murmura-t-elle. Faites ce qu'il faut. Faites-le bien, c'est tout.

— Nous ferons notre possible, dit Klein. Puis-je me servir de votre téléphone?

— Bien sûr, venez. Il est dans mon bureau.

— Oh, à propos, dit Klein comme elle se tournait pour les accompagner, il faudrait lui changer ses draps.

— Je vais le faire, dit Sharon.

Elle se dirigea vers la chambre de Regan.

— Prendrez-vous une tasse de café? demanda Chris aux médecins qui descendaient l'escalier à sa suite. J'ai donné leur après-midi aux domestiques, et je ne peux vous offrir que de l'instantané.

Ils déclinèrent l'offre.

— Je vois que vous n'avez pas encore mis de cadenas à la fenêtre, remarqua Klein.

— Non, mais j'ai fait le nécessaire, dit Chris. Les ouvriers doivent venir demain matin poser des volets que l'on peut cadenasser.

Il approuva d'un hochement de tête.

Ils entrèrent dans le bureau où Klein appela son cabinet et donna à son assistant toutes les précisions nécessaires pour qu'on lui apportât l'équipement et les médicaments nécessaires chez Chris.

— Et préparez le labo pour une analyse du liquide céphalorachidien, ordonna-t-il. Je m'en occuperai personnellement tout de suite après la ponction.

Quand il en eut terminé il se tourna vers Chris et demanda ce qui s'était passé de nouveau depuis qu'il avait vu Regan la dernière fois.

— Eh bien, mardi, réfléchit Chris, il ne s'est rien passé du tout. Elle est allée droit au lit et a dormi comme une souche jusqu'au lendemain matin, et puis... Oh, non, non, attendez! corrigea-t-elle. Elle n'a pas dormi jusqu'au matin. Je me souviens. Willie a dit qu'elle l'avait entendue dans la cuisine extrêmement tôt. Je me rappelle que j'en ai été heureuse en pensant que son appétit était revenu. Mais elle est retournée se coucher par la suite, j'imagine, car elle y est restée tout le reste de la journée.

— Elle dormait? lui demanda Klein.

— Non, je pense qu'elle lisait, répondit Chris. Vous savez, je commençais à envisager la situation sous un jour moins sombre. J'avais l'impression que le calmant commençait à faire de l'effet, que c'était finalement ce qu'il lui fallait. Elle avait l'air lointain, je l'ai remarqué, et cela m'a un peu chiffonnée, mais il y avait malgré tout une grande amélioration. Bon, la nuit dernière toujours rien. Et puis ce matin ça a commencé.

Elle soupira profondément.

— Et quel commencement!

Elle était assise dans la cuisine lorsque Regan terrifiée était descendue en hurlant, se blottir derrière sa mère, se cramponnant à ses bras en lui expliquant d'une voix terrifiée que le capitaine Howdy l'avait pourchassée dans sa chambre, l'avait pincée, frappée, secouée; lui avait lancé des obscénités et l'avait menacée de la tuer. « Le voilà! » avait-elle hurlé enfin en montrant la porte de la cuisine. Et puis elle était tombée par terre, le corps tordu par les spasmes, haletante, et criant à travers ses larmes que Howdy était en train de lui donner des coups de pied. Et puis, tout d'un coup, Regan s'était dressée au milieu de la cuisine, les bras étendus, et elle s'était mise à tourner rapidement sur elle-même « comme une toupie », pendant plusieurs minutes avant de se laisser tomber par terre épuisée.

— Et puis, tout d'un coup, finit Chris désespérée, j'ai vu cette... *haine* dans ses yeux, cette *haine*, et elle m'a dit...

Elle suffoquait.

— Elle m'a appelée... Oh! mon Dieu!

Elle éclata en sanglots convulsifs en se cachant les yeux.

Klein se dirigea calmement vers le bar, fit couler dans un verre de l'eau du robinet et s'avança vers Chris.

— Oh! crotte, où y a-t-il une cigarette? soupira Chris d'une voix tremblante en s'essuyant les yeux avec le dos de son index.

Klein lui tendit le verre d'eau avec une petite pilule verte.

— Essayez plutôt ça, lui conseilla-t-il.

— C'est un tranquillisant?

— Oui.

— Je pourrais en avoir deux?

— Un seul suffit.

— Radin, murmura Chris avec un pâle petit sourire.

Elle déglutit la pilule et rendit le verre vide au docteur.

— Merci, dit-elle doucement, puis elle appuya son front sur ses doigts tremblants et secoua légèrement la tête. Oui, c'est alors que ça a commencé, reprit-elle d'une voix morne. Toutes ces nouvelles choses. On aurait dit qu'elle était quelqu'un d'autre.

— Comme le capitaine Howdy, peut-être? demanda David.

Chris leva la tête et le regarda intriguée. Il la regardait fixement.

— Que voulez-vous dire? demanda-t-elle.

— Rien de spécial, dit-il en haussant les épaules, c'est juste une question.

Elle se tourna vers la cheminée, le regard absent, halluciné.

— Je ne sais pas, dit-elle tristement. Seulement quelqu'un d'autre.

Il y eut un moment de silence. Et puis David se leva et expliqua qu'il avait un autre rendez-vous, et après quelques paroles apaisantes, il prit congé. Klein l'accompagna jusqu'à la porte.

— Pense à vérifier s'il y a du sucre, lui recommanda David.

— Non, je suis l'idiot du village.

David eut un mince sourire.

— Je suis légèrement embarrassé moi aussi devant ce cas, dit-il. (Il semblait perdu dans ses pensées.) C'est un cas bien étrange vraiment. (Il se caressa un moment le menton et parut méditer. Puis il leva les yeux vers Klein.) Fais-moi savoir ce que tu auras trouvé.

— Tu seras chez toi?

— Oui. Passe-moi un coup de fil.

Il fit un geste d'adieu et s'en alla.

Peu de temps après, lorsque le matériel fut arrivé, Klein fit une anesthésie locale et, devant Chris et Sharon, préleva du liquide céphalo-rachidien, tout en surveillant la manomètre. « Pression normale », murmura-t-il.

Quand il eut terminé, il alla se poster devant la fenêtre, éprouvette en main, pour voir si le liquide était clair ou trouble.

Il était clair.

Il rangea précautionneusement les tubes de prélèvement dans son sac.

— Je doute qu'elle se réveille au cours de la nuit, dit Klein aux femmes, mais au cas où cela lui arriverait et qu'elle soit agitée, vous pourriez avoir besoin d'une infirmière pour lui administrer des calmants.

— Je ne pourrais pas le faire moi-même? demanda Chris soucieuse.

— Pourquoi pas une infirmière?

Elle ne voulait pas avouer sa profonde méfiance envers les médecins et les infirmières.

— Je préférerais le faire moi-même, dit-elle simplement. Est-ce que je n'en serais pas capable?

— Hum, bien faire une piqûre n'est pas à la portée de tout le monde, répondit-il. Une bulle d'air peut être très dangereuse.

— Oh, moi je sais les faire, interrompit Sharon. Ma mère était directrice d'une maison de santé dans l'Oregon.

— Chic! Vous feriez ça, Sharon? Vous accepteriez de rester ici cette nuit? lui demanda Chris.

— Hum, et peut-être même plus longtemps, interrompit Klein. Elle peut avoir besoin de la nourrir artificiellement, ça dépendra de son état.

— Pourriez-vous m'apprendre comment on doit faire? lui demanda Chris anxieusement.

Il acquiesça puis rédigea une ordonnance et la tendit à Chris.

— Portez-la tout de suite.

Chris la donna à Sharon.

— Mon chou, voulez-vous faire ça pour moi? Téléphonez simplement à la pharmacie et demandez-leur de livrer. J'aimerais aller avec le docteur pendant qu'il fera les analyses. Ça ne vous ennuie pas? lui demanda-t-elle.

Il remarqua la tension de son regard, son air éperdu, désemparé. Il céda.

— Je sais ce que vous ressentez, dit-il en lui souriant gentiment; j'éprouve la même chose quand les garagistes me parlent de ma voiture.

Ils quittèrent la maison à 6 h 18 précises.

Dans son laboratoire de Rosslyn, Klein procéda à toutes sortes d'analyses. D'abord la teneur en protéines.

Normale.

Puis une numération globulaire.

— Un excès d'hématies signifie qu'il y a hémorragie, expliqua Klein, tandis qu'un excès de leucocytes indique une infection.

Il recherchait plus particulièrement les caractéristiques d'une tumeur fongoïde qui était souvent la cause de comportements chroniques bizarres. Là encore le test fut négatif.

Pour finir, Klein analysa la teneur en sucre de la moelle prélevée.

— Eh bien? lui demanda Chris tendue.

— La moelle épinière, expliqua-t-il, doit contenir les deux tiers de la quantité globale du sucre qui se trouve dans le sang. Si le rapport est inférieur aux 2/3 on se trouve devant une maladie où les bactéries détruisent le sucre de la moelle épinière. Dans ce cas, cela pourrait expliquer ses symptômes.

Mais il ne trouva rien d'anormal.

Chris secoua la tête et croisa les bras.

— Nous revoilà à notre point de départ, murmura-t-elle d'un air morne.

Klein médita un instant. Et puis il se retourna et regarda Chris.

— Est-ce que vous auriez des drogues chez vous par hasard lui demanda-t-il.

— Comment cela?

— Je veux dire des amphétamines, par exemple, du L.S.D...

— Oh! Bien sûr que non!... Je vous l'aurais dit. Non, il n'y a rien de semblable.

Il hocha la tête et contempla ses chaussures, puis leva les yeux et dit :

— Bon... Je crois que le moment est venu de consulter un psychiatre, madame MacNeil.

Elle était de retour à la maison à 19 h 21 et, dès la porte, appela « Sharon? »

Sharon n'était pas là.

Chris monta dans la chambre de Regan. Toujours profondément endormie. Ses couvertures n'avaient pas un pli. Chris remarqua que la fenêtre était grande ouverte. Une odeur d'urine. *Sharon a dû l'ouvrir pour aérer la pièce*, pensa-t-elle. Elle la referma. *Où était-elle allée?*

Chris redescendit en bas juste comme Willie rentrait.

— Bonsoir, Willie. Vous vous êtes bien amusée aujourd'hui?

— J'ai fait les magasins et puis je suis allée au cinéma.

— Où est Karl?

Willie fit un geste d'ignorance.

— Il m'a laissée aller voir les Beatles toute seule cette fois.

— Vous avez gagné.

Willie écarta ses doigts en V victorieux. Il était 7 h 35.

A 8 h 01, alors que Chris était dans le bureau en train de téléphoner à son agent, Sharon entra chargée de paquets, se laissa tomber dans un fauteuil et attendit.

— Où étiez-vous? demanda Chris lorsqu'elle eut raccroché.

— Oh, il ne vous l'a pas dit?

— Qui ça *il?*

— Mais... Burke! Est-ce qu'il n'est pas ici? Où est-il?

— Il était ici?

— Vous voulez dire qu'il n'y était plus quand vous êtes rentrée?

— Ecoutez, reprenez tout au début, je n'y comprends rien, dit Chris.

— Quelle espèce de vieil imbécile, gronda Sharon en secouant la tête. Le pharmacien refusait de livrer alors quand Burke s'est amené, j'ai pensé : « Chic, il va pouvoir rester avec Regan pendant que je vais aller chercher l'ordonnance. (Elle haussa les épaules.) J'aurais dû me méfier de lui.

— Oui, vous auriez dû. Mais qu'est-ce que c'est que tous ces paquets?

— Eh bien, n'est-ce pas, comme je pensais que j'avais le temps, je suis allée lui acheter une alèse en caoutchouc pour son lit. (Elle la montra.)

— Avez-vous dîné?

— Non, j'ai pensé que je me ferais un sandwich en rentrant. En voulez-vous un aussi?

— Bonne idée. Allons manger.

— Alors? Et les analyses? demanda Sharon comme elles se dirigeaient lentement vers la cuisine.

— Rien. Aucun résultat positif. Je vais devoir l'emmener chez un psychiatre, répondit Chris d'un air las.

Après les sandwiches et le café, Sharon montra à Chris comment s'y prendre pour faire une piqûre.

— On doit avant tout s'assurer de deux choses, expliqua-t-elle doctorale, qu'il n'y a pas de bulle d'air dans la seringue et qu'on n'est pas tombé sur une veine. Tenez, regardez, vous aspirez un peu, comme ça, dit-elle en joignant le geste à la parole, et vous regardez s'il y a du sang dans la seringue.

Chris commença à s'exercer sur un pamplemousse et sembla acquérir une certaine dextérité.

A 9 h 28 la sonnette de la porte retentit. Willie alla ouvrir. C'était Karl. En traversant la cuisine pour aller dans sa chambre, il s'inclina pour leur souhaiter bonsoir et expliqua qu'il avait omis d'emporter sa clé.

— C'est incroyable, chuchota Chris à Sharon. C'est bien la première fois qu'il admet une inadvertance.

Elles passèrent la soirée à regarder la télévision dans le bureau.

A 23 h 46 Chris répondit au téléphone. C'était le jeune metteur en scène de la deuxième équipe. Il avait l'air grave.

— Vous avez entendu la nouvelle, Chris?

— Non, qu'est-ce qu'il y a?

— Mauvaise nouvelle... Burke est mort.

Il était ivre. Il avait trébuché. Il était tombé du haut de l'escalier abrupt qui jouxtait la maison. Il avait roulé jusqu'en bas sous les yeux d'un piéton qui passait alors dans la rue M tandis qu'il rebondissait de marche en marche dans la nuit sans fin. Il s'était brisé le cou. Son ultime mise en scène.

Le récepteur s'échappa des mains de Chris qui se mit à pleurer silencieusement en vacillant sur ses jambes. Sharon s'élança pour la soutenir, raccrocha le récepteur et la conduisit ensuite lentement vers le divan.

— Burke est mort, sanglota Chris.

— Oh, mon Dieu! hoqueta Sharon. Qu'est-ce qui lui est arrivé?

Mais Chris était incapable d'expliquer. Elle pleurait.

Plus tard, elles parlèrent. Pendant des heures. Chris but. Elle rappelait ses souvenirs de Dennings. Tantôt elle riait. Tantôt elle pleurait. « Ah mon Dieu, soupirait-elle sans arrêt. Pauvre Burke... pauvre Burke... »

Son rêve de mort lui revenait perpétuellement à l'esprit.

Un peu après 5 heures du matin, Chris se tenait mélancoliquement derrière le bar, appuyée sur ses coudes, la tête basse, les yeux tristes. Elle attendait Sharon qui était allée chercher un seau de glaçons à la cuisine.

Elle entendit ses pas se rapprocher.

— Je n'arrive toujours pas à y croire, soupira Sharon en entrant dans le bureau.

Chris releva la tête et resta pétrifiée.

Glissant rapidement comme une araignée derrière Sharon, à quatre pattes mais arquée en arrière, la tête réapparaissant entre ses jambes, Regan dardait frénétiquement la langue et sifflait comme un serpent.

— Sharon, souffla Chris d'une voix éteinte, en fixant toujours Regan.

Sharon s'arrêta. Regan aussi. Sharon se retourna et ne vit rien. Et puis elle poussa un hurlement en sentant la langue pointue de Regan la piquer à la cheville. Chris pâlit.

— Appelez le docteur. Tirez-le du lit! Qu'il vienne immédiatement.

Quel que fût l'endroit où allât Sharon, Regan la suivait.

4

Vendredi 22 avril. Pendant que Chris attendait dans le vestibule devant la chambre, le Dr Klein et un neuropsychiatre fort réputé examinaient Regan.

Les médecins l'observèrent pendant une demi-heure. Elle gesticulait. Tournait sur elle-même comme un toton, s'arrachait les cheveux. Grimaçait parfois en se bouchant les oreilles des deux mains comme pour se défendre d'un bruit assourdissant. Elle vociférait des obscénités. Hurlait de douleur. Et puis finalement elle se jeta la tête la première sur le lit, ramenant ses jambes sous son ventre. Elle poussait des gémissements incohérents.

Le psychiatre entraîna Klein à l'écart.

— Donnons-lui le tranquillisant maintenant, chuchota-t-il. Je pourrai peut-être lui parler.

Le médecin acquiesça et prépara une piqûre. Lorsque les docteurs s'approchèrent du lit, Regan parut deviner leur présence et se retourna vivement, sur la défensive. Comme le psychiatre s'efforçait de la maintenir, elle se mit à hurler avec fureur. Elle le mordit, lui tint tête, réussit à le repousser. Ce n'est qu'après avoir appelé Karl à la rescousse pour les aider qu'ils purent l'immobiliser suffisamment pour permettre à Klein de lui faire la piqûre.

La dose se révéla insuffisante. Ils décidèrent d'une nouvelle injection de 50 mmg puis attendirent.

Regan devint docile, rêveuse. Elle regarda les deux médecins avec une soudaine stupéfaction :

— Où est maman? Je veux voir maman, pleura-t-elle.

A un signe de tête du neuropsychiatre, Klein sortit chercher Chris.

— Ta mère va venir tout de suite, mon petit, dit le psychiatre rassurant à Regan. (Il s'assit sur le bord du lit et lui caressa la tête.) Là là, tout va bien, mon petit, je suis un docteur.

— Je veux maman! pleurait Regan.

— Elle arrive. Est-ce que tu as mal?

Elle fit signe que oui tandis que les larmes ruisselaient sur ses joues.

— Où ça?

— Partout, sanglota Regan. J'ai mal partout.

— Oh! mon bébé!

— Maman!

Chris courut vers le lit et étreignit sa fille. Elle l'embrassa. La réconforta et la calma. Et puis Chris à son tour se mit à pleurer.

— Oh, Rags, je te retrouve enfin! C'est vraiment toi.

— Oh maman, il me fait mal! renifla Regan. Empêche-le de me faire mal! S'il te plaît! Tu veux bien, dis?

Chris interloquée jeta un coup d'œil implorant aux médecins.

— Nous lui avons donné une forte dose de tranquillisant, expliqua le psychiatre avec douceur.

— Vous voulez dire...?

— Nous allons bien voir, l'interrompit-il. (Puis il se tourna vers Regan.) Peux-tu me dire ce qui ne va pas, mon petit?

— Je ne sais pas, répondit-elle. Je ne sais pas

pourquoi il me fait cela à moi. (Les larmes ruisselaient de ses yeux.) Avant, il était toujours mon *ami*!

— Qui ça?

— Le capitaine *Howdy*! Et puis c'est comme s'il y avait quelqu'un d'autre *à l'intérieur* de moi... qui me fait faire des choses!

— Ce capitaine Howdy?

— Je ne sais pas.

— Une personne?

Elle fit signe que oui.

— Qui?

— Je ne sais pas.

— Bon, très bien; alors nous allons essayer quelque chose, Regan. Nous allons jouer. Tu veux? (Il plongea la main dans sa poche et en sortit une boule brillante attachée à une chaîne d'argent.) Est-ce que tu as déjà vu des films où l'on hypnotisait quelqu'un?

Elle fit signe que oui.

— Bon. Eh bien je suis un hypnotiseur. Oui, oui! J'hypnotise les gens tout le temps. S'ils me laissent faire, bien sûr. Maintenant, je vais t'hypnotiser, Regan, cela va t'aider à guérir. Cette personne qui est à l'intérieur de toi va sortir tout de suite. Est-ce que tu aimerais être hypnotisée? Dis? Regarde, ta maman est ici, tout près de toi.

Regan eut un regard interrogateur pour Chris.

— Oui, ma chérie, fais-le, l'encouragea Chris. Essaie.

Regan se retourna vers le psychiatre et acquiesça.

— D'accord, dit-elle doucement. Mais seulement un peu.

Le psychiatre sourit et brusquement se retourna, au bruit de quelque chose qui se fracassait au sol derrière lui. Un vase délicat venait de tomber du bureau où le Dr Klein appuyait son avant-bras. Il regarda son bras puis les débris du vase par terre d'un air stupéfait; et puis il se pencha pour les ramasser.

— Aucune importance, docteur, Willie va enlever ça, dit Chris.

— Voudriez-vous avoir l'obligeance de fermer les volets, Sam? demanda le psychiatre à son confrère. Et de tirer aussi les rideaux.

Une fois la chambre dans l'obscurité, le psychiatre saisit la chaîne du bout des doigts et se mit à la balancer, imprimant à la boule un mouvement pendulaire. Il dirigea sur elle la lumière d'une lampe de poche. La boule se mit à briller. Il entonna le rituel hypnotique.

— Maintenant, regarde ceci, Regan, regarde-le bien fixement, et bientôt tu vas sentir que tes paupières deviennent lourdes, lourdes...

La fillette tomba très rapidement en transe.

— Extrêmement suggestionnable, murmura le psychiatre. Puis il s'adressa à la petite.

— Est-ce que tu te sens bien, Regan?

— Oui. (La voix était douce et à peine audible.)

— Quel âge as-tu, Regan.

— Douze ans.

— Y a-t-il quelqu'un en toi?

— Des fois.

— Quand?

— Ça dépend.

— C'est une personne?

— Oui.

— Qui ça?

— Je ne sais pas.

— Le capitaine Howdy?

— Je ne sais pas.

— Un homme?

— Je ne sais pas.

— Mais il est ici?

— Oui, des fois.

— En ce moment?

— Je ne sais pas.

— Si je lui demande, est-ce que tu lui permettras de me répondre?
— Non.
— Pourquoi?
— Parce que j'ai peur.
— De quoi?
— Je ne sais pas.
— S'il me parle à moi, Regan, je pense qu'il te laissera tranquille après, qu'il sortira de toi. Veux-tu qu'il sorte de toi?
— Oui.
— Alors, laisse-le parler. Le laisseras-tu parler?
Un silence. Et puis :
— Oui.
— Je m'adresse maintenant à la personne qui est à l'intérieur de Regan, dit fermement le psychiatre. Si vous êtes là, vous êtes *également* hypnotisé et vous devez répondre à toutes mes questions. (Il fit une pause pour permettre à la suggestion de pénétrer en profondeur. Puis il la répéta :) Si vous êtes là, vous êtes également hypnotisé et vous devez répondre à toutes mes questions. Avancez et répondez, maintenant : Etes-vous là?
Silence. Et puis il se produisit quelque chose de curieux. L'haleine de Regan devint soudain fétide. Epaisse, comme un courant. Le psychiatre la sentit d'où il était, à presque un mètre. Il braqua la lampe sur le visage de Regan.
Chris étouffa un hoquet de surprise. Les traits de sa fille étaient convulsés en un masque malveillant; ses lèvres distendues s'étiraient en des directions opposées; sa langue tuméfiée lui sortait de la bouche, pendante et pulsatile comme celle d'un loup.
— Oh! mon Dieu! soupira Chris.
— Etes-vous la personne qui est en Regan? demanda le psychiatre.
L'enfant fit signe que oui.
— Qui êtes-vous?

— Nowonmai, répondit-elle d'une voix gutturale.

— C'est votre nom?

Elle acquiesça.

— Etes-vous un homme?

— Say, dit-elle.

— Est-ce votre réponse?

— Say.

— Si cela veut dire « oui », hochez la tête.

Elle hocha la tête.

— Parlez-vous en une langue étrangère?

— Say.

— D'où venez-vous?

— Chien...

— Vous dites que vous venez d'un chien?

— Chienmorfemocion, répondit Regan.

Le psychiatre réfléchit un instant, puis tenta une autre approche.

— Maintenant, quand je vous poserai des questions, vous me répondrez par un signe de tête : Vous hocherez la tête pour oui et vous la secouerez pour non. Avez-vous compris?

Regan fit signe qu'elle avait compris.

— Vos réponses avaient-elles un sens? demanda-t-il. (Oui.)

— Etes-vous quelqu'un que Regan a connu?... (Non.)

— Dont elle a entendu parler? (Non).

— Etes-vous quelqu'un qu'elle a inventé? (Non.)

— Existez-vous vraiment? (Oui.)

— Une partie de Regan? (Non.)

— N'avez-vous jamais été une partie de Regan? (Non.)

— Est-ce que vous l'aimez? (Non.)

— Est-ce que vous la détestez? (Oui.)

— A cause de quelque chose qu'elle a fait? (Oui.)

— La blâmez-vous à cause du divorce de ses parents? (Non.)

— Est-ce que cela a un rapport avec ses parents? (Non.)
— Avec un ami? (Non.)
— Mais vous la détestez? (Oui.)
— Punissez-vous Regan? (Oui.)
— Vous voulez lui faire du mal? (Oui.)
— La tuer? (Oui.)
— Si elle mourait, mourriez-vous aussi? (Non.)
La réponse sembla le troubler et il baissa les yeux en réfléchissant. Les ressorts du lit grincèrent comme il changeait de position. Dans le silence oppressant l'haleine de Regan empuantissait la pièce, paraissant s'exhaler d'intestins putrides en décomposition. Ici. Et loin pourtant. Lointainement sinistre.
Le psychiatre releva la tête, regardant de nouveau ce visage hideux et convulsé. Les yeux avaient une lueur de spéculation aiguë.
— Y a-t-il quelque chose que Regan pourrait faire pour que vous la quittiez? (Oui.)
— Pouvez-vous me dire ce que c'est? (Oui.)
— Voulez-vous me le dire? (Non.)
— Mais...
Soudain le psychiatre sursauta et eut un râle de douleur en constatant avec une incrédulité horrifiée que Regan lui tordait le scrotum d'une poigne aussi dure qu'une griffe de fer. Les yeux écarquillés, il luttait pour se dégager. En vain.
— Sam! Sam! venez m'aider, croassa-t-il.
Affres. Chaos.
Chris levant les yeux puis bondissant vers le commutateur.
Klein se précipitant.
Regan la tête renversée en arrière ricanant diaboliquement, puis hurlant comme un loup.
Chris heurta le commutateur. Le tourna. Vit se dérouler les images pointillées et saccadées d'un film de cauchemar au ralenti : Regan et les docteurs se tordant sur le lit dans un enchevêtrement

de bras et de jambes qui s'agitaient, dans une mêlée de grimaces, de râles et de jurons, et ce glapissement et ces hurlements et ce rire hideux, et Regan aboyant, Regan hennissant, et puis le film s'accéléra et le bois du lit qui remuait, qui tanguait violemment, tandis que pétrifiée d'horreur, elle regardait la scène sans pouvoir rien faire et que les yeux de sa fille roulaient dans leur orbite et qu'elle poussait un hurlement aigu de terreur comme si on lui arrachait, sanglant et encore palpitant, un morceau de ses entrailles.

Regan eut une dernière contraction spasmodique et retomba sans connaissance. Quelque chose d'inexprimable quitta la pièce.

Ils restèrent tous pétrifiés pendant un instant. Puis, lentement et avec précaution, les médecins se désenchevêtrèrent, se relevèrent. Ils regardèrent fixement Regan. Klein, impassible, prit son pouls. Satisfait, il remonta doucement sa couverture sur elle et eut un signe de tête rassurant à l'égard des autres. Ils quittèrent la pièce et descendirent dans le bureau.

Pendant un moment, personne ne parla. Chris était sur le divan. Klein et le psychiatre lui faisaient face, dans des fauteuils. Le psychiatre était pensif et pinçait les lèvres tout en considérant sa tasse de café; et puis il soupira et leva les yeux vers Chris. Elle tourna vers lui un regard éteint.

— Que diable se passe-t-il? demanda-t-elle dans un chuchotement désespéré et fiévreux.

— Avez-vous identifié la langue dans laquelle elle s'est exprimée? lui demanda-t-il.

Chris secoua la tête.

— Appartenez-vous à une religion?

— Non.

— Et votre fille?

— Non plus.

Le psychiatre lui posa alors une longue série de questions concernant les antécédents psychologiques de Regan. Quand il en eut enfin terminé, il semblait déconcerté.

— Qu'est-ce que c'est? lui demanda Chris en croisant et décroisant nerveusement ses doigts sur un mouchoir roulé en boule. Qu'est-ce qu'elle a?

— Hum, c'est assez déroutant, éluda le psychiatre. Franchement je serais tout à fait répréhensible de porter un diagnostic après un examen aussi superficiel.

— Mais enfin, vous avez bien une idée, quand même, insista-t-elle.

Le psychiatre soupira, malheureux, en passant sa main sur son front.

— Je comprends parfaitement bien que vous soyez anxieuse, c'est pourquoi je vous ferai malgré tout part d'une ou deux impressions que j'ai eues.

Chris se pencha attentivement en avant, tendue. Ses doigts commencèrent à triturer le mouchoir dans son giron, comptant les points de l'ourlet comme s'ils avaient été les grains d'un chapelet de lin.

— Pour commencer, lui dit-il, il est fort improbable que nous ayons affaire à une petite simulatrice.

Klein hocha la tête, approbateur.

— Un certain nombre de raisons nous portent à écarter cette éventualité, par exemple les contorsions anormales et douloureuses; le changement dramatique de sa physionomie lorsque nous étions en train de parler à la soi-disant personne qu'elle pense être en elle. Vous voyez, de telles manifestations psychiques sont hautement improbables, à moins, évidemment, qu'elle ne *croie* à cette personne. Vous me suivez?

— Je pense que oui, répondit Chris que l'attention finissait par faire loucher; mais ce que je ne comprends pas c'est d'où vient cette personne. Je veux dire, on entend tout le temps parler de dédoublement de la personnalité, mais quelle en est l'explication?

— Nous n'avons pas encore trouvé d'explication satisfaisante à cela, madame. Nous parlons de « conscience », de « personnalité », d'« ego »... mais nous ignorons encore tout de ces choses. (Il secoua la tête.) Oui, nous en ignorons tout! Et quand nous parlons de personnalité multiple ou double, tout ce que l'on peut avancer, c'est quelques théories qui suscitent davantage de questions qu'elles ne donnent de réponses. Freud pensait que certaines idées et certains sentiments sont, d'une façon ou d'une autre, refoulés par l'esprit conscient, mais demeurent vivants dans le subconscient de la personne; très vivaces même en fait et cherchant à s'exprimer par l'intermédiaire de divers symptômes psychiatriques. Quand ce matériel réprimé — ou plutôt dissocié — je préfère ce mot car il tient compte de cette dérivation qui s'écarte du courant principal de la conscience... eh bien, quand ce matériel est suffisamment fort, ou bien lorsque la personnalité du sujet est désorganisée et faible, le résultat peut être une psychose schizophrénique. Mais attention! la « double personnalité » est une chose différente. La schizophrénie c'est un éclatement de la personnalité. Mais quand le matériel dissocié est suffisamment fort pour se recomposer en un agglomérat disparate et s'organiser en quelque sorte comme un tout dans le subconscient de l'individu... eh bien, il est arrivé qu'on le voie parfois fonctionner indépendamment, comme une personnalité différente, distincte de la personnalité véritable; et s'approprier les fonctions corporelles.

Il reprit son souffle. Chris écoutait attentivement et il continua.

— Cela, c'est une théorie. Il y en a plusieurs autres. Certaines d'entre elles impliquant la notion d'évasion dans l'inconscience; évasion d'un conflit ou d'un problème émotionnel. Pour en revenir à Regan, elle n'a aucun passé schizophrénique et le graphique de l'E.E.G. ne présente pas ce tracé caractéristique des ondes cérébrales que l'on trouve habituellement dans ce cas. Ce qui ne nous laisse que l'hypothèse de l'hystérie.

— C'est ce que j'avais dit la semaine dernière, murmura tristement Chris.

Le psychiatre soucieux eut un mince sourire.

— L'hystérie, continua-t-il, est une forme de névrose où les troubles émotionnels s'expriment par des désordres corporels. Il se trouve que dans certaines formes, il y ait dissociation. Dans la psychasthénie par exemple, l'individu perd conscience de ses actes, mais il se voit agir et attribue ses actions à quelqu'un d'autre. Toutefois l'idée qu'il se fait d'une seconde personnalité est vague, alors que celle de Regan semble spécifique. Aussi bien en arrivons-nous à ce que Freud appelait la forme de « conversion » de l'hystérie. Elle se développe à partir de sentiments inconscients de culpabilité et de besoin d'être puni. La dissociation est le trait prédominant dans ce cas, et même la personnalité multiple. Et le syndrome pourrait également inclure des convulsions de type épileptique; des hallucinations, une excitation motrice anormale.

— Ça ressemble beaucoup à ce qu'a Regan, hasarda Chris. Vous ne trouvez pas? Enfin, excepté pour ce que vous dites concernant la culpabilité. De quoi aurait-elle à se sentir coupable?

— La réponse type, répondit le psychiatre, est : *le divorce*. Les enfants ont souvent l'impression que ce sont *eux* qui sont rejetés et ils assument l'entière responsabilité du départ de l'un des parents. Dans le cas de votre fille, cela n'est pas à écarter. Je pense plus spécialement à sa mélancolie et à la profonde dépression qu'elle a manifestée à propos de la mort, à propos de la notion des gens qui meurent : thanatophobie. Chez les enfants cela s'accompagne d'un sentiment de culpabilité relié à un stress familial, très souvent la crainte de la perte d'un parent. Elle détermine une sorte de rage et de frustration intense. Par ailleurs la culpabilité dans ce genre d'hystérie n'est pas forcément perçue par le conscient. Il pourrait même s'agir de cette culpabilité que nous appelons « free-floating », une culpabilité générale en quelque sorte qui ne se réfère à rien de particulier, conclut-il.

Chris secoua la tête.

— Je suis perdue, murmura-t-elle. Je ne comprends pas ce que vient faire cette nouvelle personnalité là-dedans.

— Eh bien, là encore, nous en sommes réduits à des hypothèses, répondit-il, mais je dirais, en supposant que nous nous trouvions bien devant une hystérie de conversion produite par un complexe de culpabilité, que la seconde personnalité est simplement l'agent qui inflige la punition. Si Regan se l'infligeait elle-même, cela voudrait dire, voyez-vous, qu'elle *reconnaît* sa culpabilité. Mais elle veut échapper à cette prise de conscience. D'où l'apparition d'une seconde personnalité.

— C'est ça à votre avis?

— Comme je vous le disais, je ne peux rien affirmer, répliqua le psychiatre, toujours évasif. (Il semblait choisir ses mots comme des pierres moussues pour traverser un torrent.) Il est extrêmement rare qu'un enfant de l'âge de Regan soit capable de rassembler et d'organiser les éléments d'une nouvelle personnalité. Et certaines... hum, d'autres choses sont déconcertantes aussi. Ses performances avec le oui-ja, par exemple, prouveraient une extrême suggestibilité; et pourtant, apparemment, je n'ai pas réussi à l'hypnotiser. (Il haussa les épaules.) Bah, peut-être résistait-elle. Mais ce qui est vraiment frappant, c'est l'apparente précocité de la nouvelle personnalité. Ce n'est pas du tout celle d'une fillette de douze ans. Elle est beaucoup, beaucoup plus mûre. Et puis il y a aussi cette langue qu'elle parlait... (Il regarda fixement la carpette devant la cheminée en tirant pensivement sur sa lèvre inférieure.) Il existe, bien sûr, un état similaire, mais nous n'en connaissons pas grand-chose : une forme de somnambulisme dans laquelle le sujet manifeste soudain des connaissances ou une habileté dont il est dépourvu à l'état de veille... et où l'intention de la seconde personnalité est la destruction de la première... mais... (Il laissa sa phrase inachevée et regarda soudain Chris.) Tout cela est extrêmement complexe et j'ai terriblement simplifié...

— Alors, finalement, que ressort-il de tout cela? demanda Chris.

— Pour le moment, rien. Elle a besoin d'être examinée de très près par une équipe d'experts, deux ou trois semaines d'observations intensives dans une clinique; disons par exemple la clinique Barringer à Dayton.

Chris, le regard perdu au loin, murmura :

— De première!

— Est-ce que cela soulève un problème quelconque?

— Non, aucun, soupira-t-elle. Simplement qu'il n'est plus question d'*ESPOIR*, c'est tout!

— Pardon?

— C'est une tragédie qui m'est personnelle.

Le psychiatre téléphona à la clinique Barringer depuis le bureau de Chris. On acceptait de recevoir Regan dès le lendemain.

Les deux médecins partirent.

Chris ravala son chagrin en pensant à Dennings, à la mort, aux vers, au vide et à la solitude inexprimable, aux ténèbres silencieuses, sur terre, où rien ne bouge, rien, rien, rien ne bouge, plus jamais... Elle pleura pendant un moment. *C'était trop... C'était trop!* Et puis elle chassa ses pensées et se mit à faire les valises.

Elle se trouvait dans sa chambre, en train de choisir la perruque qu'elle porterait à Dayton pour préserver son incognito, quand Karl apparut. Quelqu'un demandait à la voir, dit-il.

— Qui?

— Un policier.

— Et c'est moi qu'il veut voir?

Il inclina la tête. Puis il lui tendit la carte du visiteur. Elle la lut, décontenancée. Le bristol portait : William KINDERMAN, lieutenant-détective; et, en bas à gauche, comme un parent pauvre : « Police criminelle. » La carte était gravée en relief et ses caractères Tudor enjolivés auraient parfaitement convenu pour un antiquaire.

Elle leva les yeux avec un pressentiment soupçonneux :

— Est-ce qu'il ne porte pas avec lui quelque chose qui pourrait être un script? Une grosse enveloppe commerciale ou quelque chose du même genre?

Chris avait fini par découvrir qu'il n'y avait personne au monde qui n'eût un roman, ou un manuscrit, ou une ébauche littéraire quelconque enfouie dans un tiroir ou dans un imaginaire bas de laine. Elle semblait attirer ces gens-là comme les prêtres attirent les ivrognes.

Mais Karl secoua la tête. La curiosité de Chris s'éveilla sur-le-champ et elle descendit aussitôt l'escalier. Burke? Est-ce que cela avait quelque chose à voir avec Burke?

Le visiteur se tenait debout dans le vestibule, serrant entre ses petits doigts boudinés fraîchement manucurés le bord de son chapeau de feutre gondolé et flasque. Il était replet. La cinquantaine bon poids. Des bajoues bien astiquées. Toutefois, son pantalon chiffonné, déformé aux genoux et éraillé aux revers, jurait avec les soins assidus qu'il accordait à sa personne. Un pardessus de tweed gris, mal coupé, flottant et démodé, et ses yeux marron, humides, aux coins tombants semblaient le rattacher à une époque révolue. Sa respiration était bruyante.

Chris s'approcha. Le lieutenant tendit la main d'un geste las, quelque peu paternel, et lui dit avec le chuchotement rauque et sifflant des emphysémateux.

— J'aurais reconnu votre visage dans n'importe quel dossier d'identification, madame.

— Oh! Ai-je un dossier chez vous? demanda vivement Chris en lui serrant la main.

— Oh, mon Dieu non! oh non! dit-il en chassant cette supposition d'un revers de main, comme il l'eût fait d'une mouche. (Il avait les yeux fermés et penchait la tête, son autre main posée légèrement sur son bedon.) Non, je viens ici par simple routine, expliqua-t-il, rassurant, par routine. Mais si vous êtes occupée, je peux revenir demain, vous savez...

Il se détourna comme pour s'en aller mais Chris lui demanda avec anxiété :

— Qu'est-ce que c'est? Burke? Burke Dennings?

L'aisance nonchalante et l'air languissant du détective lui crispaient quelque peu les nerfs.

— Ah!... quelle triste aventure..., murmura le lieutenant en secouant la tête les yeux baissés.

— A-t-il été tué? interrogea Chris d'une voix étranglée. Je veux dire, est-ce parce qu'il a été tué que vous êtes ici?

— Non, non, ma visite est une simple formalité, répéta-t-il, simple routine, vous savez, un homme aussi important, on ne pouvait pas laisser passer ça sans une petite enquête. Non, on ne pouvait vraiment pas, s'excusa-t-il avec un regard désolé. Du moins sur un ou deux points : Est-il tombé? A-t-il été poussé? (Tout en posant ces questions il tournait la tête à droite, puis à gauche, ses mains ponctuant le mouvement. Puis il haussa les épaules et murmura de sa voix rauque et sifflante :) Qui peut le dire?

— Lui a-t-on volé ce qu'il avait sur lui?

— Non, non. On ne lui a rien volé. Miss MacNeil, on ne lui a rien pris du tout, mais qui a besoin d'un motif à l'époque où nous vivons? (Ses mains molles étaient constamment en mouvement comme des gants avachis déformés par les doigts d'un montreur de marionnettes.) Aujourd'hui, pour un meurtrier, Miss Mac Neil, un motif est plutôt un handicap qu'autre chose! (Il secoua la tête, dégoûté.) Ah! ces drogues... ces drogues..., se lamenta-t-il, toujours ces drogues... ce L.S.D... (Il regarda Chris tout en se tapotant l'estomac du bout des doigts.) Croyez-moi, je suis père de famille, et quand je vois ce qui se passe, ça me fend le cœur. Vous avez des enfants vous-même?

— Oui.

— Un fils?

— Non, une fille.

— Bien, bien...

— Ecoutez, entrez donc dans le bureau, l'interrompit Chris en pivotant sur ses talons pour lui montrer le chemin.

Elle commençait à perdre patience.

— Miss MacNeil, pourrais-je me permettre de vous demander...

Elle s'arrêta et le regarda résignée, s'attendant vaguement à ce qu'il lui demande un autographe pour ses enfants. Ce n'était jamais pour eux. C'était toujours pour leurs enfants.

— Mais, je vous en prie, dit-elle.

— C'est mon estomac, grimaça-t-il avec un geste explicatif. Auriez-vous chez vous par hasard de l'eau de Calso? Mais je ne voudrais pas vous déranger.

— Vous ne me dérangez pas du tout, soupira-t-elle. Asseyez-vous donc dans le bureau, dit-elle avec un geste d'invite, puis elle se retourna et se dirigea vers la cuisine. Je pense qu'il doit y en avoir une bouteille dans le frigo.

— Non, je viens avec vous à la cuisine, lui dit-il en lui emboîtant le pas, je déteste être cause de dérangement.

— Vous ne me dérangez pas.

— Si, si, vous étiez occupée. Je reviendrai. Avez-vous des enfants? demanda-t-il tout en marchant. Oui, c'est vrai, vous m'avez déjà dit, une fille; c'est juste. Et quel âge a-t-elle?

— Elle vient juste d'avoir douze ans.

— Alors, vous n'avez pas à vous faire de souci, souffla-t-il. Enfin, pas encore. Mais un peu plus tard, faites bien attention. Soyez sur vos gardes. (Il secouait la tête. Chris remarqua que sa façon de marcher était une variante du dandinement.) Quand on voit tous ces drogués jour après jour, poursuivit-il. C'est incroyable; fantastique. Vous savez, je disais à ma femme il y a quelques jours — ou il y a quelques semaines, je ne me souviens plus — je lui disais : Mary, le monde, le monde entier est en train de faire une dépression nerveuse. Parfaitement. Le monde entier.

Il eut un geste circulaire. Ils étaient entrés dans la cuisine où Karl était affairé à décaper le four. Il continua son travail comme si de rien n'était et ne parut même pas remarquer leur présence.

— Je suis vraiment confus, souffla le lieutenant, tandis que Chris ouvrait la porte du frigo. (Mais son regard aigu se posait sur Karl, effleurait rapidement son dos, ses bras, son cou, comme un petit oiseau noir rasant la surface d'un lac.) C'est lamentable, poursuivit-il. Je rencontre une célèbre vedette de cinéma et qu'est-ce que je lui demande? De l'eau de Calso. Ah là là misère!...

Chris avait trouvé la bouteille et cherchait maintenant un ouvre-bouteilles.

— De la glace? demanda-t-elle.
— Non, non, nature, ça ira très bien.
Elle ouvrit la bouteille.
— Vous vous souvenez de ce film que vous avez tourné et qui s'appelait « Ange »? Eh bien, je l'ai vu six fois.
— Si vous voulez vraiment arrêter un meurtrier, murmura-t-elle en lui versant la Calso pétillante, alors vous pouvez passer les menottes au producteur et au monteur.
— Oh non! non! Il était excellent — vraiment — je l'ai beaucoup aimé.
— Asseyez-vous.
Elle lui montra la table d'un signe de tête.
— Oh, merci. (Il s'assit.) Non, ce film était vraiment très bien, insista-t-il. Si émouvant. Mais il y avait toutefois une petite chose, hasarda-t-il. Oh, vraiment un point de détail... oui... merci beaucoup.
Elle avait posé le verre d'eau sur la table et s'était assise de l'autre côté, le menton appuyé sur ses deux mains entrelacées.
— Oui, un petit détail, résuma-t-il avec un air d'excuse, vraiment infime. Et je ne suis qu'un profane, voyez-vous... Je fais partie du grand public... Je ne m'y connais pas. Toutefois, il m'a semblé que l'accompagnement musical prenait trop d'importance dans certaines scènes. Il était envahissant. (Le lieutenant était plein d'ardeur maintenant, pris par son sujet). Cette musique n'arrêtait pas de vous rappeler qu'il s'agissait d'un film. Vous voyez ce que je veux dire? Comme tous ces angles invraisemblables dont raffolent les gens de cinéma maintenant. A vous rendre fous... A propos, cet accompagnement musical, Miss MacNeil... Est-ce que ce n'était pas du Mendelssohn?
Chris tambourinait légèrement avec ses doigts sur la table maintenant. Etrange policier. Et pour-

quoi lançait-il constamment des coups d'œil sur Karl?

— Je ne saurais vous dire, mais je suis contente que vous ayez aimé le film. Buvez maintenant, cette eau ne reste pas longtemps gazeuse une fois versée, dit-elle en montrant la Calso.

— Oh oui, merci, oui, bien sûr. Je suis tellement bavard. Vous avez à faire. Excusez-moi. (Il leva le verre comme s'il allait porter un toast et en vida le contenu, le petit doigt levé avec affectation.) Ah, c'est bon, c'est bon, soupira-t-il satisfait en reposant le verre. (Son regard tomba sur l'oiseau modelé par Regan et qui trônait maintenant au centre de la table, son long bec sardonique surplombant la salière et le poivrier.) Original, sourit-il. Gentil. (Il leva les yeux.) Qui est l'artiste?

— Ma fille.

— Très joli.

— Ecoutez, je suis désolée, mais...

— Oui, oui, je sais, je suis un raseur. Hum, mais juste une ou deux questions et je vous laisse. En fait, une seule question et puis je partirai. (Il jeta un coup d'œil à sa montre comme s'il était pressé par quelque rendez-vous ultérieur.) Etant donné que ce pauvre M. Dennings avait terminé le tournage ici (il respirait laborieusement), nous nous sommes demandé s'il n'était pas allé rendre visite à quelqu'un le soir de son accident. Maintenant, à part vous, naturellement, avait-il d'autres amis dans ce quartier?

— C'est *ici* qu'il est venu avant son accident dit Chris.

— Oh! (Les sourcils se soulevèrent comme deux faucilles.) A peu près au moment de l'accident?

— Quand s'est-il produit au juste? demanda-t-elle.

— A 7 h 05.

— Alors je pense qu'il sortait d'ici.

— Eh bien, cela arrange tout alors, dit-il en repoussant sa chaise comme s'il se préparait à se lever. Il était ivre en s'en allant et il est tombé du haut de l'escalier? Oui, ça explique tout. Absolument. Ecoutez, pourtant, juste pour la précision du rapport, pourriez-vous me dire à quelle heure il est parti de chez vous?

Il tâtonnait à la recherche de la vérité comme un de ces vieux garçons chipoteurs qui n'en finissent pas de palper les légumes au marché. Comment avait-il pu devenir lieutenant?

— Je n'en sais rien, répondit Chris. Je ne l'ai pas vu.

— Je ne saisis pas.

— Je veux dire que lorsqu'il est venu, j'étais sortie. Je me trouvais chez le docteur, à Rosslyn.

— Ah, je vois. Oui, oui, bien sûr. Mais alors comment savez-vous qu'il était ici?

— C'est Sharon qui me l'a dit...

— Sharon?

— Sharon Spencer. C'est ma secrétaire. Elle était ici quand Burke est passé. Elle...

— Il venait la voir?

— Non, il venait me voir, moi.

— Oh oui, évidemment. Oui, excusez-moi de vous avoir interrompue.

— Ma fille était malade et Sharon a profité qu'il était ici pour aller chez le pharmacien. Et quand je suis rentrée, Burke était parti.

— Quelle heure était-il, s'il vous plaît?

— 7 heures et quart, 7 heures et demie environ.

— Et à quel moment étiez-vous partie?

— Vers 6 heures et quart, je pense.

— A quelle heure miss Spencer est-elle partie pour aller chez le pharmacien?

— Ça, je n'en sais rien.

— Et entre le moment où miss Spencer est partie et celui où vous êtes revenue, qui était à la maison, ici, avec M. Burke, en dehors de votre fille?

— Personne.

— Personne? Il est parti tout seul, alors?

Elle hocha la tête.

— Il n'y avait pas de domestiques?

— Non, Willie et Karl étaient...

— Qui sont-ils?

Chris sentit brusquement la terre se dérober sous ses pieds. L'entrevue mondaine tournait à l'interrogatoire serré.

— Eh bien, Karl est justement ici, dit-elle avec un mouvement du menton, le regard fixé sur le dos du domestique. (Il était toujours occupé à son nettoyage...) Et Willie est sa femme, expliqua-t-elle. Ils tiennent la maison. (Karl, imperturbable continuait son travail.) Ils avaient leur après-midi et quand je suis rentrée, ils n'étaient pas encore de retour. Willie...

Chris s'arrêta.

— Eh bien? Willie?...

— Oh, rien!

Elle haussa les épaules et détourna son regard du dos musculeux de l'homme. Elle avait remarqué que le four était propre. Pourquoi Karl continuait-il de l'astiquer?

Elle tendit la main pour prendre une cigarette. Kinderman la lui alluma.

— Il n'y aurait donc que votre fille qui pourrait savoir à quelle heure Dennings a quitté la maison.

— Est-ce vraiment un accident?

— Oh, cela ne fait aucun doute. Ma visite n'est que pure routine, pure routine vraiment. M. Dennings n'a pas été volé et il n'avait aucun ennemi, du moins à notre connaissance, dans le quartier.

Chris lança un regard rapide à Karl mais le reposa vivement sur Kinderman. L'avait-il remarqué? Non, apparemment. Il suivait les contours de l'oiseau du bout des doigts.

— Ça a un nom, ces oiseaux-là. Je n'arrive pas à m'en souvenir. C'est quelque chose!

Il remarqua que Chris le regardait fixement et parut quelque peu embarrassé.

— Excusez-moi, vous avez à faire. Hum, juste une minute et j'en aurai fini. Donc votre fille pourrait nous dire quand M. Dennings est parti?

— Non, elle ne pourrait pas. Elle était souffrante et sous l'effet d'un calmant.

— Oh, mon Dieu! c'est navrant, navrant... (Ses paupières tombantes exprimaient sa compassion.) Est-ce grave?

— Je crains que oui.

— Puis-je vous demander? hasarda-t-il avec un geste délicat.

— On ne sait toujours pas ce qu'elle a.

— Méfiez-vous des courants d'air, lui conseilla-t-il avec fermeté.

Chris le regarda, ahurie.

— Un courant d'air en hiver, dans une maison bien chauffée, est un tapis magique pour les microbes. Ma mère le disait toujours. Peut-être est-ce un aphorisme populaire, un simple mythe. C'est possible. (Il haussa les épaules.) Mais à vous parler franchement, un mythe, à mon avis, c'est comme un menu dans un restaurant français à la mode, rien d'autre qu'un camouflage prestigieux et compliqué de quelque chose que vous n'avaleriez pas autrement, un peu comme les haricots de Lima quoi.

Chris se détendit. Le chien hirsute qui errait silencieusement, à l'aventure, furetant et reniflant dans les champs de maïs, était revenu.

— Sa chambre, c'est celle qui est au-dessus? demanda-t-il le pouce levé vers le plafond, celle avec la grande baie qui donne sur les marches?

Chris acquiesça.

— Tenez-la soigneusement fermée et elle ira mieux.

— Elle est toujours fermée et les volets aussi, dit Chris comme il glissait une main potelée dans la poche intérieure de son veston.

— Oui, elle ira mieux, répéta-t-il sentencieusement. Souvenez-vous qu'il vaut mieux prévenir que...

Chris tambourina de nouveau sur la table.

— Vous avez à faire. Bon. C'est fini. Juste une petite note pour mon rapport... affaire de routine... et c'est terminé.

De la poche de son veston il avait sorti le programme ronéotypé et chiffonné d'une représentation théâtrale de « Cyrano de Bergerac » donnée par les élèves d'une école secondaire et il explorait maintenant celles de son pardessus. Il en ramena un bout de crayon jaune N° 2 mordillé à un bout et dont l'autre extrémité semblait avoir été taillée avec une branche de ciseaux. Il posa le programme sur la table, le défroissa du plat de la main.

— Maintenant, juste un nom ou deux, souffla-t-il. Spencer, avec un *c*?

— Un *c*, oui.

— Un *c*, répéta-t-il en écrivant le nom dans une marge du programme. Et les domestiques? John et Willie?...

— Non, Karl et Willie Engstrom.

— Karl, mais oui, bien sûr, Karl. Karl Engstrom. (Il gribouilla les noms d'une écriture serrée et pâteuse.) Maintenant les heures, ça je m'en souviens. (Il tourna la feuille de papier dans tous les sens pour trouver un espace blanc.) Les heures, je... Oh, oh, non, attendez! J'ai oublié... Voyons, les domestiques... vous m'avez dit qu'ils étaient rentrés à quelle heure?

— Je ne vous l'ai pas dit. Karl, quelle heure était-il quand vous êtes rentré hier soir?

Le Suisse se retourna, le visage impénétrable.

— Exactement 9 heures et demie, madame.

— Oui, c'est ça, vous aviez oublié votre clé. Je me souviens. J'ai regardé la pendule de la cuisine quand vous avez sonné.

— Vous avez vu un bon film? demanda le détective à Karl. Moi je ne me fie jamais aux critiques, confia-t-il à Chris en aparté. Je préfère savoir ce que les *gens* pensent, le *public*.

— Paul Scofield dans *Lear*, répondit Karl.

— Ah, je l'ai vu; c'est excellent. Excellent. Merveilleux.

— Oui, au Crest, continua Karl, à la séance de 18 h. Et puis aussitôt après j'ai pris l'autobus devant le théâtre et...

— Je vous en prie, ce n'est pas nécessaire, protesta le détective avec un geste de dénégation. Je vous en prie...

— Ça ne me dérange pas de vous le dire.

— Si vous insistez...

— Je suis descendu à l'arrêt de Wisconsin Avenue qui se trouve au coin de Wisconsin Avenue et de la rue M. Il devait être neuf heures vingt, à peu près. Et puis j'ai marché jusqu'à la maison.

— Vous n'avez pas besoin de me raconter tout ça, se récria le détective, mais c'est très aimable de votre part et je vous en remercie. Vous avez aimé le film?

— Il était excellent.

— Oui, je l'ai pensé moi aussi. Exceptionnel. Eh bien, maintenant... (Il revint à Chris et à son gribouillage sur le programme.) Je vous ai fait perdre votre temps, mais il faut bien que je fasse mon travail, n'est-ce pas? Bon, encore une minute et j'ai fini. Ah! c'est tragique... tragique vraiment... marmonnait-il tout en griffonnant des mots dans les marges. Un tel talent! Et un homme qui connaissait son monde, j'en suis sûr, qui savait comment manier les gens et s'y prendre avec toutes ces personnes susceptibles de le mettre en valeur mais aussi, qui sait, de le désavantager, de lui gâcher ses effets... comme le cameraman, le directeur du son, le compositeur et tant d'autres... Corrigez-moi, je vous en prie si je me trompe... mais il me semble que de nos jours un grand metteur en scène doit quasiment être aussi un Dale Carnegie. Ai-je tort?

— Oh, pour ça, Burke avait du caractère, soupira Chris.

Le détective retourna son programme.

— Ah, bon, peut-être avec les personnages importants, les gens à sa hauteur. (Il se remit à gribouiller.) Mais ce qui compte, ce sont les petites gens, les subalternes, les types qui s'occupent de ces détails mineurs qui deviendraient majeurs s'ils ne savaient pas s'y prendre. Vous n'êtes pas de mon avis?

Chris regarda ses ongles et secoua lugubrement la tête.

— Quand Burke s'emportait, il ne faisait pas de discrimination, murmura-t-elle avec un faible sourire malicieux. Non, monsieur. Mais il faut dire que ça ne lui arrivait que lorsqu'il était complètement ivre.

— Bon! j'ai fini. (Kinderman mettait un point sur le *i* final.) Oh non! Attendez! se souvint-il brusquement. Mme Engstrom... Ils sont partis et revenus ensemble?

D'un geste du menton il montrait Karl.

— Non, elle est allée voir un film des Beatles répondit Chris, juste comme Karl se retournait pour répondre. Elle est rentrée quelques minutes après moi.

— Ah! Mais... au fait pourquoi est-ce que j'ai demandé cela? s'interrogea le lieutenant. Bah! c'est sans importance. (Il haussa les épaules tout en pliant le programme et en le fourrant avec le crayon dans la poche de son veston.) Bon, cette fois c'est tout. Sûrement qu'il me viendra une autre question à l'esprit aussitôt que je serai dans mon bureau... C'est toujours comme ça! Bah! Je vous passerai un coup de fil, souffla-t-il en se mettant debout.

Chris se leva en même temps que lui.

— Je dois vous dire que je vais quitter la ville pour une quinzaine de jours.

— J'attendrai, assura-t-il, j'attendrai. (Il contemplait l'oiseau avec une souriante bonhomie.) Délicieux, vraiment délicieux.

Il s'était penché pour le prendre et passait maintenant son pouce le long du bec.

Chris se baissa pour ramasser un fil qui traînait par terre.

— Vous avez un bon docteur au moins? demanda-t-il. Je veux dire, pour votre fille.

Il remettait l'oiseau en place et se préparait à prendre congé. Chris le suivit, enroulant le fil autour de son pouce.

— J'en ai certainement en nombre suffisant, murmura-t-elle. De toute façon, je vais la conduire dans une clinique où ils sont supposés être très forts pour faire ce que vous faites mais sur des virus.

— Espérons qu'ils nous sont bien supérieurs. Elle est en dehors de la ville cette clinique?

— Oui, assez.

— C'est une bonne clinique?

— C'est ce qu'on verra.

— Tenez-la à l'abri des courants d'air.

Ils étaient parvenus à la porte d'entrée. Il posa la main sur la poignée.

— Eh bien, je voudrais vous exprimer le plaisir que j'ai eu à faire votre connaissance mais étant donné les circonstances... Je suis navré, vraiment, terriblement navré.

Chris croisa les bras et regarda le paillasson. Elle inclina légèrement la tête.

Kinderman ouvrit la porte et fit un pas dehors. Il se retourna vers Chris et mit son chapeau.

— Eh bien, tous mes vœux de guérison pour votre fille.

— Merci, dit-elle en souriant faiblement. Bonne chance pour votre travail.

Il la salua avec une cordialité douce et triste puis s'éloigna en se dandinant. Chris l'observa tandis qu'il se dirigeait vers une voiture de police qui l'attendait garée au coin de la rue devant une bouche d'incendie. Il leva vivement la main vers son chapeau, comme un coup de vent glacial soufflait brusquement du sud. Les pans de son pardessus voltigèrent. Chris referma la porte.

Une fois assis à la place du passager dans la voiture de police, Kinderman se retourna pour regarder la maison. Il crut voir quelqu'un bouger derrière la fenêtre de Regan, une forme agile qui bondit sur le côté et disparut à sa vue. Il n'en était pas sûr. Il l'avait vue du coin de l'œil, en se retournant. Mais il nota que les volets étaient ouverts. Etrange. Il attendit un moment. Personne ne se montra. Avec un froncement de sourcils intrigué, le détective se tourna et ouvrant la boîte à gants, en tira une petite enveloppe marron et un canif. Il plaça son pouce à l'intérieur de l'enveloppe et racla avec une adresse chirurgicale, la glaise peinte provenant du modelage de Regan qui se trouvait sous son ongle. Quand il en eut terminé, il cacheta l'enveloppe et fit signe au sergent-détective qui se tenait au volant qu'il pouvait démarrer.

Comme ils descendaient Prospect Street, le détective mit l'enveloppe dans sa poche.

— Allez-y doucement, conseilla-t-il au sergent en voyant la circulation qui s'intensifiait devant eux. On est en mission, pas en promenade. (Il se frotta les yeux avec des doigts fatigués.) Ah là là! quelle vie! soupira-t-il. Quelle chienne de vie!

Un peu plus tard ce soir-là, tandis que le Dr Klein injectait à Regan un calmant pour s'assurer qu'elle serait tranquille pendant le voyage jusqu'à Dayton, le lieutenant Kinderman méditait dans son bureau, les mains posées à plat sur son bureau, absorbé par un kaléidoscope d'indices déroutants. Le rayon étroit d'une vieille lampe de bureau tombait sur un fouillis de rapports éparpillés. Il n'y avait pas d'autre lumière. Il pensait que cela l'aidait à réduire le champ de sa concentration.

La respiration lourde de Kinderman emplissait l'obscurité tandis que son regard sautait d'un rapport à l'autre. Finalement il prit une profonde inspiration et ferma les yeux. « Grands Soldes mentaux », s'ordonna-t-il impérieusement comme il le faisait chaque fois qu'il voulait se libérer de toute idée préconçue pour accueillir un nouveau point de vue : « Soldes avant départ. Tout doit disparaître!

Quelques instants plus tard, il ouvrit les yeux et examina le rapport du pathologiste sur Dennings :

« ...déchirement du cordon médullaire avec fracture du crâne et du cou, contusions multiples, écorchures et meurtrissures; distension de la peau du cou; ecchymoses de la peau du cou; rupture du platysma, des sterno-mastoïdiens, du sphénoïde, du trapèze et de différents petits muscles du cou avec fracture de la colonne vertébrale et des vertèbres ainsi que rupture des ligaments antérieur et postérieur... »

Il regarda une fenêtre allumée dans l'obscurité de la ville. La lumière de la coupole du Capitole brillait. Le Congrès travaillait tard. Il referma les yeux, se rappelant sa conversation avec le médecin légiste du district à 11 h 55 la nuit de la mort de Dennings :

« — Est-ce que cela aurait pu se produire au cours de sa chute?

— C'est improbable. Quand ce ne serait que pour les muscles sterno-mastoïdiens et le trapèze. Et puis il faut mettre de côté aussi les différentes articulations des vertèbres cervicales et celles des ligaments qui maintiennent les os.

« — Pour parler clairement, est-ce improbable ou impossible que cela soit consécutif à la chute?

« — Hum! évidemment, il était ivre et ses muscles étaient sans doute quelque peu relâchés. Peut-être que si la force de l'impact initial a été suffisamment violente et...

— Le fait de tomber de 7 à 8 mètres aurait-il été suffisant?

— Oui, ça oui, et si immédiatement après le choc sa tête s'est prise dans quelque chose; en d'autres termes, s'il y a eu interférence immédiate avec la rotation normale de la tête et du corps en tant qu'unité, eh bien, peut-être... remarquez bien que je dis *peut-être*... que l'on peut obtenir ce résultat.

— Une intervention humaine aurait-elle pu parvenir à ce même résultat?

— Oui, mais il aurait fallu que l'homme soit d'une force peu commune.

Kinderman avait vérifié l'alibi de Karl Engstrom au moment de la mort de Dennings. Les heures de la séance de cinéma concordaient ainsi que l'horaire des autobus qui passaient devant le Capitole. Qui plus est, le conducteur du bus que Karl disait avoir pris devant le théâtre quittait son service à la station Wisconsin-Rue M — où Karl déclarait être descendu à 9 h 20 environ — et y était relayé par un autre conducteur. Il avait porté sur son carnet de route l'heure exacte de la relève : 9 h 18.

Pourtant, sur le bureau de Kinderman, il y

avait un rapport concernant une accusation de vol dont Karl s'était rendu coupable le 27 août 1963. Il avait dérobé régulièrement, pendant plusieurs mois, une certaine quantité de stupéfiants chez un docteur de Beverly Hills où lui et Willie étaient employés.

...né le 20 avril 1921, à Zurich, Suisse. A épousé Willie Braun le 7 septembre 1941. Une fille, Elvira, née à New York le 11 janvier 1943, adresse actuelle inconnue. Défenseur...

La suite était plutôt déroutante de l'avis du détective.

Le docteur, dont le témoignage était indispensable à toute poursuite en justice, avait brusquement retiré sa plainte sans aucune explication.

Pourquoi avait-il agi ainsi?

Deux mois plus tard le ménage Engstrom était embauché par Chris MacNeil, ce qui signifiait que le docteur avait donné au couple un bon certificat.

Pourquoi avait-il agi ainsi?

Il ne faisait aucun doute qu'Engstrom avait chapardé de la drogue et pourtant l'examen médical qu'il avait subi au moment de l'accusation n'avait pas révélé la moindre trace d'intoxication ou même d'usage occasionnel.

Pourquoi?

Les yeux toujours fermés, le détective se récitait lentement Jabberwocky de Lewis Carroll : « Twas brillig and the slithy toves... » Un autre de ses stratagèmes pour s'éclaircir l'esprit.

Lorsqu'il eut fini, il ouvrit les yeux et fixa son regard sur la coupole du Capitole, essayant de conserver son cerveau vide. Mais comme d'habitude il trouva cet exercice impossible. En soupirant, il jeta un coup d'œil au rapport du psychologue de la police sur les récentes profanations à la Sainte-Trinité... statues... phallus... Excréments humains... Damien Karras... avait-il souligné puis allongea le bras pour saisir un petit ouvrage de vulgarisation sur la sorcellerie, le feuilletant du pouce jusqu'à une page qu'il avait marquée d'un bout de papier :

« ... Messe Noire... Une des formes que revêt le culte du diable, le rituel consistant, en général, en (1) exhortation (le « sermon ») à accomplir le mal dans la communauté, (2) copulation avec le démon (réputée douloureuse, le pénis du démon étant invariablement décrit « froid comme glace ») et (3) un certain nombre de profanations, le plus souvent d'ordre sexuel. Par exemple, préparation d'hosties (composées de farines, fèces, sang menstruel et pus), qui étaient ensuite découpées et utilisées comme des vagins artificiels dans lesquels les officiants copulaient frénétiquement tout en hurlant qu'ils violaient la Vierge mère de Dieu ou qu'ils sodomisaient le Christ. Dans d'autres cas, une effigie du Christ était enfoncée dans le vagin d'une fille nubile tandis que l'on introduisait l'hostie dans son anus. Le prêtre écrasait ensuite cette hostie en sodomisant la fille et en criant des blasphèmes. Des images grandeur nature du Christ et de la Vierge Marie jouaient un rôle fréquent dans le rituel. L'effigie de la Vierge, par exemple... généralement peinte de façon à lui donner l'apparence d'une prostituée... était munie de seins que les adeptes suçaient et aussi d'un vagin où l'on pouvait introduire un pénis. Les statues du Christ étaient équipées d'un phallus permettant son intromission dans le vagin des adoratrices du diable et dans l'anus des adeptes mâles. A l'occasion, plutôt qu'une statue, c'était un être humain qui était attaché à la croix et servait aux fonctions dévolues à la statue du Christ, et, lors de l'éjaculation, son sperme était recueilli dans un ciboire consacré lors d'un rite blasphématoire et utilisé dans la fabrication de l'hostie destinée à être consacrée sur un autel recouvert d'excréments humains. Ce... »

Kinderman sauta les pages suivantes jusqu'à un paragraphe souligné traitant du meurtre rituel. Il le lut lentement, mordillant la pulpe de son index, et lorsqu'il eut terminé, il fronça les sourcils et secoua la tête. Il leva un regard morose et songeur sur sa lampe. L'éteignit. Quitta son bureau et monta dans sa voiture pour aller à la morgue.

Le jeune gardien, assis devant la table, mastiquait un sandwich de pain de seigle au jambon et au fromage et brossait du revers de la main des miettes tombées sur les mots croisés qui l'absorbaient quand Kinderman s'approcha de lui.

— Dennings, demanda le lieutenant.

Le gardien inclina la tête, inscrivit un mot de cinq lettres horizontal puis se leva, en emportant son sandwich, et traversa le hall. Kinderman lui emboîta le pas, le chapeau à la main, suivant le sillage de moutarde et de cumin jusqu'aux casiers réfrigérés.

Ils s'arrêtèrent devant le N° 32. Le gardien à la physionomie inexpressive ouvrit le casier, comme il l'eût fait d'un tiroir de bureau, tout en mordant dans son sandwich, et une croûte recouverte de mayonnaise tomba sur le linceul.

Pendant un instant Kinderman fixa le sol; et puis lentement, avec douceur, il tira le drap pour dévoiler ce qu'il avait déjà vu mais qu'il ne parvenait pas à admettre.

La tête de Burke Dennings était complètement retournée sens devant derrière.

5

Protégé par l'enceinte verdoyante du campus, Damien Karras courait tout seul sur la piste ovale de sable gras; il portait un short kaki et sa chemisette, trempée de sueur, lui collait à la peau. Là-bas, tout en haut de la colline, la coupole éblouissante de l'Observatoire astronomique pulsait au rythme de ses foulées. Derrière lui, la faculté de médecine reculait...

Depuis qu'il avait été relevé de ses fonctions il venait là tous les jours, avalant les tours de piste et traquant le sommeil. Il y était presque parvenu; il avait presque réussi à faire lâcher prise à cette griffe qui lui lacérait le cœur comme un tatouage profond. Elle relâchait un peu son étreinte maintenant.

Vingt tours.

Oui, elle serrait moins fort.

Encore deux tours.

Bien moins fort.

Les muscles puissants de ses jambes échauffés par la course, Karras prenait un tournant en ondulant avec une souple grâce léonine quand il remarqua que quelqu'un était assis sur le banc écarté où il avait déposé sa serviette, son sweater et son pantalon; un homme d'âge moyen, vêtu d'un pardessus chiffonné et d'un chapeau flasque. Il semblait l'observer. L'observait-il vraiment? Oui... il tournait la tête pour suivre Karras.

Le prêtre accéléra, parcourant le dernier circuit à longues foulées bondissantes qui ébranlaient le sol et puis il ralentit l'allure et ce fut d'une marche essoufflée et pantelante qu'il passa devant le banc sans y jeter un coup d'œil, les mains pressées légèrement sur ses côtes palpitantes. Ses pectoraux et ses épaules étiraient en se soulevant son T-shirt, déformant le mot PHILOSOPHES écrit sur le devant en lettres autrefois noires mais réduites à une trace maintenant du fait des lavages successifs.

L'homme au pardessus se leva et s'approcha de lui.

— Père Karras? s'informa le lieutenant Kinderman de sa voix rauque.

Le prêtre se retourna et eut un bref signe de tête en clignant des paupières dans la lumière éblouissante du soleil. Il attendit que Kinderman vînt à lui, puis il lui fit signe de le suivre tandis qu'il se remettait en mouvement.

— Cela ne vous fait rien? Je vais avoir une crampe autrement, haleta-t-il.

— Oh, bien sûr, acquiesça le détective, avec un manque d'enthousiasme visible tout en glissant ses mains dans ses poches.

La marche depuis le parking l'avait fatigué.

— Est-ce que... Est-ce que nous nous sommes déjà rencontrés? souffla le jésuite.

— Non mon père. Non, mais on m'a dit que je vous reconnaîtrais facilement parce que vous aviez l'air d'un boxeur. C'est un des prêtres qui était dans le hall de la résidence qui m'a dit ça. (Il sortait son portefeuille.) Je n'ai pas la mémoire des noms.

— Et le vôtre, quel est-il?

— William Kinderman.

Il présenta sa carte : « Brigade des homicides ».

— Vraiment? (Karras examina l'insigne et la carte avec une naïve curiosité juvénile. Son visage rougi et mouillé de sueur avait un air d'innocence passionnée comme il se tournait vers le détective.) De quoi s'agit-il?

— Vous voulez que je vous dise, mon père, répondit Kinderman en considérant les traits burinés du jésuite; eh bien, c'est vrai que vous avez l'air d'un boxeur. Et cette cicatrice que vous avez là, près de l'œil? (Il la touchait presque.) Eh bien, c'est presque la même que celle de Marlon Brando dans *Waterfront*. Ils lui avaient fait une cicatrice pour ce film... (Il tirait sur la peau de sa tempe, près de l'œil pour mieux expliquer.)... ça lui fermait légèrement la paupières, juste un peu comme ça et ça lui donnait l'air rêveur, un peu triste. Exactement comme vous, dit-il en pointant son index sur Karras. Vous êtes Brando tout craché. Les gens ne vous l'ont jamais dit?

— Non.

— Vous n'avez jamais fait de boxe?

— Bah! juste un peu.

— Vous êtes de par ici?

— Non, de New York.

— De Golden Gloves. Je me trompe?

— Vous avez mis le doigt dessus, sourit Karras. Maintenant que puis-je faire pour vous?

— Marcher un peu moins vite. s'il vous plaît. A cause de mon emphysème.

Le détective portait la main à sa gorge.

— Oh, je suis désolé.

Karras ralentit le pas.

— Ce n'est rien. Est-ce que vous fumez?

— Oui.

— Vous ne devriez pas.

— Je sais, maintenant dites-moi quel est votre problème.

— Bien sûr; je fais toujours des digressions.

Soit dit en passant, êtes-vous occupé? Je ne vous dérange pas? Je ne vous interromps pas?

— Interrompre quoi? demanda Karras interloqué.

— Je ne sais pas, moi, une prière mentale peut-être?

— Vous êtes vraiment un chef, remarqua Karras en souriant énigmatiquement.

— Excusez-moi, j'ai tiré à côté?

Karras secoua la tête; mais le sourire persista :

— Je doute que vous ayez jamais tiré à côté, remarqua-t-il.

Le regard en coin qu'il lança à Kinderman était pétillant de chaleur espiègle. Kinderman s'arrêta et fit un effort aussi démesuré que vain pour avoir l'air surpris, mais lançant un coup d'œil aux paupières plissées du jésuite, il baissa la tête et rit tristement.

— Oh! bien sûr... bien sûr... un psychiatre, on ne peut pas lui en faire accroire. (Il haussa les épaules.) Mais c'est plus fort que moi, il ne faut pas m'en vouloir, mon père. Je parle, je parle, c'est la méthode Kinderman : du pur *schmaltz*. Bon, eh bien, d'accord, je vais vous raconter sans fioritures ce qui m'amène.

— Les profanations, avança Karras.

— Vous me coupez l'herbe sous le pied, se lamenta Kinderman.

— Désolé.

— Ça ne fait rien, mon père; je l'ai mérité. Oui, ces histoires dans l'église, confirma-t-il. C'est ça. Seulement il s'y ajoute peut-être quelque chose, quelque chose d'autrement sérieux.

— Un meurtre?

— C'est ça, payez-vous encore ma tête. J'aime ça.

— Eh bien, « Brigade des Homicides », n'est-ce pas? fit le jésuite en haussant les épaules.

— Ça ne fait rien, ça ne fait rien, Marlon Brando; ça ne fait rien. Mais, dites donc, on ne vous a jamais dit que pour un prêtre vous étiez un peu vif à la réplique?

— Mea culpa, murmura le jésuite. (Bien que souriant il éprouvait un regret d'avoir peut-être blessé l'amour-propre de son interlocuteur. Il n'en avait pas eu l'intention. Et maintenant il était heureux d'avoir une occasion d'exprimer une perplexité sincère.) Mais je ne saisis pas le rapport toutefois, ajouta-t-il, prenant soin de froncer les sourcils.

— Ecoutez, mon père, est-ce que vous pouvez garder ça pour vous? comme une confession pour ainsi dire?

— Bien sûr. (Il regardait intensément le détective.) De quoi s'agit-il?

— Vous connaissez ce metteur en scène qui tournait un film ici? Burke Dennings?

— J'ai eu l'occasion de le voir, oui.

— Vous l'avez vu, dit le détective en inclinant la tête. Etes-vous aussi au courant de la façon dont il est mort?

— Oui, par les journaux.

Karras haussa les épaules.

— Les journaux n'ont pas tout dit.

— Oh?

— Ils n'ont révélé qu'une partie de l'histoire, juste une partie. Dites-moi, qu'est-ce que vous savez sur la sorcellerie?

— Quoi?

— Attendez, laissez-moi; je vais vous expliquer, mais avant répondez à ma question : est-ce que vous vous y connaissez en sorcellerie?

— Un peu.

— Côté magie, pas côté chasse à la sorcière j'entends.

— J'ai écrit un article là-dessus dans le temps, sourit Karras. Du point de vue psychiatrique.

— Oh, vraiment? c'est fantastique! Merveilleux! Je vous vote une prime! Vous allez pouvoir m'aider beaucoup plus que je ne le pensais. Maintenant, mon père, écoutez-moi, la sorcellerie...

Il tendit la main et saisit le bras du jésuite comme ils arrivaient à un tournant et approchaient du banc.

— A tout vous dire, moi je suis un profane et, je n'ai pas fait de grandes études. Mais j'ai lu. D'accord, je sais ce qu'on raconte des autodidactes, que ce sont d'abominables exemples de travail non qualifié. Mais moi, je vous le dis franchement, je n'en ai pas honte. Pas honte du tout. Je suis... (Il s'arrêta soudain, baissa les yeux, regarda par terre et secoua la tête.) Toujours ce *schmaltz*. C'est une terrible habitude chez moi. Je n'arrive pas à m'en défaire. Ecoutez, excusez-moi, si vous êtes occupé...

— Oui, je suis en train de prier.

La réponse du jésuite avait été instantanée et dite sans expression. Kinderman s'arrêta un instant et il regarda.

— Vous parlez sérieusement?

Le détective regarda de nouveau droit devant lui et ils se remirent en marche.

— Ecoutez, j'en viens au fait : les profanations. Est-ce qu'elles ne vous rappellent pas quelque chose en rapport avec la sorcellerie?

— Peut-être. Quelques rites caractéristiques des messes noires.

— Bien. Et maintenant Dennings... vous avez lu le compte rendu de sa mort?

— Il s'est tué en tombant dans l'escalier?

— Heu!... je vais vous dire la vérité, mais je vous en prie, c'est confidentiel, hein!... gardez-le pour vous!

— Bien sûr.

Le détective parut brusquement déconfit, lorsqu'il se rendit compte que Karras n'avait pas l'intention de s'arrêter au banc.

— Ça ne vous ferait rien? demanda-t-il avec un regard envieux en direction du banc.

— Quoi donc?

— Est-ce qu'on ne pourrait pas s'arrêter? S'asseoir un peu.

— Oh! mais bien sûr. (Ils bifurquèrent vers le banc.)

— Votre crampe?

— Ça va mieux maintenant.

— Très bien, très bien alors, si vous insistez...

— Qu'étiez-vous en train de dire?

— Une seconde, juste une petite seconde, s'il vous plaît.

Kinderman répartit sa masse fatiguée sur le siège avec un soupir de soulagement.

— Ah! ça va mieux, ça va mieux, dit-il tandis que le jésuite attrapait sa serviette et essuyait son visage couvert de transpiration. Ah! la cinquantaine... c'est le mauvais âge... Et alors, Burke Dennings?

— Burke Dennings, Burke Dennings, Burke Dennings... (Le détective hochait la tête en regardant ses souliers. Et puis il leva les yeux vers Karras. Le prêtre était en train de s'essuyer la nuque.) Burke Dennings, mon bon père, a été trouvé au bas de cet escalier à pic à 19 h 5 très précisément, la tête complètement retournée sens devant derrière.

Des acclamations et des cris d'enthousiasme leur parvenaient du terrain de base-ball où l'équipe de l'université s'entraînait. Karras cessa de s'essuyer et soutint le regard fixe du lieutenant.

— Est-ce une conséquence de sa chute? demanda-t-il enfin.

— C'est évidemment possible, dit Kinderman en haussant les épaules. Mais...

— Peu probable, enchaîna sombrement Karras.

— Et alors qu'est-ce qui vient à l'esprit, dans le contexte de la sorcellerie?

Le jésuite s'assit lentement, il paraissait pensif.

— Les démons sont supposés tordre le cou des sorcières de cette façon. Du moins, c'est ce que le folklore rapporte... C'est un mythe.

— Un mythe?

— Oh, en grande partie, dit-il en se tournant vers Kinderman. Quoique, il y a sûrement eu des gens qui sont morts de cette façon; probablement les membres d'un couvent qui avaient dévoilé des secrets ou tourné casaque. Ce n'est qu'une supposition. Mais ce que je sais, c'est que c'était la marque distinctive des assassins démoniaques, leur signature en quelque sorte.

Kinderman acquiesça.

— Exactement. Exactement. Je me suis souvenu de ce rapprochement à cause d'un meurtre à Londres. Il n'y a pas si longtemps. Enfin, il y a quatre ou cinq ans, j'avais lu ça dans les journaux.

— Oui, je l'ai lu également, mais je pense qu'il s'agissait en fin de compte d'une mystification dans le cas de Londres. Est-ce que je me trompe?

— Non, c'est exact, mon père, rigoureusement exact. Mais dans celui qui nous occupe maintenant, ne peut-on pas faire un certain rapprochement entre ce qui est arrivé à Dennings et les choses qui se sont produites à l'église? C'est peut-être un cinglé, mon père, c'est peut-être quelqu'un qui en veut à l'Eglise? Quelque rébellion inconsciente...

— Un prêtre malade, murmura Karras. C'est ça?

— Ecoutez, c'est vous le psychiatre, mon père...

— Hum! Evidemment, les profanations sont nettement pathologiques, dit pensivement Karras, en enfilant son sweater. Et si Dennings a été assassiné... eh bien, je parierais que l'assassin est un cas pathologique, lui aussi.

— Et qu'il a peut-être quelques notions de sorcellerie?

— Ça se pourrait.

— Ouais, ça se pourrait, grommela le détective. Alors, dans ce cas, qui est-ce qui remplit les conditions nécessaires? Qui est-ce qui vit dans le voisinage et qui a accès à l'église pendant la nuit?

— Un prêtre malade, convint Karras d'un air morne en empoignant le pantalon kaki blanchi par le soleil qui se trouvait près de lui.

— Ecoutez, mon père, je comprends que c'est dur pour vous... je comprends... Mais c'est vous le psychiatre des prêtres du campus, non? alors?...

— Non, ce n'est plus moi, je suis désormais affecté à un autre service.

— Oh? En plein milieu de l'année?

— L'Ordre en a décidé ainsi. (Karras haussa les épaules en enfilant son pantalon.)

— Bon, mais vous savez quand même qui était malade et qui ne l'était pas du temps que vous vous en occupiez. Vous le sauriez.

— Non, pas nécessairement, lieutenant. Pas du tout même. Cela serait au contraire un pur hasard si je le savais. Parce que, voyez-vous, je ne suis pas un psychanalyste. Je ne fais que donner des conseils. Quoi qu'il en soit, commenta-t-il, en boutonnant sa braguette, je ne vois vraiment personne qui corresponde à la description.

— Le secret professionnel, hein? Même si vous le saviez vous ne le diriez pas.

— Non, je ne le dirais probablement pas.

— A propos — et soit dit en passant — cette éthique a été récemment jugée illégale. Je ne veux pas vous embêter avec des considérations aussi triviales, mais dernièrement un psychiatre de Californie, rien de moins, a été arrêté et emprisonné pour avoir refusé de dire à la police ce qu'il savait sur un malade.

— C'est une menace?

— Ne faites pas de délire paranoïaque. Je mentionnais la chose en passant.

— Je pourrais toujours dire au juge que c'était matière de confession, sourit malicieusement le jésuite en rentrant sa chemise dans son pantalon. Pour parler franchement, ajouta-t-il.

Le détective releva la tête et lui lança un regard morose.

— Vous, vous devriez être dans les affaires mon père, dit-il. (Et puis il détourna lugubrement les yeux.) Mon père — pffut! Vous parlez d'un père!... Vous êtes juif, oui, j'en aurais mis la main au feu dès que je vous ai vu.

Karras rit de bon cœur.

— Allez, venez, je vais vous accompagner jusqu'à votre voiture. Etes-vous garé au parking?

Le détective leva la tête, peu disposé à s'en aller.

— Alors vous ne voulez rien me dire d'autre?

Le prêtre posa un pied sur le banc et se pencha vers Kinderman, pesamment accoudé sur son genou.

— Ecoutez, je ne suis pas en train de vous dissimuler quoi que ce soit, dit-il. Vraiment. Si je connaissais un prêtre présentant les caractéristiques de celui que vous recherchez, le moins que je ferais ce serait de vous dire qu'un tel homme existe effectivement, sans vous donner son nom. Et puis j'en aviserais le père provincial. Mais sincèrement je ne vois personne qui se rapproche plus ou moins de ce... malade.

— Eh bien! tant pis! soupira le détective. D'ailleurs je n'avais jamais pensé qu'il pût s'agir d'un prêtre. Non, vraiment. (Il eut un geste du menton vers le parking.) Oui je suis garé là.

Ils se mirent en marche.

— Ce que je soupçonne, continua le détective, ...mais si je le disais, vous croiriez que je suis complètement idiot — je ne sais pas — je ne sais vraiment pas. (Il secouait la tête.) Toutes ces sectes et ces cultes où l'on tue sans raison. Ça finit par vous faire penser à des choses étranges. Pour être de son temps, de nos jours, il faut être un peu cinglé.

Karras approuva.

— Qu'est-ce que c'est que ce machin sur votre chemise? demanda le détective.

— Quel machin?

— Là, sur le devant de votre chemise, précisa le détective, cette mention de *philosophes?*

— Oh, ça? J'ai enseigné pendant un an au séminaire de Woodstock, dans le Maryland. Je jouais dans l'équipe de base-ball des étudiants de première année. On les appelait les *Philosophes.*

— Ah, et l'équipe des étudiants de dernière année?

— Les *Théologiens.*

Kinderman sourit et secoua la tête. « Théologiens 3, Philosophes 2 », rêvassa-t-il.

— *Philosophes 3, Théologiens 2.*

— Naturellement.

— Bien sûr.

— C'est curieux, rumina le détective. Curieux vraiment. Ecoutez, mon père. (Il se reprit.) Ecoutez, *docteur...* Est-ce que je suis cinglé? ou bien pourrait-il y avoir un couvent de sorciers, ici, dans le comté, en ce moment, enfin, je veux dire, ces jours-ci?

— Oh! Voyons! sourit Karras.

— Alors, ça se pourrait donc!

— Je ne vous suis pas.

— Maintenant, c'est moi le docteur, lui annonça le détective en brandissant son index en l'air. Vous n'avez pas dit « non », mais par contre vous vous êtes montré de nouveau mordant. Et ça, c'est de la défensive, mon bon père, de la pure défensive. Vous craignez peut-être d'avoir l'air d'un jobard; un prêtre superstitieux en face de Kinderman l'esprit fort, le rationaliste (il se tapota la tempe) le génie qui est à vos côtés, l'Age de Raison incarné. Est-ce que je me trompe?

Le jésuite le dévisageait maintenant avec un étonnement et un respect croissants.

— Ça c'est vraiment très astucieux! remarqua-t-il.

— Bon, alors c'est parfait, grogna Kinderman. Je vais donc vous reposer la question : Est-ce qu'il pourrait y avoir en ce moment, dans le comté, un couvent de sorciers et de sorcières?

— Eh bien, à vrai dire, je n'en sais rien, dit le jésuite en haussant les épaules pensivement, les deux poings sur les hanches. Mais il y a des endroits en Europe où ils disent des messes noires.

— De nos jours?

— De nos jours.

— Vous voulez dire comme autrefois, mon père? Ecoutez, j'ai lu, à l'occasion, des choses là-dessus, où il est question de sexe et de statues et je ne sais quoi encore. Ce n'est pas pour vous scandaliser, mais est-ce qu'ils font vraiment tout ça? Pour de bon?

— Je n'en sais rien.

— Mais enfin, votre opinion, Père Défensive?

Le jésuite se mit à rire :

— Bon, eh bien alors, puisque vous tenez à ce que je vous le dise, je pense qu'ils le font pour de bon. Ou du moins je le soupçonne. Mais mon raisonnement est essentiellement fondé sur la pathologie. Des messes noires, ça c'est sûr et certain. Mais ceux qui se livrent à ces actes sont des êtres humains anormaux, et dont le mental est atteint d'une façon très spéciale. Cette sorte de trouble porte un nom en médecine : on l'appelle *satanisme*... Cela signifie que ces malades ne peuvent avoir aucune espèce de plaisir sexuel s'il n'est pas associé à un acte blasphématoire. Ce n'est pas aussi rare qu'on pourrait le croire, même de nos jours, et les messes noires ne sont là que comme justification.

— Je vous prie de me pardonner encore, mais les choses avec les statues de Jésus et de Marie?

— Eh bien?

— Est-ce que c'est vrai?

— Hum..., voyez-vous, je pense que ceci pourrait vous intéresser en tant que policier. (Maintenant que son intérêt d'érudit était éveillé et excité, le jésuite s'animait insensiblement.) La police parisienne conserve toujours dans ses archives le cas de deux moines d'un monastère proche de la capitale — de, voyons... (Il se gratta la tête en cherchant à se souvenir.) Ah, oui, de Crépy, je crois. Ou enfin pas très loin. Quoi qu'il en soit, les moines entrèrent dans une auberge et demandèrent et insistèrent de façon catégorique pour que le patron leur donne un lit pour trois. Eh bien, le troisième, qu'ils transportaient avec eux, c'était une statue grandeur nature de la Vierge Marie.

— Ah! souffla le détective, c'est scandaleux. Absolument scandaleux.

— Mais vrai. Et une preuve que ce que vous avez lu est fondé sur des faits réels.

— Bon, d'accord, le sexe, encore, je peux comprendre. C'est une tout autre histoire. Passons. Mais les meurtres rituels? hein? qu'est-ce que vous en faites, mon père, des meurtres rituels? Est-ce que c'est vrai? Allez! Est-ce qu'ils utilisent réellement le sang des nouveau-nés? (Le détective faisait allusion à quelque chose qu'il avait lu dans le petit livre sur la sorcellerie et qui racontait comment le prêtre défroqué, lors d'une messe noire, ouvrait le poignet d'un nouveau-né, faisant couler dans un calice le sang qui, par la suite, était consacré et bu lors de la communion.) C'est exactement comme les histoires qu'on avait coutume de raconter sur les pratiques des Juifs, continua le détective, qu'ils volaient des bébés chrétiens, buvaient leur sang, etc. Ecoutez, ne m'en veuillez pas, mais c'est ce que *vous autres* vous racontiez.

— Si nous l'avons fait, alors, pardonnez-*moi.*

— Je vous absous, je vous absous...

Quelque chose de sombre, quelque chose de triste passa dans les yeux du prêtre, quelque chose qui ressemblait à l'ombre d'une souffrance dont il se souvenait brusquement. Il jeta un rapide coup d'œil au sentier, devant ses pieds.

— A la vérité, je ne sais rien du tout sur les meurtres rituels, dit Karras d'un air lointain en fixant le sentier devant lui. Vraiment rien. Mais une sage-femme, en Suisse, a confessé une fois le meurtre de trente ou quarante bébés à l'usage de messes noires. Bah! peut-être a-t-elle avoué cela sous la torture, concéda-t-il en haussant les épaules. Qui peut savoir? Mais son histoire était convaincante, en tout cas. Elle a raconté qu'elle dissimulait une longue aiguille très fine dans ses manches, en sorte que lorsqu'elle accouchait une femme, elle faisait glisser cette aiguille à la dérobée et l'enfonçait dans la fontanelle du bébé, et puis l'escamotait de nouveau. Il n'y avait aucune trace visible. Le bébé avait l'air mort-né. Vous avez sans doute entendu parler du préjugé que nourrissaient les catholiques européens contre les sages-femmes? Eh bien, c'est ainsi qu'il a commencé.

— C'est effrayant... effrayant! Mais écoutez donc... Ces histoires, elles étaient racontées par des gens plus ou moins soumis à la torture, non? Alors, on ne peut absolument pas s'y fier. Ils signaient leurs confessions et plus tard, les inquisiteurs remplissaient les bancs. Enfin, je veux dire qu'il n'y avait rien de semblable à *l'habeas corpus*, pas de recours possible. Ai-je raison ou non?

— Oui, vous avez raison, mais beaucoup de ces confessions, aussi, étaient volontaires.

— Mais qui pourrait confesser volontairement de telles choses?

— Des gens qui n'avaient pas tous leurs esprits.

— Ha! ha! donc encore une source douteuse!

— Il se peut que vous ayez raison, lieutenant. Je me faisais, ici, l'avocat du Diable. Mais ce que nous avons tendance à oublier c'est que des êtres suffisamment psychotiques pour confesser de telles choses, le sont aussi suffisamment pour les commettre. Regardez par exemple les mythes sur les loups-garous. Bon, d'accord, ils sont ridicules : personne ne peut se transformer en loup. Mais qu'est-ce que vous direz si un déséquilibré s'imagine qu'il est un loup et agit comme tel? Ah!

— C'est terrible. Mais vous fondez-vous sur un fait réel, mon père, ou n'est-ce qu'une théorie?

— Il y a eu des cas précis. Celui de William Stumpf, par exemple. Ou Pierre. Je n'arrive pas à me souvenir. Quoi qu'il en soit, un Allemand du XVIe siècle qui s'imaginait être un loup-garou. Il tua une trentaine de jeunes enfants.

— Vous voulez dire qu'il l'a confessé?

— Heu... Oui, mais je pense que sa confession était véridique.

— Qu'est-ce qui vous le fait penser?

— Simplement le fait que lorsqu'on l'arrêta, il était en train de manger la cervelle de ses deux jeunes belles-filles.

Du terrain d'entraînement, parvinrent des échos de voix et de balles frappant les battes, clairs dans la lumière légère d'avril.

— Vas-y, Mullins, grouille-toi! Attention! C'est à toi!

Ils étaient arrivés devant le parking et marchaient en silence, les yeux fixés au sol.

Lorsqu'ils furent devant la voiture de police, Kinderman, l'air absent, avança la main vers la poignée de la portière. Il s'immobilisa un instant et leva un regard morose sur Karras.

— Alors, qui faut-il que je recherche, mon père?

— Un fou, dit doucement Damien Karras. Ou du moins un drogué.

Le détective regarda au loin, pensivement, puis hocha la tête. Il se retourna vers le prêtre.

— Voulez-vous que je vous dépose quelque part? demanda-t-il, en ouvrant la portière.

— Oh, merci, mais je vais tout à côté.

— Ça ne fait rien, profitez-en donc! insista Kinderman avec un geste d'impatience, invitant d'un signe Karras à monter. Vous pourrez raconter à tous vos amis que vous êtes monté dans une voiture de police.

Le jésuite sourit et se glissa à l'arrière.

— Parfait, parfait, souffla le détective et puis il se tortilla pour s'installer près de lui et claqua la portière. Il n'y a pas de petit trajet, murmura-t-il. Non, il n'y en a pas!

Karras guidant le chauffeur, la voiture prit la direction de la moderne résidence des jésuites dans Prospect Street, où le prêtre avait ses nouveaux quartiers. Il avait pensé que s'il restait dans son cottage, cela pourrait encourager les hommes qu'il avait conseillés à continuer de rechercher son aide professionnelle.

— Vous aimez le cinéma, père Karras?

— Beaucoup, oui.

— Vous avez vu *Lear?*

— Non, je n'en ai pas eu la possibilité.

— Je suis allé le voir. J'ai eu des billets de faveur.

— C'est bien agréable.

— Oui. J'ai des billets pour les meilleurs films, mais ma femme n'aime pas ça; elle ne veut jamais m'accompagner.

— C'est dommage.

— Ça oui, d'autant que je déteste aller au cinéma tout seul. Vous savez, j'aime bien parler du film, après, discuter, critiquer, quoi...

Il regardait fixement par la vitre de son côté. Karras hocha silencieusement la tête, lançant un coup d'œil à ses mains larges et puissantes. Elles étaient jointes et serrées entre ses genoux. Un moment passa. Et puis Kinderman se tourna avec hésitation vers le prêtre, le regard abattu, humide, implorant.

— Est-ce que vous aimeriez aller voir un film avec moi de temps en temps, mon père? Quand j'ai des billets, ajouta-t-il précipitamment.

Le prêtre lui lança un regard et sourit :

— Comme Elwood P. Dowd avait coutume de le dire à Harvey, lieutenant, je vous répondrai : « *Quand?* »

— Oh, je vous préviendrai, je vous donnerai un coup de fil, dit joyeusement le détective rayonnant.

Ils étaient arrivés devant la résidence et s'étaient garés. Karras posa la main sur la poignée et ouvrit la portière.

— Eh bien, d'accord, j'en serai ravi. Maintenant, pour votre affaire, je suis vraiment désolé de n'avoir pu vous aider davantage.

— Oh mais si, vous m'avez aidé, dit Kinderman mollement en lui faisant un geste d'adieu. Je dois même dire que pour un Juif, pour un jésuite et pour un psychiatre, vous êtes un homme très sympathique.

Karras se retourna, referma la porte et se pencha à la portière avec un chaud sourire.

— Est-ce que les gens ne vous ont jamais dit que vous ressembliez à Paul Newman?

— Tout le temps. Et croyez-moi, à l'intérieur de ce corps que vous voyez, M. Newman se débat comme un beau diable pour sortir. Il y a trop de monde dedans, dit-il, il y a aussi Clark Gable.

Karras lui fit un geste d'adieu en souriant et s'éloigna.

— Hé! Hé! mon père, attendez!

Karras revint sur ses pas. Le détective s'extrayait laborieusement de la voiture.

— J'oubliais... Ça m'était sorti de l'esprit. A propos, vous savez, cette carte avec les saloperies qui étaient écrites dessus? Vous savez? Celle qu'on a trouvée dans l'église?

— Vous voulez dire la carte d'autel?

— Comme vous voudrez l'appeler. Qu'est-ce qu'elle est devenue?

— C'est moi qui l'ai, dans ma chambre. J'étais en train d'étudier de plus près son latin. Vous la voulez?

— Oui, peut-être qu'elle me donnera un indice quelconque. Peut-être.

— Juste une seconde. Je vous l'apporte.

Pendant que Kinderman attendait dehors, près de la voiture, le jésuite se rendit dans sa chambre du rez-de-chaussée qui donnait sur Prospect Street et trouva rapidement la carte. Il ressortit et la donna à Kinderman.

— Peut-être qu'il y a quelques empreintes, hasarda Kinderman sans grande conviction tout en la regardant. Et puis : Oh! et puis non, vous l'avez déjà manipulée... (Il paraissait s'en apercevoir seulement maintenant.) Ç'aurait été une bonne idée. Avant vous, M. Moto. (Il jouait avec l'étui en plastique transparent de la carte.) Ah!... Non!... Attendez!... (Et puis il jeta un coup d'œil à Karras avec une détresse croissante.) Ohooh! non, c'est raté! Vous avez bien entendu touché l'intérieur aussi, hein? Kirk Douglas?

Karras sourit malicieusement, en hochant la tête.

— Peu importe, peut-être pourrons-nous quand même trouver quelque chose d'autre. A propos, vous l'avez examinée de près?

— Oui.

— Votre conclusion?

Karras haussa les épaules.

— Ça ne ressemble pas à l'œuvre d'un plaisantin. Tout d'abord, j'ai pensé que c'était peut-être un étudiant. Mais maintenant j'en doute. Celui qui a écrit ça, quel qu'il soit, est joliment dérangé.

— Comme vous dites.

— Et puis le latin... (Karras était pensif.) Non seulement il n'y a pas la moindre faute, lieutenant — mais il est — eh bien, il a un style aussi qui est très caractéristique, très personnel... Comme celui d'une personne qui est habituée à *penser* en latin.

— Les prêtres pensent-ils en latin?

— Oh, allons donc!

— Répondez seulement à ma question, je vous en prie, Père Paranoïa.

— Bon, eh bien puisque vous voulez le savoir... oui, là! à un certain stade de leurs études, oui... Du moins les jésuites et quelques-uns des autres ordres. Au séminaire de Woodstock, certains cours de philosophie sont donnés en latin.

— Pourquoi cela?

— Pour la précision de la pensée. C'est comme le droit.

— Ah! Je vois...

Karras prit soudain un air illuminé et grave.

— Dites, lieutenant, puis-je vous confier qui à mon avis a vraiment pu faire ça?

Le détective se rapprocha.

— Qui?

— Les dominicains. Courez les arrêter.

Karras sourit, fit un signe d'adieu et s'éloigna.

— Je vous ai menti, lui lança le détective d'un air boudeur. C'est à Sal Mineo que vous ressemblez, oui!

Il regarda le prêtre tandis que celui-ci lui lançait un dernier petit signe d'adieu, avant d'entrer dans la résidence, puis il se retourna et monta dans la voiture de police. Il respira péniblement, regardant fixement le plancher, sans bouger. « Il vibre comme un diapason cet homme-là... ouais... comme un diapason sous l'eau. » Pendant un moment il resta immobile, perdu dans ses pensées, puis il se redressa et dit au chauffeur :

— On retourne au quartier général. En vitesse. Et foutez-vous des signalisations.

La voiture démarra.

La nouvelle chambre de Karras était meublée très sommairement : un lit étroit, une chaise confortable, un bureau et des étagères installées dans un renfoncement du mur. Une photo récente de sa mère était placée sur le bureau et un crucifix pendait au-dessus du lit, comme un reproche silencieux.

La petite chambre était un univers suffisant pour lui. Il ne se souciait guère des biens de ce monde. Il tenait seulement à ce que le peu qu'il avait fût propre.

Il prit une douche, s'essuya, se frictionna rapidement, puis enfila un pantalon kaki, une chemisette et se rendit d'un pas tranquille au réfectoire des prêtres où il remarqua Dyer et ses joues roses, assis solitaire à une table dans un coin. Il se dirigea vers lui.

— Salut, Damien, dit Dyer.

Le jeune prêtre portait un tricot délavé « Snoopy ». Karras, la tête penchée, debout devant une chaise, murmura un rapide benedicite, puis il se signa, s'assit et salua son ami.

— Comment ça va, fainéant? demanda Dyer

comme Karras étendait une serviette sur ses genoux.

— Fainéant? Mais je travaille.

— Un cours par semaine!

— C'est la qualité qui compte, dit Karras. Qu'est-ce qu'il y a pour dîner aujourd'hui?

— Vous ne pouvez pas le deviner à l'odeur?

— Oh! calamité! c'est le jour de la choucroute et des knackwurst...

— C'est la qualité qui compte, répondit sereinement Dyer.

Karras secoua la tête et attrapa le pichet en aluminium qui contenait le lait.

— A votre place, je n'en prendrais pas, murmura Dyer sans expression, tandis qu'il tartinait une tranche de pain complet. Vous ne voyez pas les bulles? C'est du vrai salpêtre.

— J'en ai besoin, dit Karras.

Comme il soulevait son verre pour le remplir de lait, il entendit que quelqu'un s'approchait de leur table pour s'y installer.

— J'ai fini le livre que vous m'aviez prêté, dit le nouveau venu avec enthousiasme.

Karras leva les yeux et éprouva aussitôt une détresse douloureuse, il sentit le poids doucement écrasant, poids de plomb, poids d'os, en reconnaissant le jeune prêtre qui était venu récemment lui demander conseil, celui qui ne pouvait pas se faire d'amis.

— Ah, et qu'en avez-vous pensé? demanda Karras.

Il reposa le pichet comme s'il avait été le signet glissé dans une neuvaine interrompue. Le jeune prêtre se mit à parler et une demi-heure plus tard Dyer sautait par-dessus la table, faisant éclater tout le réfectoire de rire à sa performance. Karras regarda sa montre.

— Voulez-vous aller chercher une veste? demanda-t-il au jeune prêtre. On pourrait traverser la rue et aller jeter un coup d'œil au soleil couchant.

Peu après ils étaient accoudés à la balustrade, en haut des marches qui menaient à la rue M. La fin du jour. Les rayons cuivrés du soleil couchant enflammaient glorieusement les nuages à l'Occident et des taches de pourpre brasillaient sur les eaux sombres du fleuve. Autrefois Karras avait rencontré Dieu lors de cette contemplation. Il y avait très longtemps. Comme un amoureux délaissé, il restait toujours fidèle au rendez-vous.

— Quelle vue! s'écria le plus jeune des deux hommes.

— Oui, admit Karras. J'essaie de me débrouiller pour venir ici tous les soirs.

La cloche sonore du campus résonna bruyamment dans l'air du soir : 7 heures.

A 7 h 23, le lieutenant Kinderman, penché sur une analyse spectrographique des parcelles de peinture provenant de l'oiseau de Regan, constatait qu'elle était la même que celle dont avait été barbouillée la statue de la Vierge Marie.

A 8 h 47, dans un quartier sordide du nord-est de la ville, un Karl Engstrom impassible émergeait d'un taudis infesté de rats, se dirigeait vers un arrêt d'autobus situé à trois blocs de là, attendait solitaire pendant une minute, le visage inexpressif, puis secoué de sanglots s'affaissait contre un réverbère.

Le lieutenant Kinderman, à cet instant-là, était au cinéma.

6

Le mercredi 11 mai, elles étaient de retour à la maison. Chris mit Regan au lit, fit placer des verrous aux volets et enlever tous les miroirs de la chambre et de la salle de bains de sa fille.

« *...des moments de lucidité de plus en plus rares, et maintenant un obscurcissement total de sa conscience durant les crises, je le crains. Ceci est nouveau et semblerait éliminer l'hypothèse de l'hystérie. En attendant, un ou deux symptômes relevant du domaine de ce que nous appelons phénomènes parapsychiques ont...* »

Le Dr Klein passa les voir et Chris resta avec Sharon pendant qu'il lui donnait les instructions nécessaires pour administrer un remède à Regan pendant ses périodes comateuses. Il introduisit la sonde gastrique dans la narine. « Tout d'abord... »

Chris se força à bien regarder en évitant cependant de voir le visage de sa fille; à s'attacher aux mots que le docteur disait et à en repousser d'autres qu'elle avait entendus à la clinique. Ils pénétraient dans sa conscience comme de la brume à travers les branches d'un saule courbé par la pluie.

— Vous nous avez bien déclaré, madame, qu'elle n'avait pas reçu d'instruction religieuse, n'est-ce pas? C'est bien ça? Aucune éducation religieuse?

— Oh, bon, peut-être seulement « Dieu ». Vous voyez ce que je veux dire... quelque chose de très général. Pourquoi?

— Eh bien, parce que d'une part le... l'essentiel de son délire — quand il ne s'agit pas de ce langage incohérent qu'elle crie — est orienté sur la religion. Alors, où pensez-vous qu'elle ait pu acquérir ces notions?

— Heu... Pourriez-vous me donner un exemple?

— Oh, « Jésus et Marie, 69 » par exemple...

Klein avait introduit la sonde dans l'estomac de Regan. « D'abord vous devez vous assurer que le liquide ne va pas dans les poumons, enseignait-il, en pinçant le tube pour faire couler le médicament. Si cela... »

« ...syndrome d'un type de troubles qu'on ne rencontre plus guère que dans les civilisations primitives. On l'appelle possession somnambuliforme. A parler franchement, nous n'en connaissons pas grand-chose, si ce n'est qu'elle commence par un conflit ou un complexe de culpabilité qui porte le malade à croire que son corps est sous l'emprise d'une intelligence étrangère; d'un esprit, si vous voulez. Jadis, quand on croyait encore fermement au diable, l'entité qui possédait le malade était généralement un démon. Dans les cas relativement modernes, il s'agit plutôt de l'esprit d'un mort, souvent de quelqu'un que le malade a connu ou vu et dont il est inconsciemment capable d'imiter la voix, les manières et même parfois les expressions du visage. »

Lorsque le déprimant Dr Klein eut quitté la maison, Chris téléphona à son agent à Beverly Hills et lui annonça, d'une voix éteinte, qu'elle ne mettrait pas en scène la séquence prévue. Puis elle appela Mme Perrin. Elle était sortie. Chris raccrocha avec un sentiment croissant de désespoir.

Quelqu'un. Il lui fallait absolument l'aide de quelqu'un...

« *...Les cas où le malade s'imagine être possédé par l'esprit d'un mort sont plus faciles à soigner car on ne rencontre ni accès de rage, ni hyperactivité, ni excitation motrice. Alors que, dans l'autre type de possession, la nouvelle personnalité est toujours malveillante, toujours hostile envers la première. Son objectif principal, en fait, est de l'endommager, de la torturer et même de la tuer.* »

Des courroies de fixation furent livrées à la maison et Chris, pâle et défaillante, regarda Karl les fixer au lit de Regan puis à ses poignets. Comme Chris déplaçait un oreiller pour le placer sous la tête de Regan, le Suisse se redressa et regarda avec pitié le visage ravagé.

— Elle va aller mieux? demanda-t-il, avec un soupçon d'émotion.

Ses mots étaient comme légèrement soulignés par l'inquiétude. Mais Chris ne lui répondit pas. Tandis que Karl lui parlait, elle avait trouvé un objet sous l'oreiller de Regan.

— Qui a mis ce crucifix ici? demanda-t-elle.

« *Le syndrome n'est que la manifestation de quelque conflit, de quelque complexe de culpabilité, aussi nous efforçons-nous de le découvrir, de connaître sa nature. Le meilleur procédé dans un cas semblable, est l'hypnothérapie; mais il est apparu qu'elle n'était pas un sujet hypnotisable. Alors nous avons essayé la narcosynthèse... C'est un traitement dans lequel on utilise des narcotiques... mais à franchement parler, cela ne semble pas donner de résultats.*

— Alors? Qu'allez-vous essayer maintenant?

— C'est une question de temps et de patience. De patience avant tout. Nous allons continuer... essayer d'autres traitements et souhaiter obtenir une amélioration. En attendant, il va falloir l'hospitaliser pour un...

Chris trouva Sharon dans la cuisine où elle réinstallait sa machine à écrire. Elle venait juste de la remonter du sous-sol. Willie coupait des carottes en rondelles près de l'évier pour un ragoût.

— Est-ce vous qui avez glissé ce crucifix sous son oreiller, Shar? demanda Chris avec une pointe d'agacement.

— De quoi s'agit-il? demanda Sharon ahurie.

— Ce n'est pas vous?

— Chris, je ne sais même pas de quoi vous parlez... Ecoutez, je vous l'ai déjà dit dans l'avion. Tout ce que j'ai pu raconter à Regan c'est « Et Dieu a créé le monde » et puis quelques bêtises insignifiantes...

— Bien, bien, Sharon, je vous crois, mais...

— C'est pas moi qui l'ai mis, en tout cas! se rebiffa Willie.

— Enfin, bon sang, *quelqu'un* l'a mis là! explosa Chris, puis elle se tourna vers Karl qui venait d'entrer dans la cuisine et ouvrait le réfrigérateur. Ecoutez, je vous le demande une dernière fois, cria-t-elle sur un ton qui était presque un glapissement : Est-ce vous qui avez glissé ce crucifix sous son oreiller?

— Non, madame, répondit-il d'une voix inexpressive tout en enveloppant des cubes de glace dans une serviette de toilette. Non. Pas le moindre crucifix.

— *Enfin, cette foutue croix n'est pas venue là toute seule, nom d'un chien! L'un de vous ment!* (Elle hurlait et sa voix rageuse résonnait de façon assourdissante dans la pièce.) *Maintenant, je veux savoir qui l'a mise là! qui?* (Tout à coup elle s'effondra sur une chaise et se mit à sangloter dans ses mains tremblantes.) Oh, je suis désolée, je suis désolée, je ne sais plus ce que je fais, dit-elle en pleurant. Oh, mon Dieu, je ne sais plus ce que je fais!

Willie et Karl regardèrent sans mot dire Sharon s'approcher d'elle et lui tapoter la tête d'une main réconfortante.

— Allons, allons, remettez-vous.

Chris s'essuya le visage d'un revers de sa manche.

— Bon, enfin, j'imagine que celui qui a fait ça, le faisait dans une bonne intention, renifla-t-elle.

— *Ecoutez, je vous le répète une fois encore et vous feriez mieux de vous le tenir pour dit : je ne suis pas près de la mettre dans un de vos maudits asiles...*

— *Mais c'est...*

— *Je me moque du nom que vous lui donnez. Je ne la quitterai pas.*

— *Je suis navré.*

— *Oui, vous pouvez l'être! Seigneur! quatre-vingt-huit médecins et tout ce que vous pouvez me dire avec toutes vos âneries c'est que...*

Chris fuma une cigarette, l'écrasa nerveusement et monta voir Regan. Elle ouvrit la porte. Dans la pénombre de la chambre elle distingua au chevet de Regan, une silhouette assise sur une chaise de bois au dossier droit. Karl. Que faisait-il là? Elle se le demanda.

Il ne leva pas la tête à l'approche de Chris et continua de fixer le visage de l'enfant. Il le touchait de sa main tendue. Que tenait-il à la main? Lorsque Chris fut à la hauteur du lit, elle s'aperçut que ce qu'il tenait c'était le sac de glace improvisé qu'il avait fabriqué dans la cuisine. Karl rafraîchissait le front de Regan.

Chris, touchée, resta immobile à l'observer, et comme il ne bougeait pas et ne faisait aucun cas de sa présence, elle se détourna et quitta doucement la pièce.

Elle redescendit dans la cuisine, but une tasse de café noir, fuma une autre cigarette. Puis, sur une soudaine impulsion, alla dans le bureau. Peut-être... pourquoi pas...

« *...Une chance de réussite du fait que la possession est liée, en gros, à l'hystérie, dans la mesure où l'origine du syndrome est presque toujours autosuggestive. Votre fille a dû entendre parler de possession, croire à la possession, et connaître quelques-uns de ses symptômes, si bien que son subconscient réalise maintenant ce syndrome. Si cela peut être établi, nous pourrions tenter une cure fondée elle aussi sur l'autosuggestion. Je pense que c'est un bon traitement de choc dans ces cas-là, quoique la plupart des autres thérapeutes ne soient pas d'accord. Enfin, comme je vous le disais, c'est une chance inespérée et puisque vous êtes opposée à l'hospitalisation de votre fille, je...*

— Quelle est cette dernière chance dont vous parlez?

— Avez-vous jamais entendu parler d'exorcisme, madame MacNeil?

Les livres du bureau faisaient partie du mobilier et depuis que Chris avait loué la maison meublée, elle ne s'y était pas intéressée outre mesure.

Maintenant elle passait les titres en revue, cherchait, cherchait...

« ...*Rituel suranné par lequel les rabbins et les prêtres essayaient de chasser l'esprit. Les catholiques ne l'ont pas encore totalement abandonné, mais ils en font une manière de secret, comme si cela les embarrassait. Pourtant, je dirais que pour quelqu'un qui se croit réellement possédé, le rituel est plutôt impressionnant. Il réussissait, en fait, quoique pour une raison différente de celle que les malades supposaient, bien sûr; c'était uniquement la force de suggestion qui agissait, comprenez-vous!... Le fait que le malade croit fermement à la possession provoque l'apparence du syndrome, et, pour la même raison, sa confiance dans le pouvoir de l'exorcisme peut la faire disparaître. C'est... Ah, vous froncez les sourcils. Bah, peut-être devrais-je vous parler un peu des aborigènes australiens. Ils sont convaincus que si un sorcier leur lance à distance un* « *rayon de mort* », *eh bien, ils vont mourir... Et le fait est qu'ils meurent vraiment! Ils se couchent par terre et se laissent mourir lentement! Et la seule chose qui les sauve, parfois, c'est une forme similaire de suggestion : le* « *rayon* » *contraire d'un autre sorcier!* »

— *Etes-vous en train de me conseiller de l'emmener chez un sorcier-guérisseur?*

— *Oui, c'est exactement cela : et en dernier recours, peut-être d'appeler un prêtre. C'est un conseil plutôt bizarre, je le sais, et même dangereux, à moins que nous ne puissions nous assurer que Regan connaissait quelque chose au sujet de la possession et plus particulièrement de l'exorcisme, avant ses symptômes. Pensez-vous qu'elle ait pu lire certains livres?*

— *Non, je ne le crois pas.*

— *Ou qu'elle ait vu un film là-dessus? Quelque chose à la TV?*

— Non.

— Lu l'Evangile, peut-être? Le Nouveau Testament?

— Pourquoi?

— On y trouve quelques récits de possession : d'exorcismes par le Christ. Les descriptions des symptômes, en fait, sont les mêmes que ceux de la possession de nos jours. Si vous...

— Ecoutez, ça ne servirait à rien, tant pis, oubliez-le! Tout ce que je veux c'est que son père sache que j'ai fait appel à un tas de...

L'ongle de l'index crissait sur les reliures tandis que Chris passait lentement d'un livre à l'autre, déchiffrant les titres. Rien. Pas de Bible. Pas de Nouveau Testament. Pas de...

Ça y était!

Ses yeux revinrent vivement à un titre de l'étagère du bas. Le volume sur la sorcellerie que Mary-Jo Perrin lui avait envoyé. Chris le tira, fit courir les pages sous son pouce à la recherche de la table des matières...

— *Là.*

Le titre d'un chapitre pulsa comme un battement de cœur. « Etats de Possession ».

Chris ferma le livre et les paupières en même temps, se demandant...

Est-ce que... oui, est-ce que...

Elle rouvrit les yeux et alla lentement à la cuisine. Sharon tapait à la machine. Chris lui montra le livre.

— Avez-vous lu ceci, Shar?

La blonde continua de taper, sans lever les yeux.

— Lu quoi? répondit-elle.

— Le livre sur la sorcellerie?

— Non.

— L'avez-vous mis dans le bureau?

— Non. Je n'y ai pas touché.

— Où est Willie?

— Au marché.

Chris hocha la tête, pensive. Elle monta l'escalier jusqu'à la chambre de Regan. Elle montra le livre à Karl.

— Est-ce vous qui l'avez mis dans le bureau, Karl? Dans la bibliothèque?

— Non, madame.

— C'est peut-être Willie, murmura Chris en contemplant le livre.

De légers frissons d'inquiétude la parcoururent. Les médecins de la clinique Barringer auraient-ils eu raison? Etait-ce cela? Est-ce que Regan avait déclenché les troubles dont elle souffrait par un simple effet d'autosuggestion due à la lecture de ce volume? Trouverait-elle ses symptômes énumérés ici? Quelque chose de caractéristique que faisait Regan?

Chris s'assit devant la table, ouvrit le livre au chapitre sur la possession et se mit à lire :

« *Le phénomène connu sous le terme de possession découle de la croyance en l'existence des démons. C'est un état dans lequel de nombreux individus croyaient que leur corps et leur esprit étaient envahis et contrôlés soit par un démon (le cas le plus courant à l'époque dont il est question) soit par l'esprit d'un mort. De tout temps et en tout lieu ce phénomène a existé mais il n'a pas encore reçu d'explications satisfaisantes. Depuis l'étude approfondie qu'en a fait Traugott Oesterreich, en 1921, il n'y a pas grand-chose à ajouter à l'ensemble de nos connaissances, en dépit des progrès de la psychiatrie.*

Pas d'explication satisfaisante? Chris fronça les sourcils. Elle avait retiré une impression différente de ce que lui avaient dit les médecins.

Voici ce que l'on sait : que des sujets différents, à des époques différentes, ont subi des transformations si importantes que leurs proches avaient l'impression de se trouver devant d'autres personnes. Non seulement la voix, les manières, l'expression du visage et les gestes typiques sont altérés, mais le sujet lui-même pense qu'il est désormais un être totalement distinct de la personne originelle et qu'il a un nom — humain ou démoniaque — et une histoire différents.

Les symptômes. Où étaient les symptômes, se demanda Chris impatiente.

...Dans l'Archipel Malais, où, même de nos jours, la possession est un événement banal et quotidien, l'esprit du mort qui s'empare de l'individu vivant amène souvent celui-ci à reproduire ses gestes, sa voix, ses manières, de façon si frappante que les parents du défunt éclatent en sanglots. Mais à côté de ce que l'on peut appeler la quasi-possession... ces cas qui en fin de compte relèvent de la simulation, de la paranoïa ou de l'hystérie... le problème a toujours été d'interpréter le phénomène, la plus ancienne interprétation connue étant celle du spiritisme, une impression qui est renforcée par le fait que la nouvelle personnalité peut avoir des dons tout à fait étrangers à l'ancienne. Dans la forme démoniaque de la possession, par exemple, le « démon » peut s'exprimer dans une langue qui est inconnue à la première personnalité, ou...

Ah! Enfin quelque chose! Le jargon incohérent de Regan! Une tentative de parler une autre langue? Elle poursuivit rapidement.

...Ou bien se manifester par des phénomènes parapsychiques, tels que la télékinésie par exemple : le déplacement des objets sans l'application d'une force matérielle.

Les coups? Les mouvements du lit?

...Dans le cas de la possession par un mort, il n'est pas rare d'observer des manifestations, comme celles que rapporte Oesterreich au sujet d'un moine qui, en état de possession, devenait subitement un danseur très brillant et plein de ta-

lent bien qu'il n'ait jamais eu, auparavant, l'occasion de danser. Ces manifestations sont parfois si impressionnantes que Jung, après avoir étudié un cas semblable, ne put donner qu'une explication partielle de « ce qui ne pouvait absolument pas être une supercherie ».

Fastidieux. Le ton de ce bouquin était fastidieux!

...Et William James, le plus grand psychologue que l'Amérique ait jamais produit, a dû finir par admettre « la plausibilité de l'interprétation spiritualiste de ce phénomène » après avoir étudié minutieusement le cas de la fameuse « Merveille de Watseka » comme on l'a appelée, une adolescente de Watseka, dans l'Illinois, qui avait pris la personnalité d'une autre jeune fille du nom de Mary Roff, morte démente, dans un asile d'aliénés, douze ans plus tôt.

Absorbée par sa lecture, Chris n'entendit pas la sonnette de la porte d'entrée; pas plus qu'elle n'entendit Sharon s'arrêter de taper pour aller ouvrir.

...On pense généralement que la forme démoniaque de la possession remonte aux premiers temps de la chrétienté; cependant, tant la possession que l'exorcisme existaient avant le Christ. Les anciens Egyptiens ainsi que les antiques civilisations du Tigre et de l'Euphrate croyaient que ces troubles physiques et mentaux étaient provoqués par un démon qui prenait possession du corps. Voici quelle était la formule d'exorcisme contre les maladies de l'enfance dans l'ancienne Egypte : « Va-t'en, ô toi qui es venu des ténèbres, dont le nez est tourné vers l'arrière, dont le visage est à l'envers. Es-tu venu pour donner un baiser à cet enfant? Je ne te laisserai pas faire! »

— Chris!

Elle continuait de lire, le front plissé.

— Je suis occupée.

— Il y a un détective de la Brigade des Homicides qui veut vous voir.

— Oh, bon Dieu, Sharon, dites-lui que...

Elle s'arrêta.

— Non, non, attendez. (Chris fronçait les sourcils tout en regardant fixement le livre.) Non, non, dites-lui de venir ici. Faites-le entrer.

Bruit de pas.

Bruit d'attente.

Qu'est-ce que j'attends? se demanda Chris. Elle s'installa dans une expectative familière quoique indéfinie, comme le rêve vivace dont on ne peut jamais se souvenir.

Il entra avec Sharon, son chapeau gondolé à la main, soufflant, déférent, attentif :

— Je suis désolé. Vous êtes occupée, occupée, je suis un importun.

— Quelles sont les nouvelles?

— Mauvaises, très mauvaises. Et comment va votre fille?

— Aucun changement.

— Ah, je suis désolé, terriblement désolé. (Il s'approchait pesamment de la table, ses paupières tombantes lourdes d'inquiétude latente.) Ecoutez, je ne voudrais pas vous déranger. Vous êtes préoccupée au sujet de votre fille; c'est bien normal. Dieu sait quand ma Ruthie a attrapé le... non, c'était Sheila, ma petite Sh...

— Asseyez-vous, je vous prie, interrompit Chris.

— Oh! merci, exhala-t-il avec gratitude, en installant sa masse sur une chaise de l'autre côté de la table.

— Excusez-moi; vous disiez?

— Eh bien, ma fille... ah! peu importe. Vous êtes occupée. Si je commençais à vous raconter ma vie, vous pourriez en faire un film. Vraiment! C'est incroyable! Si vous saviez seulement la moitié de ce qui s'est passé dans ma sacrée famille, vous savez! Comme ma... ah mais vous êtes... Bon!

alors je vais vous en raconter juste une! Ma mère chaque dimanche nous faisait du poisson, bon, mais pendant toute la semaine personne ne pouvait prendre un bain parce qu'elle mettait la carpe dans la baignoire et la laissait nager de long en large sans lui donner à manger pour la laisser dégorger toutes ses toxines, prétendait-elle. Vous voyez le genre... Parce que... Ah! mais je ne veux pas aller plus loin, soupira-t-il en faisant un geste d'abandon. Seulement il fait bon rire de temps en temps, pour s'empêcher de pleurer.

Chris l'observait d'un air inexpressif... Attendant...

— Ah vous étiez en train de lire. (Il jetait un coup d'œil au livre.) Pour un film?

— Non.

— Il est bon?

— Je venais juste de commencer.

— Sorcellerie, murmura-t-il, la tête penchée de côté pour déchiffrer le titre en haut des pages.

— Eh bien? demanda Chris.

— Oh, je suis désolé. Vous êtes occupée. Je ne voulais pas vous déranger mais...

— Mais?

Il prit soudain un air grave et croisa ses mains sur la table.

— Eh bien, M. Dennings...

— Oui?

— Oh, crotte! s'écria Sharon avec irritation en arrachant une feuille du rouleau de sa machine à écrire. (Elle la roula en boule et la lança dans une corbeille à papier placée près du lieutenant. Elle manqua son but.) Oh! excusez-moi, dit-elle en constatant que son exclamation les avait interrompus.

Chris et Kinderman la regardaient.

— Vous êtes mademoiselle Fenster? lui demanda Kinderman.

— Non, Spencer, dit Sharon en repoussant sa chaise pour se lever et aller ramasser la boule de papier.

— Ne vous dérangez pas! Ne vous dérangez donc pas! dit Kinderman en se penchant et en ramassant le papier froissé tombé près de son pied.

— Merci, dit Sharon.

— De rien. Excusez-moi... vous êtes la secrétaire?

— Sharon, je vous présente...

— Kinderman, lui rappela le détective, William Kinderman.

— C'est cela. Sharon Spencer.

— Enchanté, dit Kinderman à la blonde qui croisait maintenant les bras sur sa machine à écrire en le regardant avec curiosité. Peut-être pourrez-vous m'aider, ajouta-t-il. La nuit où M. Dennings est mort, vous êtes sortie pour aller au drugstore et vous l'avez laissé seul à la maison, est-ce exact?

— Pas tout à fait. Regan était là.

— C'est ma fille, précisa Chris.

Kinderman continuait d'interroger Sharon.

— Il était venu pour voir Mme MacNeil?

— Oui, c'est cela.

— Il s'attendait à ce qu'elle rentre bientôt?

— Eh bien, je lui ai dit qu'elle ne tarderait sans doute pas.

— Très bien. Et à quelle heure êtes-vous partie? Vous en souvenez-vous?

— Voyons! Je regardais les informations à la télé... donc, je suppose... oh non, attendez! oui... je me souviens avoir été ennuyée parce que le pharmacien m'a dit que le livreur était rentré chez lui. Je me rappelle que je lui ai fait une remarque comme quoi il était à peine 6 h 30. Et puis Burke est arrivé mettons dix ou vingt minutes après.

— Donc il serait arrivé à peu près vers 6 h 45?

— Où voulez-vous en venir? demanda Chris sentant monter en elle une tension insidieuse.

— Eh bien, cela soulève une question, madame, souffla Kinderman, en tournant la tête de son côté. N'est-il pas curieux d'arriver chez quelqu'un à 7 heures moins le quart et de repartir après seulement un quart d'heure d'attente...

— C'était bien la façon de faire de Burke, dit Chris. C'était lui tout craché.

— Etait-ce aussi son genre de fréquenter les bars de la rue M?

— Non.

— Non, je ne pense pas. J'ai fait une petite vérification à ce sujet. Et n'était-ce pas aussi son habitude de se déplacer en taxi? N'aurait-il pas appelé un taxi par téléphone avant de quitter la maison?

— Si.

— Alors, on peut se demander pourquoi il a marché jusqu'à la terrasse en haut des marches. Et on peut se demander pourquoi aucune compagnie de taxi n'a enregistré d'appel téléphonique de cette maison cette nuit-là? ajouta Kinderman, excepté pour le taxi qui est venu chercher Mlle Spencer à 6 h 47.

— Je ne sais pas, répondit Chris d'une voix blanche, dans l'expectative.

— Vous étiez déjà au courant de tout! hoqueta Sharon en regardant Kinderman, stupéfaite.

— Oui, pardonnez-moi, lui dit le détective. Mais il faut dire que l'affaire est devenue sérieuse, maintenant.

Chris, le souffle court, fixa sur le détective un regard chargé d'intensité.

— Comment cela? demanda-t-elle, d'une voix à peine perceptible.

Il appuya sur la table ses deux mains toujours croisées :

— Le rapport du médecin légiste, madame,

semble démontrer que l'éventualité d'une mort accidentelle demeure possible, toutefois...

— Voulez-vous dire qu'il a été assassiné? demanda Chris, tendue.

— La position... Ecoutez, je sais que c'est pénible.

— Allez-y quand même.

— La position de la tête de Dennings et un certain arrachement des muscles du cou pourraient...

— Oh, mon Dieu! gémit Chris.

— Oui, c'est pénible, je suis navré; je suis vraiment navré. Mais vous voyez, l'état dans lequel se trouvait le corps — je passerai sur les détails — ne peut s'expliquer que si M. Dennings est tombé d'une certaine hauteur sur les marches : par exemple de sept à dix mètres, avant de rouler jusqu'en bas. Alors, une probabilité, à parler franchement, est que... Mais d'abord, il faut que je vous demande... (Il s'était retourné pour faire face à une Sharon renfrognée.) Quand vous êtes partie, M. Dennings était dans cette pièce? avec l'enfant?

— Non, en bas, dans le bureau. Il se préparait un cocktail.

— Votre fille pourrait peut-être se souvenir, dit-il en se tournant vers Chris, si M. Dennings est monté dans sa chambre ce soir-là?

« *A-t-elle jamais été seule avec lui?* »

— Pourquoi me le demandez-vous?

— Votre fille pourrait peut-être se souvenir?

— Non, je vous ai déjà dit qu'elle était profondément endormie, sous l'influence de calmants et...

— Oui, oui, vous me l'avez dit; c'est vrai; je m'en souviens; mais peut-être s'était-elle réveillée? Et...

— Aucune chance.

— Elle était aussi sous l'influence de calmants la dernière fois que je suis venu?

— Oui. Et alors?

— J'ai pourtant bien cru la voir à la fenêtre ce jour-là, en partant.

— Vous vous êtes trompé.

Il haussa les épaules :

— C'est possible... C'est possible, je n'en suis pas sûr.

— Ecoutez! Pourquoi demandez-vous tout cela?

— Eh bien, comme je vous le disais, il se pourrait que le pauvre M. Dennings ait été ivre à un point tel qu'il soit tombé de la fenêtre de la chambre de votre fille.

Chris secoua la tête.

— Aucune possibilité. D'abord la fenêtre était toujours fermée, et ensuite, Burke était *toujours* ivre, mais jamais au point de perdre l'équilibre et de tomber. Est-ce que j'ai raison, Shar?

— C'est vrai.

— Burke dirigeait merveilleusement toute son équipe en étant ivre. Alors comment aurait-il pu trébucher et passer par la fenêtre?

— Attendiez-vous quelqu'un d'autre ce soir-là? demanda-t-il.

— Non, personne.

— Avez-vous des amis qui pourraient venir vous voir sans vous passer un coup de fil avant?

— Non, juste Burke. Pourquoi?

Le détective pencha la tête et la secoua en fronçant les sourcils tandis qu'il jouait avec la boule de papier froissé.

— Etrange... et si déroutant, soupira-t-il avec lassitude. Oui, incompréhensible. (Et puis levant les yeux de nouveau vers Chris :) Le défunt vient en visite, ne reste que vingt minutes, sans vous voir, et laisse toute seule une petite fille malade. Et d'ailleurs, pour vous parler franchement, madame MacNeil, comme vous le dites vous-même, il est peu probable qu'il soit tombé par la fenêtre. Et l'eût-il fait, il n'y a guère qu'une chance sur mille pour que cette chute lui ait mis le cou dans l'état où nous l'avons trouvé. Vous avez lu dans ce livre ce qui a trait au meurtre rituel?

Glacée par une sorte de prescience, Chris secoua la tête.

— Peut-être pas dans ce livre, dit-il. Pourtant... excusez-moi... je ne le mentionne que pour que vous puissiez y réfléchir... mais le pauvre M. Dennings a été découvert le cou tordu, dans le style du meurtre rituel accompli par les soi-disant démons.

Chris pâlit.

— C'est un fou qui a tué M. Dennings, poursuivit le détective en regardant fixement Chris. Je ne vous l'ai pas dit tout d'abord, pour vous épargner ce chagrin... et puis cela pouvait encore être expliqué par un accident. Mais moi, je n'ai jamais pensé ça. Mon idée c'est : primo, qu'il a été tué par un homme très fort; secundo, la fracture de son crâne... et puis les différentes choses que j'ai mentionnées... pourraient faire penser que le défunt a été tué puis basculé par la fenêtre de votre fille. Je n'avance pas cela comme une certitude mais comme une probabilité... Oui, seulement personne n'était là, si ce n'est votre fille. Alors? Moi je vois une solution : si quelqu'un a téléphoné entre le moment où Mlle Spencer est partie et celui de votre retour... Hein? Qu'en pensez-vous? C'est pourquoi je vous pose de nouveau ma question : est-ce que quelqu'un aurait pu venir à l'improviste?

— Oh! mon Dieu! Juste une seconde!... murmura Chris d'une voix rauque, encore sous le coup.

— Oui, je suis désolé. C'est pénible, je sais. Et je me trompe peut-être? Je l'admets. Mais vous y réfléchirez, maintenant... Qui? Dites-moi qui aurait pu venir?

Chris baissa la tête, les sourcils froncés, perdue dans ses pensées. Et puis elle regarda Kinderman.

— Non, non, vraiment personne.
— Peut-être vous, alors, mademoiselle Spencer? Quelqu'un vient-il vous voir ici?
— Oh, non, personne, dit Sharon, les yeux écarquillés.
Chris se tourna vers elle :
— Le cavalier sait-il où vous travaillez?
— Le cavalier? s'enquit Kinderman.
— Son ami, expliqua Chris.
La blonde secoua la tête.
— Il ne vient jamais ici. Et en outre, il était à Boston cette nuit-là. Pour un contrat quelconque.
— C'est un commerçant?
— Non, un homme de loi.
Le détective se retourna vers Chris.
— Et les domestiques? Ont-ils des visiteurs?
— Jamais.
— Attendiez-vous un colis ce jour-là? Une quelconque livraison?
— Non, pas à ma connaissance. Pourquoi?
— M. Dennings était... Ce n'est pas pour dire du mal de lui... Dieu ait son âme... mais comme vous l'avez dit, il était plutôt... appelons cela « irascible »... capable sans aucun doute, de provoquer une querelle, une colère, dans le cas présent, un accès de fureur de la part d'un livreur qui venait peut-être déposer un paquet. Alors, réfléchissez bien : attendiez-vous quelque chose? du linge revenant de la blanchisserie, une commande d'épicerie? des liqueurs? un paquet?
— Je ne vois vraiment rien. C'est Karl qui s'occupe de tout cela.
— Oh, je vois.
— Voulez-vous lui demander?
Le détective soupira et repoussa sa chaise de la table, glissant ses mains dans les poches de son pardessus. Il lança un coup d'œil maussade au livre sur la sorcellerie.
— Ça ne fait rien; ça ne fait rien; c'est du

passé; vous avez une fille très malade et... bon... ça ne fait rien. (Il eut un geste d'abandon et se leva de sa chaise.) Très heureux de vous avoir rencontrée, mademoiselle Spencer.

— Moi aussi, dit Sharon en inclinant la tête d'un air absent.

— Une histoire incompréhensible, dit Kinderman en secouant la tête. Vraiment étrange. (Il considérait quelque pensée informulée. Puis il regarda Chris qui se levait elle aussi.) Je suis désolé. Je vous ai dérangée pour rien. Excusez-moi.

— Par ici, je vous accompagne jusqu'à la porte, lui dit poliment Chris.

— Ne vous donnez pas cette peine.

— Ce n'est pas une peine.

— Si vous insistez... A propos, dit-il, comme ils sortaient de la cuisine, il n'y a qu'une possibilité sur un million, je le sais, mais votre fille... vous pourriez peut-être lui demander si M. Dennings est venu dans sa chambre ce soir-là?

Chris marchait à ses côtés, les bras croisés.

— Ecoutez, d'abord il n'avait aucune raison d'être là-haut.

— Je sais, je m'en rends compte, mais si certains savants anglais ne s'étaient jamais demandé : « Qu'est-ce que c'est que ce champignon? » nous n'aurions pas la pénicilline aujourd'hui. Alors d'accord? Vous lui demanderez? S'il vous plaît!

— Quand elle ira mieux, oui, je le lui demanderai.

— Ça ne pourra pas lui faire de mal. En attendant... (Ils étaient arrivés devant la porte d'entrée et Kinderman hésitait, embarrassé. Il posa son index sur ses lèvres d'un geste incertain.) Ecoutez, je suis... cela me gêne de vous le demander mais...

Chris se raidit dans l'attente d'un nouveau choc, la prescience lui fouettant de nouveau le sang.

— Oui?

— Pourriez-vous me donner un autographe... pour ma fille?

Il rougissait, et Chris faillit rire de soulagement, d'elle-même, de son désespoir et de l'humanité.

— Oui, bien sûr. Avez-vous de quoi écrire?

— Voici! répondit-il instantanément, en faisant jaillir un bout de crayon mâchonné de la poche de son pardessus, tandis qu'il plongeait son autre main dans une autre poche et en sortait une carte de visite. Ça lui fera tellement plaisir, dit-il en tendant le tout à Chris.

— Comment s'appelle-t-elle? demanda Chris en appuyant la carte contre la porte et en pointant le bout de crayon.

Un silence pesant suivit sa question. Elle l'entendait souffler bruyamment. Elle le regarda plus attentivement et put lire dans les yeux de Kinderman un terrible conflit.

— J'ai menti, avoua-t-il enfin, une lueur de désespoir et de défi dans les yeux. C'est pour moi. (Il baissa la tête sur la carte et rougit.) Ecrivez : A William... William Kinderman... le nom est écrit au dos.

Chris le regarda avec un sentiment d'affection aussi fugitif qu'inattendu, vérifia l'orthographe de son nom et écrivit « William F. Kinderman, je vous aime! » et elle signa. Puis elle lui tendit la carte qu'il enfouit dans sa poche sans la lire.

— Vous êtes une dame très gentille, lui dit-il timidement en détournant les yeux.

— Vous êtes un homme très gentil.

Il sembla rougir encore davantage.

— Non, ce n'est pas vrai. Je suis un enquiquineur. (Il ouvrit la porte.) Ne vous torturez pas l'esprit avec ce que je vous ai dit aujourd'hui. Oubliez tout ça. Pensez à votre fille, rien qu'à votre fille.

Chris hocha la tête, se sentant de nouveau déprimée, comme Kinderman s'arrêtait une fois la porte franchie et mettait son chapeau.

— Vous lui poserez la question, n'est-ce pas? lui rappela-t-il en se retournant.

— Je le ferai, murmura Chris. Je vous le promets. Je le ferai.

— Bon. Au revoir. Et soignez-vous bien.

Chris inclina la tête :

— Vous aussi.

Elle refermait doucement la porte. Puis la rouvrit immédiatement en l'entendant frapper.

— Quel casse-pieds je suis, hein! J'ai oublié mon crayon, grimaça-t-il en guise d'excuse.

Chris regarda le bout de crayon qu'elle tenait encore à la main, sourit faiblement, et le tendit à Kinderman.

— Et autre chose encore... (Il hésitait.) C'est sans importance... Je sais... C'est ridicule... idiot... Mais je sais que je ne pourrai pas dormir en sachant qu'il y a un fou ou un drogué en liberté. Et que je n'ai peut-être pas fait tout ce qui s'imposait... que j'ai négligé une vétille... Pensez-vous que je pourrais?... Non, non, c'est idiot, c'est un... Mais... mais je devrais quand même le faire. Pourrais-je dire un mot à M. Engstrom, pensez-vous? Les livraisons, la question des garçons livreurs... Oui, il faudrait vraiment...

— Bien sûr, entrez, dit Chris d'un ton las.

— Non, vous êtes occupée. C'est assez. Je peux lui parler ici. C'est parfait, oui, c'est parfait ici.

Il s'était appuyé à la grille.

— Si vous insistez, dit Chris avec un faible sourire. Il est avec Regan. Je vais l'envoyer chercher.

— Je vous suis très obligé.

Chris referma rapidement la porte. Une minute plus tard Karl l'ouvrait. Se tenant bien droit, il regarda Kinderman de ses yeux clairs et froids.

— Oui? demanda-t-il sans expression.

— Vous avez le droit de ne pas me répondre, l'avertit Kinderman, son regard d'acier rivé sur celui de Karl. Si vous renoncez au droit que vous avez de ne pas répondre, je dois vous avertir, entonna-t-il rapidement avec une cadence monotone et inexpressive, que tout ce que vous direz pourra être retenu contre vous devant le Tribunal. Vous avez le droit de consulter un avocat et de réclamer sa présence pendant votre interrogatoire. Si tel est votre désir, mais que vous n'en ayez pas les moyens, un avocat sera désigné d'office, sans que vous ayez à en supporter les frais, pour vous assister. Avez-vous bien compris ce que je viens de vous expliquer?

Les oiseaux gazouillaient doucement dans le feuillage du vieil arbre du jardin et le bruit de la circulation de la rue M leur parvenait affaibli, comme le bourdonnement des abeilles d'une prairie éloignée. Le regard de Karl ne vacilla pas tandis qu'il répondait « oui ».

— Souhaitez-vous parler malgré tout?

— Oui.

— Renoncez-vous au droit de consulter un avocat? au droit de parler en sa présence?

— Oui.

— Est-il exact que vous ayez déclaré avoir assisté, le soir de la mort de M. Dennings, à un film qui se donnait au Crest?

— Oui.

— A quelle heure êtes-vous entré dans la salle?

— Je ne m'en souviens pas.

— Vous avez déclaré auparavant avoir assisté à la séance de 18 heures. Est-ce que cela rafraîchit vos souvenirs?

— Oui. Oui, la séance de 6 heures. Je me souviens.

— Et vous avez vu le film depuis le début?

— Oui.

— Vous êtes sorti à la fin du film?

— Oui.
— Pas avant?
— Non, j'ai vu le film en entier.
— En sortant du cinéma vous êtes monté dans l'autobus du « Capital Transit » devant le théâtre, et vous êtes descendu à l'arrêt rue M-Wisconsin Avenue à 9 h 20 environ?
— Oui.
— Et de là vous êtes rentré à pied à la maison?
— Oui.
— Et vous étiez de retour dans la maison vers 9 h 30.
— J'étais ici à 9 h 30 précises.
— Vous en êtes sûr?
— Absolument. J'ai regardé ma montre.
— Et vous avez vu le film de bout en bout?
— Oui, je l'ai déjà dit.
— Vos réponses sont enregistrées électroniquement, monsieur Engstrom. Je veux que vous soyez absolument positif.
— Je suis positif.
— Avez-vous remarqué l'altercation qui a éclaté entre un ouvreur et un habitué pris de boisson, dans les cinq dernières minutes du film?
— Oui.
— Pouvez-vous m'en donner la cause?
— Oui. L'homme était ivre et dérangeait les autres spectateurs.
— Et comment s'est terminé l'esclandre?
— Ils ont fait sortir l'homme.
— Il n'y a eu aucune perturbation de ce genre. Avez-vous remarqué aussi que, par suite d'une avarie de matériel, la séance de 6 h a dû être interrompue environ quinze minutes?
— Non, je n'ai pas remarqué.
— Vous rappelez-vous que le public a sifflé?
— Non, rien. Pas la moindre interruption.
— Vous en êtes sûr?

— Il n'y a rien eu de ce genre.

— Il y en a eu une, d'après l'indicateur de vitesse de la cabine du projectionniste qui prouve que la séance s'est terminée non pas à 8 h 40, comme prévu, mais à 9 h 40, et que de ce fait, le premier bus que vous auriez pu prendre devant le théâtre vous aurait déposé à l'arrêt rue M-Wisconsin Avenue à 9 h 45 et non à 9 h 20 et en conséquence, vous n'auriez pu être ici qu'à 9 h 55 et non à 9 h 30, comme en a témoigné également Mme MacNeil. Voudriez-vous avoir l'obligeance, maintenant, de m'expliquer cette étrange contradiction?

Karl n'avait pas perdu contenance un seul instant et c'est avec un calme plein d'assurance qu'il répondait :

— Non.

Le détective le considéra un moment en silence, puis soupira et baissa les yeux pour éteindre l'appareil enregistreur dissimulé dans le revers de son pardessus. Il resta ainsi un moment puis releva lentement les yeux sur Karl.

— Monsieur Engstrom, commença-t-il sur un ton de compréhension lasse. Il y a de fortes probabilités pour qu'un crime ait été commis ce soir-là. Vous êtes soupçonné. J'ai appris, de source sûre, que M. Dennings avait l'habitude de vous insulter... Et apparemment vous avez menti au sujet de votre emploi du temps au moment de sa mort. Maintenant, il arrive parfois... nous sommes humains... il arrive qu'un homme marié se trouve à un endroit où il dit ne pas être. Vous remarquerez que je me suis arrangé pour que nous puissions parler en privé! Loin des autres. Loin de votre femme. Maintenant, je n'enregistre plus. C'est terminé. Vous pouvez donc me faire confiance. Si par hasard vous étiez sorti avec une autre femme, ce soir-là, vous pouvez me le dire; je le ferai vérifier sans que votre femme en sache rien et vous sortir de ce pétrin où vous vous êtes fourré. Mais dites-moi franchement où vous vous trouviez à l'heure où est mort Dennings.

Quelque chose vacilla dans les profondeurs des yeux de Karl puis s'éteignit.

— Au cinéma, insista-t-il, les lèvres serrées.

Le détective le dévisagea intensément, silencieux et immobile, on n'entendait aucun autre bruit que celui de sa respiration tandis que les secondes s'écoulaient lourdement, lourdement...

— Vous allez m'arrêter? demanda enfin Karl, d'une voix légèrement altérée.

Le détective ne répondit pas mais continua de le dévisager, sans ciller, et quand Karl sembla de nouveau sur le point de parler, le détective s'écarta brusquement de la grille et partit en se dandinant les mains dans les poches en direction de la voiture de police. Il marchait sans hâte, observant les alentours à droite, à gauche, comme un visiteur intéressé par la ville.

Karl, le visage impassible, le regarda ouvrir la portière de la voiture de police, prendre à l'intérieur une boîte de Kleenex posée sur le tableau de bord, en sortir un mouchoir et se moucher tout en fixant nonchalamment l'autre rive du fleuve, comme s'il réfléchissait à l'endroit où il irait déjeuner, puis monter en voiture sans jeter un regard derrière lui.

Comme la voiture s'éloignait et tournait au coin de la rue, Karl regarda sa main, celle qui n'était pas posée sur la poignée et constata qu'elle tremblait.

Lorsqu'elle entendit la porte d'entrée se refermer, Chris était au bar du bureau, et versait méditativement de la vodka sur quelques glaçons. Un bruit de pas. Karl montait l'escalier. Elle prit son verre et s'en retourna lentement dans la cuisine, mélangeant le liquide avec son index; machinalement, le regard absent. Quelque chose... quelque chose allait terriblement de travers. Une lueur d'épouvante, telle la lumière d'une pièce éclairée filtrant sous une porte, se glissa dans le vestibule sombre de son esprit. Qu'y avait-il derrière cette porte? Qu'était-ce donc?

Ne regarde pas!

Elle entra dans la cuisine, s'assit devant la table et sirota sa boisson.

« *Je crois qu'il a été tué par un homme très fort...* »

Elle jeta un coup d'œil au livre sur la sorcellerie.

Quelque chose...

Un bruit de pas. Sharon revenait de la chambre de Regan. S'asseyait devant sa machine à écrire. Glissait une feuille de papier vierge dans le rouleau.

Quelque chose...

— De quoi vous donner la chair de poule, hein? murmura Sharon les doigts écartés en position au-dessus de son clavier et le regard baissé sur son bloc sténo placé à côté.

Pas de réponse. Un malaise planait dans la pièce. Chris buvait sa vodka à petites gorgées, l'esprit ailleurs.

Sharon ausculta le silence d'une voix basse et contrainte.

— Il y a des tas de voyous hippies du côté de la rue M et de Wisconsin Avenue. Des têtes brûlées. Des détraqués. La police les appelle « les suppôts de Satan ». (Elle fit une pause comme si elle attendait un commentaire, les yeux toujours fixés sur ses notes, puis elle continua :) Je me demande si Burke n'aurait pas...

— Oh, je vous en prie, Shar, oubliez cela, voulez-vous! explosa Chris. J'ai déjà assez de soucis avec Rags! Ça ne vous ferait rien de ne plus en parler?

Les paupières fermées, elle serrait le livre entre

ses mains. Sharon se plongea instantanément dans son travail, s'affaira sur sa machine, tapant à un rythme forcené pendant une minute, puis repoussa brusquement sa chaise, se leva avec vivacité et sortit en coup de vent de la cuisine en annonçant d'une voix glacée :

— Je vais faire un tour.

— C'est ça! et évitez l'enfer de la rue M, grommela Chris sans lever le nez de son livre.

— C'est ce que j'ai l'intention de faire.

— Et aussi la rue N !

Chris entendit la porte d'entrée s'ouvrir, puis se refermer. Elle soupira. Ressentit une pointe de regret. Mais ces répliques acides avaient dissipé sa tension. Pas tout à fait pourtant. Il y avait toujours cette lueur qui filtrait... très faible.

N'y fais pas attention!

Chris inspira profondément et essaya de se concentrer sur sa lecture. Elle retrouva le paragraphe où elle s'était arrêtée; s'impatienta; se mit à tourner rapidement les pages, à les lire *skimming*, à la recherche des descriptions des symptômes de Regan... Possession démoniaque... syndrome... cas d'une fillette de huit ans... anormale... quatre hommes d'une force peu commune pour la maîtriser... Chris tourna une page et tomba en arrêt.

Des bruits. Willie revenant avec des provisions.

— Willie?... Willie? appela Chris d'une voix sans timbre.

— Oui, madame, répondit Willie en déposant ses sacs et ses paquets.

Sans lever les yeux Chris lui montra le livre.

— Est-ce vous qui avez mis ce livre dans le bureau, Willie?

Willie lança un coup d'œil au volume et hocha la tête, puis se retourna et commença à déballer les provisions des sacs.

— Willie, où l'avez-vous trouvé?

— En haut, dans la chambre, répondit Willie, en plaçant le bacon dans le réfrigérateur.

— *Quelle chambre?*

— Celle de Mlle Regan. Je l'ai trouvé sous son lit, en faisant le ménage.

— *Quand* l'avez-vous trouvé? insista Chris, le regard toujours rivé à la page.

— Une fois que vous avez été parties à la clinique, madame. Quand j'ai passé l'aspirateur dans la chambre.

— Vous en êtes certaine?

— Oh, absolument certaine, madame.

Chris ne bougea pas, ne cilla pas, ne poussa pas un soupir tandis que l'image d'une fenêtre ouverte dans la chambre de Regan, le soir de l'accident de Dennings, fondait brutalement sur sa mémoire, impétueuse, les serres écartées, comme un oiseau de proie qui connaissait son nom; tandis qu'elle reconnaissait un signe qui lui était familier, à la page ouverte du livre.

Une étroite bande de papier arrachée le long de la page, avec une précision toute chirurgicale.

Chris leva brusquement la tête au tintamarre qui provenait de la chambre de Regan.

Des coups rapides, avec une résonance de cauchemar, pesants comme un marteau-pilon, martelant une tombe!

Regan hurlant d'angoisse, de terreur, implorant!

Karl! Karl semonçant Regan d'une voix coléreuse.

Chris jaillit de la cuisine.

Dieu Tout-Puissant! que se passe-t-il?

Elle monta l'escalier quatre à quatre, se précipitant vers la chambre de Regan, entendit le bruit d'un coup, de quelqu'un qui était frappé, chancelait et tombait comme une pierre tandis que sa fille criait en pleurant : « Non! oh non! ne le faites pas! Oh, non, je vous en prie! Non! non! pas Karl! Quelqu'un d'autre! » La voix de Karl qui hurlait de douleur en même temps qu'une basse tonitruante lançait des menaces sur un ton coléreux.

Chris traversa le vestibule, entra en coup de vent dans la chambre et resta clouée sur place, haletante, paralysée par le choc, tandis que les coups résonnaient pesamment, faisant trembler les murs; Karl inanimé était étendu par terre, près du bureau; Regan, les jambes levées et écartées sur son lit qui tressautait et tanguait violemment, serrait le crucifix d'un blanc d'ivoire entre ses mains crispées, le crucifix d'un blanc d'ivoire contre son vagin, le crucifix d'un blanc d'ivoire qu'elle regardait avec terreur, les yeux exorbités, le visage couvert de sang qui coulait de ses narines, la sonde nasale arrachée.

— Oh, s'il vous plaît! Oh, non, je vous en prie! gémissait-elle tandis que ses mains cherchaient à introduire le crucifix tout en donnant l'impression qu'elles luttaient pour l'écarter d'elle.

— Tu feras comme je te le dis, saleté! Tu le feras!

Le grondement menaçant, les mots venaient de Regan, sa voix rauque et gutturale distillait du venin tandis qu'en un éclair son expression et ses traits se transformaient et devenaient ceux de la personnalité infernale et démoniaque qui était apparue pendant l'hypnose. Et maintenant, sous les yeux effarés de Chris, les deux visages et les deux voix alternaient avec la rapidité des répliques.

— *Non!*

— Tu le feras!

— *Je vous en prie!*

— Tu le feras! chienne! ou je te tuerai!

— *Par pitié!*

— Oui! Tu vas laisser Jésus te *baiser*, te *baiser!* salope!...

Regan, maintenant, les yeux dilatés et fixes, défaillante à l'approche d'un dénouement hideux, la bouche grand ouverte sur un hurlement de terreur devant l'échéance inévitable. Et puis brusquement le visage démoniaque se montra, plus horrible encore que précédemment, la pièce fut remplie d'une odeur infecte.

Un froid glacial souffla des murs tandis que les coups cessaient et que le cri de terreur implorante de Regan se changeait en un ricanement guttural de rancune malveillante puis de rage triomphante alors qu'elle enfonçait le crucifix dans son vagin et se mettait à se masturber férocement, râlant de cette voix profonde rauque et assourdissante :

— Maintenant, tu es *mienne!* maintenant tu es *mienne*! vache puante! Salope! Laisse Jésus te *baiser! Te baiser!*

Chris restait clouée au sol, glacée de terreur, les mains pressées sur ses joues, tandis que le grand rire démoniaque résonnait sauvagement et que du vagin de Regan s'échappait un flot de sang. A cette vue Chris poussa un cri étranglé, courut vers le lit, saisit impulsivement le crucifix, hurlant elle aussi maintenant tandis que Regan se jetait sur elle comme une furie, les traits convulsés, l'empoignait par les cheveux et attirait la tête de sa mère contre son vagin, la barbouillant de sang, tandis que son pelvis ondulait voluptueusement.

— Ah, petite salope de mère! croassa Regan dans un spasme érotique, de cette même voix gutturale éraillée et rauque : *Lèche-moi,* allez, *lèche-moi! lèche-moi!* Aahhh!

Et puis la main qui agrippait les cheveux de Chris lui rejeta violemment la tête en arrière tandis que l'autre lui portait dans la poitrine un coup brutal qui la propulsa à reculons à travers la pièce et l'envoya s'écraser contre le mur opposé, comme Regan faisait entendre un rire sarcastique.

Chris s'effondra par terre, éperdue d'horreur, se

sentant glisser dans un tourbillon de plus en plus rapide de sons et d'images chaotiques. Tandis qu'elle essayait, encore tout étourdie, de se relever. Sa vision chavirait, devenait floue, elle n'accommodait plus, ses oreilles bourdonnaient de distorsions sonores tandis qu'elle tentait de se relever, n'y parvenait pas, retombait, trop faible, puis se tournait de nouveau vers le lit où Regan enfonçait doucement et sensuellement le crucifix dans son vagin, le retirait, puis l'enfonçait de nouveau, tout en croassant de cette voix étrange :

— Aahhh! ma truie! oui mon doux trésor de salope! ma petite salope!... aahhh!

Les mots s'interrompirent à l'instant où Chris se mit à ramper péniblement vers le lit, le visage couvert de sang, les yeux vagues, les membres douloureux, passant devant Karl inanimé. Et puis elle s'aplatit au sol dans un mouvement de terreur incrédule en croyant voir dans un brouillard trouble, la tête de sa fille tourner lentement, pivoter sur son torse immobile, jusqu'à ce qu'elle parût regarder dans son dos.

— Sais-tu ce qu'elle a fait, ta garce de fille? jappa une petite voix familière.

Chris cligna des yeux devant le visage rieur aux lèvres craquelées et parcheminées et aux yeux de renard.

Elle hurla et tomba sans connaissance.

III. L'ABIME

Ils lui dirent : « Quel signe nous donneras-tu pour que nous voyions, afin que nous puissions croire en toi? »

Jean VI 30-31

... Un général de brigade (au Vietnam) fit un jour le pari que son unité aurait 10 000 tués; l'enjeu consistait en une semaine de sybaritisme dans les propres quartiers du colonel.

Newsweek, 1969

Vous ne croyez pas, bien que vous ayez vu...

Jean VI 36-37

1

Elle attendait, les bras appuyés sur la balustrade de la promenade de Key Bridge, tandis que le flot des voitures, sur le chemin du retour, s'étalait derrière elle, que les conducteurs aux petits soucis quotidiens klaxonnaient et que les pare-chocs heurtaient les pare-chocs avec une grinçante indifférence. Elle avait fini par joindre Mary-Jo et lui avait menti :

— *Regan va bien maintenant, je projette de donner une autre soirée. A propos, quel était le nom de ce psychiatre jésuite dont nous avions parlé? J'ai pensé que je pourrais peut-être l'inviter...*

Un éclat de rire monta jusqu'à elle : un jeune couple en blue-jeans dans un canot de location. D'un geste vif et nerveux elle fit tomber la cendre de sa cigarette et jeta un coup d'œil de l'autre côté de la promenade. Quelqu'un se hâtait à sa rencontre, un homme en pantalon kaki et sweater bleu; pas un prêtre, pas lui. Elle reporta ses regards sur le fleuve, sur son impuissance qui tournoyait à la dérive dans le sillage du canot rouge vif. Elle pouvait distinguer le nom écrit sur la coque : CAPRICE.

Des pas. L'homme au sweater s'approchait, ralentissait en arrivant à sa hauteur. Du coin de l'œil elle le vit s'accouder sur la balustrade près d'elle et tourna vivement la tête.

— Fichez-moi la paix, gronda-t-elle d'une voix altérée en lançant sa cigarette dans l'eau, ou j'appelle un flic.

— Mademoiselle MacNeil? Je suis le père Karras.

Elle sursauta, rougit, se tourna vivement vers lui. Ce visage tanné, buriné.

— Oh, mon Dieu! Oh, je suis... Oh! Jésus!

Elle fit un geste pour retirer ses lunettes de soleil, se troubla, les repoussa sur son nez, comme les yeux sombres et tristes sondaient son regard.

— J'aurais dû vous prévenir que je ne serais pas en « uniforme ». Excusez-moi.

Sa voix la berçait, la délivrait de son fardeau tandis que ses mains puissantes se joignaient dans un attendrissant geste d'excuse. C'était des mains larges et pourtant douces et sensibles; des mains qui évoquaient les créatures de Michel-Ange. Le regard de Chris fut instantanément attiré par elles.

— J'ai pensé que ce serait plus discret, mademoiselle, poursuivit-il. Vous sembliez si préoccupée de garder cet entretien secret...

— Je suis désolée de m'être conduite d'une façon aussi stupide, répliqua-t-elle, en fourrageant vivement dans son sac. Mais voyez-vous j'ai pensé que vous deviez être...

— Humain? interrompit-il avec un sourire.

— Oui! Je l'ai *senti* dès le premier jour que je vous ai vu au campus, dit-elle en fouillant maintenant les poches de son manteau. C'est pourquoi je vous ai téléphoné. Vous sembliez tellement humain! (Elle leva les yeux et vit qu'il regardait ses mains à elle.) Auriez-vous une cigarette, mon père?

Il glissa sa main dans la poche de sa chemise.

— Sans filtre, ça ne vous fait rien?

— En ce moment je fumerais de la corde. (Il fit sortir une Camel en tapotant sur le paquet.) Je le fais fréquemment.

— Vœu de pauvreté, murmura-t-elle en prenant la cigarette, avec un sourire crispé.

— Un vœu de pauvreté a son utilité, commenta-t-il, tout en fouillant dans sa poche en quête d'allumettes.

— Par exemple?

— Ça donne un meilleur goût à la corde. (De nouveau un demi-sourire comme il regardait sa main qui tenait la cigarette. Elle tremblait. La cigarette amplifiait ce tremblement. Il l'enleva des doigts de Chris, la glissa entre ses lèvres, l'alluma en abritant l'allumette derrière ses mains en écran, aspira, puis rendit la cigarette à Chris, les yeux fixés sur les voitures qui passaient sous le pont.) Comme cela c'est plus facile. Il y a du vent ce soir.

— Merci, mon père.

Chris le regarda avec reconnaissance, et même avec une sorte d'espoir. Elle savait ce qu'il avait fait car elle venait de l'observer tandis qu'il s'allumait une Camel pour lui. Il avait oublié de mettre ses mains en écran. La première bouffée tirée, ils s'accoudèrent tous les deux à la balustrade.

— D'où êtes-vous, père Karras? Enfin je veux dire de quelle région?

— New York.

— Moi aussi. Et pourtant je n'y retournerai jamais. Et vous?

Karras lutta contre l'émotion qui lui étreignait la gorge.

— Non, moi non plus. (Il se força à sourire.) Mais je n'ai pas à prendre de telles décisions.

— Mon Dieu, que je suis sotte! Vous êtes un prêtre. Vous devez aller, bien sûr, où vos supérieurs vous envoient.

— C'est exact.

— Comment un psychiatre peut-il devenir prêtre?

Il était anxieux de connaître le problème urgent dont elle avait parlé au téléphone. Il sentit qu'elle ne savait pas comment l'aborder... qu'elle tâtonnait... vers quoi? Il ne devait pas la bousculer. Cela viendrait... cela viendrait en son temps.

— C'est plutôt l'inverse, rectifia-t-il avec douceur. La Société...

— Qui?

— La Société de Jésus. Jésuite en est l'abréviation.

— Oh, je vois.

— La Société, donc, m'a envoyé à la faculté de médecine et ensuite m'a dirigé vers cette spécialisation.

— Où ça?

— A Harvard, Johns Hopkins, Bellevue...

Il se rendit soudain compte qu'il cherchait à

l'impressionner. Pourquoi? se demanda-t-il; et il vit immédiatement la réponse dans les quartiers sordides de son enfance; dans les cinémas de troisième ordre du Lower East Side. Le petit Dummy avec une star de cinéma.

— Pas mal, dit-elle admirative, en hochant la tête.

— Nous ne faisons pas vœu de pauvreté *mentale.*

Elle sentit une irritation, haussa les épaules, se tourna, ne releva pas, fixa son regard sur les eaux du fleuve.

— Ecoutez, c'est seulement parce que je ne vous connais pas, et... (Elle tira une longue bouffée de sa cigarette et en rejeta lentement la fumée en écrasant le mégot sur la balustrade.) Vous êtes un ami du père Dyer, n'est-ce pas?

— Oui.

— Ami intime?

— Intime.

— Est-ce qu'il vous a parlé de la soirée chez moi?

— Chez vous?

— Oui, chez moi.

— Il m'a dit que vous sembliez humaine.

Elle n'entendit pas, ou fit semblant.

— Vous a-t-il parlé de ma fille?

— Non, je ne savais pas que vous aviez une fille.

— Elle a douze ans. Il ne l'a pas mentionnée?

— Non.

— Il ne vous a pas raconté ce qu'elle a fait?

— Non.

— Les prêtres ne sont pas bavards, à ce que je vois, hein?

— Ça dépend.

— Ça dépend de quoi?

— Du prêtre.

A la frange de sa conscience flottait une mise en garde contre les femmes névrosées attirées par les prêtres qui désirent inconsciemment, et sous le prétexte de quelque autre problème, séduire l'inaccessible.

— Ecoutez, je veux dire la confession, par exemple. Vous n'avez pas le droit d'en parler, n'est-ce pas?

— C'est exact.

— Et en dehors de la confession? lui demanda-t-elle. Je veux dire si quelque... (Ses mains s'agitaient, frémissantes.) Je suis curieuse... Je... Non. J'aimerais vraiment savoir... Enfin... si une personne était, disons, un criminel, un meurtrier peut-être, ou quelqu'un de ce genre, si elle venait vous voir pour vous demander de l'aider. Est-ce que vous la dénonceriez?

Cherchait-elle à s'instruire? Essayait-elle de dissiper ses doutes en vue d'une conversion éventuelle? Il y avait des gens, Karras le savait, qui approchaient le salut comme s'il s'était agi d'un pont branlant jeté au-dessus d'un précipice.

— Si une telle personne venait à moi pour une aide spirituelle, je vous répondrais « non ».

— Vous ne la dénonceriez pas?

— Non. Mais j'essaierais de la persuader de se livrer elle-même.

— Et comment vous y prenez-vous pour un exorcisme?

— Pardon?

— Si une personne était possédée par quelque démon, comment vous y prendriez-vous pour l'exorciser?

— Tout d'abord il faudrait la mettre dans une machine à remonter le temps et la renvoyer au XVIe siècle.

Elle était interloquée.

— Que voulez-vous dire? Je ne vous comprends pas.

— Eh bien, je voulais dire simplement que cela n'arrive plus.

— Depuis quand?

— Depuis que nous avons appris ce qu'est la maladie mentale, la paranoïa, le dédoublement de la personnalité, toutes ces choses que l'on m'a enseignées à Harvard.

— Vous plaisantez?

Sa voix tremblait. On la sentait désemparée, perdue. Karras regretta sa vivacité mordante. S'en demandant la raison. Cela lui avait échappé involontairement.

— De nombreux catholiques instruits, madame MacNeil, ne croient plus au Diable, lui dit-il d'un ton adouci. Quant à la possession, depuis que je suis entré dans la Compagnie, je n'ai jamais rencontré un seul prêtre qui ait pratiqué un exorcisme. Pas un seul!

— Etes-vous réellement prêtre? demanda-t-elle avec une agressivité amère et désappointée. Qu'est-ce que vous faites alors de toutes ces histoires dans la Bible où le Christ chasse le démon?

Cette fois encore il lui répondit impulsivement d'un ton sec et tranchant :

— Ecoutez-moi. Si le Christ avait dit que ces gens étaient atteints de schizophrénie, comme c'était le cas, je le suppose, eh bien, on l'aurait probablement crucifié trois ans plus tôt.

— Oh! vraiment? (Chris porta une main tremblante à ses lunettes, baissant la voix d'un ton pour mieux se dominer.) Eh bien, père Karras, il se passe qu'une personne qui m'est très chère est probablement possédée. Elle a besoin d'être exorcisée. Voulez-vous vous en charger?

Tout sembla soudain irréel à Karras : Key Bridge, le Hotte Shop de l'autre côté du fleuve, la circulation intensive, Chris MacNeil l'actrice de cinéma. Comme il la dévisageait, cherchant la meilleure réponse à donner, elle retira enfin ses verres et Karras éprouva un choc à la vue de ces yeux rougis, hagards et suppliants. Il comprit que cette femme parlait sérieusement.

— Père Karras, il s'agit de *ma fille,* dit-elle d'une voix altérée, ma fille.

— Alors, c'est une raison de plus pour oublier l'exorcisme et...

— Mais *pourquoi?* Mon Dieu, *je ne comprends pas!* s'écria-t-elle d'une voix brisée.

Il lui prit le poignet d'une main réconfortante. D'abord, lui expliqua-t-il gentiment, cela pourrait empirer son cas.

— Mais comment cela?

— Le rituel de l'exorcisme est dangereusement suggestif. Il pourrait suggérer la notion de possession, voyez-vous, là où elle n'existait pas auparavant... ou si elle existait, il pourrait contribuer à l'aggraver. Et ensuite, madame MacNeil, pour que l'Eglise donne l'autorisation de procéder à un exorcisme, il faut une enquête. Cela demande du temps. En attendant votre...

— Ne pourriez-vous faire l'exorcisme vous-même? implora-t-elle; sa lèvre inférieure commençait à trembler tandis que ses yeux se remplissaient de larmes.

— Ecoutez. Tout prêtre a le pouvoir d'exorciser mais il lui faut l'autorisation de l'Eglise et à vous parler franchement, elle n'est accordée que très rarement. Donc...

— Ne pouvez-vous venir la *voir* au moins?

— En tant que psychiatre, certes oui, mais...

— Elle a besoin d'un *prêtre!* cria soudain Chris, les traits convulsés par la colère impuissante. Je l'ai emmenée chez tous ces foutus imbéciles de psychiatres et ils m'envoient à vous; et maintenant vous me renvoyez à *eux!*

— Mais votre...

— Seigneur Jésus! n'y aura-t-il donc personne pour venir à mon *secours?* (Le cri déchirant s'éleva, sauvage, au-dessus du fleuve. Des oiseaux effrayés s'envolèrent de la rive en piaillant.) Oh, mon Dieu, que quelqu'un m'aide! gémit Chris en s'effondrant contre la poitrine de Karras avec des sanglots convulsifs. Je vous en supplie, aidez-moi! Aidez-moi! Par pitié! Au secours!

Le jésuite baissa les yeux sur la forme prostrée, lui prit la tête entre ses mains, tandis que les automobilistes bloqués par la circulation les effleuraient d'un regard distrait et rapide.

— Allons! Tout va bien, lui murmura Karras en lui tapotant l'épaule. (Il voulait seulement la calmer; enrayer cette crise menaçante d'hystérie... *ma fille?* C'est elle qui avait besoin d'un psychiatre.) Tout va bien. J'irai la voir, lui promit-il. J'irai la voir.

Il s'acheminait en silence vers la maison, aux côtés de Chris, en éprouvant une vague sensation d'irréalité, en pensant à son cours du lendemain à l'université Georgetown. Il avait encore à le préparer.

Ils montèrent jusqu'à la terrasse. Karras jeta un coup d'œil dans la rue en direction de la Résidence des Jésuites et comprit qu'il allait rater le dîner. Il était 6 heures moins 10. Il regarda Chris introduire sa clé dans la serrure. Elle hésita, se tourna vers lui :

— Mon père... pensez-vous que vous devriez porter vos vêtements sacerdotaux?

La voix : comme elle était enfantine et naïve.

— C'est trop dangereux, lui dit-il.

Elle inclina la tête et ouvrit la porte. Au même moment Karras ressentit une sorte d'avertissement menaçant, froid, qui se répandit dans ses veines comme des cristaux de glace.

— Père Karras?

Il leva les yeux. Chris était entrée. Elle lui tenait la porte.

Pendant un court instant il resta immobile, hésitant; et puis il avança brusquement, pénétrant dans la maison avec un étrange sentiment de dénouement, de fin.

Karras entendit le bruit. Là-haut. Une voix profonde, rageuse, retentissante, lançait des obscénités, menaçait avec des accents de haine, faisant trembler les murs.

Karras regarda Chris qui le fixait en silence. Elle se mit à monter l'escalier. Il la suivit en haut, le long du vestibule, jusqu'à la chambre de Regan où Karl appuyé au mur faisait face à la porte, les bras croisés, la tête penchée sur la poitrine. Lorsque le domestique leva lentement les yeux vers Chris, Karras remarqua dans son regard une expression de frayeur perplexe. La voix qui provenait de la chambre était si forte qu'on l'aurait dit amplifiée par des haut-parleurs.

— Je reviens dans une seconde, mon père, dit Chris.

Karras la regarda traverser lentement le vestibule puis entrer dans sa propre chambre. Il se retourna vers Karl. Le Suisse le regardait fixement.

— Vous êtes prêtre?

Karras inclina la tête puis reporta son regard sur la porte de Regan. La voix rageuse avait été remplacée par le long mugissement d'un taureau.

Quelque chose lui touchait la main. Il regarda.

— C'est elle, disait Chris; c'est Regan.

Elle lui tendait une photographie. Il la prit. Une fillette. Très jolie. Un doux sourire.

— Cette photo a été prise il y a quatre mois, dit Chris d'un ton morne. (Elle reprit la photo et d'un signe de tête lui montra la porte de la chambre.) Maintenant, entrez et voyez ce qu'elle est devenue. (Elle s'adossa au mur, à côté de Karl.) Je vous attends ici.

— Qui est avec elle en ce moment? demanda Karras.

— Personne.

Il soutint son regard puis se retourna en fronçant les sourcils vers la porte. Comme il posait la main sur la poignée, les bruits de l'intérieur cessèrent brusquement. Dans le silence qui vibrait encore, Karras hésita, puis il entra lentement dans la pièce, tombant presque à la renverse en recevant en plein visage une boule d'excréments pétris, à l'odeur repoussante.

Maîtrisant rapidement sa répulsion, il referma vivement la porte derrière lui et ses yeux se fixèrent alors, incrédules, sur cette chose qu'était devenue Regan, sur cette créature qui était couchée sur le dos, la tête appuyée à un oreiller et dont les yeux roulant dans leur orbite creusée brillaient de ruse, de folie et d'intelligence, tandis qu'ils se fixaient sur sa personne avec une expression d'intérêt et d'envie, tandis qu'ils le détaillaient intensément, brûlaient dans ce visage émacié qui ressemblait à celui d'un masque hideux et squelettique représentant un esprit malveillant. Le regard de Karras glissa sur la masse embroussaillée des cheveux, sur les bras et les mains décharnés, sur l'estomac distendu qui bombait de façon grotesque, puis il revint sur les yeux, ces yeux qui l'observaient, le fouillaient, l'étiquetaient, se tournaient maintenant pour le suivre comme il se dirigeait vers une chaise et une table devant la fenêtre.

— Bonjour, Regan, dit le prêtre sur un ton enjoué et amical.

Il prit la chaise et alla la porter près du lit.

— Je suis un ami de ta mère. Elle m'a dit que tu ne te sentais pas trop bien. (Il s'assit.) Est-ce que tu voudrais me dire ce qui ne va pas? Je voudrais t'aider.

Les yeux brillaient sauvagement, sans ciller et un filet de salive jaunâtre coula de la commissure de ses lèvres. Puis sa bouche s'étira en un sourire féroce, moqueur et vaguement amusé.

— Bien! bien! bien! gloussa Regan sardonique, et Karras sentit ses cheveux se dresser sur sa tête car la voix était celle d'une basse incroyablement profonde, pleine de menace et de puissance. Ainsi c'est *vous*... c'est *vous* qu'ils ont envoyé. Eh bien, vous n'êtes vraiment pas redoutable, nous n'avons vraiment rien à craindre de vous, rien du tout.

— Bien sûr, puisque je suis ton ami. Je ne veux que t'aider, dit Karras.

— En ce cas, qu'est-ce que vous attendez pour enlever ces courroies, croassa Regan.

Elle avait tourné ses poignets en sorte qu'il remarqua qu'ils étaient attachés par un double jeu de courroies de fixation.

— Elles te gênent? demanda-t-il.

— Enormément. C'est *infernal.*

Les yeux brillèrent malicieusement, à une pensée secrète qui devait être très amusante.

Karras vit les marques des griffures sur son visage, les morsures sur ses lèvres.

— Je crains que tu ne te fasses du mal à toimême, Regan.

— Je ne suis pas Regan, gronda-t-elle de nouveau avec ce rictus hideux qui semblait maintenant à Karras être son expression permanente.

Comme l'appareil qui lui redressait les dents semblait insolite, pensa-t-il.

— Oh, je vois. Bon! Alors peut-être faudrait-il faire les présentations... Je suis Damien Karras... Et toi?

— Je suis le Diable.

— Ah, bien, très bien, fit Karras en hochant doucement la tête. Maintenant on peut parler.

— Une petite causette?

— Si tu veux.

— C'est excellent pour l'âme. Cependant, vous constaterez que je ne peux parler librement tant que je suis attachée avec ces courroies. J'ai l'habitude de faire des gestes quand je parle, ricana Regan. Comme vous le savez, j'ai passé pas mal de temps à Rome, mon cher Karras. Maintenant, soyez gentil, enlevez-moi ces courroies!

Quelle précocité de langage et de pensée! s'étonna Karras. Il se pencha en avant sur sa chaise avec un intérêt professionnel.

— Tu as dit que tu étais le Diable? demanda-t-il.

— Je vous l'affirme.

— Alors pourquoi ne pas faire disparaître ces courroies tout simplement?

— Ce serait une démonstration de mon pouvoir beaucoup trop vulgaire, Karras. Trop banale. Après tout, je suis un *prince!* (Un ricanement.) Je préfère de beaucoup la persuasion, le rapprochement, la participation de la communauté. En outre, si je détache moi-même ces courroies, je vous prive de l'occasion d'accomplir un acte de charité, mon cher.

— Mais un acte de charité est une vertu et c'est justement ce que le Diable devrait empêcher : donc, en fait, c'est en *refusant* de défaire ces courroies que je dois vous faire *plaisir*. A moins, évidemment, que vous ne soyez pas réellement le Diable. Et dans ce cas, peut-être *détacherai-je* ces courroies.

— C'est un raisonnement très astucieux de votre part, Karras. Dommage que le cher Hérode ne soit pas là pour apprécier votre ruse.

— Quel Hérode? demanda Karras en plissant les paupières. (Faisait-elle allusion à la phrase du Christ qui avait appelé Hérode « ce renard »?) Il y a eu deux Hérode. Parles-tu du roi de Judée?

— Du tétrarque de *Galilée!* lança-t-elle avec unc colère méprisante. (Et puis, brusquement elle se mit à ricaner, cherchant à l'amadouer de sa voix sinistre :) Là, vous voyez, ces maudites courroies m'ont troublée. Défaites-les. Défaites-les et je vous prédirai l'avenir.

— C'est très tentant.
— C'est mon fort.
— Mais qu'est-ce qui me prouve que tu peux lire l'avenir?
— Je suis le Diable.
— Oui, tu l'as dit, mais tu n'as pas voulu m'en donner une preuve.
— Vous n'avez pas la foi.
Karras se raidit :
— Foi en quoi?
— En moi, cher Karras; en moi! (Quelque chose de moqueur et de méchant dansa dans ses yeux.) Toutes ces preuves, tous ces signes dans les cieux...
— Oh, mais quelque chose de très simple ferait l'affaire, proposa Karras. Par exemple, le Diable sait tout, n'est-ce pas?
— Non, *presque* tout, Karras... *presque*. Vous voyez. On ne cesse de dire que je suis orgueilleux. Je ne le suis pas. Maintenant, que manigancez-vous, renard?
Les yeux jaunâtres et injectés de sang brillèrent de ruse.
— Je pensais qu'on pourrait vérifier l'étendue de ta connaissance.
— Ah, oui! Le plus grand lac du monde, lança Regan les yeux exorbités de joie, c'est le Titicaca, au Pérou. Est-ce que cela suffira?
— Non, je vais te demander une chose que seul le *Diable* peut savoir. Par exemple, où est Regan? Le sais-tu?
— Elle est ici.
— C'est où « ici »?
— Dans le cochon.
— Laisse-moi la voir.
— Pourquoi?
— Pour avoir la preuve que tu me dis bien la vérité.
— Vous voulez la baiser? Dans ce cas, défaites

les courroies et je vous laisserai vous en donner à cœur joie avec elle.

— Laissez-moi la voir!

— Un con très appétissant certes, reconnut Regan en le lorgnant du coin de l'œil, tandis qu'elle léchait d'une langue énorme et chargée ses lèvres gercées. Mais guère de conversation, mon ami. Je vous conseille de rester plutôt avec moi.

— Bien, il est évident que tu ne sais pas où elle est, dit Karras en haussant les épaules, par conséquent tu n'es pas le Diable.

— Si, *je le sais*, hurla Regan en s'élançant en avant, le visage convulsé de rage.

Karras frissonna en entendant la voix terrifiante qui tonitruait. « Je le sais! »

— Alors, laisse-moi voir Regan. C'est la seule chose qui me convaincra que tu dis la vérité.

— Je vous le prouverai autrement. Je lirai dans votre esprit, cracha-t-elle furieuse. Pensez à un chiffre entre 1 et 10.

— Non, cela ne prouverait rien du tout. Pour que je croie, il faut que je voie Regan.

Elle ricana, se laissant aller en arrière.

— Non, rien ne peut être une preuve pour vous; Karras. C'est merveilleux! Merveilleux vraiment! En attendant, nous tâcherons de vous laisser convenablement dans l'erreur. Après tout, nous ne tenons pas à vous perdre maintenant.

— Qui est « nous »? interrogea Karras avec un intérêt croissant.

— Nous sommes tout un groupe dans le cochon, expliqua-t-elle. Oh oui, une multitude vraiment étonnante, même. Plus tard, peut-être, je procéderai à quelques présentations discrètes. En attendant, je souffre d'une démangeaison terrible hors d'atteinte de ma main. Pourriez-vous relâcher les courroies un instant, Karras?

— Non. Dis-moi où cela te démange et je te gratterai.

— Ah! comme c'est malin! Vous êtes un peu sadique sur les bords, hein?

— Montre-moi, Regan et je relâcherai peut-être une courroie, proposa Karras. Si...

Il tressaillit brusquement de surprise en se trouvant devant une paire d'yeux enfantins remplis de frayeur, d'une bouche ouverte pour un muet appel au secours.

Mais l'identité de Regan s'estompa aussi rapidement qu'elle était apparue sous un nouvel aspect qui brouilla la vision fugitive de la fillette.

— Alors? Allez-vous enlever ces courroies maintenant? demanda sur un ton cajoleur une voix à l'accent anglais très prononcé.

En un éclair, la personnalité démoniaque était revenue.

— Pourriez-vous pas aider un vieil enfant d'chœur, mon père? croassa-t-elle puis, rejetant la tête en arrière, elle éclata d'un rire assourdissant.

Karras éprouva un nouveau choc et sentit se poser fermement sur sa nuque une main glaciale.

— A propos, votre mère est ici avec nous, Karras. Voulez-vous lui communiquer un message? Je veillerai à ce qu'il lui soit transmis.

Karras bondit de sa chaise pour éviter un jet de vomissures qui fusa avec une force inouïe comme un projectile, mais il ne parvint pas à l'éviter complètement et reçut des éclaboussures sur son sweater et sur une main.

Blême, le prêtre regarda la forme allongée sur le lit, tandis que Regan gloussait de joie.

— Si c'est vrai, alors tu dois connaître le premier prénom de ma mère!

La créature dans le lit fit entendre un sifflement, ses yeux brillèrent d'un éclat dément, sa tête ondula comme celle d'un cobra.

— Eh bien? Comment s'appelait-elle?

Regan mugissait maintenant comme un taureau, lança un long meuglement qui fit vibrer les vitres de la grande baie. Les yeux chavirés roulaient dans leur orbite.

Karras l'observa attentivement tandis que le mugissement se poursuivait; puis il consulta sa montre et sortit de la chambre.

Chris se détacha vivement du mur en voyant le sweater souillé du jésuite.

— Que s'est-il passé? A-t-elle vomi? s'enquit-elle d'un ton qui laissait percer sa détresse.

— Avez-vous une serviette?

— La salle de bains est juste à côté, dit-elle en montrant une porte qui donnait sur le vestibule. Karl, surveillez-la, s'il vous plaît, dit-elle en suivant le prêtre dans la salle de bains.

— Je suis navrée, s'exclama-t-elle en arrachant une serviette de la barre tandis que le jésuite s'approchait du lavabo.

— Lui avez-vous donné des tranquillisants? lui demanda-t-il.

Chris ouvrit les robinets.

— Oui. Enlevez donc votre sweater et vous pourrez vous laver.

— Quel dosage? lui demanda-t-il en essayant d'enlever son sweater de sa seule main propre.

— Attendez, je vais vous aider. (Elle tira sur le sweater par en bas.) Eh bien, aujourd'hui nous lui avons donné 400 mg.

— *400!*

Elle avait relevé le sweater jusqu'à sa poitrine.

— Oui, c'est ce qu'il a fallu lui donner pour pouvoir lui mettre ces courroies... Et encore, nous avons dû nous y mettre à quatre.

— Vous avez donné 400 mg à votre fille en une seule fois?

— Levez les bras, maintenant, mon Père. (Il les leva et elle tira délicatement le lainage par-dessus sa tête.) Elle est d'une force incroyable.

Elle écarta le rideau de la douche et déposa le sweater dans la baignoire.

— Je dirai à Willie de vous le nettoyer. Je suis vraiment désolée...

— Ne vous tracassez pas. Cela n'a aucune importance.

Il déboutonna la manche droite de sa chemise blanche et la roula, découvrant des avant-bras musclés couverts de poils bruns.

— Je suis vraiment désolée, répéta Chris en s'asseyant sur le rebord de la baignoire.

— Ne prend-elle aucun aliment? s'enquit Karras, les mains sous le robinet d'eau chaude.

Elle triturait la serviette de toilette. Une serviette rose où le nom de REGAN était brodé en bleu.

— Non, mon père. Seulement du sérum, pendant son sommeil. Mais elle a arraché le tube.

— Elle l'a arraché?

— Aujourd'hui.

Se sentant troublé, Karras se savonna longuement les mains, les essuya sans mot dire, puis au bout d'un instant, il dit d'une voix grave :

— Elle devrait être hospitalisée.

— Je ne peux vraiment pas le faire, répondit Chris d'une voix sans timbre.

— Pourquoi?

— Je ne peux vraiment pas, s'entêta-t-elle. Je ne peux laisser personne d'autre mêlé à cela. Elle... (Chris baissa la tête, prit une profonde inspiration)... Elle a fait quelque chose, mon père... Je ne peux pas courir le risque que quelqu'un d'autre l'apprenne. Ni un médecin ni une infirmière. Personne!

Il ferma les robinets. « ... *Et si cette personne était disons, un criminel?* »

Il considéra pensivement le lavabo.

— Qui lui administre ses médicaments?

— Nous. Le médecin nous a donné les instructions nécessaires.

— Il vous faut des ordonnances pour vous procurer ces spécialités.

— Eh bien, vous êtes habilité à le faire, n'est-ce pas, mon père?

Karras se tourna vers elle, les mains au-dessus du lavabo, comme un chirurgien se préparant pour une opération. Il croisa un instant le regard de Chris, crut y lire un secret terrible, une peur inavouable. Il fit un signe de tête pour lui demander la serviette qu'elle tenait à la main. Elle le regarda d'un air hébété. Il dut lui dire, avec douceur :

— La serviette, s'il vous plaît.

— Oh! excusez-moi! (Elle la lui tendit avec un empressement maladroit. Le jésuite s'essuya posément les mains.) Eh bien, mon père, lui demanda-t-elle crispée d'anxiété, quel est votre avis? Pensez-vous qu'elle soit possédée?

— Et vous?

— Je ne sais pas. Je croyais que c'était *vous* l'expert.

— Que savez-vous, au juste, sur la possession?

— Deux ou trois choses que j'ai lues et puis ce que les médecins m'ont dit.

— Quels médecins?

— Ceux de la clinique Barringer.

Il plia la serviette et la déposa soigneusement sur la barre.

— Etes-vous catholique?

— Non.

— Et votre fille?

— Non plus.

— De quelle religion êtes-vous alors?

— Nous n'en avons aucune, mais...

— Dans ce cas, pourquoi vous êtes-vous adressée à moi? Qui vous l'a conseillé?

— Je me suis adressée à vous parce que j'étais *désespérée! Personne* ne m'a conseillée! dit-elle avec volubilité.

Il lui tournait le dos, la main effleurant encore les franges de la serviette.

— Vous avez dit tout à l'heure que c'était les psychiatres qui vous avaient conseillé de venir me consulter...

— Oh! je ne sais plus ce que je dis!... Je n'ai plus ma tête à moi...

— Ecoutez, le motif, quel qu'il soit, m'importe peu, répondit-il avec une autorité soigneusement tempérée. Tout ce qui m'intéresse, c'est de faire de mon mieux en ce qui concerne votre fille. Mais je vous dis tout de suite que si vous cherchez dans l'exorcisme un choc bénéfique dû à l'autosuggestion, l'Eglise ne vous en donnera pas l'autorisation et vous aurez perdu votre temps.

Karras empoigna la barre du porte-serviettes pour maîtriser le tremblement qu'il sentait monter dans ses mains. *Qu'est-ce qui ne va pas? Qu'est-ce qui arrive?*

— Incidemment, je vous signale que je suis Mme et non Mlle MacNeil, entendit-il Chris lui dire sèchement.

Il baissa la tête et adoucit le ton de sa voix.

— Ecoutez, que ce soit un démon ou un trouble mental, je ferai tout mon possible pour vous aider. Mais il faut auparavant que je connaisse l'entière vérité. C'est important pour Regan. En ce moment, je tâtonne, ignorant tout du cas. Pourquoi ne sortirions-nous pas de cette salle de bains maintenant pour aller parler tranquillement dans un endroit plus propice à la conversation? (Il se tourna vers elle avec un léger sourire rassurant et chaleureux, en lui tendant la main pour l'aider à se lever.) Je boirais bien un café.

— Et moi je boirais bien un verre!

Tandis que Karl et Sharon veillaient sur Regan, ils s'assirent dans le bureau, Chris sur le divan, Karras dans un fauteuil près de la cheminée, et Chris lui raconta l'histoire de la maladie de Regan, tout en évitant soigneusement la moindre allusion à Dennings.

Le prêtre écoutait attentivement, en intervenant très peu : une ou deux brèves questions, un hochement de tête, un froncement de sourcils...

Chris reconnut qu'elle avait d'abord envisagé l'exorcisme sous l'angle du traitement de choc.

— Maintenant, je ne sais plus, dit-elle en secouant la tête. (Ses mains couvertes de taches de rousseur se croisaient et se décroisaient nerveusement sur ses genoux.) Je ne sais vraiment plus. (Elle jeta un regard au prêtre pensif.) Qu'en pensez-vous, mon père?

— Un comportement pathologique déterminé par un sentiment de culpabilité, peut-être, joint à un dédoublement de la personnalité.

— Père, on m'a déjà raconté toutes ces sornettes... Comment pouvez-vous vous en tenir à cela après ce que vous venez de voir?

— Si vous aviez vu autant de malades que moi dans les salles d'hôpitaux psychiatriques, vous seriez plus circonspecte. Vous parlez de possession. Bon, d'accord, possédée par des démons, admettons. Mais votre fille ne dit pas qu'elle est possédée! Elle insiste sur le fait qu'elle est le Diable en personne! Et c'est exactement le même symptôme que si vous disiez que vous êtes Napoléon! Vous me comprenez?

— Alors, comment expliquez-vous tous ces coups et le reste?

— Je n'ai rien entendu.

— Ils les ont entendus, à Barringer, ce n'était donc pas un trucage possible, ici, à la maison.

— Admettons. Mais il n'y a pas besoin de faire intervenir le diable pour les expliquer!

— Quelle est votre explication?

— La psychokinésie.

— La quoi?

— Vous avez entendu parler du phénomène des esprits frappeurs, n'est-ce pas?

— Des fantômes qui lancent des assiettes et des trucs de ce genre-là?

Karras acquiesça d'un signe de tête.

— Ce n'est pas si rare et cela se produit généralement dans l'entourage d'un adolescent dont le psychisme est troublé. Apparemment, une tension extrême de l'esprit peut produire une espèce d'énergie inconnue encore non identifiée capable de déplacer les objets environnants. Il n'y a rien de surnaturel à cela. Il en va de même pour la force anormale de Regan. C'est aussi courant en pathologie. Appelez cela la supériorité de l'esprit sur la matière, si vous voulez.

— Moi j'appelle cela de la sorcellerie.

— Comme vous voulez. De toute manière, cela n'a rien à voir avec la possession.

— Seigneur! Que ne faut-il pas entendre... Dire que c'est vous le prêtre et moi l'athée!...

— La meilleure explication est toujours la plus simple, rétorqua Karras.

— D'accord, je suis peut-être une demeurée, mais me dire qu'une énergie inconnue dans le crâne de quelqu'un jette des assiettes au plafond comme ça, sans que personne les ait touchées, ne m'apprend rien du tout. Alors, de quoi s'agit-il exactement? Hein? Pouvez-vous me dire de quoi il s'agit?

— Non, nous ne pouvons pas encore compr...

— Et le dédoublement de la personnalité, père? Qu'est-ce que c'est au juste? Pouvez-vous me l'expliquer simplement de façon que je puisse me le fourrer dans la tête?

— Ecoutez, personne au monde ne peut vraiment donner une explication à ce sujet, lui dit doucement le prêtre. Tout ce que nous savons, à l'heure actuelle, c'est que cela existe. Mais le processus est encore du domaine de la spéculation pure. Vous savez, le cerveau contient dix-sept milliards de cellules!

Chris se pencha en avant, fronçant intensément ses sourcils.

— Par conséquent, poursuivait Karras, cela nous donne la possibilité d'une centaine de millions de messages par seconde; c'est le nombre de sensations qui bombardent littéralement votre corps. Et non seulement elles intègrent tous ces messages, mais elles le font de manière efficace, sans jamais hésiter ou se tromper. Alors comment cela serait-il faisable s'il n'existait pas une forme de communication quelconque? Il semble que ce soit impossible, et pourtant! Apparemment chacune de ces cellules a une espèce de conscience qui lui est propre. Supposez maintenant que le corps humain soit un énorme paquebot et que les cellules du cerveau soient les membres de l'équipage. Une de ces cellules est sur la passerelle de commandement : c'est le capitaine. Mais il ne sait pas de façon précise ce que fait le reste de l'équipage qui n'est pas sous ses yeux. Tout ce qu'il sait c'est que son bateau poursuit sa route, que le travail se fait bien. Le capitaine, c'est vous, c'est votre conscience *éveillée*. Ce qui se passe dans le dédoublement de la personnalité pourrait être comparé à une mutinerie : une des cellules-équipage monte sur la passerelle de commandement et prend la place du capitaine. Me comprenez-vous?

Elle le fixait sans ciller, l'air incrédule.

— Père, c'est tellement hors de compréhension que je crois qu'il m'est presque plus facile de croire au *Diable!*

— En ce cas...

— Ecoutez! j'ignore le premier mot de toutes ces théories et de toutes ces histoires-là, interrompit-elle d'une voix sourde et tendue. Mais je vais vous dire quelque chose, père : montrez-moi la jumelle, la *vraie* jumelle de Regan, celle qui aura le même visage, la même voix, la même odeur, la même façon de mettre les points sur les *i* et malgré cela je m'apercevrai à la seconde même que ce n'est pas elle! Je le saurai! J'en aurai la certitude intime. Eh bien, en ce moment je peux vous dire que *la... le... cette chose là-haut n'est pas ma fille. Je le sais*! *Je SAIS*! (Elle retomba en arrière, épuisée.) Maintenant, dites-moi ce que je dois faire. Allez-y! Dites-moi que vous tenez pour un fait établi que tout ce qu'a ma fille est simplement mental; que vous tenez pour un fait établi qu'elle n'a pas besoin d'être exorcisée, que vous savez que cela ne lui ferait aucun bien! Dites-le-moi! Allez!

Pendant de longues secondes, le prêtre resta silencieux. Puis il répondit enfin :

— Eh bien, je dois vous dire qu'il y a peu de choses en ce monde que je tiens pour des faits établis.

Il s'acagnarda dans le fauteuil, posa sa nuque sur le dossier, puis reprit pensif :

— Est-ce que Regan a une voix basse? Je veux dire en temps normal?

— Non. Je dirais même qu'elle a une voix plutôt aiguë.

— La considérez-vous comme une enfant précoce.

— Pas du tout.

— Connaissez-vous son coefficient d'intelligence?

— Moyen.

— Quels sont ses livres préférés?

— Nancy Drew et des illustrés.

— Et sa façon de s'exprimer, maintenant, est-elle très différente de la normale?

— Complètement différente. Elle n'a jamais prononcé la moitié de ces mots.

— Je ne parle pas du *contenu* de ses discours; je parle du *style*.

— Du style?

— Oui. Pourriez-vous par exemple me montrer des lettres ou des devoirs écrits récemment par elle... ou même un enregistrement de sa voix...

— J'ai en effet une bande enregistrée qu'elle voulait envoyer à son père, à la place d'une lettre, vous savez, mais finalement elle ne l'a jamais terminée. Vous voulez l'entendre?

— S'il vous plaît. Et j'aurai besoin de consulter ses antécédents médicaux et surtout le dossier de Barringer.

— Ecoutez, père, j'ai déjà suivi cette voie et...

— Oui, oui, je sais, mais je *dois* voir ces dossiers avant d'entreprendre quoi que ce soit.

— Vous êtes donc toujours contre l'exorcisme?

— Je suis seulement contre le risque de faire à votre fille plus de mal que de bien.

— Mais en ce moment vous parlez strictement en psychiatre, est-ce que je me trompe?

— Non, je parle aussi en prêtre. Si je demande à mes supérieurs la permission de procéder à un exorcisme, la première chose que je devrai leur fournir, c'est un dossier de signes indiscutables prouvant que votre fille n'est pas purement et simplement un problème psychiatrique. Après cela il me faudra fournir également des preuves que l'Eglise accepte de reconnaître comme des signes indiscutables de possession.

— Telles que?

— Je ne sais pas. Il faudra que je me renseigne.

— Vous plaisantez! Je pensais que vous étiez un expert en la matière?

— Vous en savez probablement davantage sur la possession démoniaque en ce moment que la plupart des prêtres. En attendant, pourriez-vous me communiquer le dossier de Barringer?

— Je louerais un avion s'il le fallait!

— Et cette bande?

Elle se leva.
— Je vais voir si je peux la trouver.
— Et encore une dernière chose, ajouta-t-il. (Elle s'arrêta près de son fauteuil.) Ce livre dont vous avez parlé, sur la possession. Pensez-vous pouvoir vous rappeler maintenant si Regan l'avait lu avant le début de sa maladie?
Elle se concentra, se mordant les ongles.
— Heu... Il me semble l'avoir vue lire quelque chose la veille du... enfin avant que la maladie ne commence vraiment... mais je n'arrive pas à en être sûre. En tout cas, elle l'a lu. Ça oui. Je veux dire, j'en suis absolument certaine...
— J'aimerais le voir. Pouvez-vous me le confier?
— Il est à vous. Il a été emprunté à votre bibliothèque. Je vais vous le chercher. (Elle sortit du bureau.) Je pense que cette bande se trouve au sous-sol. Je vais aller voir. Je reviens tout de suite.
Karras inclina distraitement la tête, le regard fixé sur l'un des motifs du tapis. Au bout de quelques minutes il se leva, alla lentement jusqu'au vestibule et se tint immobile dans l'obscurité, les mains dans les poches, le visage inexpressif, dans une autre dimension, fixant le néant en écoutant grogner un porc, là-haut, aboyer un chacal, hoqueter, siffler...
— Oh! vous êtes là! Je vous cherchais dans le bureau.
Karras se retourna pour voir Chris allumer la lampe.
— Vous partiez?
Elle s'avançait, tenant le livre et la bande.
— Il me faut, malheureusement, préparer mon cours pour demain.
— Où donnez-vous ce cours?
— A la faculté de médecine. (Il prit le livre et la bande qu'elle lui tendait.) Je tâcherai de passer

ici un moment dans l'après-midi ou la soirée de demain. En attendant, s'il survient quoi que ce soit de grave, n'hésitez pas à m'appeler, quelle que soit l'heure. Je laisserai un mot au standard pour qu'ils sachent où me joindre. (Elle inclina la tête. Le jésuite ouvrit la porte.) Et maintenant, où en êtes-vous pour les médicaments?

— Ça va. J'ai une ordonnance renouvelable.

— Vous ne voulez pas que votre médecin revienne la voir?

Chris ferma les yeux et secoua négativement la tête.

— Vous savez, je ne fais pas de médecine générale!

— Je ne peux pas, murmura-t-elle. Je ne peux pas.

Il sentait son anxiété déferler comme des vagues sur un rivage inconnu.

— Bien, maintenant, tôt ou tard, il va falloir que j'avertisse mes supérieurs de ce que je vais faire, surtout si je dois venir ici à n'importe quelle heure du jour et même de la nuit.

— Etes-vous obligé? lui demanda-t-elle avec anxiété.

— Hum! autrement cela pourrait paraître plutôt étrange. Vous ne pensez pas?

Elle baissa les paupières.

— Oui, je vois ce que vous voulez dire.

— Est-ce que cela vous ennuie? Je ne dirai que ce qui est indispensable. Ne vous faites pas de souci. Cela ne se répandra pas, vous savez, la rassura-t-il.

Elle leva un pauvre visage tourmenté et impuissant vers le regard sombre et triste, y vit une force; une souffrance aussi.

— Bien, dit-elle faiblement.

Elle faisait confiance à cette souffrance.

Il inclina la tête.

— Nous reparlerons de tout cela.

Il se dirigea vers la porte, mais au moment de sortir, il s'arrêta un instant, réfléchissant, la main à ses lèvres :

— Votre fille savait-elle qu'un prêtre allait venir?

— Non, personne ne le savait.

— Saviez-vous que ma mère était morte récemment?

— Oui. J'en suis navrée pour vous.

— Regan le savait-elle?

— Pourquoi.

— Le savait-elle?

— Non, non, absolument pas.

Il pencha la tête.

— Pourquoi me le demandez-vous? répéta Chris fronçant les sourcils de curiosité.

— Ce n'est pas important, dit-il en haussant les épaules. Je me demandais seulement... (Il considéra la fatigue qui transparaissait sur son visage avec inquiétude.) Dormez-vous un peu?

— Très peu.

— Prenez des cachets alors. Prenez-vous un tranquillisant, vous aussi?

— Oui.

— Combien?

— 10 mg deux fois par jour.

— Essayez 20 mg deux fois par jour. En attendant, ne voyez pas trop votre fille. Plus vous observez son comportement actuel et plus vous augmentez le risque de voir vos sentiments pour elle se détériorer définitivement. Tenez-vous à l'écart. Et calmez-vous. Vous ne pourrez être d'aucune aide à Regan si vous faites une dépression nerveuse.

Elle pencha la tête d'un air accablé.

— Maintenant, je vous conseillerai d'aller vous mettre au lit, dit-il gentiment. Vous voulez bien suivre mon conseil et aller vous coucher tout de suite?

— Bon, d'accord... D'accord, je vous le promets. (Elle le regarda avec un faible sourire.) Bonne nuit, mon père. Merci. Merci mille fois.

Il la regarda un moment d'un air inexpressif puis s'éloigna rapidement.

Chris l'observa depuis la porte. Tandis qu'il traversait la rue il lui vint à l'esprit qu'il avait probablement manqué son dîner. Puis elle s'inquiéta du froid qu'il devait faire dehors en le voyant rabaisser vivement les manches de sa chemise.

A l'angle de la rue Prospect et de la rue P il laissa tomber le livre et se baissa souplement pour le ramasser, puis il tourna au coin et disparut à ses yeux. A ce moment Chris eut brusquement conscience d'éprouver un sentiment de légèreté. Elle ne vit pas Kinderman qui était assis, solitaire, immobile, dans une voiture discrète qui n'évoquait en rien la voiture de patrouille de la police.

Elle referma la porte.

Une heure plus tard Damien Karras entrait dans sa chambre de la résidence des jésuites, un certain nombre de livres et de revues empruntés à la Bibliothèque de Georgetown sous le bras. Il les empila hâtivement sur son bureau et fouilla ensuite dans ses tiroirs à la recherche d'un paquet de cigarettes. Il finit par mettre la main sur un paquet de Camel tout froissé et à moitié vide, alluma une cigarette, aspira profondément et garda longuement la fumée dans ses poumons en pensant à Regan.

Hystérie. Il savait que cela devait être de l'hystérie. Il rejeta la fumée, enfonça ses pouces dans sa ceinture et regarda les livres. Il y avait là *La Possession* d'Oesterreich, *Les Diables de Loudun* de Huxley, *La parapraxie dans le Cas de Haizman* de Freud, *La Possession Démoniaque* et *L'Exorcisme à la Lumière des Connaissances Modernes sur les Maladies Mentales;* et des extraits du *Journal* de Freud, *Névrose de la Possession Démonia-*

que au 17e siècle et *La Démonologie de la Psychiatrie Moderne.*

— *Pourriez pas aider un vieil enfant d'chœur, mon père?*

Le jésuite se passa la main sur le front puis regarda ses doigts et essuya la sueur poisseuse qui les recouvrait. Il remarqua que sa porte était ouverte. Il se leva, traversa la pièce pour aller la fermer puis alla prendre sur une étagère un exemplaire relié en rouge du *Rituel Romain,* un recueil de rites et de prières. La cigarette aux lèvres il loucha à travers la fumée qui lui piquait les yeux tandis qu'il feuilletait les pages à la recherche des « Règles générales » pour les exorcistes cherchant les signes avérés de possession démoniaque. Il les parcourut vivement puis recommença sa lecture plus attentivement :

« *L'exorciste ne doit pas sauter trop rapidement à la conclusion qu'une personne est possédée par l'esprit du mal. Il doit avant tout s'assurer que les signes présentés par cette personne ne relèvent pas d'une maladie quelconque, spécialement d'une maladie de nature psychologique. Les signes de la possession sont les suivants : aptitude à parler avec une certaine facilité une langue étrangère ou à la comprendre quand elle est parlée par quelqu'un d'autre; faculté de dévoiler l'avenir et les événements cachés; manifestation de pouvoirs qui dépassent l'âge et l'état naturel du sujet; et plusieurs autres états qui, pris dans leur ensemble, fournissent l'évidence nécessaire.* »

Karras médita un instant, puis s'appuya à l'étagère et lut la suite des instructions. Quand il eut terminé, il se surprit à jeter un coup d'œil à l'Instruction N° 8 :

« *Quelques sujets révèlent un crime qui a été commis et le nom de ceux qui l'ont commis...* »

Il regarda la porte en entendant frapper.
— Entrez!
C'était Dyer.
— Eh! Chris MacNeil a essayé de vous joindre. Elle a pu vous trouver finalement?
— Quand cela? Ce soir?
— Non, cet après-midi.
— Ah oui, oui, je lui ai parlé.
— Parfait, alors dit Dyer. Je voulais seulement être sûr que vous aviez bien eu le message.
Le petit prêtre explorait maintenant la chambre avec curiosité, soulevant les objets sur son passage, comme un lutin dans un Monoprix.
— Que cherchez-vous, Joe?
— Des bonbons acidulés.
— Quoi?
— Je cherche des bonbons acidulés... J'ai cherché partout. Personne n'en a ici. Mon Dieu, et j'en meurs d'envie, soupira Dyer en continuant ses explorations. J'ai passé jadis une année à écouter des confessions d'enfants et j'y ai attrapé le goût des bonbons acidulés. Ces petits coquins n'arrêtaient pas de me souffler au visage cette haleine acidulée avec tout le reste de leurs méfaits... J'en ai été quasiment intoxiqué... Je me sens dans la peau d'un pauvre drogué. (Il souleva le couvercle d'un pot à tabac où Karras conservait quelques pistaches.) Oh! Qu'est-ce que c'est? des haricots mexicains?
Karras retourna à ses étagères, cherchant un titre.
— Ecoutez, Joe, j'ai un...
— N'est-ce pas que Chris est une fille sensass? l'interrompit Dyer en se jetant sur le lit et en s'installant confortablement sur le dos, les mains croisées sous la nuque. Une fille vraiment sympa. Alors, vous l'avez vue?
— Nous nous sommes parlé, répondit Karras en sortant un volume relié en vert et intitulé

« Satan », collection d'articles de tendance catholique écrits par différents théologiens français. Il le porta vers le bureau. Ecoutez! j'ai vraiment beauc...

— Elle est très simple. Les pieds sur terre. Sans la moindre affectation, poursuivit Dyer. Elle peut nous être d'une grande utilité pour la réalisation de mon plan quand nous quitterons tous deux la prêtrise.

— Qui parle d'abandonner la prêtrise?

— Mais tout le monde... La soutane noire n'existe plus. Maintenant, je...

— Joe! j'ai mon cours à préparer pour demain, dit Karras en déposant le livre sur le bureau.

— O.K. Voyez-vous, mon plan est le suivant. Nous allons voir Chris MacNeil pour lui apporter l'idée d'un film sur Ignace de Loyola : sa vie... Je verrais assez bien un titre comme *Les Braves Jésuites en marche!...* et...

— Allez-vous enfin foutre le camp, Joe! lança Karras en écrasant son mégot dans un cendrier.

— Oh! Je vous ennuie?

— J'ai du travail.

— Qui diable vous empêche de travailler?

Karras commençait de déboutonner sa chemise.

— Je me plonge sous la douche et ensuite je dois me mettre au travail.

— A propos, je ne vous ai pas vu au dîner, dit Dyer en se levant à regret. Où avez-vous mangé?

— Je n'ai pas mangé.

— C'est complètement idiot. Pourquoi suivre un régime alors que vous ne portez pas la soutane? Il s'était approché du bureau et reniflait une cigarette.

— Y a-t-il un magnétophone dans la résidence?

— Pfuit... Il n'y a même pas un bonbon acidulé, alors!... Mais pourquoi n'utiliseriez-vous pas celui de la faculté des langues vivantes. Ils en ont un, dans leur labo.

— Qui a la clé? Le père doyen?

— Non, le père gardien. Vous la voulez pour cette nuit?

— Oui, dit Karras en installant sa chemise sur le dossier de sa chaise. Où puis-je les trouver?

— Vous voulez que j'y aille?

— Oh! Vous pourriez, vraiment? J'en serais ravi. J'ai tellement à faire...

— Bien. Bien... on y va Grand Docteur Miracle. Je vais la chercher. Je reviens tout de suite.

Karras se doucha, enfila ensuite un pantalon et une chemisette. En revenant à son bureau il aperçut une cartouche de Camel sans filtre et, à côté, une clé étiquetée LABO. LANGUES VIVANTES et une autre étiquetée REFRIGERATEUR DU REFECTOIRE. Attaché à cette dernière, un message laconique. « Il vaut encore mieux que ce soit vous que les rats! »

Karras sourit à la signature « Le gosse aux bonbons acidulés. » Il mit le mot de côté puis détacha sa montre et la déposa en face de lui sur le bureau. Il était 10 h 58. Il se mit à lire Freud. McCasland. *Satan.* L'étude exhaustive d'Oesterreich. Peu après 4 heures du matin il en avait terminé. Il se frotta le visage et les paupières qui le brûlaient. Regarda le cendrier qui débordait de mégots et de cendre. Il se leva et marcha d'un pas alourdi par la fatigue vers une fenêtre. Il l'ouvrit, aspira l'air frais du matin humide et resta là à penser. Regan présentait les symptômes physiques de la possession. Il savait au moins cela. Il n'avait plus aucun doute à ce sujet. Car dans tous les cas de possession, quel que soit le pays ou le temps, les symptômes de la possession étaient toujours constants, en substance. Regan n'avait pas encore manifesté certains d'entre eux, tels les stigmates, la coprophagie, l'insensibilité à la douleur, le hoquet bruyant et irrépressible. Mais elle avait manifesté on ne peut plus clairement les autres : l'excitation motrice involontaire, l'haleine fétide, la langue chargée, l'amaigrissement excessif, la dilatation de l'estomac, l'irritation de la peau et des muqueuses. Et, plus significatifs encore, les symptômes de base du petit noyau de cas qu'Oesterreich avait rangés sous la rubrique « possession authentique » : le changement frappant de la voix, des traits du visage et la manifestation d'une autre personnalité.

Karras leva les yeux et regarda la rue d'un air sombre. A travers les branches des arbres il pouvait apercevoir la maison et même la large baie de la fenêtre de Regan. Lorsque la possession était volontaire, comme chez les médiums, la nouvelle personnalité était le plus souvent bienveillante. *Comme Tia,* médita Karras. L'esprit d'une femme qui avait pris possession d'un homme. Un sculpteur. Pas complètement. Une heure chaque fois. Jusqu'à ce qu'un ami du sculpteur tombât désespérément amoureux... de Tia. Il avait alors supplié le sculpteur de permettre qu'elle conservât la possession de son corps de façon permanente. *Mais en Regan il n'y a pas de Tia,* corrigea sévèrement Karras. La personnalité qui s'était emparée d'elle était malveillante. Vicieuse. Caractéristique des cas de possession par le démon, où la nouvelle personnalité cherchait à provoquer la destruction du corps de son hôte et y parvenait fréquemment.

Le jésuite revint, morose, à son bureau. Il tira une cigarette du paquet, l'alluma. *Bon, d'accord, elle présente le syndrome de la possession démoniaque. Et alors? Comment la guérir?*

Il agita l'allumette pour l'éteindre. *Tout dépend de ce qui l'a provoquée.* Il s'assit d'une fesse sur le bureau. Réfléchit. Les religieuses du couvent de Lille. Possédées. En France, au début du XVIIe siècle. Elles avaient avoué à leur exorciste que, dans l'incapacité de réagir, de se défendre, elles avaient régulièrement — alors qu'elles se trouvaient en état de possession — participé à des orgies sataniques, qu'elles avaient régulièrement varié les plaisirs sexuels : lundi et mardi, copulation hétérosexuelle; jeudi, lesbianisme, fellatio et cunnilingus entre femmes; samedi, accouplement avec des animaux domestiques et des dragons. *Des dragons!* Le jésuite secoua la tête. Comme dans le cas de Lille, il pensait que la cause de nombreuses possessions était un mélange de supercherie et de mythomanie. Toutefois il y avait d'autres cas qui semblaient provoqués par des troubles mentaux : paranoïa, schizophrénie, neurasthénie, psychasthénie... Et c'était pour cette raison, il le savait, que l'Eglise recommandait à l'exorciste d'opérer en présence d'un psychiatre ou d'un neurologue. Toutes les possessions, pourtant, n'avaient pas de causes aussi claires. Nombre d'entre elles avaient amené Oesterreich à caractériser la possession comme un désordre tout à fait distinct des autres; à refuser l'étiquette psychiatrique « dédoublement de la personnalité » comme n'étant qu'une substitution tout aussi occulte du concept de « démon » et d'« esprit du mort ».

Karras gratta distraitement le sillon qui, partant des ailes de son nez, aboutissait aux commissures de ses lèvres. D'après ce que lui avait dit Chris, Barringer pensait que les troubles de Regan pouvaient avoir été causés par une suggestion, par quelque chose en rapport avec l'hystérie. Et c'était fort probable. Il estimait que la majorité des cas qu'il avait étudiés avaient été causés, précisément, par ces deux facteurs. Ça ne faisait pas de doute. *D'abord le fait que les femmes y étaient particulièrement sujettes... Et puis toutes ces épidémies de possessions. Et puis ces exorcistes...* Karras fronça les sourcils. Eux aussi, souvent, étaient tombés dans le piège de la possession... Il pensa à Loudun, à son couvent des Ursulines. Des quatre exorcistes qui y avaient été envoyés pour enrayer une épidémie de possession, trois d'entre eux : les pères Lucas, Lactance et Tranquille étaient devenus possédés et étaient morts peu de temps après, apparemment du choc. Quant au quatrième, le père Surin, âgé de trente-trois ans, il avait été frappé de démence et avait survécu vingt-cinq ans sans jamais retrouver sa raison.

Il eut un hochement de tête approbateur pour son diagnostic. Si le trouble dont souffrait Regan était hystérique, raisonna-t-il, si le début de la possession était le pur produit de l'autosuggestion, alors la source de cette suggestion ne pouvait se trouver que dans le livre sur la sorcellerie. *Le chapitre sur la possession. L'avait-elle lu?*

Il se plongea dans ces pages. Existait-il des similitudes frappantes entre l'une des descriptions et le comportement de Regan? *Cela pourrait le prouver. Oui, cela le pourrait.*

Il trouva effectivement quelques corrélations :

... Le cas d'une fillette de huit ans qui était décrite dans le chapitre comme « mugissant tel un taureau, d'une voix basse, profonde et tonitruante » (*Regan elle aussi meuglait de cette façon*).

... Le cas d'Hélène Smith qui avait été traitée par le grand psychologue Flurnoy : la description de la manière dont elle changeait de voix et de physionomie « avec la rapidité de l'éclair » selon la personnalité qui s'emparait d'elle (*Elle l'a fait aussi devant moi. La personnalité qui parlait avec l'accent anglais. Changement instantané*).

... Un cas en Afrique du Sud rapporté personnellement par le célèbre ethnologue Junod : sa description d'une femme qui avait disparu de chez elle un soir et qu'on avait retrouvée le lendemain matin « attachée » à la cime d'un très grand arbre par de « belles lianes » et qui ensuite était descendue de l'arbre en glissant, la tête la première, sifflant et tirant la langue comme un serpent. Elle était restée suspendue un moment à portée de voix des gens qui la regardaient et s'était mise à parler une langue que personne n'avait jamais entendue (*Regan glissant comme un serpent quand elle avait suivi Sharon. Son jargon. Une tentative de « langue inconnue »?*).

... Le cas de Joseph et de Thibaud Burner, âgés de 8 et 10 ans; la description qui les représentait « étendus sur le dos puis se mettant soudain à tourner sur eux-mêmes comme des toupies, avec une extrême rapidité » (*Cela ressemble fort à son tournoiement de derviche*).

Il y avait encore d'autres similitudes, et par conséquent des raisons supplémentaires de soupçonner la suggestion : la mention d'une force anormale, de l'obscénité du langage, des récits évangéliques de possession qui étaient peut-être, de l'avis de Karras, à l'origine du contenu curieusement mystique de ses délires à la clinique Barringer. De plus, dans le chapitre, l'auteur expliquait que la possession se faisait par étapes : « La première, l'*infectatio*, consiste en une attaque du milieu ambiant : bruits... odeurs... déplacement des objets; la seconde, l'*obsessio*, consiste en une attaque personnelle dirigée contre le sujet et destinée à inspirer la terreur au moyen de tous les sévices qu'un homme peut infliger à un autre : coups de pied et coups de poing. » Les coups. Les corrections brutales du capitaine Howdy.

Peut-être... Peut-être l'a-t-elle lu, se dit Karras. Mais il n'était pas convaincu. *Pas du tout*. Et Chris? Elle avait paru si incertaine à ce sujet.

Il retourna à sa fenêtre. *Quelle est donc la réponse? Possession authentique? Un démon?* Il secoua farouchement la tête. Impossible. Non! non. Des manifestations paranormales? *Sûrement. Pourquoi pas?* Trop d'observateurs dignes de foi en avaient rapporté. Des docteurs. Des psychiatres. Des hommes comme Junod. *Mais le problème demeure : Comment interpréter ces phénomènes?* Il repensa à Oesterreich, au cas de l'une de ses études : un chaman de l'Altaï en Sibérie. Possédé volontaire et examiné, en clinique, tandis qu'il se livrait à une action apparemment paranormale : la lévitation. Juste avant, son pouls était monté à 100, puis avait fait un bond surprenant jusqu'à 200. Sa température avait également présenté des variations, ainsi que sa respiration. *Cette action paranormale était donc liée à la physiologie. Elle était causée par une énergie ou une force non identifiée.* Mais l'Eglise exigeait comme preuve irréfutable de la possession des phénomènes clairs et sans confusion possible...

Il avait oublié la phrase. Il la rechercha. Promena son index le long de la page d'un livre sur son bureau. La trouva : «*...phénomènes extérieurs vérifiables suggérant l'idée qu'ils sont dus à l'intervention extraordinaire d'une intelligence étrangère à l'homme.* » Etait-ce le cas du chaman? Non. *Etait-ce le cas de Regan?*

Il revint à un paragraphe qu'il avait souligné au crayon : « *L'exorciste devra s'assurer qu'aucune des manifestations du patient n'a été négligée...* »

Il approuva d'un signe de tête. « *Oui, ça, d'accord.* Voyons si je n'ai rien oublié. » Marchant de long en large, il se remémora les manifestations des troubles de Regan et leur explication éventuelle. Il les étiqueta mentalement l'un après l'autre.

Le changement surprenant des traits du visage de Regan.

Dû, en partie, à sa maladie, et en partie à la sous-alimentation. Et puis surtout, conclut-il, au fait que la physionomie est le reflet de la constitution psychique. *Quoi que cela puisse signifier!* ajouta-t-il sarcastique.

Le changement surprenant de la voix de Regan.

Là, il lui fallait d'abord entendre sa véritable voix. Et même si elle était haut perchée, comme le prétendait sa mère, le fait de pousser des cris continuels aurait pu contribuer à épaissir ses cordes vocales et à abaisser son registre. Le seul problème, ici, pensa-t-il, c'est le volume énorme de cette nouvelle voix indépendant d'un changement physiologique des cordes vocales. Et pourtant, réfléchit-il, dans certains états anxieux ou pathologiques, il est courant de rencontrer des manifestations de force paranormale dépassant de loin le potentiel musculaire humain. Est-ce que la voix ne pouvait pas être la conséquence du même mystérieux effet?

Le vocabulaire et les connaissances subitement étendus de Regan.

Evidemment, si elle avait lu le chapitre sur la possession elle pouvait s'attendre à la visite d'un prêtre. Et selon Jung, la sensibilité et la réceptivité inconscientes des hystériques se révélaient parfois très supérieures à la normale, ce qui expliquait la lecture de pensée, apparemment authentique, des médiums au moyen des coups frappés par une table. Ce que lisait le subsconcient des médiums en fait, c'était les vibrations produites dans la table par les mains des personnes dont les pensées étaient supposées être lues. Les coups formaient un ensemble de lettres ou de chiffres. Donc Regan pouvait vraisemblablement avoir « lu » son identité de cette façon : en regardant ses mains, en sentant un vague parfum d'église.

Le fait que Regan était au courant de la mort de sa mère.

Bien deviné. Après tout, il avait quarante-six ans.

« Pourriez pas aider un vieil enfant d'chœur, mon père? »

Les manuels en usage dans les séminaires catholiques reconnaissaient l'existence de la télépathie et y voyaient un phénomène naturel.

La précocité de l'intelligence de Regan.

Au cours de l'observation d'un cas de personnalité multiple — impliquant un prétendu phénomène occulte — Jung avait conclu que, dans des états de somnambulisme hystérique, non seulement les perceptions sensorielles étaient exagérées mais le fonctionnement de l'intellect s'accroissait, car les nouvelles personnalités que présentaient le cas en question étaient nettement plus intelligentes que l'originale. Pourtant, se demanda Karras déconcerté, *le fait de rapporter simplement le phénomène ne l'explique pas.*

Il cessa brusquement ses allées et venues et se pencha sur son bureau car il lui était apparu que le jeu de mots de Regan sur Hérode était encore plus subtil qu'il ne lui avait semblé à première vue. Il se souvenait maintenant que lorsque les Pharisiens avaient rapporté au Christ les menaces d'Hérode, Il leur avait répondu : « Allez, et dites à ce renard que *je chasse les démons...* »

Il regarda la bande magnétique qui contenait l'enregistrement de la voix de Regan, puis s'assit avec lassitude sur le coin de son bureau. Il alluma une autre cigarette... tira une bouffée... pensa encore au cas des deux fils Burner, au cas de la fillette de 8 ans, qui avait manifesté les symptômes de la possession authentique. Quel livre cette fillette-là avait-elle pu lire pour simuler tous les symptômes à la perfection? Et comment se faisait-il que les symptômes fussent toujours les mêmes, que ce soit en Sibérie, en Allemagne, en Afrique...?

— *A propos, votre mère est ici avec nous, Karras.*

Il fixa sans la voir la fumée de sa cigarette qui s'élevait en volutes murmurantes de souvenirs. Il se pencha en arrière, regardant le dernier tiroir de son bureau. Il le considéra longuement. Puis il l'ouvrit et en sortit un cahier défraîchi. Le cahier des cours pour adultes que suivait sa mère. Il le plaça sur son bureau et tourna les pages avec un soin plein de tendresse. Des lettres de l'alphabet, encore et encore... Puis des exercices simples :

Leçon VI

Mon adresse complète.

Entre deux pages un essai de lettre :

Cher Dimmy. J'ai attendu...

Puis un autre début. Incomplet. Il releva la tête. Vit les yeux de sa mère à la fenêtre... en train d'attendre...

— *Domine, non sum dignus...*

Les yeux devenaient ceux de Regan... des yeux qui imploraient... qui attendaient...

— *Dites seulement une parole.*

Il jeta un coup d'œil à la bande magnétique.

Il sortit de la chambre. Emporta la bande dans le labo des langues vivantes. Trouva un magnétophone. S'assit. Plaça la bobine sur le plateau. Régla l'écoute. Puis se pencha en avant et écouta. Epuisé. Attentif.

Pendant un instant il n'entendit que le sifflement de la bande, le grincement de la mécanique. Soudain des bruits puis « Bonjour ». Des crachotements, des parasites. Puis Chris MacNeil chuchotant des conseils à l'arrière-plan. « Pas si près du micro, ma chérie. Eloigne-le un peu. Comme ça? Non, encore davantage. Comme ça? Oui, c'est très bien. Vas-y maintenant, parle. » Un petit rire. Le micro heurtant la table. Puis la voix douce et cristalline de Regan :

« Bonjour, papa. C'est moi. Heu... heu... » Un petit rire étouffé puis un aparté chuchoté : « Je ne sais pas quoi dire! » « Eh bien dis-lui simplement comment tu vas, trésor. Dis-lui ce que tu as fait »... Encore des rires étouffés puis « Heu... papa... eh bien, tu vois... je veux dire j'espère que tu peux m'entendre? heu... bon... maintenant heu... d'abord oh. Non, attends! Ecoute. On est à Washington, tu sais, papa. Je veux dire là où habite le Président et notre maison c'est... Non, je ne t'explique pas bien. Il vaut mieux que je recommence. »

« Ecoute, papa, il y a... »

Karras n'entendit la suite que faiblement, de très loin, à travers le grondement du sang dans ses oreilles comme l'océan, tandis qu'il sentait monter en lui et déferler irrésistible, l'intuition toute-puissante que *la chose qu'il avait vue dans la chambre de la fillette n'était pas Regan.*

Il retourna dans la résidence. Trouva un oratoire. Dit sa messe avant la ruée matinale. Comme il élevait l'hostie pour la consacrer, un espoir qu'il n'osait plus espérer la fit trembler entre ses doigts, un espoir qu'il combattait de toute sa volonté. « *Car ceci est mon corps...* » murmura-t-il d'une voix chevrotante.

— *Non! C'est du pain, rien d'autre.*

Il n'osait pas aimer de nouveau et perdre. Cette perte était trop importante. Cette souffrance trop aiguë. Il inclina la tête et avala l'hostie comme une illusion perdue. Elle resta un moment collée à sa gorge desséchée.

Après la messe, il se passa de petit déjeuner, prit des notes en vue de son cours. Alla rejoindre ses étudiants à la faculté de médecine. Se lança d'une voix rauque dans un exposé mal préparé : « ...et si nous considérons les symptômes des troubles caractériels... vous... » « *Papa, c'est moi... c'est moi...* »

Mais qui était « moi »?

Karras termina rapidement son cours et revint dans sa chambre où il se pencha immédiatement sur son bureau, les mains appuyées à plat sur le bois, pour examiner de nouveau attentivement la position de l'Eglise devant les signes paranormaux de possession démoniaque. Suis-je trop sévère? se demanda-t-il. Il relut les principaux points de *Satan : « télépathie... phénomène naturel... mouvement des objets à une distance qui ne permet aucune fraude... il est possible qu'un fluide encore inconnu à ce jour émane du corps... nos ancêtres... la science... Actuellement nous devons nous montrer plus circonspects...* » il ralentit le rythme de sa lecture. « *Toutes les conversations tenues avec les malades doivent être soigneusement analysées car si elles présentent le même système d'association d'idées et d'habitudes logico-grammaticales que dans leur état normal, la possession doit être tenue pour suspecte.* »

Karras respira profondément, épuisé. Puis il expira lentement et pencha la tête. *Non. Impossible. Ça ne collait pas.* Absolument impossible. Il regarda la gravure sur la page de droite. Un démon. Son regard glissa vers le sous-titre : « PAZUZU ». Karras ferma les yeux. Quelque chose n'allait pas. *Le père Tranquille*... l'exorciste de Loudun... Il eut la vision de la mort de l'exorciste... l'agonie finale... les rugissements... les sifflements... les vomissements... Les démons furieux le précipitant à terre, hors de son lit parce qu'il allait bientôt mourir et échapper à leurs tourments. *Et Lucas!* Lucas agenouillé au pied de son lit. Priant. Mais à l'instant même où Tranquille avait rendu le dernier soupir, Lucas avait pris l'identité des démons et s'était mis à lancer des coups de pied vicieux au corps encore chaud, au corps brisé, crispé, puant l'excrément et les vomissures, tandis que six hommes d'une force peu commune s'efforçaient de le maîtriser et qu'il refusait de s'arrêter tant que le corps n'avait pas été emmené de la pièce. Karras le vit. Il vit nettement la scène.

Etait-ce possible? Etait-ce vraiment possible? Concevable? L'exorcisme était-il le dernier espoir pour Regan? Devait-il se décider à...

Il ne pouvait refuser. Il ne pouvait pas ne pas tenter cela. Il fallait qu'il sût. Comment savoir? Il ouvrit les yeux. « Les *conversations avec les malades doivent être soigneusement...* » Oui... Oui, pourquoi pas? S'il y avait une identité évidente entre le type des discours que tenait Regan et ceux du « Diable », cela éliminerait l'éventualité de la possession même *avec* des manifestations par ailleurs paranormales... Seule une très grande *différence dans le mode d'expression signifiait qu'il y avait probablement possession.*

Il arpenta la chambre de long en large. Et *puis quoi encore? Quoi d'autre? Quelque chose qui... Elle... un instant!* Il s'arrêta au beau milieu de sa déambulation, fixant le tapis, les mains croisées derrière le dos. *Ce chapitre... ce chapitre du livre sur la possession...* Mentionnait-il? oui... il le mentionnait : que les démons réagissaient invariablement avec fureur quand ils étaient mis en présence de l'hostie consacrée... de reliques... *d'eau bénite! Voilà! C'était le bon moyen. Aller là-bas et lui faire une aspersion d'eau du robinet, en prétendant que c'est de l'eau bénite! Excellent! Si elle réagit de la façon dont les démons sont supposés le faire, alors j'aurai la certitude qu'elle n'est pas possédée... que ses symptômes sont dus à la suggestion... Qu'elle les a pris dans le livre! Mais si elle ne réagit pas? ha! cela voudrait dire alors...*

Peut-être...

Il chercha fébrilement un vieux flacon vide.

Willie le fit entrer dans la maison. Du vestibule il jeta un coup d'œil vers la chambre de Regan. Des hurlements. Des obscénités. Mais ce n'était pas la voix profonde et rauque du démon. Elle était plus sèche, plus haute, avec un fort accent anglais... Oui, la personnalité qui était apparue fugitivement la dernière fois...

Karras baissa les yeux et vit Willie qui l'attendait en regardant son col romain et sa soutane d'un air intrigué.

— Où est Mme MacNeil, s'il vous plaît? demanda Karras d'une voix douce.

Willie eut un geste vers l'étage.

— Merci.

Il s'avança vers l'escalier, le monta, vit Chris sur le palier, assise sur une chaise, devant la chambre de Regan, le front baissé, les bras croisés sur la poitrine. Le bruissement de la soutane lui fit relever la tête et elle se leva vivement.

— Bonjour, mon père.

Elle avait des cernes bleus sous les yeux. Karras fronça les sourcils :

— Avez-vous dormi?

— Un peu.

Il secoua la tête en signe de réprobation.

— Vraiment, je n'ai pas pu, confessa-t-elle en soupirant. Elle a été comme cela toute la nuit, expliqua-t-elle en faisant un signe en direction de la chambre de Regan.

— Elle a vomi?

— Non. (Elle le prit par la manche, comme pour l'éloigner de la chambre.) Descendons, voulez-vous, que nous puissions...

— Non, j'aimerais la voir, l'interrompit-il gentiment, en résistant à sa traction insistante.

— Maintenant?

Quelque chose qui ne va pas, pensa Karras. Chris avait l'air tendue. Effrayée.

— Pourquoi pas maintenant? demanda-t-il.

Elle lança un coup d'œil furtif à la porte de la chambre. Une voix métallique à l'articulation impeccable vociférait : « Maudit nazi! Espèce de con de nazi! »

Chris hésita un instant puis sembla se résigner à regret.

— Bon, allez-y. Entrez.

— Avez-vous un magnétophone? Pourriez-vous

me le faire porter dans la chambre, avec quelques bobines intactes, s'il vous plaît?

Elle fronça les sourcils, soupçonneuse.

— Pourquoi? (Puis inquiète :) Vous voulez... vous voulez enregistrer?...

— Oui, c'est indisp...

— Mon père, je ne peux pas vous laisser faire...

— J'ai besoin de pouvoir comparer les différents modes d'expression, trancha-t-il fermement. Maintenant, je vous en prie! Il faut seulement me faire confiance.

Ils se tournèrent vers la chambre au moment où un jet d'obscénités en chassait apparemment Karl. Le visage triste et d'un gris de cendre, il emportait des draps et des alèses souillés.

— N'oubliez pas d'en remettre, Karl, lui rappela Chris, comme le domestique fermait la porte de la chambre derrière lui.

Karl lança un coup d'œil rapide à Karras puis à Chris.

— Je les ai déjà remplacés, madame, dit-il d'un ton sec, puis d'un pas rapide il se dirigea vers l'escalier.

Chris l'observa un instant, se retourna vers Karras.

— C'est bon, dit-elle faiblement. C'est bon, je vais vous le faire porter.

Et elle s'éloigna brusquement. Karras la considéra un moment. Intrigué. Qu'est-ce qui n'allait pas? Il remarqua le soudain silence de la chambre. Mais au même moment, le rire diabolique éclata. Il tâta la fiole d'eau au fond de sa poche. Ouvrit la porte et entra.

La puanteur était encore plus forte que la veille. Il referma la porte. Regarda cette monstruosité, là, sur le lit. Elle le regardait approcher avec des yeux moqueurs, rusés, haineux, dominateurs.

— Bonjour, Karras.

Elle leva les jambes et il put entendre le gargouillis d'une diarrhée se répandant dans la culotte en plastique.

Il s'arrêta au pied du lit et dit avec calme :

— Bonjour, Diable, comment vas-tu ce matin?

— Pour l'instant très heureux de vous voir. Content vraiment. (La langue pendait, tandis que les yeux scrutaient Karras avec une admiration insolente.) On hisse les couleurs, je vois! Parfait, parfait. (Un autre jet diarrhéique.) Un peu de puanteur n'est pas pour vous gêner, n'est-ce pas, cher Karras?

— Pas du tout.

— Menteur!

— Ça t'ennuie que je le sois?

— Un peu.

— Mais le Diable *aime* les mensonges!

— Seulement les beaux... seulement les grands, cher Karras, ricana-t-elle. D'ailleurs, qui vous a dit que j'étais le Diable?

— Mais ne me l'as-tu pas dit toi-même hier?

— Oh! c'est possible après tout. C'est possible. Je ne me sens pas bien. Vous m'avez crue?

— Naturellement.

— Toutes mes excuses, alors.

— Pourquoi? Veux-tu dire que *tu n'es pas* le Diable?

— Juste un pauvre démon qui lutte. Un diable. Subtil distinguo. A propos, cher Karras, entre nous ne lui signalez pas mon... lapsus quand vous le verrez. Hein? Quand allez-vous le voir maintenant?

— Le voir? Il est ici?

— Dans le cochon? Oh non! Dans le cochon il n'y a qu'une pauvre petite famille d'âmes errantes, mon cher. Vous n'allez pas les blâmer d'y être, n'est-ce pas? Après tout, nous n'avons aucun endroit où aller... aucun logis...

— Et combien de temps comptent-ils rester?

La tête se souleva avec violence de l'oreiller, convulsée de rage, tandis que la voix rugissait :

— Jusqu'à la mort du petit cochon! Jusqu'à sa mort! (Et puis tout aussi rapidement Regan reprit le rictus sardonique de ses lèvres épaisses :) Incidemment, quelle excellente occasion pour un exorcisme, hein, Karras?

Le livre. Elle a dû lire ça dans le livre. Le regard sardonique le transperçait.

— Qu'attendez-vous pour commencer? Tout de suite... Hein?

Quelque chose ne tournait pas rond.

— Tu aimerais cela? s'enquit Karras intrigué.

— Enormément.

— Mais est-ce que cela ne te chasserait pas de Regan?

Le démon rejeta la tête en arrière en gloussant à perdre haleine, puis s'arrêta brusquement et répondit d'une voix gutturale :

— Cela nous rapprocherait.

— Toi et Regan?

— Nous et vous, mon bon ami, croassa la voix. Nous et vous. Ha! ha! ha!

Karras sentit de nouveau cette main glaciale l'effleurer, se poser sur sa nuque, puis glisser impalpable. La peur diagnostiqua-t-il. Mais *la peur de quoi?*

— Oui, vous allez vous joindre à notre petite famille, Karras, reprit le démon moqueur. Vous voyez, l'ennui avec « les signes dans les cieux », très chère partie de moi-même, c'est que dès qu'on les a vus, on n'a plus d'excuse. Avez-vous remarqué comme on parle peu de miracles actuellement? Ce n'est pas *notre* faute, Karras. Ne *nous* blâmez pas! Nous *essayons* vraiment. Nous faisons tout notre possible.

Karras tourna vivement la tête en direction de la commode dont un tiroir venait de s'ouvrir soudain en grand puis de se refermer avec un bruit sec. *Ça y est!* Au même moment, son émotion tomba comme un morceau d'écorce se détachant d'un arbre : *Psychokinésie.* Karras entendit un ricanement étouffé et regarda de nouveau en direction du lit.

— Comme c'est agréable de bavarder avec vous, Karras, sourit le démon. Je me sens bien, libre. Je peux déployer mes grandes ailes. D'ailleurs le fait de vous l'avouer ne servira qu'à aggraver votre damnation, docteur, cher et piteux physicien!

— Est-ce toi qui viens de faire cela? De tirer le tiroir de la commode?

Le démon n'écoutait pas. Il avait jeté un coup d'œil vers la porte, tendant l'oreille à un bruit de pas rapides qui approchaient et ses traits se déformaient, se fondaient maintenant en ceux de la personnalité à l'accent anglais : « Boucher! maudit bâtard! Espèce de con de Hun! »

Karl entrait, portant le magnétophone. Il le posa par terre près du lit, en se tenant sur ses gardes, puis il se retira vivement.

— Dehors! Himmler! Hors de ma vue! Allez donc rendre visite à votre fille au pied bot! Portez-lui de la choucroute! Oui! De la *choucroute* et de *l'héroïne,* Thorndike! Elle aimera sûrement ça! Elle l'appréciera! Elle!...

Karl était parti. Et maintenant la chose à l'intérieur de Regan se faisait brusquement cordiale, observant Karras pendant qu'il installait rapidement le magnétophone, cherchait une prise de courant, le branchait, posait la bande.

— Oh oui, bonne idée. Yip yip yip! Qu'est-ce qu'on va faire? dit-elle joyeusement. Va-t-on enregistrer quelque chose, padre? Chouette alors! J'adore jouer la comédie, vous savez! Oh oui, ter-ri-ble-ment!

— Je suis Damien Karras, prononça le prêtre. Et toi, qui es-tu?

— Etes-vous en train de me demander mes références en la matière, pauvre sot? Ça serait vraiment du toupet de votre part! Eh bien, j'ai joué Puck dans les pièces de la classe préparatoire. (Elle regarda autour d'elle.) A propos, il n'y a rien à boire ici? J'ai soif.

Le prêtre plaça le micro sur la table de nuit.

— Si tu me dis ton nom, j'essaierai de te trouver quelque chose à boire.

— C'est ça, et puis vous le boirez vous-même, répondit-elle avec un gloussement amusé, hein?

Karras pressa sur le bouton ENREGISTREMENT et dit :

— Quel est ton nom?

— Foutu pillard! jappa la voix.

Et puis elle disparut, remplacée par celle du démon :

— Qu'est-ce qu'on va faire, maintenant, Karras? On enregistre notre petite conversation?

Karras se redressa, la fixa. Puis tira une chaise auprès du lit et s'assit :

— Cela t'ennuie?

— Pas du tout, croassa le démon. J'ai toujours eu un faible pour toutes ces machines infernales.

Brusquement une odeur indéfinissable, nouvelle et puissante, se répandit dans la pièce. Une odeur comme celle de...

— La choucroute, Karras. Vous l'avez remarqué?

Cela sent en effet la choucroute, s'étonna le jésuite. L'odeur semblait provenir du lit, émaner du corps de Regan. Puis elle disparut, remplacée par la puanteur excrémentielle d'avant. Karras fronça les sourcils. *L'ai-je imaginée? Autosuggestion?* Il pensa à l'eau bénite. Maintenant? *Non, garde-la. Tire le maximum du discours.*

— A qui avais-je l'honneur de parler avant? demanda-t-il.

— Seulement à un membre de notre petite famille.

— Un démon?
— Vous lui accordez un bien grand crédit!
— Comment cela?
— Ne savez-vous pas que le mot « démon » signifie « sage »? Or, celui-ci est particulièrement stupide.
Le jésuite se raidit, attentif.
— Dans quelle langue le mot « démon » veut-il dire « sage »?
— En grec.
— Tu parles le grec?
— Couramment.
L'un des signes! pensa Karras avec excitation. C'était plus qu'il n'en avait espéré. Bien plus :
— « *Pos agnokes hoti presbuteros eimi?* » demanda-t-il rapidement en grec classique.
— Je ne suis pas d'humeur à vous répondre, Karras.
— Ah! Donc tu ne peux pas.
— J'ai dit que je ne me sentais pas d'*humeur!*
Déception. Karras méditait :
— Tu as tiré le tiroir de la commode?
— Assurément.
— C'est très impressionnant, convint Karras en hochant la tête. Tu es certainement un démon très puissant.
— Je le suis.
— Je me demande si tu pourrais recommencer?
— Oui, quand je le voudrai.
— Fais-le maintenant. J'aimerais revoir cela.
— Quand je voudrai!
— Mais, pourquoi pas maintenant?
— Il faut bien vous donner une raison *quelconque* de douter! Un peu! Juste assez pour nous assurer du dénouement final. Comme c'est nouveau et merveilleux d'attaquer au moyen de la vérité! Aaah! quelle joie...
La main glacée lui effleura de nouveau la nu-

que. Karras regarda droit devant lui, les yeux dans le vague. Pourquoi cette peur? encore... Mais était-ce la peur?

— Non, ce n'est pas la peur, dit le démon. (Il ricanait.) C'était moi!

La main s'était retirée. Karras fronça les sourcils. Eprouva un nouvel étonnement. Le repoussa. *La télépathie. Ou donc est-elle? Il faut le découvrir, en avoir le cœur net*, maintenant!

— Peux-tu me dire à quoi je pense en cet instant?

— Vos pensées sont trop sombres pour m'amuser.

— Ainsi, tu ne *peux* pas lire dans mon esprit!

— Croyez ce que vous voudrez...

Essayer l'eau bénite? Maintenant? Le chuintement de la bande du magnétophone qui continuait de tourner l'en dissuada. *Non. Continue d'explorer. Obtiens un vaste échantillonnage de discours.*

— Tu es vraiment une personne fascinante, dit Karras.

Ricanement guttural.

— Non, je parle sérieusement, dit Karras. J'aimerais en savoir plus long sur toi, sur ton histoire. Tu ne m'as jamais dit qui tu étais.

— Un diable, croassa le démon.

— Oui, ça je sais, mais *quel* diable? Comment t'appelles-tu?

— Bah! Qu'importe le nom, Karras. Ne vous tracassez donc pas à ce sujet. Appelez-moi Howdy, si vous y tenez absolument. Si cela vous met plus à l'aise.

— Oh, oui! Le capitaine Howdy, fit Karras en hochant la tête, l'ami de Regan.

— Son ami *très intime.*

— Ah, vraiment?

— Oui, vraiment.

— Mais alors, pourquoi la tourmentes-tu?

— Parce que justement je suis son ami. La petite cochonne aime ça!
— Elle aime ça?
— Je dirais même qu'elle l'adore.
— Mais pourquoi?
— Demandez-le-lui.
— L'autoriseriez-vous à me répondre?
— Non.
— Alors, pourquoi le lui demander?
— Pour rien! croassa le démon, les yeux soudain étincelants de lubricité.
— Quelle est la personne à qui j'ai parlé tout à l'heure?
— Vous l'avez déjà demandé.
— Je sais, mais tu ne m'as pas répondu.
— Seulement un autre bon ami du doux, du tendre petit cochon, cher Karras.
— Puis-je lui parler?
— Non. Il est occupé avec votre mère. Elle est en train de lui sucer la bite... jusqu'aux *poils,* Karras! *toute* la queue, mon cher! Votre mère, je dois dire, a un coup de langue absolument merveilleux. Une bouche admirable.

Elle le considérait d'un regard moqueur et brillant et Karras sentit la rage s'emparer de lui. Il fut pris d'un tremblement de haine dont il s'aperçut soudain qu'il n'était pas dirigé contre la fillette mais contre le démon. *Le démon! Que t'arrive-t-il?* Le jésuite récupéra son calme de justesse, respira profondément puis se leva et sentit la fiole dans la poche de sa chemise. Il la tira et la déboucha.

Le démon eut l'air contrarié.
— Qu'est-ce que c'est?
— Comment? Tu ne le sais pas? s'étonna Karras, en obturant à moitié le goulot et en aspergeant le lit du contenu de la fiole. C'est de l'eau bénite, Diable!

Le démon se mit immédiatement à se contorsionner, à hurler de terreur et de souffrance.

— Ça brûle! Ça brûle! Aaaah! Arrêtez! Arrêtez, bâtard de prêtre! Arrêtez!

Karras impassible cessa son aspersion. *Hystérie. Suggestion.* Aucun doute. *Elle avait vraiment lu le livre.* Il regarda le magnétophone. *A quoi bon maintenant?*

Le silence le tira de ses pensées. Il regarda Regan. Fronça les sourcils. *Qu'est-ce qui se passait?* La personnalité démoniaque s'était effacée et avait cédé la place à d'autres traits similaires... et différents pourtant. Les yeux s'étaient retournés dans leur orbite, ne montrant plus que le blanc. La voix murmurait, scandant lentement un jargon fiévreux. *Qu'est-ce que c'est? Rien.* Et pourtant... *Cela avait une cadence. Comme une langue étrangère.* Serait-ce possible? Il sentit comme un battement d'ailes d'oiseaux-mouches dans son estomac. Il les attrapa fermement. Les força à se calmer. *Allons! ne sois pas idiot!* Et pourtant!

Il regarda l'indicateur de volume du magnétophone. L'aiguille restait immobile. Il tourna l'amplificateur puis écouta attentivement, l'oreille penchée sur les lèvres de Regan. Le jargon cessa aussitôt et fut remplacé par un souffle rauque, profond. Karras se raidit.

— *Qui* es-tu? demanda-t-il.

— Nowonmaï, répondit l'entité.

Un grognement de souffrance étouffé. Le blanc des yeux. Les paupières battantes. « Nowonmaï ». La voix brisée, éteinte, comme l'âme de celui à qui elle appartenait, semblait renfermée dans un espace ténébreux, au-delà du temps.

— Est-ce là ton nom? demanda Karras en fronçant les sourcils.

Les lèvres remuèrent. Des syllabes fébriles. Lentes. Inintelligibles.

— Es-tu capable de me comprendre?

Silence. Seulement un bruit de respiration profonde, bizarrement étouffé. Le bruit mystérieux du sommeil sous une tente à oxygène.

Le jésuite attendit, espérant davantage.

Rien ne vint.

Il arrêta l'enregistrement. Remit le magnétophone dans son étui, prit la bande. Jeta un dernier coup d'œil à Regan. Match nul. Irrésolu, il quitta la chambre et descendit l'escalier.

Il trouva Chris dans la cuisine; assise devant la table, avec Sharon. Elle regardait sa tasse de café d'un air sombre. En le voyant approcher elles lui adressèrent toutes deux un regard anxieusement interrogateur. Puis Chris dit calmement à Sharon :

— Il vaudrait mieux que vous alliez jeter un coup d'œil sur Regan maintenant.

Sharon termina d'une gorgée sa tasse de café, acquiesça d'un signe de tête et quitta la pièce. Karras s'assit d'un air las vis-à-vis de Chris.

— Alors? lui demanda-t-elle en cherchant son regard.

Sur le point de lui répondre, Karras s'en abstint en voyant Karl entrer tranquillement dans la cuisine et aller vers l'évier pour y nettoyer des casseroles. Karras le regarda. Chris suivit son regard.

— Ça ne fait rien, dit-elle doucement. Vous pouvez parler. Alors? Que se passe-t-il?

— Deux personnalités que je n'avais pas vues hier se sont manifestées. Enfin, ce n'est pas tout à fait exact... l'une d'elles, celle qui a l'accent anglais, avait déjà fait une brève apparition hier. Est-ce quelqu'un que vous connaissez?

— Est-ce si important?

Il remarqua de nouveau la contrariété sur son visage.

— C'est important.

Elle baissa les yeux et hocha lentement la tête :

— Oui, c'est quelqu'un que je connaissais, murmura-t-elle.

— Qui?

Elle releva la tête, le regarda bien en face :

— Burke Dennings.

— Le metteur en scène?

— Oui.

— Celui qui?

— Oui.

Le jésuite réfléchit un instant.

— Voulez-vous une tasse de café ou quelque chose d'autre, mon père?

Il secoua la tête :

— Non, merci. (Il se pencha en avant, les coudes sur la table.) Regan le connaissait-elle?

— Oui.

— Et...

Un fracas. Chris sursauta, se retourna et vit que Karl avait laissé tomber une poêle à frire. Il se baissait pour la ramasser. Comme il la soulevait, elle tomba de nouveau.

— Oh! écoutez, Karl!

— Désolé, madame!

— Sortez, Karl. Allez au cinéma ou n'importe où, mais nous ne pouvons pas rester tous parqués dans cette maison!

Elle se retourna vers Karras, prit un paquet de cigarettes et le lança sur la table, tandis que Karl protestait.

— Mais, je suis...

— Karl! Karl! ne me faites pas répéter ce que je viens de dire, lui lança nerveusement Chris en élevant la voix, mais sans tourner la tête vers lui. Allez-vous-en un instant... Sortez un peu... Nous devons *tous* nous aérer. Maintenant, partez.

— Oui, va, renchérit Willie en entrant et en lui arrachant la poêle des mains.

Elle le refoula avec irritation vers l'office. Karl lança un dernier regard à Karras et à Chris puis s'en alla docilement.

— Navrée, mon père, s'excusa Chris en prenant

une cigarette. Mais il en a vu de dures ces derniers temps!

— Vous avez raison, dit doucement Karras en attrapant la boîte d'allumettes. Vous devriez *tous* prendre un peu l'air et ne pas rester confinés dans cette maison... Vous la première.

— Alors, qu'a dit Burke?

— Seulement des obscénités, répondit Karras en haussant les épaules.

— Rien d'autre?

Il remarqua le léger tremblement de peur dans sa voix.

— En gros, oui. (Puis, dans un murmure :) A propos, est-ce que Karl a une fille?

— Une fille? Pas à ma connaissance, ou s'il en a une il ne m'en a jamais parlé.

— Vous en êtes sûre?

Willie récurait l'évier, Chris se tourna vers elle.

— Vous n'avez pas de fille, n'est-ce pas, Willie?

— Elle est morte, madame, il y a bien longtemps, maintenant.

— Oh, je suis navrée...

Chris se retourna vers Karras.

— C'est la première fois que j'en entends parler, lui murmura-t-elle. Pourquoi me l'avez-vous demandé? Comment le saviez-vous?

— Regan. Elle y a fait allusion.

Chris le dévisagea fixement.

— A-t-elle jamais donné des signes de perception extrasensorielle? je veux dire, avant ces troubles...

— Heu... Eh bien, je ne suis pas certaine. Je veux dire qu'il y a eu des occasions où *elle* semblait penser la même chose que *moi*, en même temps, mais n'est-ce pas le cas des personnes qui vivent en étroite communion et qui sont très proches l'une de l'autre?

Karras acquiesça puis réfléchit.

— En ce qui concerne cette autre personnalité... est-ce celle qui est apparue pendant l'hypnose à laquelle avait tenté de la soumettre le docteur?

— Celle qui prononçait des mots incompréhensibles?

— Oui. Qui est-ce?

— Alors, ça! Je n'en sais rien.

— Vous ne voyez pas? Elle ne vous est pas familière?

— Pas du tout.

— Avez-vous demandé le dossier médical de Barringer?

— Il sera là cet après-midi. On me l'envoie par avion. Il vous sera communiqué directement. C'est à cette seule raison qu'ils ont accepté de s'en séparer... Et encore, j'ai dû remuer ciel et terre.

— Oui, je supposais que cela soulèverait des difficultés.

— Eh bien, pour ça, il y en a eu, je vous l'assure. Mais vous allez le recevoir incessamment. (Elle but une gorgée de café.) Maintenant, quel est votre point de vue vis-à-vis de l'exorcisme, mon père?

Il baissa les yeux et soupira.

— Heu... Je n'ai pas grand espoir de convaincre l'évêque.

— Que voulez-vous dire par là?

Elle posa sa tasse de café en fronçant les sourcils avec anxiété.

Il glissa sa main dans sa poche et en retira la fiole qu'il montra à Chris.

— Vous voyez cela?

— Oui.

— Je lui ai dit que c'était de l'eau bénite, expliqua Karras. Et dès que j'ai commencé l'aspersion, elle a réagi très violemment.

— Et alors?

— Ce n'est pas de l'eau bénite. C'est de l'eau du robinet.

— Certains démons ne font peut-être pas la différence?

— Vous *croyez* vraiment qu'il y a un démon en elle?

— Je crois qu'il y a quelque chose en Regan qui essaie de la tuer, père Karras, et le fait qu'il distingue ou non l'eau bénite de l'eau du robinet ne me semble pas être primordial, non? Excusez-moi, mais vous m'avez demandé mon avis! Je vous le donne. (Elle écrasa sa cigarette dans le cendrier.) D'ailleurs, quelle est la différence entre l'eau bénite et l'eau du robinet?

— L'eau bénite est consacrée.

— Eh bien, vous m'en voyez ravie, mon père... En attendant, je ne vois pas pourquoi vous me disiez qu'il ne saurait y avoir d'exorcisme?

— Ecoutez-moi bien, dit Karras en s'échauffant. Je commence seulement à étudier son cas... mais l'Eglise a des critères que l'on doit satisfaire, et cela pour une excellente raison : pour se préserver du fatras de superstitions dont les gens semblent vouloir l'accabler chaque année davantage. Pour ne vous citer que ces idioties sur la lévitation de certains prêtres, les statues soi-disant miraculeuses qui pleurent le vendredi saint ou les jours de fête carillonnée... J'estime que moins on contribuera à grossir ce fatras ridicule et mieux l'Eglise s'en portera.

— Voulez-vous un tranquillisant, mon père?

— Excusez-moi, mais vous m'avez demandé mon avis!

— Je l'ai maintenant. Merci!

Il tendit la main pour attraper le paquet de cigarettes.

— Moi aussi, dit Chris d'une voix altérée.

Il lui tendit le paquet. Elle en prit une. Il en glissa une entre ses lèvres et alluma les deux. Ils rejetèrent la première bouffée en soupirant bruyamment et se laissèrent aller contre le dossier de leur chaise.

— Je suis désolé, lui dit-il doucement.

— Ces cigarettes sans filtre vous tueront.

Il joua avec le paquet, faisant craquer l'enveloppe de cellophane.

— Voici les signes que l'Eglise accepte comme authentiques : parler une langue dont il peut être prouvé que le sujet l'ignore. Bon, j'ai enregistré quelque chose là-dessus... on verra ce que ça donne. Ensuite, il y a la clairvoyance, quoique la télépathie ou la perception extrasensorielle, qui peut faire illusion, annule ce signe.

— Vous *croyez* à ces sornettes? fit-elle avec une moue sceptique.

Il la considéra un instant puis décida qu'elle parlait avec le plus grand sérieux, et il poursuivit sans lui répondre :

— Le dernier signe est de présenter des pouvoirs et des connaissances au-delà de ses capacités et de son âge. C'est un attrape-nigaud. La moindre chose occulte...

— Et maintenant, que pensez-vous des coups que l'on entend?

— Par eux-mêmes, ils ne veulent rien dire.

— Et cette façon dont elle s'élevait au-dessus de son lit et y retombait?

— Insuffisant.

— Et ces choses sur sa peau?

— Quelles choses?

— Comment? Je ne vous l'ai pas raconté?

— Non. De quoi s'agit-il?

— Ça s'est passé à la clinique. Il y avait... Oh! comment vous expliquer? (Du bout de l'index elle traça des signes sur sa poitrine.) Vous voyez ce que je veux dire... Comme des lettres... Elles sont apparues sur sa poitrine et puis elles ont disparu comme elles étaient venues.

Karras fronça les sourcils.

— Vous avez dit des lettres? Pas des mots?

— Non, pas des mots. Il y avait un M une fois ou deux..., et puis un L.

— Vous les avez vues?

— Non, ils me l'ont dit.

— *Qui* ça?

— Les médecins, à la clinique. Ecoutez, vous le verrez dans le dossier. Je vous dis la vérité.

— Oh, je n'en doute pas... Mais là encore c'est un phénomène naturel.

— Où? En Transylvanie?

Karras secoua la tête.

— Non, mais des cas de ce genre sont rapportés dans les revues de psychiatrie. Entre autres, je me souviens, l'article dans lequel un psychiatre racontait qu'un de ses malades — il était affecté aux prisons — réussissait à se mettre lui-même en état de transe et était capable, une fois dans cet état, de faire apparaître les signes du Zodiaque sur sa peau... et en relief, même!

— Seigneur! Il n'y a pas beaucoup de miracles pour vous, hein?

— On a fait une fois une expérience, continua-t-il d'une voix égale. Le sujet a été hypnotisé, est entré en transes; à ce moment-là on a procédé à des incisions chirurgicales sur chacun de ses bras. On lui a dit que son bras gauche allait saigner, mais non son bras droit. Eh bien, le bras gauche a saigné et pas le droit. Le pouvoir de l'esprit avait contrôlé la circulation sanguine. Nous ne savons pas *de quelle façon*, mais le résultat est là! Dans le cas des stigmates, c'est-à-dire dans celui du prisonnier en question ou de Regan, le subconscient contrôle la circulation sanguine superficielle sous la peau, envoyant davantage de sang aux endroits qu'elle veut rougir ou soulever... et c'est comme ça que vous avez des dessins, des lettres, ou n'importe quoi! C'est mystérieux mais non surnaturel.

— Vous êtes un cas, vous savez, père Karras!

Karras mordilla l'ongle de son pouce et continua sur sa lancée :

— Ecoutez, peut-être cela vous aidera-t-il à mieux comprendre. L'Eglise... pas moi... L'Eglise donc a publié autrefois une déclaration, une sorte d'avertissement aux exorcistes. Je l'ai lue hier soir. Il y est dit que la plupart des gens qui *se* croient ou qu'*on* croit possédés du démon « ont davantage besoin d'un médecin que d'un exorciste ». Je cite. Pouvez-vous deviner de quand date cette mise en garde?

— Non.

— De 1583.

Chris le considéra avec surprise et réfléchit.

— Ça a dû être une fichue année! murmura-t-elle, tandis que le prêtre se levait et lui disait :

— Maintenant, donnez-moi le temps d'étudier le dossier de la clinique.

Chris acquiesça.

— En attendant, je vais faire entendre la bande à l'Institut de langues et linguistique. Il se pourrait que ce jargon fût identifiable. J'en doute. Mais on ne sait jamais. Et en comparant les différentes personnalités... Ses différentes façons de s'exprimer... On verra. En bref, si elles sont identiques, vous pouvez être certaine qu'elle n'est pas possédée.

— Et alors, que se passera-t-il?

Le prêtre sonda son regard anxieux. Etrange! *Elle semblait craindre que sa fille ne fût pas possédée!* Il pensa à Dennings. Quelque chose clochait vraiment dans cette histoire.

— Je n'aime pas demander, mais pourrais-je vous prier de me prêter votre voiture pour un moment?

Elle fixa le bout de ses chaussures d'un air soumis.

— Vous pourriez me demander de vous prêter ma vie, je vous la donnerais, murmura-t-elle. Il suffira que vous me la rameniez pour jeudi. Je pourrais en avoir besoin ce jour-là.

Karras considéra la tête courbée et sans défense avec un pincement de souffrance au cœur. Il brûlait de lui prendre les mains, de lui dire que tout allait s'arranger. Mais comment?

— Attendez, je vais vous chercher les clés.

Il la vit s'éloigner comme une prière sans espoir.

Lorsqu'elle lui eut remis les clés, Karras rentra chez lui. Il laissa le magnétophone dans sa chambre et, la bande de Regan à la main, traversa de nouveau la rue jusqu'à l'endroit où Chris garait sa voiture.

Comme il montait dedans il entendit Karl qui l'appelait depuis la porte d'entrée de la maison. « Père Karras! Père Karras! » Il leva la tête et vit Karl dévaler les marches tout en enfilant hâtivement une veste.

— Père Karras! un instant s'il vous plaît!

Karras baissa la vitre du côté du siège du passager et se pencha. Karl passa la tête à l'intérieur.

— Vous allez de quel côté, père Karras?

— Dupont Circle.

— Ah... Pourriez-vous me déposer en route, père? Est-ce que cela ne vous dérangerait pas?

— Pas du tout. Montez.

— Je vous en remercie infiniment, père Karras.

Karras mit le contact, démarra.

— Ça vous fera du bien de sortir un peu.

— Oui. Je vais aller voir un film. Un bon film.

Karras approuva, passa en première et lança la voiture dans la circulation.

Ils roulèrent en silence pendant un moment. Karras était préoccupé, cherchant des explications. *Possession. Impossible. L'eau bénite.* Et pourtant...

— Karl, vous avez connu M. Dennings, n'est-ce pas?

Le domestique eut l'air de ne pas avoir entendu et continua de regarder droit devant lui puis soudain il inclina lourdement la tête.

— Oui. Je l'ai connu.

— Lorsque Regan... Lorsqu'elle semble être Dennings... Avez-vous l'impression qu'elle *est* réellement Dennings?

Une longue pause. Puis un « Oui » neutre et inexpressif.

Karras hocha la tête, obsédé.

Ils ne parlèrent plus jusqu'au Dupont Circle, où Karras s'arrêta devant un feu.

— Je descends ici, père Karras, dit Karl, en ouvrant la portière. Je peux prendre un bus d'ici. (Il descendit, puis passa la tête par la vitre baissée.) Merci beaucoup, père. J'ai été très sensible à votre geste. Merci!

Il se tenait sur le refuge à piétons, attendant que le feu passât au rouge. Il sourit et fit un signe de la main au prêtre quand celui-ci démarra. Il observa la voiture jusqu'à ce qu'elle eût disparu au tournant de Massachusetts Avenue, puis courut pour monter à temps dans l'autobus. Il prit un billet. Changea de bus. Débarqua enfin à une station des bas quartiers du nord de la ville où il marcha jusqu'à un immeuble délabré et y entra.

Il s'arrêta au bas d'un escalier lugubre où stagnaient des relents de cuisine. Il entendit crier un bébé quelque part. Courba la tête. Un cafard dégringola vivement d'une plinthe et traversa une marche à toute allure. Karl s'accrocha à la rampe et sembla sur le point de s'en retourner mais il secoua la tête et commença l'ascension de l'escalier dont chaque marche gémissait comme un reproche.

Au second, il s'enfonça dans un couloir obscur,

vers une porte devant laquelle il resta planté un moment, la main sur la poignée. Il regarda le mur : la peinture sale s'écaillait; on pouvait lire, gribouillé au crayon, « Nicky aime Ellen » et, au-dessous, un cœur et une date. Karl appuya sur la sonnette et attendit, tête baissée. Un grincement de sommier parvint de l'appartement. Un marmottement irrité. Puis des pas se rapprochèrent : le bruit irrégulier, lourd, raclant le sol, d'une chaussure orthopédique. La porte s'entrouvrit sur une chaîne de sûreté qui grinça tandis qu'une femme en slip passait la tête par l'ouverture, une cigarette collée au coin des lèvres.

— Oh, c'est toi? dit-elle d'une voix altérée.

Elle enleva la chaîne. Le regard de Karl rencontra ses yeux, fuyants et durs, hagards de souffrance et de reproche; glissa sur la courbe vicieuse des lèvres, sur le visage ravagé d'une jeune beauté enterrée vivante dans des centaines de chambres de motel, des milliers de réveils d'un sommeil sans repos.

— Hé! tu r'viens, oui ou non? bredouilla une voix mâle et rauque à l'intérieur de l'appartement. (Le petit ami.)

La fille tourna la tête et lança vivement :

— Oh! la ferme, andouille... C'est p'pa.

Elle se tourna de nouveau vers Karl.

— Il est saoul, p'pa. Il vaut mieux que tu n'entres pas.

Karl acquiesça.

Les yeux cernés de sa fille suivirent les mouvements de sa main comme il la glissait dans la poche arrière de son pantalon en quête de son portefeuille.

— Comment va m'man? demanda-t-elle nerveusement en tirant sur sa cigarette, les yeux fixés voracement sur les mains qui comptaient les billets de banque.

— Elle va bien.

Comme il lui tendait l'argent, elle fut prise d'un accès de toux déchirante et appliqua sa main sur sa bouche.

— Foutues cigarettes! dit-elle en s'étouffant.

Karl regarda fixement sa chaussure orthopédique puis leva les yeux sur les marques de piqûres dont étaient recouverts ses avant-bras.

— Merci, p'pa.

Il sentit qu'elle lui tirait les billets des doigts.

— Bon Dieu, tu te magnes, ouais ou non! grogna le petit ami de l'autre pièce.

— Ecoute, p'pa, il vaut mieux que tu partes... Tu sais comment il est quand...

— Elvira...! (Karl l'avait saisie au poignet.) Il y a une clinique à New York maintenant, lui murmura-t-il d'un ton suppliant.

Elle grimaça, essayant d'échapper à l'étau de sa main.

— Oh la la...

— Je t'y enverrai... Ils t'aideront. Tu n'iras pas en prison! C'est...

— Tu parles! ricana-t-elle d'une voix perçante en réussissant à lui échapper.

— Non! Non! Je t'en prie... C'est...

Elle lui claqua la porte au nez.

Dans le couloir fuligineux, dans la tombe tapissée de ses espérances, Karl regarda fixement la porte sans mot dire, puis baissa la tête dans un chagrin silencieux. De l'appartement lui parvint le bruit d'une conversation étouffée. Puis un rire de femme résonna cyniquement. Il fut suivi d'une quinte de toux.

Karl détourna la tête et reçut un choc semblable à un coup de poignard en voyant devant lui le lieutenant Kinderman qui lui bloquait le passage.

— On pourrait peut-être avoir une petite conversation, maintenant, monsieur Engstrom, souffla le détective, les mains dans les poches et le regard apitoyé. Qu'en pensez-vous?

2

Karras enroulait la bande sur une bobine vide, dans le bureau du directeur de l'Institut de langues et linguistique, un homme rondelet aux cheveux blancs. Ayant soigneusement monté les différents passages de la bande sur plusieurs bobines, il était prêt à passer la première. Il enclencha l'appareil et s'éloigna de la table. Ils écoutèrent la voix fébrile, scandant son jargon guttural. Karras se tourna vers le directeur.

— A votre avis, de quoi s'agit-il, Frank? Est-ce une langue?

Le directeur était assis sur le coin de son bureau. Une fois la bande terminée, il avait froncé les sourcils, embarrassé.

— C'est étrange. Où avez-vous trouvé cela?

— Oh, c'est quelque chose que j'ai depuis pas mal d'années, qui date d'un temps où je m'étais intéressé à un cas de dédoublement de la personnalité. Je suis en train d'écrire un rapport là-dessus.

— Hum, je vois.

— Alors?

Le directeur enleva ses lunettes et se mit à en mâchonner la branche.

— Non, il ne s'agit d'aucune langue de ma connaissance... Toutefois... (Il fronça les sourcils... Et puis il regarda Karras...) Voudriez-vous me la repasser?

Karras acquiesça, fit revenir la bande à son point de départ, puis la repassa.

— Qu'en pensez-vous, maintenant?

— Evidemment, cela a la cadence d'un langage...

Karras eut une lueur d'espoir, mais il la refoula.

— C'est ce que j'avais pensé...

— Néanmoins, je ne réussis pas à l'identifier, mon père. S'agit-il d'une langue ancienne ou moderne? Le savez-vous vous-même?

— Non, je n'en sais rien.

— Hum! Pourriez-vous me laisser la bobine, mon père? Je l'écouterais de nouveau avec quelques élèves.

— Pourriez-vous m'en faire une copie, Frank? J'aimerais conserver l'original.

— Oh, mais très certainement.

— J'ai aussi apporté quelque chose d'autre. Avez-vous du temps devant vous?

— Bien sûr. Allez-y. De quoi s'agit-il?

— Eh bien, si je vous faisais entendre des fragments de la conversation habituelle de deux personnes apparemment différentes pourriez-vous me dire... l'analyse sémantique pourrait-elle prouver si *une seule* et même personne aurait pu être capable de s'exprimer de ces *deux* façons différentes.

— Je pense que c'est possible.

— Comment procéderiez-vous?

— Eh bien, dans un extrait vraiment caractéristique contenant environ mille mots, on vérifie la fréquence de répétition des différentes parties du discours.

— Et vous trouvez ça concluant?

— Oh, mais oui! Voyez-vous, cette sorte de test tient compte du moindre changement dans le vocabulaire de base. Il ne s'agit pas tant des mots d'ailleurs que de l'expression, du style. Nous appelons cela l' « indice de diversité ». Très déroutant, évidemment, pour le profane... Et c'est ce que nous désirons, dans le fond, sourit malicieusement le directeur. (Puis, avec un signe de tête en direction des bandes que tenait Karras :) Vous avez enregistré deux personnes différentes sur celles-là, n'est-ce pas?

— Non, la voix et les mots sont sortis de la bouche de la *même* personne physique, Frank. Comme je vous l'ai dit, il s'agissait d'un cas de dédoublement de la personnalité. Les voix semblent appartenir à deux personnes bien distinctes, mais il s'agit de la *même* personne. Ecoutez, puis-je vous demander une grande faveur?

— Vous aimeriez qu'on les teste? Avec plaisir, je les confierai à l'un de mes assistants

— Non, Frank, et c'est en cela que réside la faveur que je vous demande : c'est que vous les testiez vous-même et le plus rapidement possible. C'est terriblement important.

Le directeur lut dans ses yeux la véracité de l'urgence et acquiesça :

— O.K.! O.K. Je vais m'y mettre...

Il fit des copies des deux bandes et Karras retourna à la résidence avec les originaux. Il trouva un message dans sa chambre. Le dossier de la clinique était arrivé.

Il se précipita à la réception et signa pour le paquet. De retour dans sa chambre, il se mit immédiatement à lire et fut bientôt convaincu que sa visite à l'institut avait été inutile.

« *...Complexe de culpabilité déterminant un somnambulisme indiscutablement hystérique...* »

Il y avait toujours une place pour le doute. Toujours. On était libre d'interpréter. *Mais les stigmates de Regan?* Karras plongea son visage las dans ses mains. Les stigmates que Chris lui avait décrits étaient en effet signalés dans le dossier. Mais il y était dit également que Regan avait un épiderme hypersensible et aurait pu y provoquer l'apparition des mystérieuses lettres simplement en les traçant du bout de l'index, peu de temps avant qu'on ne les remarque. Dermatographie.

Elle l'a fait elle-même, rumina Karras morose. Il en était certain. Car dès que les mains de Regan avaient été immobilisées par des courroies, le dossier signalait que le mystérieux phénomène ne s'était plus jamais répété. Supercherie. Consciente ou inconsciente.

Il leva la tête et regarda son téléphone. Allait-il appeler Frank? Il souleva l'écouteur, demanda le numéro. Il était parti. Alors il laissa un message demandant qu'on le rappelât. Et puis, épuisé, il se leva et se traîna lentement vers sa salle de bains. Il s'aspergea le visage d'eau froide. « *L'exorciste devra prendre bien soin de ne négliger aucune manifestation du patient.* » Il se regarda dans la glace. Avait-il omis quelque chose? Quoi? *L'odeur de choucroute.* Il se tourna, prit une serviette sur la barre de métal et s'essuya le visage. Non, autosuggestion, se rappela-t-il. Les malades mentaux, dans certaines conditions, semblaient capables d'émettre toutes sortes d'odeurs.

Karras s'essuya les mains. Les coups? L'ouverture et la fermeture du tiroir de la commode? Psychokinésie? Vraiment? « *Vous croyez à ces sornettes?* » Il replaça la serviette et resta un instant immobile, se rendant compte qu'il ne parvenait plus à réfléchir de façon lucide. Trop fatigué? Pourtant il ne voulait pas s'en remettre, pour Regan, à une conjecture, à une opinion, aux trahisons cruelles de l'esprit.

Il sortit de la résidence et se rendit à la bibliothèque du campus. Il chercha dans le répertoire des périodiques : PO... POL... POLTE... Il trouva ce qu'il cherchait et s'assit devant un journal scientifique pour lire un article du Dr Hans Bender, le psychiatre allemand, sur les « esprits frappeurs ». Bon! conclut-il, aucun doute à ce sujet.

Les phénomènes psychokinésiques existent bel et bien. On était très documenté là-dessus, on en avait même filmé, observé dans des cliniques psychiatriques. Et dans aucun des cas relatés dans l'article, il n'était fait mention d'éventuelle possession démoniaque. Au contraire, on avançait l'hypothèse d'une énergie inconsciente dirigée par le cerveau et la plupart du temps « ... produite par des adolescents en état de vive tension interne, de frustration ou de rage ».

Karras frotta ses yeux fatigués. Il se sentait encore coupable de négligence. Il revint aux symptômes, s'attardant sur chacun d'eux. Lequel avait-il laissé passer? se demanda-t-il. Lequel?

La réponse, conclut-il avec lassitude, était : « aucun ».

Il rangea le journal où il l'avait pris.

Revint lentement vers la maison de Chris. Willie le reçut et le conduisit au bureau. La porte était fermée. Willie frappa.

— C'est le père Karras, annonça-t-elle.

— Entrez!

Karras entra et referma la porte derrière lui. Chris lui tournait le dos, le front appuyé dans ses mains, accoudée au bar.

— Bonsoir, mon père.

Sa voix était un murmure rauque et désespéré. Il s'approcha d'elle avec inquiétude.

— Ça va? demanda-t-il doucement.

— Oui, ça va.

La voix était tendue. Il fronça les sourcils. Les mains de Chris tremblaient.

— Qu'avez-vous fait? lui demanda-t-elle.

— J'ai étudié le dossier de la clinique. (Il attendit une réponse qui ne vint pas et poursuivit :) Je crois... Eh bien, honnêtement, mon opinion actuelle est que le mieux pour Regan serait de recevoir des soins psychiatriques intensifs.

Elle secoua lentement la tête.

— Où est son père? demanda-t-il.
— En Europe, soupira-t-elle.
— L'avez-vous mis au courant?
Elle avait pensé le lui dire tant de fois. Elle avait été tentée de le faire. La crise les aurait peut-être rapprochés. Mais Howard et les prêtres... Pour le bien même de Regan, avait-elle décidé, il ne devait pas être mis au courant.
— Non, répondit-elle finalement.
— Je pense que sa présence ici améliorerait la situation.
— Ecoutez, la seule amélioration ne peut être apportée que par une aide extérieure! explosa soudain Chris en levant vers le prêtre un visage ruisselant de larmes. Quelque chose de tout à fait exté-rieur!
— Je persiste à croire que vous devriez lui demander de venir.
— Pourquoi?
— Ce serait le...
— Je vous ai demandé de chasser un démon, nom de Dieu! pas d'en faire venir un autre! cria-t-elle à Karras, en proie à une soudaine crise d'hystérie. (Ses traits étaient convulsés par l'angoisse.) Qu'advient-il de *l'exorcisme?*
— Maintenant, je...
— Et qu'est-ce que j'en ai à fiche d'*Howard!*
— Nous pouvons en parler...
— *En parler maintenant*, nom de Dieu! A quoi diable peut-il être *bon* en ce moment, Howard? Hein! A quoi?
— Il y a de fortes probabilités pour que les troubles que manifeste Regan aient eu pour origine un sentiment de culpabilité.
— Culpabilité pour quoi? cria-t-elle les yeux fous.
— Cela pourrait être...
— A cause du divorce? hein? Vous ressortez toutes les idioties des psychiatres.

— Maintenant...

— Vous voulez que je vous dise pourquoi elle éprouve un sentiment de culpabilité? C'est parce qu'elle a tué Burke Dennings! hurla Chris, les poings pressés sur ses tempes. Elle l'a tué! Elle l'a tué! Et ils vont l'enfermer! Ils vont l'enfermer! Oh, mon Dieu! Oh, mon...

Karras la rattrapa comme elle s'effondrait et il la conduisit jusqu'au divan.

— Allons, allons, tout va bien... calmez-vous.

— Non, ils vont... l'en... enfermer, sanglota-t-elle. Ils vont... vont... Oh! Oh, mon Dieu! Oh! mon Dieu!

— Allons, allons.

Il l'aida à s'allonger sur le divan, s'assit sur le bord du lit et lui prit la main dans les siennes. Pensa à Kinderman, à Dennings... Ses sanglots... l'irréalité...

— Allons, allons, calmez-vous.

Les pleurs finirent par se calmer et il l'aida à s'asseoir. Il lui apporta un verre d'eau et une boîte de Kleenex qu'il avait trouvée sur une étagère derrière le bar. Puis il se rassit près d'elle.

— Oh, je suis contente, dit-elle en reniflant dans le Kleenex. Dieu, que je suis contente de l'avoir dit finalement!

Karras, lui, était bouleversé. Le choc de la nouvelle qu'elle venait de lui assener s'intensifiant à mesure qu'elle se calmait. Des petits reniflements apaisés maintenant. Des légers hoquettements de temps à autre. Et tout ce poids sur ses épaules à lui, ce poids excessif, oppressant. Il se raidit intérieurement. *Pas plus! N'en dites pas plus!*

— Voulez-vous m'en dire davantage? lui demanda-t-il avec douceur.

Chris inclina la tête, soupira. Elle s'essuya un œil et parla, en phrases hachées, saccadées, de Kinderman, du livre, de sa certitude que Dennings était monté dans la chambre de Regan, de la force incroyable de Regan, de la façon dont Regan avait tourné la tête de 180° sur son torse immobile alors qu'elle personnifiait le mort.

Elle avait tout raconté. Maintenant, elle attendait la réaction de Karras. Il resta un moment silencieux, en repensant à toute l'histoire. Et puis il dit enfin doucement :

— Vous n'êtes pas *certaine* qu'elle l'ait fait.

— Mais la tête complètement tournée en arrière! dit Chris.

— Vous veniez de vous cogner vous-même violemment contre le mur. Vous étiez étourdie. Vous avez pu l'imaginer dans l'état de choc qui a précédé votre évanouissement.

— Elle m'a dit elle-même qu'elle l'avait fait, insista Chris d'une voix monocorde. Un silence.

— Vous a-t-elle dit comment elle s'y était prise?

Chris secoua négativement la tête.

— Non, dit-elle, non.

— Alors, ça ne prouve rien. Cela ne veut rien dire tant qu'elle ne donne pas des détails que personne d'autre ne pourrait connaître, excepté le meurtrier.

— Je ne sais pas... Je ne sais pas si j'ai raison d'agir comme je le fais. Je pense qu'elle l'a tué et qu'elle est actuellement capable de tuer quelqu'un d'autre. Je ne sais pas... Dites-moi, mon père, que faut-il que je fasse?

Karras ferma les yeux. Le pesant fardeau était maintenant coulé dans du béton; en séchant, il avait pris la forme de son dos.

— Bon, vous l'avez dit à quelqu'un maintenant. Vous avez fait ce que vous deviez faire. Maintenant oubliez-le. Mettez tout cela de côté et laissez-moi m'en charger

Il sentit son regard posé sur lui et ouvrit les yeux.

— Vous sentez-vous mieux, maintenant?

Elle acquiesça.

— Voulez-vous me faire un plaisir? lui demanda-t-il.

— Lequel?

— Sortez et allez voir un film.

Elle posa ses mains dans son giron et le regarda avec reconnaissance.

— J'ai enfin un ami, dit-elle.

— Reposez-vous un peu, lui recommanda-t-il en souriant.

— Oui.

Il pensait à autre chose.

— Vous croyez que Dennings a porté le livre dans la chambre de votre fille, ou bien qu'il y était déjà?

— Je crois qu'il y était déjà.

Il réfléchit à cette réponse. Puis il se leva.

— Bien. O.K. Avez-vous besoin de la voiture?

— Non, vous pouvez la garder.

— Merci. Je reviendrai un peu plus tard.

— Ciao, mon père.

— Ciao.

Il sortit dans la rue trépidante d'animation. Ruminant ses pensées. Dennings. *Impossible! Non!* Et pourtant Chris semblait convaincue; sa réaction hystérique le prouvait. Et c'était peut-être pour cela d'ailleurs qu'elle y croyait, à cause de son *imagination hystérique*... Oui, mais *pourtant*... Il chassa les certitudes comme des feuilles mortes emportées par un vent d'hiver.

Comme il passait près du grand escalier qui descendait dans la rue M, il entendit un bruit qui venait d'en bas, près du fleuve. Il s'arrêta et regarda. C'était quelqu'un qui jouait à l'harmonica *Red River Valley*, sa chanson préférée depuis qu'il était petit garçon. Il écouta jusqu'à ce que le bruit de la circulation l'eût étouffée, jusqu'à ce que ses réminiscences vagabondes eussent été détruites par un monde tourmenté qui appelait à l'aide, perdant son sang dans ces gaz d'échappement. Il enfonça ses mains dans ses poches. Pensa fiévreusement à Chris, à Regan. A Lucas bourrant de coups de pied le pauvre père Tranquille. Il lui fallait faire quelque chose. Mais quoi? Pouvait-il espérer être plus fort que les spécialistes de la clinique Barringer? Il se rappela le cas d'Achille. Possédé de la même façon que Regan, il prétendait lui aussi qu'il était un diable. Son trouble avait été déterminé par un sentiment de culpabilité du fait de ses infidélités conjugales. Le psychologue Janet avait réussi à le guérir en lui suggérant par hypnose que sa femme était là, présente, et qu'elle lui pardonnait solennellement. Karras hocha la tête. La suggestion devrait pouvoir marcher avec Regan... Mais pas en la provoquant par des moyens hypnotiques. Ils l'avaient déjà essayé à Barringer, et ils avaient échoué. Non. Ce qui aurait des chances de succès avec Regan, ce serait effectivement le rituel de l'exorcisme. Elle savait ce que c'était, en connaissait les effets. *Sa réaction à l'eau prétendue bénite* le prouvait. *Elle avait lu cela dans le livre.* Et dans le livre, il y avait des descriptions d'exorcismes qui avaient réussi. *Ça pourrait être efficace. Oui, ça pourrait l'être!* Mais comment obtenir la permission de la chancellerie? Comment établir le dossier de Regan sans mentionner Dennings? Karras ne pouvait mentir à l'évêque. Il ne voulait pas falsifier les faits. *Mais on peut laisser les faits parler d'eux-mêmes!*

Oui, seulement *quels faits?*

Il passa sa main sur son front. Il avait besoin de sommeil. Il ne pouvait pas dormir. Il sentait l'étau de la migraine se resserrer sur ses tempes. « *Bonjour, papa!* »

Quels faits?

Les bandes qui se trouvaient à l'Institut de langues et linguistique? Que découvrirait Frank? Y avait-il même quelque chose à découvrir? Non.

Mais sait-on jamais? Regan n'avait pas distingué l'eau bénite de l'eau du robinet. D'accord. Mais *à supposer qu'elle soit capable de lire dans ma pensée, pourquoi donc n'a-t-elle pas eu connaissance de ma supercherie?* Cette migraine. Confusion. *Jésus, Karras, éveille-toi! Quelqu'un est en train de mourir! Debout!*

De retour dans sa chambre, il appela l'Institut. Frank n'était toujours pas là. Il raccrocha. L'eau bénite. L'eau du robinet? Quelque chose. Il ouvrit le *Rituel* à la page des instructions aux exorcistes. « ... L'Esprit du mal met des obstacles... *réponses trompeuses... qui pourraient amener à penser que le sujet n'est en aucune façon possédé...* Karras médita. *Qu'est cela? De quoi était-il question? Quel « esprit du mal »?*

Il ferma brusquement le livre et compulsa le dossier médical. Puis le relut depuis la première page, examinant tout ce qui pourrait lui servir pour emporter l'autorisation de l'évêque.

Ne parle pas de cette histoire d'hystérie. Trouve quelque chose d'autre. Il chercha désespérément parmi ses souvenirs. Et puis, brusquement, il trouva. Ce n'était pas fantastique, mais c'était toujours ça!

Il souleva le combiné du téléphone et appela Chris.

Elle avait l'air hébétée.

— Bonjour, mon père.

— Vous dormiez. Je suis désolé de vous avoir réveillée.

— Non, ça va très bien.

— Chris, où vit ce docteur... (Karras feuilleta le dossier du doigt)... heu... le Dr... le Dr Klein.

— A Rosslyn.

— Dans la polyclinique?

— Oui.

— Voudriez-vous l'appeler, s'il vous plaît, et lui dire que le Dr Karras passera le voir et aimerait jeter un coup d'œil à l'électro-encéphalogramme de Regan. Dites-lui bien le *docteur* Karras, Chris. Avez-vous compris?

— J'ai compris.

— Je vous rappellerai plus tard.

Karras raccrocha, arracha son col, enleva sa soutane et son pantalon noir, enfila un pantalon kaki et un pull-over. Passa par-dessus son imperméable noir de prêtre. Alla se regarder dans la glace et fronça les sourcils. *Les prêtres et les policemen!* constata-t-il, en déboutonnant l'imperméable : leurs vêtements, aux uns comme aux autres, dégagent un je-ne-sais-quoi caractéristique qu'il est impossible de camoufler. Karras retira ses chaussures et enfila la seule paire qu'il eût et qui ne fût pas noire : ses vieilles chaussures de tennis blanches.

Il prit la voiture de Chris et la lança en direction de Rosslyn. Comme il attendait au feu rouge de la rue M, avant le pont, il jeta un coup d'œil par la vitre de la portière et vit quelque chose qui le troubla. Karl descendait d'une voiture noire en face du magasin de liqueurs Dixie de la 35e rue. Le conducteur n'était autre que le lieutenant Kinderman.

Le feu passa au vert. Karras embraya et traversa le pont. Puis il lança un nouveau coup d'œil au rétroviseur. L'avaient-ils vu? Il ne le croyait pas. Mais que faisaient-ils tous les deux ensemble? Etait-ce un pur hasard? Cela avait-il quelque chose à voir avec Regan? Avec Regan et...

Oublie-le! Une chose à la fois!

Il gara la voiture devant la polyclinique et monta jusqu'au service du Dr Klein. Le médecin était occupé mais une infirmière tendit à Karras l'électro-encéphalogramme. Il alla s'installer dans un box tranquille pour étudier la longue bande étroite de papier, la déroulant lentement entre ses doigts.

Klein entra en coup de vent, jetant un regard intrigué à l'accoutrement de Karras.

— Docteur Karras?

— Oui. Comment allez-vous?

— Je suis Klein. Comment va Regan?

— En progrès.

— Content de l'apprendre.

Karras se replongea dans le graphique et Klein s'approcha de lui pour l'examiner par-dessus son épaule, montrant du doigt l'amplitude et la fréquence des ondes.

— Vous voyez... c'est très régulier. Aucune fluctuation, pas la moindre anomalie.

— Curieux?

— Si l'on présume qu'il s'agit bien d'hystérie.

— Je ne saisis pas.

— Je suppose que ce n'est pas encore très répandu, murmura Karras en déroulant toujours au même rythme régulier le rouleau de papier, mais un Belge — Iteka — a découvert que les hystériques semblent provoquer quelques fluctuations plutôt étranges dans le graphique, un tracé spécial, caractéristique quoique presque imperceptible, mais toujours identique. Je l'ai cherché ici et je ne l'ai pas trouvé.

Klein grogna sans se compromettre :

— Alors, quoi?

Karras lui jeta un coup d'œil.

— Elle était sûrement en état de crise quand vous avez pris cet électro-encéphalogramme?

— Oui. Elle l'était. Sans aucun doute possible.

— Bien. Alors, n'est-il pas curieux que ce graphique soit aussi régulier? Même des sujets normaux peuvent influencer leurs ondes cérébrales dans une certaine mesure; or, Regan était en pleine période de crise à l'époque... Il semblerait qu'on dût trouver des fluctuations... Or, il n'y en a aucune...

— Docteur! Mme Simmons s'impatiente! vint dire une infirmière.

— J'arrive, soupira Klein.

Comme l'infirmière s'éloignait vivement, il lui emboîta le pas, puis la main sur la poignée de la porte, se retourna vers Karras :

— Pour ce qui est de l'hystérie, commenta-t-il sèchement, je suis navré, mais je dois me sauver.

Il referma la porte derrière lui. Karras entendit ses pas s'éloigner vers l'autre bout du hall, une porte s'ouvrir... « Eh bien, maintenant, comment vous sentez-vous, madame... »

La porte se referma. Karras se remit à l'étude du graphique, puis, sa lecture achevée enroula de nouveau soigneusement la bande. Il la remit à l'infirmière de la réception. Etait-ce *quelque chose*? Oui, c'était quelque chose qu'il pouvait utiliser comme argument auprès de l'évêque pour prouver que Regan n'était pas hystérique et que, par conséquent, la possession était concevable. Pourtant cet électro-encéphalogramme posait un nouveau problème : pourquoi n'y avait-il pas de fluctuations dans le tracé? pas la moindre!

Il revint en voiture mais, à l'angle de la 35ᵉ rue, il se figea derrière son volant. Kinderman était garé à quelques mètres de la résidence des jésuites. Il était seul, au volant, le coude appuyé à la portière dont il avait baissé la vitre et il regardait droit devant lui.

Karras bifurqua à droite avant que Kinderman ait pu l'apercevoir dans la Jaguar de Chris. Il trouva sans peine une place, se gara, ferma la voiture à clé. Puis il tourna le coin du pâté de maisons comme s'il se dirigeait vers la résidence. *Surveille-t-il la maison?* s'inquiéta-t-il. Le spectre de Dennings vint de nouveau le hanter. Etait-il possible que *Kinderman* eût des soupçons concernant Regan?...

Calme-toi. Ne t'affole pas. Allons! Du calme...

Il suivit le trottoir jusqu'à la voiture puis se pencha à la portière.

— Hello, lieutenant!

Le détective tourna vivement la tête et eut l'air surpris. Puis un large sourire illumina son visage.

— Oh! père Karras...

Il simule mal, pensa Karras en remarquant que ses mains étaient moites et froides. *Vas-y doucement! Ne lui laisse pas voir que tu es inquiet! Vas-y doucement!*

— Vous allez attraper une contravention, vous savez, lui lança-t-il sévèrement. En semaine, le parking est interdit de 4 à 6.

— Ça m'est égal, souffla le lieutenant. Je suis en train de parler à un prêtre; or, tous les flics du coin sont catholiques donc...

— Comment ça va?

— A vous parler franchement, père Karras, comme ci comme ça. Et vous?

— Je ne peux pas me plaindre. Avez-vous mené à bien votre enquête?

Quelle enquête?

— Celle sur le metteur en scène.

— Ah! celle-là? (Il l'écarta d'un geste négligent.) Ne m'en parlez pas. Ecoutez, qu'est-ce que vous faites ce soir? Etes-vous occupé? J'ai des billets pour le Crest. On y donne *Othello.*

— Quelles sont les vedettes?

— Molly Picon, dans Desdémone, et Leo Fuchs dans Othello Ça vous dirait?

— Je crains de ne pouvoir accepter. Je suis claqué.

— Ça se voit. Vous avez une sale mine. Excusez-moi de vous en faire la remarque. Vous n'avez pas dormi cette nuit?

— Je n'ai jamais bonne mine.

— Peut-être, mais elle est encore pire que d'habitude. Allez! Echappez-vous pour un soir! Changez-vous un peu les idées!

Karras décida de faire une expérience; de toucher un nerf.

— Etes-vous certain que c'est bien *Othello* que l'on joue? demanda-t-il. (Ses yeux sondaient le regard de Kinderman.) J'aurais juré que c'était un film de Chris MacNeil qui passait au Crest!

Le détective marqua un temps, puis dit vivement :

— Non, non. J'en suis absolument certain. C'est *Othello... Othello!*

— A propos, qu'est-ce qui vous amène par ici?

— *Vous*. J'étais venu pour vous inviter à venir voir ce film avec moi.

— Oui, bien sûr, fit Karras avec sérieux. C'est tellement plus commode de prendre la voiture que de décrocher le téléphone!

Les sourcils du détective se haussèrent avec une expression d'innocence candide qui n'était absolument pas convaincante.

— Votre téléphone était tout le temps occupé, murmura-t-il, la main levée en un geste d'excuse.

Le jésuite le considéra d'un air grave et inquiet.

— Qu'est-ce qui ne va pas? demanda Kinderman.

Karras tendit le bras à l'intérieur du véhicule, souleva la paupière du détective, examina l'œil.

— Je ne sais pas. Vous n'avez pas l'air bien du tout. Vous seriez en train de me couver une petite mythomanie que ça ne m'étonnerait pas du tout!

— Et c'est grave, à votre avis? demanda Kinderman comme Karras retirait sa main.

— Ce n'est pas mortel.

— Qu'est-ce que c'est au juste? Je suis dévoré de curiosité maintenant.

— Renseignez-vous dans le dictionnaire.

— Dites donc, vous, ne soyez pas aussi imbu de votre supériorité. Rendez un peu à César ce qui lui appartient, de temps en temps. Je suis la LOI. Je pourrais vous faire arrêter, vous savez?

— Pourquoi?

— Un psychiatre n'a pas le droit d'inquiéter les gens. Ça ferait rudement plaisir aux *goyim*, à franchement parler. Vous êtes un enquiquineur pour eux de toute façon, mon père. A franchement parler, vous les embêtez. Ils seraient ravis de se débarrasser de vous. Qui a besoin d'un prêtre en T-shirt et en pantalons! hein?

Karras acquiesça d'un signe de tête en souriant faiblement.

— Je dois partir. Soignez-vous bien.

Il tapota sur la vitre en guise d'adieu puis se redressa et s'achemina vers l'entrée de la résidence.

— Hé! lui cria le détective de sa voix enrouée. Allez donc voir un analyste.

Puis le sourire disparut de son visage et il reprit une expression inquiète. Il lança un dernier regard vers la maison des jésuites, mit le moteur en marche, remonta la rue. Quand il arriva à la hauteur de Karras, il klaxonna et le salua.

Karras répondit à son salut, et regarda Kinderman tourner au coin de la rue. Puis il resta un instant immobile sur le trottoir, se frottant doucement le front d'une main tremblante. Pouvait-elle vraiment avoir fait cela? Regan pouvait-elle avoir assassiné Burke Dennings d'une manière aussi horrible? *Qu'y a-t-il donc dans cette maison, mon Dieu?* Et combien de temps se passera-t-il avant que Kinderman exige de voir Regan? ait l'occasion de voir la personnification de Dennings? de l'entendre? Combien de temps avant que Regan ne soit hospitalisée?

Ou qu'elle ne meure?

Il lui fallait établir d'urgence son dossier pour la chancellerie.

Il pressa le pas, traversa et se dirigea rapidement vers la maison de Chris. Il appuya sur le bouton de la sonnette.

Willie lui ouvrit.

— Madame fait un petit somme en ce moment, dit-elle.

— Bien, très bien, dit Karras.

Il monta l'escalier pour aller dans la chambre de Regan. Il avait besoin d'un renseignement qu'il lui fallait saisir sur le vif. Il entra et vit Karl assis sur une chaise près de la fenêtre, les bras croisés, observant Regan, présent et silencieux comme une forêt obscure et dense.

Karras s'avança près du lit et regarda. Le blanc des yeux ressemblait à un brouillard laiteux. Les murmures. Des sorts jetés d'un autre monde. Karras lança un coup d'œil à Karl. Puis il se pencha et entreprit doucement de détacher Regan.

— Père, non! oh non!

Karl se précipitait vers le lit et tirait vigoureusement le bras du prêtre en arrière.

— C'est très dangereux, mon père! Elle est trop forte! il faut laisser les courroies!

Dans les yeux de Karl, il y avait une peur que Karras reconnut comme authentique, et il savait maintenant que la force de Regan n'était pas un mythe, mais bel et bien un fait. Elle pouvait donc avoir tordu le cou de Dennings. *Mon Dieu, Karras! Dépêche-toi! Trouve quelque évidence! Indiscutable! Dépêche-toi, avant que...*

— *Ich möchte sie etwas fragen, Engstrom!*

De l'allemand! La chose sur le lit venait de demander si la fille de Karl aimait danser! Le cœur battant, Karras se retourna et vit que les joues du domestique s'étaient empourprées, qu'il tremblait, que ses yeux lançaient des éclairs furieux.

— Vous feriez mieux de sortir, Karl, lui conseilla gentiment Karras.

Le Suisse secoua la tête, les poings serrés au point de faire blanchir ses jointures.

— Non je veux rester.

— Sortez, s'il vous plaît, dit fermement le jésuite. Son regard soutint implacablement celui de Karl.

Après un moment de résistance obstinée, Karl céda prise et sortit rapidement de la pièce.

Le rire avait cessé. Karras revint vers le lit. Le démon était en train de l'observer. Il avait l'air content.

— Ainsi vous revoilà! croassa-t-il. Vous m'en voyez surpris. J'aurais pensé que cet incident déconcertant de l'eau bénite vous aurait découragé de revenir, mon cher... (Il glousse.) Mais j'oubliais qu'un prêtre n'a pas d'amour-propre!

Karras se sentit subitement le souffle court et s'efforça de maîtriser son impatience, de penser clairement. Il savait que le test des langues exigeait une conversation intelligente pour éviter l'éventualité de souvenirs linguistiques enfouis depuis longtemps dans la mémoire. *Doucement! Du calme. Souviens-toi de cette fille!* Une jeune servante. Possédée, dans son délire elle avait balbutié une langue qu'on avait finalement reconnue comme étant du syrien. Karras s'efforça de penser à l'excitation que cela avait causé quand on avait finalement découvert que la jeune fille avait été jadis employée dans une pension de famille où l'un des pensionnaires était étudiant en théologie. La veille de ses examens il arpentait sa chambre de long en large, montait et descendait les escaliers en se récitant à haute voix ses leçons de syrien. Et la fille l'avait entendu. *Ne t'énerve pas. Ne te laisse pas prendre!*

— *Sprechen Sie deutsch?* demanda Karras attentif.

— Encore un autre jeu?

— *Sprechen Sie deutsch?* répéta-t-il, le cœur battant de cet espoir encore minime.

— *Natürlich*, répondit le démon en le regardant du coin de l'œil. *Mirabile dictu*, n'êtes-vous pas de cet avis?

Le cœur du jésuite bondit. Pas seulement de l'allemand, mais aussi du latin maintenant! Et dans le contexte, qui plus est!

— *Qui es nomen meum?* interrogea-t-il.

— Karras.

Maintenant le prêtre se lançait de l'avant avec excitation :

— *Ubi sum?* (Où suis-je?)

— *In cubiculo* (Dans une chambre).

— *Et ubi est cubiculum?* (Et où est cette chambre?)

— *In domo* (Dans une maison).

— *Ubi est Burke Dennings?* (Où est Burke Dennings?)

— *Mortuus* (Il est mort).

— *Quomodo mortuus est?* (Comment est-il mort?)

— *Inventus est capite reverso* (On l'a retrouvé le cou complètement tordu).

— *Qui occidit eum?* (Qui l'a tué?)

— Regan.

— *Quomodo ea occidit illu? Dic mihi exacte!* (Comment l'a-t-elle tué? Dites-le-moi, en détail!)

— Ah! ça suffit comme ça! trancha en ricanant le démon. Ça suffit pour le moment. Bien qu'évidemment il vous viendra à l'esprit, c'est certain, que vous avez pu formuler mentalement les réponses en latin... Tout à fait inconsciemment, bien sûr... (Il rit.) Ah! Que ferions-nous sans notre subconscient! Vous voyez où je veux en venir, Karras? Je ne parle pas un mot de latin. J'ai lu dans votre esprit. J'ai simplement cueilli les réponses dans votre tête!

Karras éprouva un moment de désarroi tandis que sa certitude s'écroulait, il se sentit torturé et frustré d'une façon intolérable par le doute lancinant qui venait de lui être inculqué. Le démon gloussa.

— Oui! Je me doutais que ça vous arriverait,

Karras. C'est pourquoi vous me plaisez tant. C'est pourquoi j'éprouve une dilection particulière pour tous les hommes raisonnables.

Il renversa la tête en arrière en éclatant de rire. L'esprit du jésuite se mit à fonctionner rapidement, désespérément, formulant des questions qui n'appelaient pas *une* réponse unique mais de nombreuses possibilités. *Oui mais peut-être penserai-je à toutes les réponses en même temps*! se dit-il. *Eh bien, dans ce cas, je vais poser une question dont je ne connais pas moi-même la réponse.* Et je vérifierai par la suite son exactitude.

Il attendit que le rire fût calmé avant de parler.

— *Quam profondum est Oceanum Indicum imo base?* (Quelle est la plus grande profondeur de l'océan Indien?)

Les yeux du démon brillèrent.

— *La plume de ma tante!* lança-t-il.

— *Responde in Latina.*

— *Bonjour! Bonsoir!*

— *Quam...?*

Karras s'interrompit comme les yeux se révulsaient et que l'entité qui parlait un jargon incompréhensible apparaissait.

Impatient et désappointé, Karras exigea :

— Laisse-moi parler au démon encore!

Pas de réponse. Rien qu'un souffle venu d'un autre rivage.

— *Qui es-tu?* demanda-t-il d'une voix tendue.

Encore ce souffle.

— Je veux parler à Burke Dennings.

Un hoquet. Le souffle. Un hoquet. Le souffle.

— Je veux parler à Burke Dennings.

Le hoquet continua, régulier, déchirant. Karras secoua la tête. Puis il alla vers une chaise et s'assit sur le bord. Penché en avant. Tendu. Tourmenté. Attendant.

Le temps passa. Karras s'assoupit, puis il releva brusquement la tête. *Reste éveillé!* Les paupières lourdes, il regarda Regan en papillotant. Plus de hoquet. Le silence.

Dort-elle?

Il se leva, s'approcha du lit. Se pencha. Elle avait les yeux fermés. Sa respiration était oppressée. Il lui prit le pouls, puis il examina soigneusement ses lèvres. Elles étaient parcheminées. Il se redressa. Attendit un instant. Puis finit par sortir de la chambre.

Il descendit dans la cuisine à la recherche de Sharon et la trouva attablée, devant un potage et un sandwich.

— Puis-je vous offrir quelque chose, père Karras? demanda-t-elle. Vous devez avoir faim?

— Non, merci. Je n'ai pas faim, répondit-il en s'asseyant. (Il prit un crayon et un bloc sténo posé à côté de la machine de Sharon.) Elle a des hoquets, lui dit-il. Vous a-t-on prescrit un calmant dans ce cas?

— Oui.

Il était en train d'écrire sur le bloc.

— Alors, cette nuit, donnez-lui la moitié d'une dose normale.

— Entendu.

— Elle commence à se déshydrater, poursuivit-il, nous allons donc la nourrir par voie intraveineuse. Dès demain matin, téléphonez à un laboratoire médical et demandez-leur de vous livrer immédiatement. (Il poussa le bloc sur la table, vers Sharon.) Pour le moment, elle dort et vous pourriez commencer par lui donner du sérum.

— Entendu, dit Sharon. Je vais y aller.

Tout en tournant sa cuiller dans son potage, elle fit pivoter le bloc afin de lire la liste établie par Karras.

Il l'observait.

— Vous êtes son professeur?

— Oui.

— Lui avez-vous appris le latin?

— Non, dit-elle intriguée.
— Et l'allemand?
— Non. Seulement un peu de français.
— Quel niveau : *La plume de ma tante?*
— Oh, davantage!
— Bien. Mais ni allemand ni latin.
— Heu... non.
— Mais les Engstrom parlent-ils allemand, parfois?
— Oh oui, bien sûr.
— Devant Regan?
Elle haussa les épaules.
— Je suppose. (Elle se leva, alla poser son assiette dans l'évier.) J'en suis même à peu près certaine.
— Avez-vous personnellement fait du latin?
— Non, jamais.
— Mais vous en reconnaîtriez les mots? Vous identifieriez la sonorité de cette langue?
— Oh, ça oui.
Elle rinça l'assiette et la plaça dans l'égouttoir.
— Regan a-t-elle jamais parlé latin en votre présence?
— Regan?
— Oui. Depuis sa maladie.
— Non. Jamais.
— Absolument aucune langue?
Elle ferma le robinet d'un air pensif.
— Heu, je me le suis peut-être imaginé... mais...
— Quoi?
— Eh bien, je pense... Voilà. J'aurais presque juré que je l'avais entendue parler en russe.
— Parlez-vous le russe? lui demanda-t-il la gorge sèche.
Elle haussa les épaules.
— Oh, comme ci comme ça. (Elle se mettait à plier sa serviette.) Je l'ai étudié à l'université, c'est tout.
Karras s'effondra. *Elle a lu le latin dans mon*

cerveau. Fixant Sharon d'un air hébété, il posa son front dans sa main, en proie au doute, aux tourments du savoir et de la raison. *La télépathie est courante dans les états de tension extrême : le sujet s'exprime toujours dans une langue connue de quelqu'un qui se trouve dans la pièce : «... Elle pense les mêmes choses que moi au même moment... » : « Bonjour... »; « La plume de ma tante... »; « Bonne nuit... »*

Alors, que faire? *Aller dormir un peu. Et puis revenir et essayer de nouveau... encore et encore..*

Il se leva et fixa sur Sharon un regard absent. Appuyée à l'évier, les bras croisés, elle l'observait pensivement.

— Je vais à la résidence, lui dit-il. Dès que Regan sera réveillée, j'aimerais que l'on m'appelât.

— Je vous appellerai.

— Et n'oubliez surtout pas de téléphoner au laboratoire.

Elle secoua la tête.

— Non, je vais m'en occuper tout de suite, dit-elle.

Il l'en remercia d'un léger signe de tête. Les mains dans ses poches, regardant à ses pieds, il essayait de penser qu'il n'avait rien oublié de dire à Sharon. Il restait toujours quelque chose... toujours quelque chose qui avait été négligé, même quand on croyait que tout avait été fait.

— Que se passe-t-il, père? Qu'y a-t-il? Qu'arrive-t-il exactement à Regan? entendit-il Sharon lui demander d'un ton grave.

Il leva sur elle un regard battu et hagard.

— Je n'en sais vraiment rien! avoua-t-il d'une voix éteinte.

Il tourna les talons et quitta la cuisine.

Comme il traversait le vestibule du rez-de-chaussée, Karras entendit des pas précipités derrière lui.

— Père Karras!

Il se retourna et vit Karl avec un sweater à la main. Son sweater.

— Je suis désolé, dit le domestique en le lui tendant. J'espérais avoir terminé avant. Mais j'ai oublié de m'en occuper.

Les traces de vomissures avaient disparu et il sentait bon.

— C'est très aimable à vous, Karl, dit gentiment le prêtre. Merci.

— Merci à *vous*, père Karras!

Il y avait un tremblement dans sa voix et ses yeux étaient mouillés de larmes contenues.

— Merci de vous occuper de Mlle Regan, termina Karl.

Puis il détourna vivement la tête, gêné, et s'en retourna. Karras l'observa, se souvenant qu'il était dans la voiture de Kinderman. Encore un mystère. Il ouvrit la porte avec lassitude. Il faisait nuit. Désespérant, il quitta l'obscurité pour une autre obscurité...

Il traversa la rue, en direction de la résidence, comme un automate. Comme il entrait dans sa chambre, son regard fut attiré par une feuille rose glissée sous sa porte. Il la ramassa. C'était un mot de Frank. Les bandes. Le nº de téléphone particulier. « Prière de rappeler... »

Il décrocha et demanda le numéro. Attendit, tremblant d'espoir.

— Allô? fit la voix flûtée d'un petit garçon.

— Je voudrais parler à ton père.

— Bien. Un instant s'il vous plaît. (Le choc de l'écouteur posé sur la table. Repris en main. Toujours le petit garçon.) De la part de qui?

— Du père Karras.

— Du père Karits?

Le cœur battant la chamade, Karras corrigea d'une voix égale : « Non, du père Karras... Karras. » De nouveau le bruit du récepteur que l'on pose.

Karras se frictionna lentement le front.
Bruit du téléphone repris en main.
— Allô, père Karras?
— Oui, bonsoir, Frank. J'ai essayé de vous joindre...
— Oh, je suis désolé. J'ai travaillé sur vos bandes, à la maison.
— Avez-vous terminé?
— Oui, je viens de terminer. Et je voulais vous dire que c'est un drôle de truc!
— Je sais. (Karras essayait de garder une voix neutre.) Alors, Frank? Qu'avez-vous trouvé?
— Eh bien, tout d'abord, cet échantillon type...
— Oui?
— Je dois vous dire qu'il n'était pas suffisamment long pour me permettre d'être absolument positif, vous comprenez, mais à mon avis, autant que cette sélection restreinte puisse me le permettre, je dirais que les deux voix sont probablement celles de personnalités bien séparées.
— *Probablement?*
— Je veux dire par là que je n'en jurerais pas sur la Bible. En fait, je dirais que les variantes sont réellement minimes.
— Minimes... répéta sombrement Karras. Et pour ce qui est du discours incompréhensible? demanda-t-il d'une voix morne. Est-ce que c'est une langue quelconque?
Frank pouffa de rire.
— Qu'y a-t-il de drôle? demanda Karras maussade.
— Etait-ce un test psychologique sournois, mon père?
— Je ne vous comprends pas, Frank.
— Eh bien, si ce n'était pas un piège que vous me tendiez, je suppose que vous vous êtes embrouillé dans vos bandes ou que vous vous êtes trompé de boîte...
— Enfin, est-ce une langue, oui ou non?

— Oh, pour ça oui. c'est une langue... Oui.
Karras se raidit :
— Vous plaisantez!
— Non, pas du tout.
— Quelle langue était-ce? demanda-t-il, incrédule.
— De l'anglais.
Pendant un moment, Karras resta muet, et quand il retrouva sa voix, elle était chargée d'une pointe d'exaspération.
— Ecoutez, Frank, il semble que nos pensées suivent un cours totalement différent... Seriez-vous assez aimable pour me faire partager la plaisanterie?
— Avez-vous un magnétophone chez vous?
— Oui.
— Pouvez-vous y passer les bandes à l'envers?
— Pourquoi?
— Je vous le demande.
— Un instant. (Karras posa le récepteur, retira le magnétophone de son étui, l'inspecta.) Oui, on peut y passer des bandes à l'envers. Mais...
— Parfait. Alors, placez votre bande sur le magnétophone et faites-la passer à l'envers.
— Hein!
— Allez, je vous laisse l'écouter. Nous en reparlerons demain. Bonne nuit, mon père.
— 'nuit, Frank...
— Amusez-vous bien!
Karras éberlué raccrocha. Il fouilla pour retrouver la bande de l'étrange langage et la plaça sur le magnétophone. Puis il le mit en marche et écouta. Pas d'erreur, c'était bien le jargon qu'il avait entendu.
Il l'écouta jusqu'à la fin, puis la repassa en marche arrière. Il entendit la voix parler *en anglais!*
« ... marin marin Larras être, laisse-nous... »
De l'anglais. Sans aucun sens, mais de l'anglais!

Comment avait-elle pu faire ça! s'émerveilla-t-il.

Il l'écouta de nouveau, une fois, deux fois, trois fois. Et puis s'aperçut que l'ordre des mots était inversé.

Il arrêta le magnétophone et rembobina la bande. Il prit un crayon, du papier, s'assit à son bureau et reprit l'écoute au tout début en transcrivant les mots, laborieusement, lentement, avec des arrêts et des remises en marche continuels. Quand il en eut enfin terminé, il écrivit sur une seconde feuille de papier une transcription supplémentaire, renversant l'ordre des mots. Enfin il se renversa en arrière dans son fauteuil et relut le résultat :

« ... danger. Pas immédiat (indéchiffrable) mourra. Peu de temps. Maintenant le (indéchiffrable). Qu'elle meure. Non, non, chérie, son corps est doux! J'éprouve! Il y a (indéchiffrable). Meilleur (indéchiffrable) que le vide. Je crains le prêtre. Donne-nous du temps. Crains le prêtre! Il est (indéchiffrable). Non non, pas celui-ci : le (indéchiffrable), celui qui est (indéchiffrable) Il est malade. Ah, le sang, sens le sang, comment il (chante?). »

A cet endroit Karras entendit sa voix demander « Qui es-tu? » puis la réponse :

— Je suis personne. Je suis personne.

Karras, de nouveau : « Est-ce là ton nom? » et puis : « Je n'ai pas de nom. Je suis personne. Beaucoup. Laisse-nous. Laisse-nous au chaud dans le corps. Ne nous (indéchiffrable). Laisse-nous. Laisse-nous être. Karras. Marin (?)...

Il lut le papier, le relut, hanté par son ton, par le sentiment que plusieurs personnes s'y faisaient entendre, jusqu'à ce que finalement la répétition des mots n'affadît définitivement le discours en un ânonnement sans intérêt. Il considéra le papier sur lequel il avait transcrit ces mots et se frotta le visage, les yeux, ses pensées... Ce n'était pas un langage inconnu. Et le fait d'écrire à l'envers, même avec facilité, n'était ni anormal ni inhabituel. Mais le fait de *parler* à l'envers : d'ajuster et d'altérer les syllabes de telle façon qu'en les entendant dans le bon ordre, à l'envers, elles soient intelligibles! Est-ce qu'une semblable performance ne surpassait pas les forces d'une intelligence supérieure? Cet inconscient accéléré auquel se référait Jung? Non. Quelque chose.

Il se souvint. Alla chercher un livre sur ses étagères : Jung : *Psychologie des Phénomènes Occultes*. Il y était question de quelque chose d'approchant... quelque chose...

Il le retrouva : le compte rendu d'une expérience d'écriture automatique où l'inconscient du sujet semblait capable de répondre par des anagrammes aux questions posées.

Anagrammes!

Il posa le livre ouvert sur le bureau, se pencha et lut le compte rendu d'un passage de l'expérience :

3e jour.

Qu'est-ce que l'homme?... *Elbapac sniom tse eiv al.*

Est-ce une anagramme?... *Oui.*

Combien de mots contient-elle?... *Cinq*

Quel est le premier mot? ... *See*

Quel est le second mot? ... *Eeee*

SEE? L'interpréterai-je moi-même?... *Essayez!*

Le sujet trouva cette solution : « La vie est moins capable. » Il était étonné de cette déclaration intellectuelle, qui lui semblait prouver l'existence d'une intelligence indépendante de la sienne propre. Il poursuivit son questionnaire.

Qui êtes-vous?... *Clelia.*

Etes-vous une femme? ... *Oui*

Avez-vous vécu sur terre? ... *Non.*

Vivrez-vous un jour? ... *Oui.*

Quand? ... *Dans six ans.*

Pourquoi vous adressez-vous à moi?... snes ej ailelc iom. Le sujet interpréta cette réponse comme l'anagramme de « Moi Clelia je sens ».

4e jour.

Suis-je celui qui répond aux questions? ... *Oui.*

Clelia est-elle là? ... *Non.*

Qui est là, alors? ... *Personne.*

Clelia existe-t-elle? ... *Non.*

Alors, avec qui parlais-je hier? ... *Avec personne.*

Karras interrompit sa lecture. Secoua la tête. Cela n'était pas une performançe paranormale : simplement une facilité anormale de l'esprit.

Il prit une cigarette, s'assit, l'alluma. *Je suis personne. Beaucoup.* Surprenant. D'où venait le contenu de son discours? se demanda-t-il.

Avec personne!

De l'endroit d'où était venue Clelia?

Marin.. Marin... Ah, le sang... Il est malade.

Perplexe, il jeta un coup d'œil à l'exemplaire du *Satan* et l'ouvrit à la page de garde. *Je ne me laisserai pas conduire par le dragon...*

Il rejeta une bouffée de fumée, ferma les paupières et se mit à tousser. Il se sentait la gorge sèche et irritée. Il écrasa la cigarette dont la fumée lui était entrée dans les yeux. Epuisé. Tous ses os lui faisaient mal. Il se leva, accrocha à la poignée extérieure de la porte l'écriteau « Prière de ne pas déranger », éteignit la lampe, ferma les volets, envoya promener ses chaussures d'un coup de pied et s'écroula sur le lit. Des fragments. Regan. Dennigs. Kinderman. Que faire? Il devait aider. Comment? Essayer de convaincre l'évêque avec le peu qu'il avait? Il ne le pensait pas. Il ne pourrait pas instruire le cas de façon convaincante.

Il pensa qu'il devrait se déshabiller, se mettre

sous les couvertures. Trop fatigué. Ce fardeau. Il voulait être libre.

...Laisse-nous être!

Laisse-moi être, répondit-il au fragment. Il sombra dans un profond sommeil, immobile, sombre, minéral.

La sonnerie du téléphone le réveilla. Encore à demi endormi, il tâtonna pour trouver l'interrupteur. Quelle heure était-il? 3 heures. Il décrocha maladroitement le téléphone. Répondit. Sharon. Pourrait-il venir tout de suite? Il arrivait, oui. Il raccrocha, se sentant de nouveau pris au piège.

Il alla dans la salle de bains, s'aspergea d'eau froide, se sécha, puis se dirigea vers la porte. Au moment de sortir, il se ravisa, revint sur ses pas pour prendre le sweater. L'enfila et partit.

Il faisait encore nuit, pourtant l'air était léger. Quelques chats qui fouillaient dans une boîte à ordures détalèrent effrayés comme il traversait la rue.

Sharon l'attendait sur le pas de la porte. Elle portait un sweater et était enveloppée dans une couverture. Elle avait l'air effrayée. Abasourdie.

— Je suis navrée, mon père, chuchota-t-elle comme il entrait dans la maison, mais j'ai pensé que vous deviez voir cela.

— Voir quoi?

— Vous allez constater par vous-même. Ne faisons pas de bruit. Je ne voudrais pas réveiller Chris. Il vaut mieux qu'elle ne voie pas ça.

Il la suivit, sur la pointe des pieds, dans la chambre de Regan. Dès l'entrée, le jésuite se sentit glacé jusqu'aux os. La chambre était exceptionnellement froide. Il fronça les sourcils, étonné, regardant Sharon. Elle hocha la tête solennellement.

— Oui, oui, le chauffage marche, murmura-t-elle.

Puis elle se tourna vers Regan et la regarda; le blanc de ses yeux brillait mystérieusement à la lumière de la lampe. Elle semblait être dans le coma. Sa respiration était difficile. La sonde gastrique était en place et fonctionnait, le sérum se déversait goutte à goutte dans son corps. Elle était absolument immobile.

Sharon s'approcha vivement du lit et Karras la suivit, confondu par cette température glaciale. Lorsqu'ils furent tout près de Regan il put voir de fines gouttelettes de transpiration sur son front; en baissant les yeux, il constata que les mains de la fillette agrippaient fortement les courroies de fixation.

Sharon se pencha pour fermer le haut du pyjama de Regan qui s'était ouvert, et Karras se sentit envahi de pitié à la vue de cette petite poitrine décharnée, des côtes saillantes où l'on aurait pu lire le nombre de semaines ou de jours qu'il lui restait à vivre.

Il s'aperçut que Sharon le regardait avec des yeux hagards.

— Je ne sais pas si c'est terminé, chuchota-t-elle, mais regardez, jetez un coup d'œil sur sa poitrine.

Elle reporta son regard sur le corps de Regan et le jésuite, décontenancé, suivit la direction de ses yeux. Silence. La respiration. Le froid. Et puis les sourcils du prêtre se haussèrent, se froncèrent en voyant quelque chose apparaître sur la peau, une légère rougeur, mais non diffuse, suivant des lignes bien marquées, comme une écriture. Il se pencha pour regarder de plus près.

— Ça y est, ça vient, chuchota Sharon.

Soudain, la chair de poule que Karras avait sur les bras ne fut plus provoquée par le froid glacial de la pièce, mais par ce qu'il voyait sur la poitrine de Regan; par ces lettres qui se détachaient en clair, sur le fond rougi de la peau. Deux mots :

AIDEZ-MOI

— C'est son écriture, murmura Sharon.

A 9 h, ce matin-là, Damien Karras se rendit chez le doyen de l'université Georgetown et lui demanda la permission de présenter un cas d'exorcisme à l'approbation de l'évêque. Il en reçut l'autorisation et se rendit aussitôt chez l'évêque du diocèse, qui l'écouta avec la plus vive attention.

— Etes-vous convaincu de l'authenticité du cas? demanda finalement l'évêque.

— Eh bien... répondit évasivement Karras, cette enfant présente les conditions requises par le rituel.

Il n'osait toujours pas croire. C'était son cœur, non son esprit qui l'avait conduit à cette décision; la pitié et l'espoir d'une guérison par le moyen de la suggestion.

— Vous voudriez procéder à l'exorcisme vous-même?

Il éprouva un instant de faiblesse; vit la porte s'ouvrir en grand sur les champs, sur la liberté de se décharger de ce fardeau crucial, de cet affrontement quotidien avec le spectre de sa Foi.

— Oui, bien sûr, répondit-il.

— Votre santé est bonne?

— Excellente.

— Vous êtes-vous déjà occupé de cas semblables?

— Non, jamais.

— Bien, bien, nous verrons. Un homme qui ait quelque expérience serait peut-être préférable... Il n'y en a pas beaucoup, évidemment, mais peut-être l'un de nos pères des missions étrangères. Laissez-moi le temps de voir qui nous avons sous la main. Je vous appellerai dès que possible.

Lorsque Karras l'eut quitté, l'évêque téléphona au doyen de l'université Georgetown et ils parlèrent de lui pour la seconde fois de la journée.

— Eh bien... c'est-à-dire qu'il connaît parfaitement les antécédents, dit le doyen à un certain moment de leur conversation. Je ne pense pas que cela présente un danger de le prendre comme assistant. De toute façon, il est indispensable qu'un psychiatre assiste à l'exorcisme.

— Et pour l'exorciste? Avez-vous une idée? Moi, je ne connais personne.

— Heu... Il y aurait bien Lankester Merrin.

— Merrin? Je croyais qu'il était en Irak. Il me semble avoir lu quelque part qu'il était occupé à des fouilles près de Ninive.

— Oui, c'est exact, au sud de Mossoul. Mais elles sont terminées et il est revenu depuis trois ou quatre mois. Il est à Woodstock.

— Il enseigne?

— Non, il travaille à un autre livre.

— Seigneur, protégez-nous! Ne pensez-vous pas qu'il est trop âgé? Est-il en bonne santé?

— Je pense qu'il est en bonne santé, sans cela il ne serait pas tout le temps en train de courir le monde pour creuser des tombes, vous ne croyez pas?

— Oui, en effet.

— En outre, il a de l'expérience en la matière.

— J'ignorais cela.

— C'est du moins ce qu'on dit.

— A quand remontent ces expériences?

— Oh! à dix ou douze ans, maintenant, je pense, en Afrique. Il paraît que l'exorcisme a duré des mois. J'ai entendu dire qu'il avait failli y laisser sa peau.

— Eh bien, dans ce cas, je doute qu'il ait envie de recommencer.

— Chez nous, Mike, on fait ce qu'on nous ordonne de faire. Nous ne sommes pas des rebelles comme vous autres, séculiers.

— Merci de me le rappeler.

— Alors, que pensez-vous?

— Ecoutez, je m'en remets à vous et au père provincial.

En cette fin d'après-midi silencieuse, un jeune novice, étudiant en théologie, errait dans le parc du séminaire de Woodstock, Maryland, à la recherche d'un vieux jésuite, mince, élancé, aux cheveux gris, qu'il trouva finalement en train de se promener paisiblement dans les allées d'un bosquet. Il lui tendit un télégramme. Le vieil homme le remercia, serein, avec un regard bienveillant, puis retourna à sa contemplation; continua sa promenade dans cette nature qu'il aimait. De temps en temps il s'arrêtait pour entendre le chant d'un rouge-gorge, pour observer un brillant papillon posé sur une feuille. Il n'ouvrit pas le télégramme. Ne le lut pas. Il savait ce qu'il contenait. Depuis longtemps. Il l'avait lu dans la poussière des temples de Ninive. Il était prêt. Il continua de faire ses adieux.

3

« ET QUE MA VOIX PARVIENNE JUSQU'A TOI... »

Et clamor meus ad te veniat...

« Celui qui suit la voie de l'amour, suit la voix de Dieu,
et Dieu le soutient. »
Saint Paul.

Dans l'obscurité de son bureau silencieux où l'on n'entendait que sa respiration sifflante, Kinderman réfléchissait devant sa table de travail, et ses pensées étaient moroses.

Il alluma un instant la lampe de son bureau. Devant lui il y avait des enregistrements, des dépositions, des pièces à conviction, des dossiers, des rapports de médecins légistes, des notes gribouillées. Dans un moment d'humeur pensive il les avait disposés en un collage qui affectait la forme d'une rose, comme pour démentir l'horrible conclusion à laquelle ils l'avaient conduit; et qu'il ne pouvait accepter.

Engstrom était innocent. Au moment de la mort de Dennings, il rendait visite à sa fille, lui apportant de l'argent pour lui permettre de se fournir en drogues. Il avait menti sur ses déplacements de ce soir-là afin de la protéger et d'épargner sa mère, qui croyait Elvira morte.

Ce n'était pas de la bouche de Karl que Kinderman avait appris cela. Le soir de leur rencontre dans le couloir de la maison d'Elvira, le domestique était resté résolument muet. Ce n'est que quand Kinderman avait appris à Elvira que son père était impliqué dans l'affaire Dennings, que la jeune fille avait révélé la vérité. Il y avait eu des témoins pour confirmer ses dires. Engstrom était innocent. Innocent mais muet sur ce qui se passait dans la maison de Chris MacNeil.

Kinderman fronça les sourcils en regardant son collage en forme de rose. Quelque chose clochait dans cette composition. Il tourna le bout d'un pétale — le coin d'une déposition — légèrement plus bas, sur la droite.

Des roses. Elvira. Il l'avait sévèrement admonestée et l'avait avertie que si d'ici à deux semaines elle n'était pas entrée dans une clinique de désintoxication, il la pourchasserait de mandats d'amener et l'arrêterait. Mais malgré tout il ne croyait pas qu'elle irait.

Engstrom était innocent. Que restait-il?

Kinderman ferma les yeux, s'imaginant en train de barboter dans un merveilleux bain chaud. *Soldes mentales!* s'intima-t-il. *Tout doit disparaître*. Il attendit un instant, pas convaincu. Puis il s'intima avec fermeté : *Absolument tout*.

Il rouvrit les yeux et examina d'un esprit frais les données déconcertantes.

1° La mort du metteur en scène Burke Dennings semblait, d'une façon ou d'une autre, reliée aux profanations de la Sainte-Trinité. Les deux événements impliquaient la sorcellerie et le profanateur inconnu pouvait facilement être le meurtrier de Dennings.

2° Un expert en sorcellerie, un prêtre jésuite, avait été vu à plusieurs reprises alors qu'il se rendait chez Chris MacNeil.

3° La feuille de papier sur laquelle avait été tapé le texte blasphématoire de la carte d'autel découverte à la Sainte-Trinité, portait des empreintes digitales. On en avait trouvé des deux côtés. Quelques-unes étaient celles de Damien Karras. Mais on en avait trouvé d'autres laissées par une petite main, qui auraient pu être à la rigueur celle d'un enfant.

4° La frappe du texte blasphématoire avait été analysée et comparée avec celle de la lettre que Sharon avait arrachée de sa machine, jeté à côté de la corbeille à papier et que Kinderman avait ramassée. L'analyse avait révélé que le texte blasphématoire et la lettre avaient été tapés sur la même machine. Toutefois les frappes étaient différentes. La frappe de la personne qui avait écrit le texte obscène était beaucoup plus puissante que celle de Sharon. L'inconnu était une personne d'une force extraordinaire.

5° Burke Dennings — si sa mort n'était pas un accident — avait été tué par une personne d'une force extraordinaire.

6° Engstrom devait être rayé du nombre des suspects.

7° Une réservation dans une compagnie des lignes aériennes intérieures avait révélé que Chris MacNeil avait emmené sa fille à Dayton, Ohio. Kinderman savait que la fillette était malade et avait été hospitalisée dans une clinique. Mais la clinique de Dayton était celle de Barringer. Kinderman avait fait une enquête et la clinique avait confirmé que la fillette avait été placée en observation chez eux. Toutefois la direction refusait de dévoiler la nature de la maladie. Apparemment c'était une maladie mentale assez grave.

8° Certaines maladies mentales provoquent une force peu commune.

Kinderman soupira et ferma les paupières. Toujours la même chose. Il en revenait toujours à la même conclusion. Il secoua la tête. Puis rouvrit les yeux et regarda fixement au centre de la rose : Un vieil exemplaire défraîchi d'un magazine américain. Sur la couverture, Chris et Regan. Il étudia le visage de la fille; le doux visage souriant, les cheveux noués en queue de cheval, l'incisive manquante sur le devant.

Il regarda par la fenêtre pour voir le temps qu'il faisait. Une pluie fine s'était mise à tomber avec la nuit.

Il descendit dans le garage, choisit la voiture anonyme qui pouvait passer pour celle d'un quelconque particulier et prit la direction de Prospect Street où il s'arrêta et resta assis dans la voiture, pendant un bon quart d'heure. Les yeux fixés sur la fenêtre de Regan. Allait-il frapper à la porte et demander à la voir? Il baissa la tête. Se frotta le front. *William F. Kinderman, mon vieux, tu es malade! Tu es malade! Rentre chez toi. Couche-toi et dors.*

Il releva les yeux et fixa de nouveau la fenêtre. C'était là que sa fichue logique le ramenait toujours.

Son regard fut attiré par un taxi qui s'arrêtait devant la maison. Kinderman en alerte mit aussitôt le contact, et fit marcher ses essuie-glace.

Du taxi sortit un vieil homme de haute taille. Un imperméable noir, un chapeau noir et une valise qui avait connu des jours meilleurs. Il régla la course, puis se retourna et resta immobile, fixant la maison. Le taxi s'éloigna et tourna au coin de la 36ᵉ Rue. Kinderman déboîta rapidement pour le suivre. Comme il tournait le coin de la rue, il remarqua que le grand vieillard n'avait toujours pas bougé, et qu'il restait planté là sous la lumière du réverbère voilée par le crachin, comme un voyageur mélancolique pétrifié par le temps. Le détective fit un appel de phares au taxi.

A l'intérieur de la maison, à ce même moment, Karras et Karl immobilisaient les bras de Regan tandis que Sharon lui injectait le tranquillisant, arrivant ainsi, pour les deux dernières heures, au total de 400 mg. Le dosage était effarant, Karras ne l'ignorait pas, mais après un calme de plusieurs heures, la personnalité démoniaque s'était réveillée et manifestée avec une telle furie que le système affaibli de Regan n'aurait pas pu le supporter très longtemps.

Karras était épuisé. Après sa visite à la chancellerie, l'après-midi, il était retourné chez Chris pour la tenir au courant. Puis il avait nourri Regan par perfusion, était revenu dans sa chambre de la résidence et s'était écroulé sur son lit. Mais à peine une heure et demie plus tard le téléphone l'avait réveillé en sursaut. Sharon. Regan était de nouveau inconsciente et son pouls s'affaiblissait. Karras avait alors couru à la maison avec sa trousse médicale et avait pincé les tendons d'Achille de Regan pour juger de sa réaction à la douleur. Il n'y en avait eu aucune. Il avait fortement pressé sur un de ses ongles. De nouveau aucune réaction. Cela l'avait troublé. Il savait, bien sûr, que dans l'hystérie et les états de transe, il se produit parfois une insensibilité à la douleur, mais il craignait le coma, un état d'où Regan pourrait facilement glisser dans la mort. Il prit sa tension : 9/6. Son pouls : 60. Il avait attendu quelques instants puis avait procédé aux mêmes examens tous les quarts d'heure, pendant une heure et demie avant de pouvoir constater que la tension et le pouls étaient désormais stabilisés, ce qui signifiait que Regan n'était pas en état de choc mais en léthargie. Sharon reçut la consigne de continuer à vérifier la tension et à prendre le pouls tous les quarts d'heure. Il retourna à sa chambre et à son sommeil. Mais de nouveau le téléphone le réveilla. L'exorciste, lui apprit la chancellerie, serait Lankester Merrin. Karras l'assisterait en tant que psychiatre.

La nouvelle l'avait étonné. Merrin! Le philosophe-paléontologiste! Ce vieil intellectuel perdu dans des élucubrations transcendantales! Ses livres avaient provoqué des remous dans l'Eglise, car ils interprétaient la foi en termes scientifiques, en fonction d'une matière perpétuellement en évolution, destinée à devenir esprit et à se fondre en Dieu.

Karras téléphona à Chris pour lui annoncer la nouvelle, mais apprit qu'elle avait été informée directement par l'évêque en personne. Il lui avait dit que Merrin arriverait le lendemain. « J'ai dit à l'évêque qu'il pourrait descendre à la maison, expliqua Chris. Il en a juste pour un jour ou deux, n'est-ce pas? » Karras hésita un instant avant de lui répondre : « Je ne sais pas. » Et puis, après une autre pause, il ajouta : « Vous ne devez pas vous faire trop d'illusions. » « Je veux dire, si ça marche », avait répondu Chris d'une voix étouffée. « Je ne veux pas dire que ça ne marchera pas, la rassura-t-il. Mais je voulais simplement vous signaler que cela pourrait prendre du temps. » « Combien de temps? » « Cela dépend des cas. » Il savait qu'un exorcisme prenait parfois des semaines, parfois des mois; que fréquemment il demeurait sans effet. « Cela peut prendre quelques jours comme quelques semaines », répondit-il. « Aussi longtemps qu'elle a été dans cet état-là, vous croyez? »

En raccrochant le téléphone il se sentit lourd, tourmenté. Il alla s'étendre sur son lit, pensant à Merrin. *Merrin!* Une excitation, un espoir s'infiltrèrent en lui. Suivis bientôt d'un découragement chargé d'inquiétude, d'un sentiment amer de regret. Il aurait été naturel qu'on lui confiât l'exorcisme. Pourtant l'évêque ne l'avait pas choisi. Pourquoi? Parce que Merrin avait déjà procédé à d'autres exorcismes, auparavant?

Il se rappela que les exorcistes étaient choisis en fonction de leur « piété » et de leurs « hautes qualités morales »; qu'un passage de l'Evangile de saint Matthieu rapportait que le Christ avait répondu à ses disciples qui s'étonnaient de leurs échecs en matière d'exorcisme, et lui en demandaient la raison : « A cause de votre peu de foi! »

Le provincial était au courant de ses problèmes; le doyen également, réfléchit Karras. L'un ou l'autre en avait-il averti l'évêque?

Il avait éprouvé un terrible sentiment d'indignité, d'incompétence. On le rejetait... Cela faisait mal. Très mal. Déraisonnablement mal. Et puis le sommeil vint, miséricordieux, se glissant dans ce vide, remplissant les fissures et comblant les trous de son cœur.

Mais une fois de plus la sonnerie du téléphone l'éveilla. Chris appelait pour l'informer d'une nouvelle crise de Regan. Il retourna à la maison, prit le pouls de Regan. Il était normal. Il lui donna des calmants, encore des calmants, encore. Puis il descendit dans la cuisine et retrouva Chris devant la table en train de boire un café. Elle lisait un livre de Merrin qu'on lui avait livré.

— Ça me dépasse, lui dit-elle doucement, toutefois elle semblait touchée et quelque peu émue. Mais il y a des passages qui sont si beaux, si grandioses.

Elle feuilleta le livre en arrière jusqu'à un passage qu'elle avait marqué et le tendit par-dessus la table à Karras. Il lut :

« ...Nous avons une expérience familière de l'ordre, de la constance, du perpétuel renouvellement du monde matériel qui nous entoure. Fragile et transitoire comme chacune des parties qui le constituent, toujours mouvant et migratoire comme ses éléments, et pourtant il subsiste. Il est régi par une loi de permanence, et quoique toujours mourant il renaît sans cesse. La dissolution existe mais pour engendrer de nouveaux modes d'organisation, et une mort enfante mille vies. Chaque heure, en soi, n'est qu'un témoin éphémère, mais combien sûr, combien certain est le Grand Tout. C'est comme une image sur les eaux, elle demeure immuable, quoiqu'un courant perpétuel renouvelle les eaux. Le soleil se couche pour se lever de nouveau; le jour est englouti par les ténèbres de la nuit, qui l'engendrent ensuite, aussi frais que la première fois. Le printemps se transforme en été, puis, après l'été et l'automne, en hiver, pour triompher de nouveau sur cette tombe vers laquelle il s'est résolument hâté dès sa première heure. Nous pleurons les bourgeons de mai parce qu'ils sont éphémères; mais nous savons que mai aura un jour la revanche sur novembre, par suite de la révolution de cette spirale inaltérable qui ne s'arrête jamais... qui nous enseigne, aux heures d'espoir, à garder une sage retenue, et au plus profond de la désolation, à ne jamais désespérer. »

— Oui, c'est beau, dit doucement Karras, les yeux toujours fixés sur la page.

Les cris de rage du démon, là-haut, se faisaient de plus en plus violents.

« ... *Bâtard... excrément... vil hypocrite...* »

— Elle avait coutume de déposer une rose sur mon assiette... le matin... pour que je la trouve avant d'aller au studio. (Karras leva la tête surpris.) Regan, expliqua Chris. (A ce souvenir ses yeux s'étaient embrumés.) Oui, c'est juste. J'avais oublié... Vous ne l'avez jamais connue. (Elle se moucha et se tamponna les yeux.) Voulez-vous un peu de cognac dans votre café, père Karras?

— Non, merci.

— Je pense que je vais en prendre un peu. Excusez-moi. Elle quitta rapidement la cuisine. Karras resta seul et but tristement son café. Il avait trop chaud avec ce sweater qu'il portait sous sa soutane; il se sentait impuissant dans son échec pour réconforter Chris. Puis un souvenir de son enfance fit tristement surface, le souvenir de Ginger son chien bâtard, dépérissant dans son panier; Ginger frissonnant de fièvre et vomissant;

tandis que Karras le recouvrait de serviettes, essayant de lui faire boire du lait chaud, jusqu'au moment où un voisin était venu, avait vu qu'il était perdu, et avait dit en secouant la tête : « Ton chien, il faut le faire piquer. » Et puis le retour de l'école un après-midi... dans la rue... en colonne par deux, jusqu'au coin... Sa mère, là, qui l'attendait... l'air triste... et puis lui prenait la main et pressait dans sa paume une pièce brillante d'un demi-dollar... le transport de joie devant tant d'argent! Et puis sa voix douce et pleine de tendresse, « Dimmy, ton Ginger est mort... ».

Il baissa les yeux sur l'amertume noirâtre fumante au fond de sa tasse et se trouva les mains vides de réconfort ou de soin.

— Bâtard!

Le démon. Il tempêtait toujours.

« *Ton chien, il faut le faire piquer...* »

Il retourna vivement dans la chambre de Regan et il la maintint pendant que Sharon lui administrait un calmant à dose massive.

Sharon tamponnait la piqûre tandis que Karras considérait Regan, embarrassé. Les obscénités frénétiques semblaient n'être adressées à personne en particulier dans la pièce, mais plutôt à quelqu'un d'invisible... ou d'absent. Il chassa cette pensée.

— Je reviens tout de suite, dit-il à Sharon. Il sortit de la chambre. Inquiet pour Chris, il descendit dans la cuisine où il la trouva de nouveau assise devant la table. Elle versait du cognac dans son café.

— Vous êtes bien sûr que vous n'en voulez toujours pas, mon père? demanda-t-elle.

Secouant la tête, il vint se planter devant la table et se laissa tomber pesamment sur sa chaise, les yeux fixés au sol. Il entendit le tintement d'une cuiller sur la porcelaine.

— Avez-vous parlé à son père? demanda-t-il.
— Oui... oui, il a appelé. (Une pause.) Il voulait que je lui passe Regan.
— Et que lui avez-vous dit?
Une pause.
— Je lui ai dit qu'elle était invitée chez une amie pour une *party*.
Silence. N'entendant plus le tintement de la cuiller Karras releva les yeux et vit qu'elle fixait le plafond. Il remarqua que les cris là-haut avaient cessé.
— Le calmant qui fait enfin effet! constata-t-il.
La sonnette de la porte. Il tourna la tête en direction du son; puis de Chris qui répondit à son regard par une mimique d'ignorance, mais on sentait l'appréhension sous son étonnement.
Kinderman?
Quelques secondes. Ils attendirent. Willie se reposait. Sharon et Karl étaient à l'étage. Personne n'allait répondre. Tendue, Chris se leva brusquement et se rendit dans le living-room. S'agenouillant sur un sofa, elle écarta le coin du rideau et jeta un coup d'œil furtif dehors pour voir qui sonnait. Dieu soit loué! Ce n'était pas Kinderman. Le visiteur était un vieil homme, grand et maigre, dans un imperméable élimé, la tête patiemment courbée sous la pluie. Il portait avec lui une vieille valise à l'ancienne mode. La boucle de la courroie scintilla un instant à la lumière du réverbère comme le poids de la valise desserrait légèrement l'étreinte de sa main sur la poignée.
La sonnette retentit de nouveau.
Qui est-ce?
Perplexe, Chris se remit debout, et alla dans l'entrée. Elle entrouvrit légèrement la porte, passa la tête par l'ouverture, dans l'obscurité, et un fin brouillard de pluie lui entra dans les yeux. Le bord du chapeau jetait une ombre sur le visage du visiteur.

— Oui, bonsoir. Que voulez-vous?

— Madame MacNeil? dit une voix dans l'obscurité. C'était une voix courtoise, raffinée, et pourtant aussi mûre qu'une moisson.

Il enleva son chapeau comme Chris acquiesçait et elle se retrouva dans un regard qui l'enveloppait irrésistiblement, un regard brillant d'intelligence et de bienveillante compréhension, de sérénité qui sourdait et se déversait en elle comme les eaux du fleuve chaud aux vertus cicatrisantes dont la source était à la fois en lui et derrière lui, dont le flot était contenu et pourtant infini et impétueux.

— Je suis le père Merrin.

Elle demeura un instant interdite, considérant le visage maigre et ascétique, les pommettes saillantes, polies comme des pierres de savon; et puis elle ouvrit la porte en grand.

— Oh, mon Dieu! je vous en prie, entrez! Oh, entrez!... Je suis! Vraiment!... Je ne sais où...

Il entra et elle ferma la porte derrière lui.

— Je ne vous attendais pas avant demain.

— Oui, je sais.

Comme elle se retournait vers lui, elle remarqua qu'il se tenait là, immobile, la tête légèrement penchée sur l'épaule, en regardant en l'air, comme s'il était en train d'écouter... non, plutôt comme s'il percevait... une présence invisible... une espèce de vibration lointaine, connue et familière. Déconcertée, elle l'observa. Sa peau semblait tannée par les vents étrangers, par un soleil qui brillait, ailleurs, loin d'elle et de la maison.

Que fait-il?

— Puis-je prendre votre valise, mon père? Elle semble bien lourde pour vous.

— Non, non, dit-il doucement. (Toujours aux écoutes, sondant l'invisible, le silence.) Elle fait presque partie de mon bras : elle est très vieille... très usagée... (Il lui jeta un regard las mais plein de tendresse.) Je suis habitué à son poids. Le père Karras est-il ici? lui demanda-t-il.

— Oui. Dans la cuisine. Avez-vous dîné, mon père?

Le regard du vieil homme se porta vivement en direction du son d'une porte qu'on ouvrait.

— Oui, dans le train.

— Etes-vous certain que vous ne voulez rien d'autre?

Un moment. Le bruit de la porte qu'on refermait. Il ramena son regard sur elle.

— Non, merci.

— Oh, mon Dieu! toute cette pluie, s'excusa-t-elle encore bouleversée. Si j'avais su que vous arriviez, je serais allée vous chercher à la gare.

— Tout va bien.

— Avez-vous dû attendre longtemps pour avoir un taxi?

— Quelques minutes.

Karl. Il avait descendu l'escalier rapidement et maintenant faisait glisser la poignée de la valise de la main du prêtre dans la sienne et l'emportait.

— Nous avons installé un lit dans le bureau pour vous, mon père, continuait Chris qui ne tenait pas en place. Je crois que vous serez bien. J'ai pensé que vous aimeriez. Je vais vous montrer où c'est. (Elle s'arrêta soudain.) Mais peut-être préférez-vous d'abord saluer tout de suite le père Karras?

— J'aimerais voir votre fille d'abord.

Elle eut l'air déconcertée.

— Tout de suite?

Il jeta un nouveau coup d'œil au plafond avec cette même attention distante.

— Oui, maintenant... tout de suite.

— Je crois qu'elle est endormie.

— Je ne pense pas.

— Bien, si...

Tout à coup Chris tressaillit, défaillante à un bruit qui venait de là-haut, à la voix croassante du démon, qui retentissait de façon assourdissante, comme un glas amplifié.

— Merriiiinnnnn!

Et puis un coup, un coup unique, puissant, terrifiant, caverneux dans le mur de la chambre.

— Dieu Tout-Puissant! murmura Chris dans un souffle en pressant une main pâle contre sa poitrine.

Abasourdie elle regarda Merrin. Le prêtre n'avait pas bougé. Il regardait fixement en haut, avec une intensité qui ne cédait en rien à la sérénité, et il n'y avait pas la moindre lueur de surprise dans ses yeux. Plutôt de reconnaissance, pensa Chris.

Un autre coup ébranla les murs.

— Merrrriiiinnnnnn!

Le jésuite s'avança, sans prêter attention à Chris hébétée de stupeur; à Karl, qui sortait souplement, l'air incrédule du bureau; à Karras, qui émergeait ahuri de la cuisine, tandis que les coups cauchemardesques et le croassement continuaient. Il se dirigea calmement vers l'escalier, sa main fine et pâle comme l'albâtre glissant sur la rampe.

Karras s'approcha de Chris et ils regardèrent d'en bas Merrin entrer dans la chambre de Regan et refermer la porte derrière lui. Pendant un instant ce fut le silence. Et puis le démon se mit à rire de façon hideuse et Merrin sortit. Derrière lui la porte de la chambre se rouvrit et Sharon passa la tête, le regardant fixement, avec une étrange expression sur son visage.

Le Jésuite descendit rapidement l'escalier et posa sa main sur l'épaule de Karras qui attendait.

— Père Karras...

— Bonsoir, mon père.

Merrin avait pris la main de Karras et la serrait entre les siennes, regardant Karras bien en face avec une gravité inquiète, tandis que là-haut, le rire disparaissait sous des imprécations obscènes adressées à Merrin.

— Vous semblez terriblement fatigué, dit-il. Etes-vous fatigué?

— Non, pas du tout. Pourquoi me demandez-vous cela?

— Avez-vous votre imperméable ici?

Karras secoua la tête.

— Non.

— En ce cas, prenez le mien, dit le jésuite aux cheveux gris, en se déboutonnant. J'aimerais que vous alliez à la résidence, Damien, et que vous me rapportiez une soutane, deux surplis, une étole rouge, un peu d'eau bénite et votre exemplaire du *Rituel romain.* (Il tendit l'imperméable à Karras.) Je crois que nous devrions commencer dès maintenant.

Karras fronça les sourcils, décontenancé.

— Vous voulez dire tout de suite?

— Oui. C'est mon avis.

— Ne voulez-vous pas que je vous expose tout d'abord les antécédents, mon père?

— Pourquoi?

Merrin haussa les sourcils. Son étonnement était sincère.

Karras comprit qu'il n'y avait pas de réponse. Il détourna le regard de ces yeux déconcertants.

— Bien, dit-il. (Il enfila l'imperméable et se dirigea vers la porte.) Je vous rapporte tout cela immédiatement.

Karl se précipita, précéda Karras pour lui ouvrir la porte. Ils échangèrent un bref regard, puis Karras s'enfonça dans la nuit et dans la pluie. Merrin jeta un rapide coup d'œil à Chris.

— Cela ne vous fait rien que nous commencions tout de suite? demanda-t-il avec douceur.

Elle n'avait cessé de le regarder, éprouvant un

soulagement se glisser en elle devant cette décision, cette énergie dominatrice qui lui faisait l'effet d'un cri de joie dans un jour ensoleillé.

— Non, j'en suis heureuse, dit-elle avec gratitude. Mais vous devez être fatigué, mon père.

Il vit son regard anxieux se porter vers là-haut, vers le démon déchaîné.

— Désireriez-vous une tasse de café? Je viens de le faire. (Insistante. Implorant doucement.) Il est tout chaud. Vous n'en voulez pas, mon père?

Il vit ses mains étroitement pressées l'une contre l'autre, ses doigts se croisant, se décroisant; les cernes profonds sous ses yeux.

— Oui, j'en prendrais volontiers, dit-il avec chaleur. Merci. (Quelque chose de pesant avait été gentiment repoussé de côté; mis en attente.) Si vous êtes sûre que cela ne vous dérange pas...

Elle le conduisit dans la cuisine et peu après il s'accotait à la cuisinière, un bol de café à la main.

— Voulez-vous un peu de cognac dedans, mon père?

Il pencha la tête et regarda dans son bol, sans expression.

— Hum, les docteurs prétendent que je ne devrais pas, dit-il. (Et puis il tendit le bol.) Mais, Dieu merci, ma volonté est faible.

Chris resta interdite, se demandant si c'était ou non un refus, puis elle vit le sourire dans les yeux du vieil homme.

Elle versa le cognac dans le bol.

— Vous avez un bien joli nom, lui dit-il. Chris MacNeil... N'est-ce pas un nom de théâtre?

Chris versa un filet de cognac dans son propre café et secoua la tête.

— Non. C'est mon véritable nom. (Elle sourit et s'assit.) Et le vôtre, père : Lankaster. Il n'est pas courant. Est-ce le nom de quelqu'un?

— D'un cargo, murmura-t-il en regardant son

bol d'un air absent et en le portant à ses lèvres. (Il but.) Ou d'un pont. Oui, je crois me souvenir que c'était le nom d'un pont. (Il avait l'air triste.) Damien, continua-t-il. Damien... J'aurais tellement aimé m'appeler comme ça! C'est un prénom si beau!

— D'où vient ce prénom, père?

— Damien, vous voulez dire? C'était celui d'un prêtre qui avait voué sa vie aux lépreux de l'île de Molokai. Il finit lui-même par attraper cette maladie. (Un silence.) Oui, c'est un beau nom, soupira-t-il.

Chris lui rendit son sourire, libérée. Elle se sentait mieux. Pendant quelques minutes elle parla avec Merrin de choses familières, de menus riens. Finalement, Sharon apparut et seulement alors, Merrin bougea. Il semblait qu'il eût attendu son arrivée, car aussitôt il déposa son bol dans l'évier, le rinça, le plaça soigneusement dans l'égouttoir.

— Il était très bon; tout à fait ce dont j'avais besoin, dit-il.

Chris se leva aussi et dit :

— Je vais vous conduire à votre chambre.

Il la remercia et la suivit jusqu'à la porte de la bibliothèque.

— Si vous avez besoin de quoi que ce soit, père, dites-le-moi.

Il lui posa la main sur l'épaule et la pressa de façon rassurante. Chris ressentit une force, une chaleur bénéfique couler en elle. La paix. Oui c'était cela : la paix et une sensation étrange de... *sécurité.*

— Vous êtes très bonne. (Les yeux du prêtre souriaient.) Merci.

Il retira sa main et la regarda s'éloigner. Dès qu'elle fut partie une expression douloureuse se plaqua sur son visage. Il entra dans la bibliothèque, ferma la porte. D'une poche de son pantalon, il tira un tube d'aspirine, l'ouvrit, en fit tomber dans sa paume une pilule de nitroglycérine et la plaça soigneusement sous sa langue.

Chris retourna dans la cuisine. Elle s'arrêta sur le pas de la porte et regarda Sharon qui se tenait devant la cuisinière, la paume de sa main contre le percolateur, attendant que le café chauffât.

Chris s'approcha, préoccupée.

— Mon chou, dit-elle doucement, pourquoi n'allez-vous pas vous reposer un peu?

Pas de réponse. Sharon semblait perdue dans ses pensées. Et puis elle se retourna vers Chris, l'air ahuri.

— Oh! excusez-moi. Vous disiez quelque chose?

Chris considéra le visage tiré, le regard lointain, l'expression atone.

— Qu'est-ce qui s'est passé, Sharon? demanda-t-elle.

— Passé où ça?

— Là-haut, quand le père Merrin est monté.

— Oh! (Sharon fronça les sourcils. Elle accommoda son regard sur un point de l'espace situé entre le doute et le souvenir.) Oh oui. C'était drôle.

— Drôle?

— Etrange. Ils se sont seulement... (Elle s'arrêta un instant.) Eh bien, ils se sont regardés fixement, l'un l'autre, pendant un bon bout de temps, et puis Regan... enfin cette chose... a dit...

— Dit quoi?

— Elle a dit : *Cette fois, tu vas perdre!*

Chris la regardait intensément.

— Et puis?

— Et puis c'est tout. Le père Merrin est sorti de la pièce.

— Comment était-il?

— Drôle.

— Oh, Sharon, je vous en prie, trouvez d'autres mots! s'écria Chris agacée.

Elle était sur le point d'ajouter quelque chose

quand elle remarqua que Sharon avait levé la main, paume en l'air, soudain distraite, comme si elle écoutait quelque chose.

Chris leva les yeux et n'entendit que le silence : le démon avait soudain cessé de vociférer, pourtant... quelque chose de plus... quelque chose... et qui s'intensifiait.

Les deux femmes échangèrent un long regard.

— Vous le sentez vous aussi? demanda tranquillement Sharon.

Chris acquiesça d'un signe de tête. La maison. Quelque chose dans la maison. Une tension. Un alourdissement progressif de l'air. Comme des énergies s'accumulant lentement.

Le son de la sonnette parut irréel.

Sharon se retourna.

— Je vais ouvrir.

Elle alla dans le vestibule et ouvrit la porte à Karras qui portait un carton de blanchisseur.

— Merci, Sharon.

— Le père Merrin est dans la bibliothèque.

Karras s'y dirigea, frappa hâtivement deux coups légers à la porte, puis entra avec sa boîte.

— Désolé, mon père. J'ai eu un petit...

Il s'arrêta court. Merrin, en pantalons et T-shirt, était agenouillé devant le lit et priait, le front posé dans ses mains croisées. Karras resta figé sur place comme si tout à coup, au coin d'une rue, il s'était trouvé face à face avec son enfance, avec un petit enfant de chœur qui se hâtait, un ornement liturgique sur le bras, sans lui jeter un coup d'œil de reconnaissance en le croisant.

Le regard de Karras glissa sur la boîte en carton ouverte, sur les mouchetures que la pluie avait laissées sur l'amidon. Puis il se dirigea vers le sofa et déballa silencieusement le contenu du carton. Lorsqu'il eut terminé, il enleva son imperméable et le disposa sur le dossier d'une chaise.

Comme il jetait un nouveau coup d'œil à Merrin, il vit que le prêtre se signait et il détourna vivement les yeux, se penchant pour prendre le plus grand des deux surplis en coton blanc. Il l'enfila par-dessus sa soutane. Il entendit Merrin se relever, et puis : « Merci, Damien. » Karras se retourna vers lui, ajustant et lissant le surplis, tandis que Merrin venait devant le sofa, et inspectait tendrement les objets qui y étaient disposés. Karras prit un sweater.

— J'ai pensé que vous devriez enfiler ceci sous votre soutane, mon père, dit-il à Merrin en lui tendant le lainage. Par moments la chambre devient glaciale.

Merrin se saisit délicatement du sweater.

— Vous êtes plein d'attentions, Damien. Merci.

Karras se pencha pour prendre la soutane de Merrin qui était sur le sofa, et le regarda enfiler le sweater et tout à coup, alors qu'il observait ce geste familier et prosaïque, il ressentit l'impact de l'homme; du moment; de calme menaçant dans la maison. Il en eut le souffle coupé.

Il revint à la réalité en sentant qu'on lui retirait la soutane des mains. Merrin. Il l'enfilait.

— Etes-vous familiarisé avec le rituel de l'exorcisme, Damien?

— Oui, je le suis.

Merrin se mit à boutonner sa soutane.

— Il est particulièrement important d'éviter toute conversation avec le démon...

Le démon. Il avait prononcé ce nom d'une façon si prosaïque. Karras en fut choqué.

— Nous pouvons poser des questions pertinentes, dit Merrin en boutonnant le col de sa soutane. Mais concernant directement notre ministère. Poser des questions curieuses touchant les autres choses pourrait être dangereux. Extrêmement dangereux. (Il prit le surplis des mains de Karras et l'enfila par-dessus sa soutane.) Et surtout, n'écoutez pas ce qu'il dira. Le démon est un menteur. Il mentira pour vous dérouter. L'attaque est psychologique, Damien. Et puissante. N'écoutez pas. Souvenez-vous-en. N'écoutez pas.

Karras secoua la tête.

— Non, je n'oublierai pas, mais je pense qu'il pourrait être utile que je vous donne un bref aperçu des différentes personnalités que Regan a manifestées. Aussi loin que je puisse remonter, il y en a trois.

— Il n'y en a qu'une, dit doucement mais fermement Merrin en posant l'étole sur ses épaules. Il la tint des deux mains pendant un instant et resta immobile tandis qu'une expression indéfinissable passait dans ses yeux. Puis il prit les deux exemplaires du *Rituel romain* et en tendit un à Karras.

— Avez-vous apporté l'eau bénite?

Karras tira le flacon de sa poche. Merrin le prit, puis indiqua la porte d'un geste du menton.

— Si vous voulez bien, Damien.

En haut, devant la porte de Regan, Sharon et Chris attendaient, tendues. Elles étaient emmitouflées dans des chandails et des vestes de laine. Au bruit de la porte qui s'ouvrait elles se retournèrent, regardèrent vers le rez-de-chaussée et virent Karras et Merrin traverser le hall en procession solennelle et se diriger vers l'escalier. Comme ils sont grands, pensa Chris; et Karras, avec son visage buriné et tanné émergeant de cette blancheur innocente du surplis d'enfant de chœur. Chris se sentit profondément et étrangement émue en les regardant monter l'escalier. *Voilà mon grand frère qui vient pour te corriger.* C'était un peu ce qu'elle ressentait, alors que son cœur se mettait à battre plus vite.

Les jésuites s'arrêtèrent devant la porte de la chambre. Karras fronça les sourcils en voyant les sweaters et les vestes de laine.

— Vous entrez?
— Ne devrais-je pas?
— S'il vous plaît, n'entrez pas, la pria-t-il. Ce serait une très grande erreur.
Chris se tourna interrogativement vers Merrin.
— Le père Karras sait ce qu'il convient de faire, dit tranquillement l'exorciste.
Chris regarda de nouveau Karras. Pencha la tête.
— Bien, dit-elle avec soumission. (Elle s'accota de nouveau au mur.) J'attendrai dans le vestibule.
— Quel est le second prénom de votre fille? demanda Merrin.
— Teresa.
— Quel joli nom, dit Merrin avec chaleur.
Il soutint son regard pendant un instant, rassurant. Puis il regarda la porte et de nouveau Chris éprouva cette sensation d'une chape invisible qui s'appesantissait sur la maison; de ténèbres qui se lovaient. Dans la chambre, derrière cette porte. Karras le sentit lui aussi, elle le remarqua, avec Sharon.
Merrin fit un signe de la tête.
— Très bien, dit-il doucement.
Karras ouvrit la porte, et faillit reculer sous la bouffée d'air glacial et le remugle qui le frappaient au visage. Dans un coin de la pièce, Karl était assis sur une chaise, frileusement tassé sur lui-même, emmitouflé dans une veste vert olive; il se tourna d'un air interrogateur vers Karras. Le jésuite jeta un bref coup d'œil au démon dans le lit. Son regard métallique se posait au-delà du prêtre, dans le vestibule. Il était fixé sur Merrin.
Karras alla se placer au pied du lit tandis que Merrin s'approchait lentement, très droit, vers le côté du lit.
Un silence étouffant emplit la pièce. Et puis Regan passa une langue énorme et noire sur ses lè-

vres gercées et gonflées. On eût dit le bruit d'une main lissant un parchemin froissé.

— Eh bien, fier excrément, te voilà enfin!

Le vieux prêtre leva la main et traça dans l'air le signe de la croix au-dessus du lit, puis répéta le geste dans la pièce. Se retournant, il déboucha le flacon d'eau bénite.

— Ah! Ah! l'urine sacrée, maintenant! croassa le démon. Le sperme des saints!

Merrin leva le flacon et le visage du démon blêmit, se convulsa.

— Ah, tu oses, bâtard! fulmina-t-il. Tu oses!

Merrin commençait l'aspersion.

Le démon tendit violemment la tête en avant, la bouche tordue, les muscles du cou tremblant de rage.

— Oui, c'est ça! asperge! asperge bien, Merrin! arrose-nous! Noie-nous dans ton urine! Ton urine est sanctifiée, saint Merrin! Encense-nous! Fléchis le genou et montre-nous le croupion sacré que nous puissions l'adorer! *Embrasse-le! Lèche-le!*

— *Tais-toi!*

Les mots claquèrent comme des verrous. Karras sursauta et tourna vivement la tête, stupéfait, vers Merrin, qui regardait Regan d'un air impérieusement dominateur. Et le démon se le tint pour dit. Il soutenait son regard, mais ses yeux avaient maintenant une lueur d'hésitation. Ils papillotaient. Défiants.

Merrin reboucha d'un geste routinier le flacon d'eau bénite et le rendit à Karras. Le psychiatre le glissa dans sa poche et regarda attentivement Merrin qui s'agenouillait à côté du lit, fermait les yeux et murmurait une prière.

— Notre Père... commença-t-il.

Regan cracha et une boule de mucus jaunâtre frappa Merrin au visage, glissa lentement le long de la joue de l'exorciste.

...que votre règne arrive...

La tête toujours inclinée, Merrin continuait sa prière sans s'interrompre, tandis que sa main plongeait à la recherche d'un mouchoir dans sa poche et qu'il essuyait tranquillement, sereinement le crachat.

— ... et ne nous laisse pas succomber à la tentation, termina-t-il doucement.

— Mais délivre-nous du mal, répondit Karras.

Il lança un bref regard sur le lit. Les yeux de Regan se révulsaient dans leur orbite et on ne voyait plus que le blanc de la sclérotique. Karras se sentit mal à l'aise. Eut l'impression que quelque chose dans la pièce se figeait, se concrétisait. Il ouvrit son *Rituel* pour suivre la prière de Merrin. L'exorcisme, à proprement parler, commençait :

— Deus et Pater Domini nostri Jesu Christi invoco nomen sanctum tuum et clementiam tuam supplex exposco : ut adversus hunc et omnem immundum spiritu, qui vexat hoc plasma tuum, mihi auxilium praestare digneris. Per eumdem Dominum.

— Amen, répondit Karras.

Merrin se relevait, maintenant, et priait avec respect :

— Deus, conditor et defensor generis humani, respice super hanc famulam tuam, Regan Teresa MacNeil, dolis immundi-spiritus appetitur, quem...

Karras jeta un coup d'œil à Regan en l'entendant siffler, la vit s'asseoir bien droit sur son lit les yeux toujours révulsés, tandis que sa langue dardait, rapide comme celle d'un cobra, et que sa tête se balançait d'avant en arrière.

De nouveau Karras éprouva une inexplicable appréhension. Il retourna à son texte.

— Salvam fac ancillam tuam.

— Deus meus, sperantem in te, répondit Karras.

— Esto ei, Domine, turris fortitudinis.

— A facie inimici!

Karras entendit un hoquet de surprise derrière lui et il se retourna vivement. Il vit Sharon qui regardait le lit d'un air hébété. Décontenancé il se retourna vers le lit et se sentit électrisé. Le *devant du lit se soulevait au-dessus du plancher.*

Incrédule, il regarda, les yeux exorbités. 10 cm, 20 cm, 30 cm. Et puis les pieds arrière commencèrent à s'élever eux aussi.

— *Gott in Himmel!* chuchota Karl effrayé.

Mais Karras ne l'entendit pas, ne le vit même pas se signer car maintenant les quatre pieds du lit étaient tous au même niveau : à 30 cm du sol. *Ce n'est pas vrai!* pensa-t-il, tout en continuant de regarder, pétrifié. Le lit s'éleva encore d'une vingtaine de centimètres et se mit alors à planer, oscillant et se balançant doucement, comme un esquif flottant au gré des eaux paisibles d'un lac.

— Père Karras?

Regan ondulant, sifflant.

— Père Karras?

Karras se retourna. L'exorciste le regardait sereinement et eut un signe de tête en direction du rituel que Karras tenait entre ses mains.

— Le répons, s'il vous plaît, Damien.

Karras avait l'air hébété et semblait ne pas comprendre ce qu'on attendait de lui. Sharon sortit en courant de la pièce.

— Nihil proficiat inimicus in ea, répéta gentiment Merrin.

Karras revint précipitamment à son texte et le cœur battant, murmura la réponse :

— Et filius iniquitatis non apponat nocere ei.

— Mitte ei, Domine, auxilium de sancto, continua Merrin.

— Et de Sion tuere eam.

— Domine, exaudi orationem meam.

— Et clamor meus ad te veniat.

— Dominus vobiscum.

— Et cum spiritu tuo.

Merrin se lança dans une longue prière sans répons et le regard de Karras fut de nouveau attiré par le lit, par les espoirs qu'il plaçait en son Dieu et par cette menace qui planait bas dans l'air de la chambre. Un sentiment d'exaltation le traversa. *Ça y est! Nous y voilà. Juste devant moi! Là!* Il tourna la tête au bruit de la porte qui s'ouvrait. Sharon faisait irruption, suivie de Chris qui s'arrêta sur le seuil, incrédule, et hoqueta :

— Jésus!

— Domine sancte, Pater omnipotens...

L'exorciste leva la main d'un geste tout simple et fit le signe de la croix, sans se presser, par trois fois, entre les sourcils de Regan, tout en continuant de lire le texte du *Rituel :*

— ... qui unigenitum tuum in hunc mundum misisti, ut illum rugientem contereret... »

Le sifflement cessa et de la bouche démesurément ouverte et convulsée de Regan sortit le mugissement terrifiant d'un taureau.

— ... ut eripias hominem ad imaginem et similitudinem tuam creatum, a ruina et daemonio meridiano...

Le mugissement se fit plus bruyant.

— Domine sancte...

Merrin saisit d'un geste routinier l'extrémité de l'étole, la pressa sur le cou de Regan tout en continuant de prier :

— Da, Domine, terrorem tuum super bestiam, quae exterminat vineam tuam...

Le mugissement cessa. Un silence lourd, vibrant. Et puis un vomissement épais, putride, verdâtre, commença de jaillir de la bouche de Regan en flots réguliers et lents comme de la lave et se répandit sur la main de Merrin. Mais il ne l'enleva pas.

— Urgeat illum dextera tua potens, discedere a famula tua, Regan Teresa MacNeil...

Karras se rendit à peine compte que la porte s'ouvrait, que Chris s'élançait au-dehors.

— Ne diutius praesumat captivam tenere...

Le lit commença à se balancer, paresseusement, puis à tanguer, soudain il piqua du nez, fit des embardées, le vomissement coulant toujours par saccades de la bouche de Regan. Merrin réajusta calmement ses gestes et maintint fermement l'étole contre son cou.

Brusquement les mouvements cessèrent et comme Karras fasciné continuait de regarder, il vit le lit se reposer sur le sol avec la légèreté d'une plume et se remettre d'aplomb sur ses quatre pieds avec un son amorti.

— Domine, exaudi orationem meam...

Karras s'arracha à cette vue. La main de Merrin. Il ne pouvait plus la voir. Elle disparaissait sous les vomissures qui s'amoncelaient, fumantes.

— Damien?

Karras leva les yeux.

— Domine, exaudi orationem meam, répéta l'exorciste gentiment.

Lentement, Karras se retourna vers le lit.

— Et que mon cri parvienne jusqu'à toi.

Merrin retira l'étole du cou de Regan, recula d'un pas en arrière, et fit résonner la chambre en ordonnant d'une voix impérieuse, « EXORCIZO TE, immundissime spiritus, omnis incursio adversarii, omne phantasma, omnis legio...

De la main de Merrin, pendant à son côté, coulait la vomissure. « In nomine Domini Nostri Jesu Christi... »

Regan cessa de vomir. Resta silencieuse, immobile. Le blanc de ses yeux tournés vers Merrin brillait sinistrement. Karras l'observait intensément du pied du lit tandis que le choc et l'excitation commençaient de se dissiper, et que son esprit se mettait fébrilement à élucubrer, à fourrer ses doigts spontanément, profondément dans les coins et recoins du doute logique : Esprits frappeurs : psychokinésie; tensions des adolescents et force mentale. Il fronça les sourcils en se rappelant quelque chose. Il se dirigea vers le côté du lit, se pencha, prit le poignet de Regan. Et trouva ce qu'il avait craint. Comme chez le chaman de Sibérie, le pouls de Regan était presque imperceptible. Il lança un coup d'œil à sa montre, compta les pulsations, comme des arguments contre sa vie.

— Ipse tibi imperat qui te de supernis cœlorum in inferiora terrae demergi praecepit...

A la frange de sa conscience, Karras entendait les puissantes adjurations de Merrin comme autant de coups sonores, inexorables, tandis que le pouls redevenait plus rapide. De plus en plus rapide. Regan était toujours silencieuse. Immobile. Dans l'air glacé, une légère vapeur montait des vomissures comme une âcre offrande. Karras se sentit mal à l'aise. Puis ses bras se couvrirent de chair de poule. Avec une lenteur de cauchemar, imperceptiblement, la tête de Regan pivotait sur son cou, comme celle d'un mannequin, grinçant comme un mécanisme rouillé, et l'horrible éclat blanchâtre de ses yeux révulsés s'arrêta fixé sur lui.

— Audi ergo, et time, Satana...

La tête continua de tourner lentement, en direction de Merrin maintenant.

— ... Inimice fidei, hostis generis humani, mortis adductor, vitae raptor, justitiae declinator, malorum radix, fomes vitiorum, seductor hominum...

Les lumières dans la chambre se mirent à papilloter, à baisser, puis se transformèrent en une faible lueur ambrée, un halo fuligineux. Karras frissonna. Le froid s'accentua. La pièce était glaciale.

— ... Proditor gentium, incitator invidiae, causa discordiae, excitator dolorum...

Un coup assourdi. Puis un autre.

Et puis sans arrêt, dans les murs, dans le plancher, dans le plafond, éclatant, palpitant à une vitesse et à un rythme qui évoquaient les pulsations d'un cœur énorme et malade.

— Va-t'en, monstre! Ta place est dans la solitude! Ta demeure est un nid de vipères! Va-t'en et rampe avec elles! C'est Dieu lui-même qui te l'ordonne! Le sang de...!

Les coups s'accéléraient.

— ... Adjuro te, serpens antique...

Sinistres...

— ... Per judicem vivorum et mortuorum...

Sharon pressa ses mains contre ses oreilles pour ne plus entendre les coups assourdissants qui avaient atteint un tempo terrifiant.

Le pouls de Regan battait à une rapidité telle qu'on ne pouvait plus le prendre. De l'autre côté du lit, Merrin parvenait calmement à la fin de la cérémonie et, du bout du pouce, traçait le signe de la croix sur la poitrine souillée de vomissures de Regan. Les mots de sa prière étaient noyés dans le bruit des coups.

Karras sentit que le pouls se ralentissait soudain, et comme Merrin traçait le signe de la croix sur le front de Regan les coups cauchemardesques cessèrent brusquement.

— O Dieu du Ciel et de la Terre, Dieu des Anges et des Archanges...

Karras pouvait maintenant entendre les mots de la prière tandis que le pouls continuait de ralentir, de ralentir...

— Orgueilleux bâtard, Merrin! Excrément! Tu perdras! Elle mourra! Le cochon mourra!

La lueur jaunâtre et tremblotante redevint graduellement une lumière normale. L'entité démoniaque était de retour et se déchaînait rageusement, haineusement contre Merrin.

— Paon débauché! Ancien hérétique! Je t'adjure de te retourner et de me regarder! Maintenant, *regarde-moi, excrément*!

Le démon essaya de se jeter en avant et cracha à la figure de Merrin, et puis il se mit à croasser :

— C'est ainsi que ton maître guérit les aveugles!

— Deus cœli, Deus terrae... priait Merrin, en prenant tranquillement son mouchoir et en essuyant le crachat.

— Maintenant suis son enseignement, Merrin. *Allez!* Enfonce ta bite sanctifiée dans la bouche du petit cochon et déverses-y ta semence, purifie-la avec ta relique fripée et elle sera *guérie*, Saint Merrin! Un *miracle!* Un.

— ... Deus angelorum, deus archangelorum...

— *Hypocrite.* Tu te moques bien du cochon. Tu te moques de tout! Tu ne vois en elle que *matière à une joute entre nous deux!*

— Domine, exaudi orationem meam...

— Menteur! Bâtard menteur! Dis-nous où est ton humilité, Merrin? Dans le désert? Dans les ruines? Dans les tombes où tu t'es enfui pour échapper aux hommes tes frères, pour échapper à tes inférieurs, aux pauvres boiteux de l'esprit? Parles-tu aux *hommes*, toi, pieuse vomissure?

— ...Adjuro te in nomine Agni immaculati...

— Ta demeure est un nid de paons, Merrin! Ta place est en toi-même. Retourne à tes sommets et ne t'adresse qu'à celui qui est ton égal!

Merrin continuait de prier, indifférent aux paroles du démon, torrent d'insultes qui déferlait.

— As-tu faim, saint Merrin? Tiens, je vais te donner du nectar et de l'ambroisie. Je vais te donner la nourriture de ton Dieu! croassa le démon. (Il excréta une diarrhée nauséabonde et ricana.) Car ceci est mon corps! Consacre un peu ceci, maintenant, saint Merrin!

Ecœuré, Karras concentra son attention sur le

texte tandis que Merrin lisait un passage de saint Luc.

« *...Mon nom est Légion » répondit l'homme, parce que beaucoup de démons étaient entrés en lui. Et ils le suppliaient de ne pas leur ordonner de s'en aller dans l'abîme. Or, il y avait là un troupeau considérable de porcs en train de paître dans la montagne, les démons supplièrent Jésus de leur permettre d'entrer dans les porcs. Il le leur permit. Ils sortirent donc de cet homme et entrèrent dans les porcs et, du haut de l'escarpement, le troupeau se précipita dans le lac et s'y noya.* »

— Willie, je vous apporte une bonne nouvelle, croassa le démon. (Karras releva les yeux et vit la domestique qui se trouvait près de la porte, avec une pile de serviettes et de draps, s'arrêter court.) Je vous apporte la bonne nouvelle de la rédemption! se réjouit-il méchamment. Elvira est vivante. Elle *vit!* Elle est...

Willie était pétrifiée par le choc tandis que Karl se tournait vers elle et lui criait :

— *Non,* Willie! non.

— Une droguée, Willie, une misérable droguée incurable...

— Willie, ne l'écoute pas! cria Karl.

— Dois-je vous dire où elle vit?

— *Ne l'écoute pas! Ne l'écoute pas!*

Karl poussait Willie dans le vestibule.

— Va donc lui rendre visite le jour de la fête des mères, Willie! Fais-lui cette surprise! Va et...

Soudain le démon s'arrêta au milieu de sa phrase et dévisagea Karras. Il avait de nouveau pris le pouls de Regan et trouvé qu'il était rapide, ce qui signifiait qu'il était temps de donner une dose de tranquillisant. Il alla vers Sharon pour lui demander de préparer l'injection.

— La veux-tu? demanda le démon avec un regard lubrique. Elle est à toi! Oui, cette chienne est à toi! Tu peux la chevaucher autant que tu voudras! Elle rêve de toi, Karras! Elle se masturbe en rêvant de ton grand...

Sharon rougit et garda les yeux baissés tandis que Karras lui donnait ses instructions.

— Et un suppositoire, au cas où les vomissements se renouvelleraient, ajouta-t-il.

Sharon acquiesça, les yeux toujours baissés et se dirigea rapidement vers la porte. Comme elle passait près du lit, la tête toujours baissée, le démon dressa la tête et lui lança au visage un long jet de vomissements. Tandis que Sharon demeurait paralysée sur place, dégouttante de vomissures, la personnalité de Dennings apparut, lançant d'une voix âpre et mordante :

— Putain! Salope! Conne!

Sharon s'enfuit de la pièce.

La personnalité de Dennings grimaça avec dégoût, en jetant un coup d'œil circulaire et demanda :

— Quelqu'un voudrait-il ouvrir une fenêtre, s'il vous plaît? Ça pue dans cette pièce... C'est une infection, c'est... Non, non, non, n'ouvrez pas, corrigea-t-il. Non, pour l'amour du ciel, n'ouvrez pas, ou quelqu'un d'autre pourrait bien mourir!

Puis il se mit à caqueter, en clignant de l'œil monstrueusement à Karras, et disparut.

— C'est Lui qui te chasse...!

— *Vraiment*, Merrin? Vraiment? Tu crois ça!

Le démon était revenu et Merrin poursuivait ses adjurations, les applications d'étole et les fréquents signes de croix sans se soucier des obscénités qui le cinglaient. Trop long, estima Karras : le combat se prolongeait trop longtemps.

— Tiens, voici la truie! La mère du petit cochon! se moqua le démon.

Karras se tourna et vit Chris s'approcher de lui avec une seringue toute prête et un tampon d'ouate. Elle baissa la tête comme le démon lui hurlait des injures, et Karras vint à sa rencontre en fronçant les sourcils.

— Sharon est en train de se changer, expliqua-t-elle, et Karl...

Karras lui coupa la parole d'un « très bien », et ils s'approchèrent du lit.

— Ah oui, viens voir ton chef-d'œuvre, mère-truie! Approche!...

Chris essayait désespérément de ne pas écouter, de ne pas voir, pendant que Karras retenait les bras de Regan qui ne résistait pas.

— Regarde cette ordure! Regarde cette salope d'assassin! ragea le démon. Es-tu contente? C'est toi qui l'as faite! Oui, toi avec ta carrière, passant avant tout le reste, ta carrière avant ton *mari!* avant elle, avant...

Karras jeta un coup d'œil autour de lui. Chris semblait paralysée sur place.

— Allez! lui ordonna-t-il. N'écoutez pas! Allez-vous-en!

— ... Et ton *divorce!* Crois-tu donc que les prêtres t'y aideront? (Les mains de Chris se mirent à trembler.) Elle est *folle!* Elle est *folle!* Le petit cochon est *fou!* C'est toi qui l'as conduit à la folie et au meurtre!

— Je ne peux pas. (Le visage ravagé, Chris contemplait d'un œil hébété la seringue qui tremblait. Elle secoua la tête.) Je ne peux pas la lui faire!

Karras lui prit la seringue des mains.

— Allons, passez le tampon d'ouate, sur le bras, là, lui dit-il d'une voix ferme.

— ... et à la mort, espèce de salope...

— N'écoutez pas, l'avertit de nouveau Karras, et le démon la tête projetée en avant, les yeux exorbités, regardait autour de lui.

— Quant à vous, Karras!

— Maintenant, sortez, intima le jésuite à Chris en enfonçant l'aiguille dans la chair flétrie.

Elle sortit en hâte.

— Oui, nous *connaissons* votre tendresse pour les mères, mon cher Karras!

Le jésuite blêmit et resta un moment immobile. Puis il retira lentement l'aiguille et regarda les yeux révulsés qui roulaient dans leurs orbites. De la bouche de Regan sortit une petite voix, douce et cristalline comme celle d'un enfant de chœur, qui se mit à entonner lentement avec la juste cadence « *Tantum ergo sacramentum veneremur cernui...* ».

C'était un hymne que l'on chantait lors des bénédictions catholiques. Karras sentit son sang se figer comme elle continuait. Surnaturel et effrayant, le chant était un vide dans lequel Karras ressentit l'horreur de la soirée se précipiter avec une horrible clarté. Il leva les yeux et vit Merrin une serviette dans les mains. Avec de tendres gestes empreints de lassitude il essuyait doucement les vomissures du visage et du cou de Regan.

« *...Et antiquum documentum...* »

Ce chant. Quelle est cette voix? se demanda Karras. Et puis des fragments : *Dennings... La fenêtre...* Comme dans un cauchemar il vit Sharon rentrer dans la pièce et prendre la serviette des mains de Merrin.

— Je vais le faire, mon père, lui dit-elle. Je me sens mieux maintenant. Je voudrais la changer et la laver, vous voulez bien? Pourriez-vous attendre tous les deux dehors un instant hors de la chambre?

Les deux prêtres s'acheminèrent dans le vestibule sombre et chaud et s'adossèrent lourdement au mur.

Karras écoutait le chant surnaturel qui provenait assourdi de l'intérieur de la chambre. Au bout d'un moment il dit doucement à Merrin.

— Vous avez dit... Vous avez dit, tout à l'heure qu'il n'y avait qu'une... seule entité.

— C'est exact.

Les voix feutrées, les têtes baissées évoquaient une atmosphère de confessionnal.

— Toutes les autres ne sont que des formes d'attaque, continua Merrin. Il n'y a qu'une entité... une seule. C'est un démon. (Il y eut un silence. Puis Merrin énonça avec simplicité :) Je sais que vous doutez. Mais voyez-vous, ce démon... Je l'ai déjà rencontré... Et il est puissant... très puissant. Un silence. Karras parla de nouveau.

— Il est dit que le démon... agit contre la volonté de la victime.

— Oui, effectivement, effectivement... Il n'y a pas péché dans l'état de possession.

— Alors, quel serait le *but* de la possession? s'étonna Karras. A quoi vise-t-elle?

— Qui peut savoir? répondit Merrin. Qui peut vraiment espérer connaître la vérité à ce sujet? (Il resta pensif un moment. Et puis il continua, cherchant à approfondir le sujet.) Toutefois, je ne pense pas que l'objectif du démon soit le possédé; l'objectif, c'est nous... les observateurs... toutes les personnes qui se trouvent dans la maison. Et je pense... oui, je pense que l'objectif recherché est de nous amener au désespoir; à rejeter notre propre humanité, Damien, à nous voir en fin de compte comme des bêtes, viles et puantes, sans dignité, hideuses, méprisables. Et c'est là le nœud du problème, peut-être, dans ce mépris. Car je pense que la croyance en Dieu n'est pas affaire de raison du tout; je pense qu'elle n'est en fin de compte qu'affaire d'amour : accepter la possibilité que Dieu puisse nous aimer...

Merrin fit une nouvelle pause. Puis il reprit plus lentement avec un soupçon d'introspection :

— Il sait... je veux dire le démon sait où frapper... (Il hochait la tête.) Jadis j'ai désespéré de jamais pouvoir aimer mon semblable. Certaines gens... me dégoûtaient. J'éprouvais une réelle aversion pour eux. Comment pourrais-je les aimer? me demandais-je. Cela me tourmentait. Damien; cela me conduisit à désespérer de moi-même... et de là, très vite, à désespérer de mon Dieu. Ma foi avait disparu...

Karras regarda Merrin avec intérêt.

— Et qu'est-il arrivé?

— Ah, eh bien... à la fin, j'ai compris que Dieu ne me demanderait jamais ce que je savais être psychologiquement impossible; tout ce qu'il me demandait était un effort de ma *volonté* mais il n'exigeait pas de moi que j'éprouve de l'amour pour mes semblables en tant qu'émotion, en tant que sentiment. Pas du tout. Il me demandait d'*agir* comme si j'avais éprouvé de l'amour pour eux en général, et plus particulièrement pour ceux qui me répugnaient. (Il secoua la tête.) Je sais que tout ceci doit vous paraître très évident, Damien. Je le sais. Mais dans ce temps-là, je ne pouvais pas le voir. Etrange aveuglement, dit-il tristement, comme celui de beaucoup de maris et de femmes qui pensent qu'ils n'aiment plus parce que leur cœur ne bat plus à la vue de leur bien-aimé! Ah, Dieu! (Il secoua la tête; puis :) C'est là que ça se tient, je pense, Damien... la possession; pas dans les guerres, comme certains ont tendance à le croire; pas dans de telles tragédies; et très rarement dans des interventions extraordinaires, telles que celle-ci... cette petite fille... cette pauvre enfant... Non, moi je la vois plus souvent dans les petites choses, Damien : dans les stupides et mesquines petites contrariétés, dans les malentendus; dans le mot cruel et cinglant qui vous échappe entre amis. Entre amoureux. Nous n'avons pas besoin de Satan pour préparer nos guerres; celles-là nous les préparons nous-mêmes...

Le chant retentissait toujours dans la chambre.

Merrin regarda la porte et écouta pendant un moment.

— Et pourtant même de cela, même du mal... sortira le bien. D'une façon ou d'une autre... D'une façon que nous ne comprendrons ou que nous ne verrons jamais. (Merrin fit une pause.) Peut-être le mal est-il le creuset du bien, hasarda-t-il, méditatif. Et peut-être Satan lui-même... Satan, malgré lui... sert-il, contre sa propre volonté, à accomplir la volonté de Dieu.

Il n'en dit pas davantage, et ils demeurèrent silencieux tandis que Karras réfléchissait. Une autre objection lui vint à l'esprit.

— Une fois que le démon est chassé, qu'est-ce qui l'empêche de revenir?

— Je ne sais pas, répondit Merrin. Je ne sais vraiment pas. Et pourtant il semble bien qu'il en soit ainsi, qu'il ne revienne jamais. Jamais plus. (Merrin passa sa main sur son visage, se pinçant fortement la racine du nez entre le pouce et l'index.) Damien... Quel merveilleux prénom, murmura-t-il.

Karras perçut son épuisement dans sa voix. Et aussi quelque chose d'autre. De l'anxiété. Quelque chose comme une souffrance réprimée. Soudain, Merrin se détacha du mur et, le visage toujours caché dans sa main, s'excusa et descendit dans la salle de bains. Qu'est-ce qui ne va pas? se demanda Karras. Il éprouva une soudaine envie admirative pour la foi simple et forte de l'exorciste. Il se retourna vers la porte. Le chant avait cessé. La nuit allait-elle se terminer enfin?

Quelques minutes plus tard, Sharon sortit de la chambre avec un tas de draps sales et de linges souillés.

— Elle dort maintenant, dit-elle, puis elle descendit au rez-de-chaussée.

Karras prit une profonde inspiration et retourna dans la chambre. Il sentit le froid glacial, la fétidité. S'approcha doucement du lit. Regan. Endormie. Enfin. Il allait enfin pouvoir se reposer un peu.

Il prit le poignet de Regan tout en regardant sa montre.

— Pourquoi me fais-tu cela, Dimmy?

Son cœur se glaça.

— Pourquoi fais-tu cela?

Le prêtre ne pouvait plus bouger, ne pouvait plus respirer, n'osait plus regarder le visage de cette voix mélancolique, n'osait plus voir ces yeux : ces yeux accusateurs, pleins de solitude. Sa mère. Sa *mère!*

— Tu m'as abandonnée pour te faire prêtre, Dimmy; tu m'as envoyée à l'asile...

Ne regarde pas!

— Et maintenant, voilà que tu me chasses de nouveau!

Ce n'est pas elle!

— Pourquoi fais-tu cela?

Son cœur battant de façon désordonnée, la gorge serrée, Karras ferma les yeux, tandis que la voix l'implorait, devenait un murmure apeuré, larmoyant.

— Tu as toujours été un bon petit, Dimmy. S'il te plaît! J'ai peur! S'il te plaît, ne me chasse pas, Dimmy! s'il te plaît!

...pas ma mère!

— Dehors il n'y a *rien!* Rien que *l'obscurité,* Dimmy je suis toute seule.

Et maintenant elle pleurait.

— Vous n'êtes pas ma mère! chuchota véhémentement Karras.

— Dimmy, s'il te plaît!...

— Vous n'êtes pas ma...

— Oh, pour l'amour de Dieu, Karras!

Dennings.

— Ecoutez, vraiment ce n'est pas chic de nous chasser d'ici! Non, vraiment! Petite salope! Elle a pris mon corps et je pense que ce n'est que justice d'être autorisé à rester en elle maintenant! Ne pensez-vous pas? Oh, pour l'amour de *Dieu*, Karras, *regardez-moi*, voulez-vous? Allons! Ce n'est pas si souvent que j'ai l'occasion de parler. Regardez-moi, maintenant.

Karras ouvrit les yeux et vit la personnalité de Dennings.

— Là, c'est mieux. Ecoutez, elle m'a tué. Non, pas notre hôtesse, Karras... *elle!* Oui, parfaitement! *Elle!* J'étais en train de réfléchir à mon travail, au bar, vous comprenez, quand je l'ai entendue gémir et se plaindre. Là-haut. Bon, je ne pouvais pas ne pas aller voir ce qui la faisait souffrir, n'est-ce pas? Alors je suis monté et elle m'a sauté dessus, elle m'a pris à la gorge, cette petite salope! (La voix était plaintive, maintenant, pathétique.) Seigneur, jamais de ma *vie* je n'avais vu une telle force! Elle s'est mise à brailler que je roulais sa mère, que j'avais été la cause de son divorce et je ne sais quoi encore. Mais je vous *l'affirme*, mon cher, elle m'a poussé par la fenêtre! (La voix se brisa, tourna au fausset.) Elle m'a *tué*. La salope m'a *tué!* Et vous trouvez que c'est gentil, maintenant, de nous foutre dehors? Allons, allons, Karras, répondez-moi! Pensez-vous que ce soit chic, ce que vous faites là? Hein? Le pensez-vous vraiment?

Karras déglutit péniblement.

— Oui ou non? insista la voix.

— Comment la tête fut-elle retournée? demanda Karras d'un ton rauque.

Le regard de Dennings glissa évasivement.

— Oh! ça a été un accident... un coup du hasard... J'ai heurté une marche...

Karras médita, la gorge sèche, puis reprit le poignet de Regan et compta ses pulsations avec un geste de congédiement.

— Dimmy, s'il te plaît! Ne me laisse pas toute seule!

Sa mère.

— Si au lieu de t'être fait prêtre, tu étais devenu docteur, je vivrais dans ta jolie maison, Dimmy, pas avec ces chiens, pas toute seule dans un taudis! et puis...

Il s'efforçait de ne pas l'écouter, mais la voix se mit à pleurer de nouveau.

— Oh, Dimmy! s'il te plaît, mon petit!

— Vous n'êtes pas ma...

— Vous ne voulez pas regarder la *vérité* en face, excrément puant! (C'était le démon.) Vous croyez ce que Merrin vous raconte! menaça-t-il. Vous croyez que c'est un saint homme? Eh bien non, il ne l'est pas! Il est vaniteux et indigne! Je vais vous le prouver, Karras! Je vais vous le prouver *en tuant le petit cochon!*

Karras ouvrit les yeux. Mais n'osa toujours pas regarder.

— Parfaitement! Elle va mourir, et le Dieu de Merrin ne pourra rien pour la sauver, Karras! *Vous* ne la sauverez pas! Elle mourra à cause de l'orgueil de Merrin et de votre propre incompétence! *Ignorant maladroit! Vous n'auriez pas dû lui donner de tranquillisant!*

Karras regarda le démon. Ses yeux brillaient de triomphe et de mépris cinglant.

— Prends-lui le pouls! ricana le démon. Allez, Karras! Prends-le!

Il tenait toujours le poignet de Regan dans sa main. Il fronça les sourcils et prit le pouls. Il était rapide mais...

— Mais faible? hein? croassa le démon. Ah! ah! Ce n'est pas trop grave. Pour le moment...

Karras prit sa trousse et en sortit son stéthoscope. Le démon grommela :

— Ecoute, Karras, écoute bien!

Karras écouta. Les battements du cœur étaient presque inaudibles.

— *Je ne laisserai pas dormir le petit cochon!*

Karras leva les yeux, rencontra le regard du démon et se sentit glacé.

— Parfaitement, Karras. Elle ne dormira pas! Entends-tu? *Je ne laisserai pas dormir le petit cochon!*

Comme Karras engourdi ne répondait pas, le démon rejeta la tête en arrière et éclata de rire. Karras n'avait pas entendu Merrin rentrer dans la chambre.

L'exorciste était à côté de lui, devant le lit et le considérait pensivement.

— Qu'est-ce qui se passe? s'enquit-il.

Karras répondit d'un air sombre.

— Le démon... a dit qu'il ne la laisserait pas dormir. (Il regarda Merrin avec anxiété.) Le cœur commence à flancher, mon père. Si elle ne peut se reposer, elle va mourir d'une défaillance cardiaque.

Merrin était grave.

— Pouvez-vous lui administrer son médicament? Quelque chose qui la fasse dormir?

Karras secoua la tête.

— Non, c'est dangereux. Elle pourrait tomber dans le coma. (Il se retourna en entendant Regan caqueter comme une poule.) Si sa tension baisse encore...

— Que peut-on faire? demanda Merrin.

— Rien... rien..., répondit Karras. Mais je ne sais pas... Peut-être existe-t-il de nouveaux médicaments... Je vais appeler un cardiologue en consultation, mon père.

Merrin acquiesça d'un léger signe de tête.

Karras descendit. Il trouva Chris veillant dans la cuisine. Dans la pièce attenante à l'office il pouvait entendre Willie qui sanglotait et la voix de Karl cherchant à la consoler. Il expliqua la nécessité d'une consultation, sans toutefois divulguer l'importance du danger qui menaçait Regan. Chris lui donna son accord et Karras téléphona à l'un de ses amis, un spécialiste réputé de la faculté de médecine de Georgetown. Il le réveilla et le mit au courant avec concision.

— J'arrive tout de suite, dit le spécialiste.

Moins d'une demi-heure plus tard, il était là. En pénétrant dans la chambre il eut un haut-le-corps devant le froid glacial et la puanteur et jeta un regard d'horreur et de compassion sur Regan. Elle croassait maintenant dans ce langage incompréhensible. Tout le temps que le spécialiste l'examina, elle alterna les chants et les cris d'animaux. Puis Dennings apparut et interpella le spécialiste.

— Oh, c'est terrible. Absolument terrible! Oh j'espère que vous pourrez faire quelque chose! hein? Pouvez-vous faire quelque chose? Nous n'avons pas d'endroit où aller, voyez-vous, et tout ça, parce que...! Oh! que ce foutu démon soit *damné!* (Comme le spécialiste le considérait avec stupeur tout en prenant la tension de Regan, Dennings se tournait vers Karras pour se lamenter.) Qu'est-ce que vous foutez! vous ne voyez donc pas que la petite salope a besoin d'être hospitalisée? Sa place est dans un asile, Karras! Vous le savez maintenant! Vraiment! Maintenant finissez-en avec toutes vos singeries! Si elle meurt, ce sera *votre* faute, exclusivement *votre faute!* Parfaitement. Le fait que Merrin soit un vieil imbécile entêté ne signifie pas que vous deviez vous conduire comme un morveux! Bon Dieu! C'est vous le docteur. C'est vous qui savez le mieux ce qu'il faut faire, Karras! Allons; vous n'ignorez pas combien il est difficile de trouver à se loger de nos jours... Si nous sommes...

Le démon revenait, maintenant, hurlant comme un loup. Le spécialiste, impassible, retira le brassard du sphygmomanomètre. Puis il fit un signe de tête à l'attention de Karras.

Ils sortirent sur le palier où le spécialiste demeura un moment les yeux rivés sur la porte, avant de se retourner vers Karras.

— Qu'est-ce qui se passe ici, mon père?

Le jésuite évita son regard.

— Je ne peux pas vous le dire, répondit-il doucement.

— Bien.

— Quel est votre avis?

Le spécialiste était pessimiste.

— Il faut absolument qu'elle cesse ce... cette... activité. Qu'elle dorme... Qu'elle puisse dormir avant que la tension ne s'effondre.

— Puis-je faire quelque chose, Ed?

Le spécialiste le regarda dans les yeux et dit :

— Vous ne pouvez plus que prier, Karras!

Il le salua et partit. Karras le suivit du regard, chaque artère, chaque nerf demandant grâce, implorant le repos, l'espoir, le miracle qu'il savait impossible... *Vous n'auriez pas dû lui donner de tranquillisant!*

Il retourna dans la chambre et poussa la porte d'une main aussi lourde que son âme.

Merrin se tenait à côté du lit, observant Regan qui hennissait bruyamment comme un cheval emballé. Il entendit le bruit de la porte et lança un regard interrogateur à Karras qui secoua la tête. Merrin pencha tristement le front, résigné; puis il se redressa de toute sa taille, la tête haute et Karras put voir une farouche détermination sur son visage.

Merrin s'agenouilla à côté du lit. « Notre Père, commença-t-il.

Regan l'éclaboussa d'une vomissure de bile sombre et nauséabonde, et puis croassa :

— Tu *as perdu!* Elle *mourra!* Elle *mourra!*

Karras prit son exemplaire du *Rituel.* L'ouvrit. Leva les yeux et regarda Regan bien en face.

— Sauve ton humble servante, priait Merrin.

— A la face de l'ennemi.

Un tourment désespéré broyait le cœur de Karras. *Dors! dors!* intimait frénétiquement sa volonté.

Mais Regan ne dormait pas.

Elle ne dormait pas à l'aube.

A midi.

Au crépuscule.

Dimanche, quand les pulsations montèrent à 140, menaçantes, tandis que les coups continuaient sans arrêt, tandis que Karras et Merrin répétaient inlassablement le Rituel, sans prendre un instant de repos. Karras se raccrochait fiévreusement à des moyens de fortune empiriques : un drap supplémentaire pour envelopper plus étroitement Regan et empêcher au maximum ses mouvements; écartant tout le monde de la chambre pour voir si l'absence de provocations calmerait le démon. Sans résultat. Et les cris de Regan étaient aussi épuisants pour elle que ses mouvements. Toutefois, la tension se maintenait. Mais pour combien de temps encore? Karras se sentait agoniser. *Ah mon Dieu, ne la laisse pas mourir!* ne cessait-il de se répéter à lui-même. *Ne la laisse pas mourir! Fais-la dormir! Fais-la dormir!* Il n'était pas conscient que ses pensées étaient des prières; mais seulement du fait que les prières n'étaient jamais exaucées.

A 7 h du soir, ce dimanche-là, Karras s'assit en silence à côté de Merrin, dans la chambre, épuisé et torturé par les attaques du démon : son manque de foi, son incompétence, son abandon insouciant de sa mère. Et Regan. Sa faute. *Vous n'auriez pas dû lui donner de tranquillisant!*

Les prêtres venaient juste de terminer un cycle du Rituel. Ils se reposaient en écoutant Regan chanter *Panis Angelicus.* Ils ne quittaient presque pas la chambre. Le froid, heureusement facilitait leur tâche en stimulant leur attention, leur vigilance; dans cette puanteur qui, aux petites heures du matin, s'était modifiée en une odeur de chair putrifiée qui prenait à la gorge.

Tandis qu'il regardait fixement Regan, les yeux striés de rouge, Karras crut entendre un son, quelque chose comme un crissement qui se répéta, tandis qu'il papillotait. Et puis il s'aperçut que cela venait de ses paupières couvertes de croûtes. Il se tourna vers Merrin. Au cours des dernières heures l'exorciste n'avait pas beaucoup parlé : de temps en temps une histoire familière de son enfance, des réminiscences, de petites choses, une histoire au sujet d'un canard qu'il avait eu et qui s'appelait Clancy. Karras se faisait du souci pour lui. Le manque de sommeil. Les attaques du démon. A son âge. Merrin ferma les yeux et laissa tomber son menton sur sa poitrine. Karras jeta un coup d'œil à Regan puis se leva péniblement et s'approcha du lit. Il prit sa tension. Comme il lui enlevait le brassard du sphygmomanomètre, il cligna des paupières à plusieurs reprises pour clarifier sa vision devenue trouble.

— Aujourd'hui, c'est la fête des mères, Dimmy.

Pendant un instant il ne put bouger; sentit son cœur se décrocher. Puis il plongea son regard dans ces yeux qui ne semblaient plus être ceux de Regan, désormais, mais des yeux tristes et pleins de reproche. Des yeux esseulés. Ceux de sa mère.

— Est-ce que je n'ai pas été bonne pour toi? Pourquoi me laisses-tu mourir toute seule Dimmy? Pourquoi? Pourquoi tu?

— *Damien!*

Merrin le tirait fermement par le bras.

— Allez vous reposer un moment, Damien.

— Dimmy, *s'il te plaît!* Pourquoi m'as-tu?

Sharon entra pour changer les draps.

— Allez. Allez vous reposer un peu, Damien, ordonna Merrin.

La gorge serrée, Karras quitta la pièce. Sentit toute sa faiblesse l'accabler dans le vestibule. Puis descendit l'escalier et resta indécis. Du café? Il en avait une envie terrible. Mais avant tout, une douche, un coup de rasoir, d'autres vêtements.

Il sortit et traversa la rue en direction de la résidence. Il entra. Ouvrit d'une main gourde la porte de sa chambre, regarda machinalement son lit... *Oublia la douche, dormir une demi-heure.* Il tendait le bras pour décrocher le téléphone et demander à la réception de le réveiller quand la sonnerie retentit.

— Oui. Allô! répondit-il d'une voix rauque.

— Quelqu'un est ici et désire vous voir, père Karras : un certain M. Kinderman.

Karras retint son souffle un instant puis répondit d'une voix faible :

— S'il vous plaît, dites-lui que j'arrive dans une minute.

Comme il raccrochait le téléphone, Karras vit la cartouche de Camel sur son bureau. Un message de Dyer y était attaché. Il lut dans un brouillard :

« Une clé d'accès au Playboy Club a été trouvée sur le prie-Dieu de la chapelle en face des ex-voto. Est-elle à vous? Vous pouvez la demander à la réception. »

Sans que la moindre expression parût sur son visage, Karras reposa la note, s'habilla de frais et sortit de la pièce, oubliant les cigarettes.

A la réception, il vit Kinderman accoudé au comptoir du téléphone, remaniant délicatement la disposition des fleurs dans un vase. Il se retourna, une tige de camélia rose à la main, en apercevant Karras.

— Ah, mon père! père Karras! s'exclama-t-il épanoui, mais son expression changea tandis qu'il remarquait l'épuisement qui creusait profondément les traits du jésuite. (Il piqua vivement le camélia dans le vase et vint à la rencontre de Karras.) Vous avez une mine affreuse! Qu'est-ce qui vous arrive? Vous ne devriez pas vous épuiser à faire tous ces tours de piste. C'est très mauvais.

Il prit fermement le prêtre par le coude et le guida en direction de la rue.

— Vous avez bien une minute? demanda-t-il comme ils franchissaient le seuil.

— A peine, murmura Karras. Qu'y a-t-il?

— Je voudrais vous dire deux mots. J'ai besoin de votre avis, rien de plus, juste votre avis.

— A quel sujet?

— Une minute, fit Kinderman avec un geste apaisant de la main. Marchons un peu d'abord. Prenons l'air. C'est si agréable. (Il passa son bras sous celui du jésuite, le guidant en direction de Prospect Street.) Ah, regardez-moi ça! Comme c'est beau! Splendide vraiment! (Il montrait du doigt le soleil couchant sur le Potomac. Dans le silence du soir s'élevaient les rires et le gai brouhaha des étudiants de Georgetown devant un bar près du coin de la 36e rue. L'un d'eux envoya une amicale bourrade à son voisin, et ils se mirent à lutter joyeusement.) Ah, l'université... l'université... souffla Kinderman, tristement, en les désignant d'un geste du menton. Je n'y suis jamais allé... mais j'aurais aimé... oui. (Il s'aperçut que Karras contemplait le coucher de soleil.) Vous savez, je parle sérieusement, vous avez une mine de déterré, s'inquiéta-t-il. Qu'est-ce qui vous arrive? Vous avez été malade?

A quel moment Kinderman en arriverait-il au cœur du sujet? se demanda Karras.

— Non, mais j'ai été très occupé, répondit-il.

— Soyez prudent, souffla Kinderman. Ne vous surmenez pas... Enfin, vous le savez mieux que moi! A propos, êtes-vous allé voir les ballets du Bolchoï à Watergate?

— Non.

— Moi non plus. Mais j'en ai bien envie. Elles sont si gracieuses... si mignonnes... ces ballerines...

Ils étaient arrivés devant le parapet du fleuve. Karras s'y accouda, regardant Kinderman qui, les mains croisées sur le parapet, regardait pensivement de l'autre côté du fleuve.

— Alors, à quoi pensez-vous, lieutenant? demanda Karras.

— Ah, mon père, soupira le détective, j'ai bien peur de me trouver devant un problème difficile!

Karras jeta un bref coup d'œil à la fenêtre fermée de Regan.

— Professionnel?

— Heu... en partie... seulement en partie.

— De quoi s'agit-il?

— Eh bien!... en grande partie c'est... (Kinderman hésitant lui jeta un coup d'œil furtif.) C'est plutôt une question... une question d'éthique, pourrions-nous dire, père Karras. (Le détective se retourna et s'adossa au parapet. Il fronça les sourcils en regardant le trottoir. Et puis il haussa les épaules.) Il n'y a personne à qui je puisse parler de ça; et surtout pas à mes supérieurs. Non, je ne pourrais vraiment pas. Alors, j'ai pensé... (Son visage s'illumina d'une soudaine animation.) J'avais une tante... Il faut que je vous raconte ça; c'est trop drôle. Elle était terrifiée... littéralement terrifiée par son mari. Pendant des années elle n'a pas osé lui adresser la parole. Elle n'aurait jamais pensé élever la voix devant lui. Jamais! Alors quand elle n'en pouvait vraiment plus... elle courait s'enfermer dans son cagibi et là, là, dans l'obscurité... vous ne le croiriez pas!... dans l'obscurité, toute seule, au milieu des mites et des vêtements suspendus, elle se mettait à jurer tout ce qu'elle savait. Oui, elle abreuvait mon oncle d'insultes pendant des fois un bon quart d'heure! Elle lui disait exactement ce qu'elle pensait de lui! Sans mâcher ses mots. Et puis après, elle se sentait mieux, elle ressortait de sa penderie et allait l'embrasser sur la joue. Hein, père Karras, qu'est-ce que vous pensez de ça? Est-ce ou non une bonne thérapeutique?

— Excellente, sourit faiblement Karras. Et dois-je me considérer comme votre penderie, maintenant? Est-ce cela que vous essayez de me faire comprendre?

— Dans un certain sens, oui, avoua Kinderman, en regardant de nouveau à ses pieds. Dans un sens. Mais mon histoire est plus grave, père Karras... Et la penderie doit parler aussi, ajouta-t-il lourdement.

— Auriez-vous une cigarette? demanda Karras sentant le tremblement gagner ses mains.

Le détective le regarda, incrédule.

— Dans mon état, vous voudriez que je fume?

— Non, en effet, vous ne *devez* pas fumer avec votre emphysème, reconnut Karras en croisant fermement ses mains et en les appuyant sur le parapet. *Arrête donc de trembler!*

— Vous en faites un drôle de toubib! Dieu veuille que je ne me trouve pas dans la jungle un jour et qu'au lieu d'Albert Schweitzer, ce soit vous qui soyez là. Vous soigneriez mes verrues avec du venin de grenouilles, hein, docteur Karras?

— Non, de crapauds, corrigea Karras.

— Vous n'êtes pas d'humeur folâtre aujourd'hui, remarqua Kinderman. Quelque chose qui ne tourne pas rond?

Karras secoua la tête sans répondre. Puis :

— Allez-y, je vous écoute, dit-il doucement.

Le détective soupira et lança un coup d'œil au fleuve.

— J'étais en train de dire... (Il se gratta le front avec l'ongle de son pouce.) J'étais en train de dire... heu... bref, je suis sur un cas d'homicide en ce moment, père Karras. Un homicide.

— Dennings?

— Non, non, purement hypothétique. Sans cela

je ne vous en parlerais pas. Vous ne pourriez m'être d'aucun secours. Non.

Karras acquiesça.

— Ce qui m'ennuie, continua le détective d'un ton morne c'est que ça a tout l'air d'être un meurtre rituel. (Le détective parlait lentement, choisissant soigneusement ses mots.) Un meurtre qui évoque une idée de... sorcellerie... Et disons que... dans cette maison... cette maison hypothétique, vivent 5 personnes... et que l'une d'entre elles doit être l'assassin. (Il eut un geste de la main comme pour rejeter toute idée d'emphase.) Maintenant, je le *sais*. Je tiens cela pour un *fait*. (Il soupira lentement.) Mais le problème demeure... Toutes les évidences... eh bien... tout me conduit à un enfant, père Karras; à une petite fille de dix ou douze ans... un bébé... qui pourrait être ma fille. (Il gardait les yeux fixés sur le quai audessous d'eux.) Oui, je sais, ça paraît fantastique... ridicule... mais c'est la vérité. Bon, maintenant voilà qu'arrive dans cette maison un prêtre très célèbre... et, ce cas étant purement hypothétique, mon père, mon génie, hypothétique lui aussi, m'apprend que ce prêtre a jadis guéri un type de maladie très spécial. Une maladie qui est mentale, à propos, je le mentionne juste en passant, pour votre intérêt.

Karras se sentit blêmir.

— Maintenant, il y a aussi... du satanisme dans cette maladie, elle peut déterminer chez le malade une force... oui, disons le mot... une force incroyable. Et ce... cette fillette hypothétique aurait très bien pu... tordre le cou d'un homme, voyez-vous... Oui, elle aurait pu. (Il hochait la tête.) Oui, oui, ça ne fait pas de doute... Maintenant la question... (Il grimaça pensivement.) La question voyez-vous... dans ce cas... est que la fillette n'est pas responsable, mon père. Elle est en état de démence. (Il haussa les épaules.) Et juste une *enfant*! une *en-*

fant! (Il secoua la tête.) Et pourtant cette maladie qu'elle a... pourrait être dangereuse. Elle pourrait tuer quelqu'un d'autre. Qui peut savoir? (Il lança un coup d'œil à l'autre rive.) Ah! c'est un problème! Que faire? En hypothèse, veux-je dire. L'oublier? L'oublier et espérer qu'elle... (Kinderman marqua un temps) ...qu'elle guérira? (Il tira un mouchoir de sa poche.) Mon père, je ne sais pas... Je ne sais vraiment pas... (Il se moucha.) C'est une terrible décision; abominable. (Il cherchait un endroit propre de son mouchoir.) Terrible. Et je suis navré d'être celui qui doit la prendre. (Il se moucha de nouveau en se pressant fortement une narine.) Mon père, que convient-il de faire dans un tel cas? hypothétique... Quelle serait la bonne solution à votre avis?

Pendant un moment le jésuite éprouva une velléité de rébellion, une onde de colère froide à ce poids que l'on ajoutait encore à son fardeau. Il la laissa refluer et s'apaiser avant de répondre doucement à Kinderman en le regardant dans les yeux :

— Je le remettrais dans les mains d'une autorité supérieure.

— Je crois qu'il s'y trouve en ce moment, souffla Kinderman.

— Oui... et je l'y laisserais.

Le détective empocha son mouchoir.

— Oui... oui, je pensais que vous me diriez ça. (Il admirait le crépuscule.) Que c'est beau. Quelle vue! (Il retroussa sa manche pour jeter un coup d'œil à sa montre.) Ah! Il est temps que je parte. Mme K. va m'incendier : le dîner refroidit! (Il se retourna vers Karras.) Merci, mon père. Je me sens mieux... beaucoup mieux. Oh, à propos, voudriez-vous me rendre service? transmettre un message? Si vous rencontrez un certain Engstrom, dites-lui... eh bien... dites-lui : « Elvira est entrée en clinique, tout va bien. » Il comprendra. Voulez-vous le lui dire? Enfin, si vous le rencontrez...

Karras était déconcerté.

— Certainement, dit-il. Certainement.

— Dites, est-ce que nous ne pourrions pas aller voir un film un de ces soirs, mon père?

Le jésuite baissa les yeux et murmura :

— Bientôt.

— Bientôt. On dirait un de ces rabbins annonçant la venue du Messie : toujours « bientôt ». Ecoutez, voudriez-vous me faire encore un autre plaisir, mon père? (Le détective avait l'air soucieux.) Arrêtez vos tours de piste pendant un bout de temps. Contentez-vous de la marche. Marchez seulement. Allez-y doucement. Vous me le promettez?

— Je le ferai.

Les mains dans les poches, le détective regarda le trottoir avec un soupir de résignation.

— Je sais. Bientôt... Toujours bientôt. (En prenant congé du prêtre il lui posa la main sur l'épaule, la pressa :) Elia Kazan vous dit : à bientôt.

Karras resta un moment à le regarder tandis qu'il descendait la rue. Avec envie. Avec tendresse. Surpris des détours du labyrinthe du cœur humain. Il regarda les nuages teintés de rose au-dessus du fleuve, puis suivit leur marche vers le couchant où ils dérivaient vers l'extrémité du monde, en rougeoyant de plus en plus faiblement comme une promesse rappelée. Il porta son poing fermé à ses lèvres et baissa les paupières pour tenter de lutter contre la tristesse qu'il sentait remonter de sa gorge vers ses yeux. Il attendit. N'osa pas lancer un autre coup d'œil au crépuscule. Regarda la fenêtre de Regan, puis retourna vers la maison.

Sharon le fit entrer et lui dit que rien de nouveau ne s'était produit. Elle avait dans les bras un tas de linges nauséabonds. Elle s'excusa.

— Je descendais tout ça dans la buanderie.

Il la regarda. Pensa à une tasse de café. Mais il entendait le démon; le démon était en train d'insulter haineusement Merrin. Il se dirigea vers l'escalier. Puis se souvint du message pour Karl. Où était-il? Il retourna sur ses pas pour le demander à Sharon, mais elle disparaissait au même moment dans le sous-sol. Comme dans un brouillard, il alla dans la cuisine.

Karl n'y était pas. Seulement Chris. Elle était assise devant la table et regardait... un album. Des photographies fanées, des bouts de papier. Le front dans les mains elle ne l'avait pas vu.

— Excusez-moi, dit doucement Karras. Karl est-il ici?

Elle secoua la tête.

— Il est allé aux provisions, murmura-t-elle d'une voix altérée. (Karras l'entendit renifler. Et puis :) Il y a du café, mon père... Il va être prêt dans une minute.

Comme Karras machinalement regardait le percolateur, il entendit Chris se lever de table et comme il se retournait, elle passa précipitamment devant lui, en tournant la tête. Il entendit un chevrotant « Excusez-moi ». Et elle sortit de la cuisine.

Son regard glissa sur l'album. Il s'en approcha. Des photos candides. Une jeune fillette. Avec un pincement au cœur, Karras prit conscience qu'il regardait Regan : ici, en train de souffler des bougies sur un gâteau d'anniversaire; là, assise sur un embarcadère du lac, en short et T-shirt, saluant gaiement l'objectif. Quelque chose était écrit sur le devant du T-shirt : « *Camp...* » Il ne pouvait pas lire le reste.

De l'autre côté, une page de papier quadrillé portait l'écriture d'un enfant :

Si au lieu d'argile toute simple
je pouvais prendre les plus jolies choses
comme un arc-en-ciel,
ou des nuages, ou le chant d'un oiseau,
alors, peut-être, maman chérie,
peut-être que si je les mettais tous ensemble,
je pourrais faire une sculpture
qui te ressemble.

Au-dessous du poème : « JE T'AIME! BONNE FETE MAMAN! » une signature, au crayon : « Rags ».

Karras ferma les yeux. Il ne pouvait supporter cette confrontation. Il s'éloigna de la table et attendit que le café fût prêt. La tête toujours baissée, il agrippa la poignée et de nouveau ferma les yeux. *Rejette cela!* s'intima-t-il : *rejette tout cela!* Mais il ne pouvait pas et tout en écoutant le sifflement du percolateur, ses mains se mirent à trembler et la compassion s'enfla soudain et tourna en rage aveugle contre la maladie, la douleur, les souffrances des enfants et la fragilité du corps, contre la corruption monstrueuse et révoltante de la mort.

— *Si au lieu d'argile toute simple...* (La rage devint chagrin et frustration sans espoir.)... *les plus jolies choses...*

Il ne pouvait pas attendre le café. Il devait aller... il devait faire quelque chose... aider quelqu'un... essayer.

Il quitta la cuisine. Comme il passait devant le living-room, il jeta un coup d'œil à l'intérieur. Chris était affalée sur le sofa et sanglotait convulsivement, tandis que Sharon s'efforçait de la réconforter. Il détourna la tête et monta l'escalier. Le démon rugissait frénétiquement :

— ...Tu aurais perdu. Tu aurais *perdu* et tu le *savais!* Excrément! *Bâtard! Reviens!* Reviens, Merrin et... (Karras essaya de s'abstraire.) *...ou le chant des oiseaux...*

En entrant dans la chambre il se dit qu'il avait oublié d'enfiler un sweater. Il regarda Regan. La tête fixait quelque chose de l'autre côté de la chambre, tandis que le démon continuait de vitupérer.

— ... *les plus jolies choses...*

Il alla lentement vers sa chaise, prit une couverture et alors seulement, dans son épuisement, il remarqua l'absence de Merrin. Comme il s'approchait du lit pour prendre la tension de Regan, il faillit trébucher sur l'exorciste qui gisait par terre le visage contre le plancher, les membres flasques. Commotionné, Karras s'agenouilla. Le retourna sur le dos. Vit la coloration bleuâtre du visage. Chercha le pouls. Et dans un éclair d'angoisse déchirante sut que Merrin était mort.

— ... Flatulence bénite! *guéris-le*, Karras, rageait le démon. Ramène-le-moi et laisse-nous en *finir*... laisse-nous...!

Crise cardiaque. Coronarite. « Ah mon Dieu! mon Dieu! gronda Karras dans un murmure. Non! non! » Il ferma les yeux de Merrin et secoua la tête, incrédule, désespéré, et puis soudain, un flot de chagrin lui fit enfoncer son pouce avec une force sauvage dans le poignet blanc de l'exorciste comme pour essayer d'en exprimer les dernières pulsations : « ... pieux excrément...! »

Karras se redressa pour inspirer profondément, et aperçut les petites pilules éparpillées sur le plancher. Il en ramassa une et se rendit compte avec une douloureuse reconnaissance, que Merrin avait su. Nitroglycérine. Il avait su. Les yeux rouges et brouillés de larmes, Karras regarda le visage de Merrin. *...Allez vous reposer un peu maintenant, Damien.*

— Même les vers ne voudront pas se nourrir de ta corruption!

Karras entendit les mots du démon et se mit à trembler, envahi d'une fureur meurtrière.

N'écoute pas!

— ... Homosexuel!

N'écoute pas! N'écoute pas!

Une veine se mit à pulser douloureusement sur la tempe de Karras, à se gonfler sombrement. Comme il prenait les mains de Merrin pour les croiser tendrement, il entendit le démon croasser :

— Ha! ha! mets-lui plutôt sa bite entre ses doigts! (Et un crachat putride frappa les yeux du mort.) Les derniers rites! se moqua le démon, en rejetant la tête en arrière et en éclatant de rire sauvagement.

Karras considéra hébété le crachat. Ne bougea pas. Il n'entendait plus rien que le bourdonnement de son sang. Et puis lentement, avec des hésitations frémissantes, il leva vers le démon un visage empourpré qui n'était plus qu'un spasme de haine et de rage.

— *Fils de pute!* lança Karras dans un murmure qui siffla dans l'air comme de l'acier en fusion. *Bâtard!*

Bien qu'il ne bougeât pas, il semblait se déplover, les tendons de son cou ressortant comme des cordes. Le démon cessa de rire et le regarda avec malveillance.

— Tu es en train de perdre! Tu es perdant! Tu as *toujours* été un perdant! (Regan l'inonda de vomissures. Il l'ignora.) Oui, tu es juste bon à tourmenter les enfants! (Il trembla.) Les petites filles! Eh bien. Eh bien. Viens maintenant! Fais-nous voir quelque chose de grand, quelque chose de bien! Allez, viens! (Karras sentit ses mains se tendre en avant comme des serres puissantes, qui faisaient lentement signe d'approcher.) Viens! Viens, perdant! Essaie-moi! Laisse la fille et prends-moi! Prends-moi! Prends-moi! Viens en moi...

A peine une minute plus tard, Chris assise en face du bar et Sharon, derrière, en train de préparer un verre, entendirent du bruit là-haut. Elles levèrent la tête vers le plafond. Un bruit de lutte, de piétinement, des coups contre les meubles... contre les murs. Et puis la voix de... du démon?... Le démon. Des obscénités. Mais une autre voix. Elles se donnaient la réplique. Karras? Oui, Karras. Mais plus forte toutefois. Plus profonde.

— Non! Je ne te laisserai pas leur faire du mal! Tu ne leur feras pas de mal! Tu vas venir *avec moi!*

Chris reposa bruyamment son verre de vodka en entendant le fracas de quelque chose qui volait en éclats, le bris d'une vitre. Elles s'élancèrent dans l'escalier, entrèrent dans la chambre de Regan hors d'haleine. Virent les volets de la fenêtre par terre, arrachés de leurs gonds! Et la fenêtre. Les vitres avaient été réduites en miettes!

Affolées, elles se précipitèrent, et c'est alors que Chris aperçut Merrin par terre, à côté du lit. Elle se sentit pétrifiée sur place par le choc. Et puis elle courut près de lui. S'agenouilla. Hoqueta :

— Oh, mon Dieu! Sharon, Shar, venez ici. Vite, venez!

Sharon hurlait en regardant par la fenêtre et comme Chris figée sur place relevait la tête, elle la vit courir vers la porte.

— Shar, qu'y a-t-il?

— Le père Karras! le père Karras!

Elle s'enfuit de la chambre comme une hystérique et Chris se releva et courut en tremblant vers la fenêtre. Elle regarda en bas et se sentit défaillir. Au bas des marches de l'escalier, sur la rue, M. Karras gisait, désarticulé, au milieu d'un cercle de passants qui s'agloméraient pour regarder.

Elle fixa la scène, horrifiée. Paralysée. Essaya de bouger.

— Maman?

Une petite voix faible derrière elle, une petite voix plaintive qui l'appelait sur un ton effrayé. Chris sentit sa gorge se serrer. N'osait pas croire ou...

— Qu'est-ce qui se passe, Mamy? Oh, s'il te plaît, viens près de moi! Maman, s'il te plaît! j'ai peur. Je suis...

Chris se retourna vivement et vit les larmes de confusion, la petite moue de supplication, et elle se retrouva à la tête du lit, en train de pleurer.

— Rags! Oh, mon bébé, mon bébé! Oh, Rags!

En bas, Sharon sortait de la maison en trombe et se mettait à courir vers la résidence des jésuites. Elle demanda à voir Dyer de toute urgence. Il vint aussitôt. Elle lui raconta. Il blêmit.

— Avez-vous appelé une ambulance?

— Oh, mon Dieu! Je n'y ai pas pensé!

Dyer donna rapidement des instructions au standardiste, puis sortit rapidement, suivi de Sharon, traversa la rue.

— Laissez-moi passer! Laissez-moi passer, je vous prie!

Comme il se frayait son chemin à travers les badauds qui s'agglutinaient, Dyer entendit des bribes de la litanie indifférente : « Qu'est-ce qui s'est passé? » « Un gars qui a dégringolé l'escalier. » « Vous l'avez vu? » « Il devait être fin saoul. Regardez, il est couvert de vomissures. » « Allez viens, on va être en retard, après... »

Dyer finit par arriver au premier rang, et le temps d'un battement de cœur se sentit pétrifié dans une dimension sans fin de chagrin, dans un espace où l'air était douloureux à respirer. Karras gisait désarticulé, sur le dos, la tête au centre d'une mare de sang qui allait s'élargissant. Il avait le regard fixe, la bouche ouverte, la mâchoire pendante. Et maintenant son regard glissa humblement sur Dyer, s'éclaira d'une lueur vive.

Sembla briller de satisfaction. Un appel. Quelque chose d'urgent.

— Retirez-vous, maintenant. Circulez, allons, circulez.

Un policier. Dyer s'agenouilla et posa une main légère, tendre comme une caresse, sur le visage tuméfié, tailladé. Des coupures innombrables. Un filet de sang coulait de sa bouche. « Damien... » Dyer fit une pause pour calmer le tremblement de sa voix, et lut dans les yeux de son ami ce message faible, heureux, vit cette lueur. Il se pencha.

— Pouvez-vous parler?

Karras tâtonna à la recherche du poignet de Dyer, l'agrippa en posant sur lui un regard fixe. Le pressa brièvement.

Dyer refoula ses larmes. Il se pencha encore un peu plus et approcha sa bouche de l'oreille de Karras.

— Voulez-vous vous confesser, maintenant, Damien? (*Une pression.*) *Regrettez-vous tous vos péchés?*

(Une pression.)

Dyer se redressa, traça lentement le signe de la croix sur Karras en prononçant l'absolution. *Ego te absolvo...*

Une grosse larme roula sur la joue de Karras. Et maintenant Dyer sentait que son poignet était serré de plus en plus fort, sans discontinuer, tandis qu'il récitait les derniers mots : *...in nomine Patris, et Filii, et Spiritus Sancti. Amen.*

Dyer se pencha de nouveau, la bouche contre l'oreille de Karras. Attendit. Essayant de déglutir cette boule qui lui obstruait la gorge. Et puis murmura : « Etes-vous? » Il s'arrêta court comme la pression se relâchait sur son poignet. Il redressa la tête et vit les yeux du mourant emplis de paix, et de quelque chose d'autre, quelque chose qui ressemblait mystérieusement à la joie éprouvée à la réalisation d'un ardent désir. Ils fixaient quelque chose mais plus rien de ce monde, plus rien ici-bas.

Tendrement, lentement, Dyer abaissa les paupières. Il entendit au loin le hululement de l'ambulance qui arrivait. Il voulut dire « Au revoir » mais ne put finir le mot. Il courba la tête et se mit à pleurer.

L'ambulance arriva.

L'interne et le conducteur placèrent Karras sur une civière et pendant qu'ils l'installaient à l'intérieur, Dyer grimpa dans le véhicule et s'assit à côté de l'interne. Il tendit la main et prit celle de Karras dans la sienne.

— Vous ne pouvez plus rien pour lui, maintenant, mon père, dit l'interne d'une voix douce. Ne vous rendez pas les choses plus difficiles. Ne venez pas.

Dyer, sans détacher son regard du visage meurtri, se contenta de secouer la tête, obstiné.

L'interne lança un coup d'œil à la porte arrière de l'ambulance où le conducteur attendait patiemment. D'un geste de la tête il lui signifia son accord. La porte de l'ambulance se referma avec un déclic.

Sharon, debout sur le trottoir, regardait hébétée l'ambulance s'éloigner lentement. Elle entendit les murmures des gens.

— Qu'est-ce qui est arrivé?

— Qui peut savoir, mon vieux! Qui peut bien savoir!

La sirène de l'ambulance s'éleva, fit frissonner la nuit au-dessus du fleuve, jusqu'au moment où le conducteur se rappela que ce n'était pas une urgence qu'il conduisait. Il l'arrêta.

EPILOGUE

Le soleil de la fin de juin entrait à flots par la baie de la chambre de Chris. Elle pliait une dernière blouse sur le dessus du contenu d'une valise et referma le couvercle. Elle se dirigea vivement vers la porte.

— Voilà, j'en ai terminé, dit-elle à Karl (et comme le Suisse entrait pour fermer à clé la valise, elle sortit dans le vestibule en criant gaiement :) Hé, Rags, tu y arrives?

Six semaines avaient passé maintenant depuis la mort des prêtres. Depuis le choc. Depuis l'enquête serrée de Kinderman. Et malgré cela il n'y avait pas de réponses. Seulement des hypothèses obsédantes et des réveils en larmes fréquents en plein sommeil. La mort de Merrin avait été causée par un trouble coronaire. Mais celle de Karras... « Déconcertant! » avait soufflé Kinderman. Ce ne pouvait être la fillette, avait-il conclu. Elle était fermement attachée avec les courroies de sécurité, et le drap. Manifestement, Karras avait arraché les volets, sauté à travers la vitre, recherchant délibérément la mort. Mais pourquoi? La peur? Une tentative pour échapper à quelque chose d'horrible? Non. Kinderman avait vite chassé ces suppositions. Eût-il souhaité s'enfuir, il pouvait le faire par la porte. Et puis Karras n'était pas un homme à s'enfuir.

Mais alors, pourquoi ce bond fatal?

Pour Kinderman, la réponse commença à prendre forme en lisant la déposition faite par Dyer où celui-ci mentionnait les conflits émotionnels de Karras : son sentiment de culpabilité envers sa mère (la mort solitaire de sa mère), ses doutes; et lorsque le détective eût ajouté à tous ces faits le continuel manque de sommeil pendant plusieurs jours, l'inquiétude concernant Regan et le sentiment de culpabilité devant la mort imminente de Regan, les attaques démoniaques sous la forme de sa mère, et enfin le choc de la mort de Merrin, il conclut tristement que l'esprit de Karras avait été détraqué par ce fardeau de culpabilités qu'il ne pouvait endurer plus longtemps et avait fini par craquer. En outre, en enquêtant sur la mort de Dennings, le détective avait appris dans ses lectures sur la possession, que les exorcistes deviennent fréquemment possédés, et justement lorsque des causes semblables à celles du cas présent se trouvaient réunies : profond sentiment de culpabilité, besoin de punition, ajouté au pouvoir de l'autosuggestion, Karras était mûr. Et le bruit de lutte, la voix altérée du prêtre entendue à la fois par Chris et par Sharon, tout cela semblait donner quelque poids à l'hypothèse du détective.

Mais Dyer, lui, avait refusé de l'accepter. A plusieurs reprises il était retourné dans la maison pendant la convalescence de Regan pour parler avec Chris. Il lui demandait à chaque fois si Regan était maintenant capable de se souvenir de ce qui s'était passé dans sa chambre ce jour-là. Mais la réponse était toujours un signe de tête négatif ou un « non » et finalement il n'en parla plus.

Maintenant Chris passait la tête dans la chambre de Regan; elle vit sa fille avec un animal en peluche dans chaque bras, fixant d'un air désolé la valise ouverte devant elle sur le lit.

— Alors, ma chérie? Tu arrives à tout faire tenir? lui demanda Chris.

Regan leva les yeux. Un peu pâlotte, un peu maigre. Les yeux encore légèrement cernés.

— Il n'y a pas assez de place dans ma valise! se plaignit-elle en faisant une petite moue, désolée.

— Allons, ma chérie, tu ne peux pas tout emporter, maintenant. Laisse des choses. Willie apportera le reste avec elle. Viens, bébé, dépêche-toi, sinon nous allons manquer notre avion.

Elles prenaient le vol de l'après-midi pour Los Angeles, laissant Sharon et les Engstrom fermer la maison. Karl les conduirait avec la Jaguar.

— Oh, d'accord, acquiesça doucement Regan.

— C'est bien, mon bébé.

Chris la laissa et descendit rapidement l'escalier. Comme elle arrivait sur la dernière marche, la sonnette retentit. Elle ouvrit la porte.

— Salut, Chris. (C'était le père Dyer.) Je suis venu juste pour vous dire au revoir.

— Oh, que je suis contente. J'allais vous appeler moi-même. (Elle fit quelques pas en arrière.) Entrez.

— Non; non, Chris, je sais que vous êtes pressée.

Elle lui prit la main et le fit entrer.

— Oh je vous en prie! J'allais justement prendre une tasse de café.

— Eh bien, si vous êtes sûre que...

Elle l'était. Ils allèrent dans la cuisine, s'assirent devant la table, burent leur café, parlèrent de mille riens tandis que Sharon et les Engstrom allaient et venaient affairés. Chris parla de Merrin : dit combien elle avait été surprise de voir tant de notables, de personnalités et de dignitaires étrangers à son enterrement. « Il avait l'air d'un vieux monsieur si simple, si doux... » Ils restèrent un instant silencieux tandis que Dyer scrutait le fond de sa tasse avec tristesse. Chris lut sa pensée.

— Elle ne peut toujours pas se rappeler, dit-elle gentiment. Je suis désolée.

Le jésuite hocha la tête, toujours absorbé par le fond de sa tasse. Chris jeta un coup d'œil à son assiette de breakfast. Trop énervée et excitée, elle ne l'avait pas pris. La rose était toujours là. Elle la saisit et en fit tourner la tige pensivement entre ses doigts.

— Et dire qu'il ne l'a même pas connue, murmura-t-elle d'un air absent.

Puis elle s'arrêta de jouer avec la rose et regarda attentivement Dyer. Vit qu'il avait le regard fixe.

— Selon vous, que s'est-il exactement passé? demanda-t-il doucement. En tant que non-croyante. Pensez-vous qu'elle était réellement possédée?

Elle réfléchit, se remettant à jouer avec la rose.

— Eh bien, comme vous dites... je suis une non-croyante. Je le suis toujours, en ce qui concerne l'existence de Dieu. Mais quand il s'agit du diable... eh bien, c'est différent. Ça, oui, je peux y croire. J'y crois, en fait. Et ce qui est arrivé à Regan n'est pas juste. Je veux dire en général. (Elle haussa les épaules.) On a du mal à s'imaginer que Dieu existe, ou alors il lui faut des millions d'années de sommeil chaque nuit, sans cela il devient irritable. Vous voyez ce que je veux dire? Il ne nous parle jamais. Mais le diable, oui, mon père. Le diable ne cesse de se manifester.

Dyer la considéra pendant un moment, et puis il dit tranquillement :

— Mais si tout le mal qui est dans ce monde vous fait penser qu'il y a un diable, alors comment expliquez-vous tout le bien qui y est aussi?

La pensée la fit loucher comme elle soutenait son regard. Et puis elle baissa les paupières.

— Oui... oui, murmura-t-elle doucement. C'est un point de vue.

La tristesse et le choc consécutifs à la mort de Karras avaient jeté sur son humeur un voile de mélancolie. Cependant, à travers ce voile elle apercevait un petit point lumineux, et essayait d'accommoder sur lui, se souvenant de Dyer tandis qu'il marchait à ses côtés, l'accompagnant à sa voiture au cimetière après l'enterrement. « Pourriez-vous venir à la maison? » lui avait-elle demandé, « *Oh, je voudrais bien, mais je ne peux pas manquer la fête*, avait-il répondu. (Elle avait eu l'air surprise.) *Quand un jésuite meurt*, lui avait-il expliqué, *nous avons toujours une fête. Pour lui c'est un commencement, alors nous fêtons cela!* »

Une autre pensée traversa l'esprit de Chris.

— Vous avez dit que le père Karras avait des doutes concernant la foi.

Dyer acquiesça.

— Je ne peux pas y croire, dit-elle. Je n'ai jamais vu une telle foi de ma vie.

— Le taxi est arrivé, madame.

Chris sortit de sa rêverie.

— Merci, Karl. Nous y allons. (Elle se leva, imitée par Dyer.) Non, restez, mon père. Je reviens tout de suite. Je monte juste chercher Regan.

Dyer acquiesça, l'esprit absent, et la regarda sortir. Il était en train de réfléchir aux derniers mots déconcertants de Karras, aux cris entendus d'en bas juste avant sa mort. Il y avait quelque chose là. Qu'était-ce? Il ne le savait pas. Les souvenirs de Chris et de Sharon avaient été vagues. Mais maintenant il repensait à la mystérieuse expression de joie dans le regard du mourant. Et à quelque chose d'autre, se souvint-il brusquement :

une lueur étincelante, profonde et farouche de... oui... de triomphe! Il n'en était pas certain, cependant il se sentait curieusement plus léger. Pourquoi plus léger? se demanda-t-il.

Il se dirigea vers le vestibule. Les mains dans les poches, il s'appuya contre la grille et observa Karl qui apportait les valises dans le taxi. Il faisait une chaleur humide et il s'essuya le front, et puis il se retourna au bruit de pas descendant l'escalier. Chris et Regan, la main dans la main. Elles vinrent vers lui. Chris l'embrassa sur la joue, puis elle lui tendit la main, cherchant son regard avec reconnaissance.

— Tout va bien maintenant, dit-il. (Puis il haussa les épaules.) Je sens que tout ira bien, désormais.

Elle approuva.

— Je vous téléphonerai de Los Angeles. Prenez bien soin de vous!

Dyer jeta un coup d'œil à Regan. Elle fronçait les sourcils en le regardant, cherchant à se rappeler qui il était. Et puis impulsivement elle leva les bras vers lui. Il se pencha et elle l'embrassa, le dévisageant ensuite avec curiosité. Non, pas lui, mais son col romain. Chris regardait au loin.

— Viens, dit-elle d'une voix soudain enrouée, en prenant la main de Regan. Viens, nous allons être en retard. Vite.

Dyer les regarda partir. Rendit à Chris son geste d'adieu. Vit qu'elle lui envoyait un baiser. Comme Karl montait devant, à côté du chauffeur, Chris lui fit un nouveau geste d'adieu par la portière. Le taxi démarra. Dyer avança de quelques pas pour les suivre plus longtemps du regard, jusqu'à ce que le taxi ait tourné au coin de la rue.

De l'autre côté de la chaussée il entendit un gémissement de freins. Il regarda. Une voiture de police. Kinderman en émergeait. Le détective s'extirpa laborieusement de la voiture et se porta à la rencontre de Dyer en se dandinant. Il le salua d'un geste de la main.

— Je suis venu leur dire au revoir.

— Elles viennent juste de partir!

Kinderman s'arrêta brusquement. Tout déconfit.

— Elles sont parties?

Dyer hocha la tête.

Kinderman regarda la circulation, puis jeta un coup d'œil à Dyer.

— Comment va la petite?

— Elle semble en parfaite santé.

— Ah! tant mieux, tant mieux. C'est parfait. Eh bien, c'est le plus important! (Il détourna son regard sur la rue.) Allons, au travail... Retournons au boulot. Au revoir, mon père. (Il fit un pas vers la voiture de police puis s'arrêta, revint vers Dyer, en lui lançant un regard spéculatif.) Vous allez des fois au cinéma, père Dyer? Vous aimez ça?

— Je pense bien!

— J'ai quelquefois des billets de faveur. (Il hésita un instant.) En fait, j'en ai deux pour demain soir, au Crest. Vous aimeriez venir?

Dyer avait les mains dans ses poches.

— Qu'est-ce qu'on y joue?

— *Les Hauts de Hurlevent.*

— Quelle distribution?

— Heathcliff est Jackie Gleason, et Catherine Earnshaw, Lucille Ball. Ça vous plaît?

— Je l'ai déjà vu, dit Dyer, le visage inexpressif.

Kinderman le considéra d'un air accablé pendant un instant. Regarda ailleurs.

— Un autre, murmura-t-il. (Puis il glissa son bras sous celui de Dyer et l'entraîna doucement sur le trottoir.) Je me souviens d'un passage dans le film *Casablanca*, dit-il affectueusement, où Claude Rains dit à Bogart : « Louis... Je pense que ceci est probablement le début d'une belle amitié. » Vous savez que vous ressemblez un peu à Claude Rains.

— Vous l'avez remarqué?

En oubliant, ils essayaient de se souvenir.

Washington, D.C.

7 octobre 1970

NOTE DE L'AUTEUR

J'ai pris quelques libertés avec la topographie de l'université Georgetown, surtout en ce qui concerne la présente situation de l'Institut de langues et de linguistique. En outre, la maison de Prospect Street n'existe pas, non plus que la résidence des jésuites telle que je l'ai décrite.

Les fragments de prose attribués à Lankaster Merrin ne sont pas de moi, je les ai empruntés à un sermon de John Henry Newman, intitulé Le Second Printemps.

REMERCIEMENTS

Je tiens à remercier plus particulièrement Herber Tanney, M.D.; M. Joseph E. Jeffs, Bibliothécaire de l'université Georgetown; M. William Bloom et Mme Ann Harris, mon éditeur, pour leur inappréciable assistance et leur générosité lors de la préparation de cet ouvrage. Je voudrais aussi remercier le Rév. Thomas V. Bermingham, S.J., Directeur de la Société de Jésus pour le Diocèse de New York, qui m'a suggéré le sujet de ce roman; M. Marc Jaffe de Bantam Books pour sa confiance singulière (qu'il fut le seul à manifester) dans le succès de cet ouvrage; et Beth, ma femme, dont l'extraordinaire patience, les conseils et l'inspiration ont rendu la rédaction de ce livre moins intolérable. Je voudrais également remercier le Dr Bernard, M. Wagner, de l'université Georgetown de m'avoir appris à écrire, et les Jésuites, de m'avoir enseigné à penser.

630

Achevé d'imprimer en Europe (France)
par Brodard et Taupin à La Flèche (Sarthe)
le 10 avril 1998. 1061U-5
Dépôt légal avril 1998. ISBN 2-290-00630-0
1er dépôt légal dans la collection : déc. 1975

Éditions J'ai lu
84, rue de Grenelle, 75007 Paris
Diffusion France et étranger : Flammarion